타오르는 강

완결판
타오르는 강 6

초판 1쇄 발행 2012년 2월 25일
초판 2쇄 발행 2014년 3월 25일
초판 3쇄 발행 2024년 7월 31일

지은이 문순태

펴낸이 박성모
펴낸곳 소명출판
출판등록 제1998-000017호
주소 06641 서울시 서초구 사임당로14길 15 서광빌딩 2층
전화 02-585-7840
팩스 02-585-7848
이메일 somyungbooks@daum.net
홈페이지 www.somyong.co.kr

ISBN 978-89-5626-670-1 04810
ISBN 978-89-5626-664-0 (전9권)
정가 24,000원

문·순·태·장·편·소·설
완결판

6

30년 만에 완간된 恨의 민중사

강은 저절로 길을 찾아 흐른다. 높은 곳에서 세상의 가장 낮은 곳으로, 인간의 삶과 역사와 함께 흐른다. 사람의 간섭을 거부하며 저절로 흐르는 강은 건강하게 살아있다. 생명과 역사와 문화가 공존하는 강의 세상. 강은 물속과 물 밖의 존재들과 조화롭게 어울리며 흐른다. 강과 사람, 강과 땅, 강과 생명 있는 존재들과 끊임없이 교섭하고 어울리면서 건강한 공생관계를 유지한다. 강은 본디 모습 그대로 인간이 살아가는 터전이 되고 또 다른 생명과 교섭하면서 힘의 원천이 된다.

전라도 사람들 마음속에는 영산강이 흐른다. 전라도 사람들의 핏줄과도 같은 영산강은 한과 희망을 안고 흐른다. 슬픔과 기쁨, 절망과 희망, 빛과 그림자를 안고 흘렀고 지금도 그렇게 흐른다. 그래서 영산강은 꺾일 줄 모르는 전라도의 힘이 되었다. 영산강과 함께 흘러온 전라도 사람들의 한은 좌절과 체념의 한숨이나 패자의 넋두리가 아닌, 삶의 의지력이고 생명력이며 빛나는 희망인 것이다.

영산강은 이 강을 끼고 살아온 사람들에게 소중한 삶의 터전이 되었다. 그러나 영산강을 삶의 터전으로 가꾸고 지켜온 사람들은 오랫동안 지배세력의 핍탈에 시달려왔다. 특히 일제 강점기에 영산강은 개화의 통로이자 수탈의 통로가 되었다. 1897년 목포 개항 이후 모든 개화문물이 영산강을 통해 들어왔다. 그런가 하면 일제는 호남평야에서 생산된 쌀, 면화 등 농산물을 영산강을 통해 대량으로 본토로 실어갔다. 이 과정에서 목포항에서는 부두근로자들의 쟁의가 그치지 않았다. 뿐만 아니라 일제는 영산강 유역의 기름진 농토를 무제한으로 차지하였고 농민들은 일본인들의 소작인으로 전락하였다. 일제 강점기에 일어난 궁삼면(宮三面) 농민운동 사건은 소작인으로 전락한 농민들이 자기 땅을 찾기 위해 투쟁한 대표적인 농민운동이다.

1886년부터 3년 동안에 걸친 큰 가뭄에 폐농을 한 3개면 농민들은 굶어죽지 않으려고 대처로 흘러 다니며 유랑걸식을 했다. 고향에 돌아와 보니 3년치 세금을 내지 않았다는 이유로 그들의 농토가 모두 엄상궁의 궁토가 되어버린 사실을 알게 되었다.

1886년 노비세습제가 폐지되자 종문서를 받아들고 형식상 자유의 몸이 된 수많은 노비들은 살 길이 막막했다. 이들은 홍수 때문에 버려진 땅을 찾아 영산강으로 몰려들었다. 그들은 영산강변에 집단으로 모여 살면서 물과 싸우며 삶의 터전을 일구려고 했다. 그러나 그들은 생활의 바탕이 마련되지 않은 데다가, 지방 관속들과 힘 있는 양반들의 핍탈이 그치지 않아, 실질적으로 노비의 상태는 계속된 것이나 마찬가지였다. 이들이 수마와 싸우며 일군 강변의 토지는 과거 상전들한테 다시 빼앗기거나 일제에 의해 수탈당하고 말았다.

굶주리면서도 제방을 쌓고 홍수로 버려진 땅을 일구어 비로소 삶의 터전을 만들었으나 이 땅이 궁토에서 다시 동양척식회사 소유가 되자, 이들은 일제에 항거하여 투쟁을 계속했다.

피와 땀과 눈물로 일구어, 난생 처음 가져 본 생명과도 같은 땅을 지키기 위해 죽음을 두려워하지 않고 싸웠다. 이들은 하나하나 떼어 놓으면 무지렁이 종들에 지나지 않지만 , 여럿이 모여 한덩어리가 되었을 때 큰 힘을 발휘했다. 민중의 한은 역사를 바꾸었다. 영산강 유역의 농민들이 식민지 수탈에 항거해온 민족정신은 의병전쟁과 광주학생독립운동의 씨앗이 되었다.

나는 이 소설에서 강의 흐름을 통해 한의 민중사를 추적해보고 싶었다. 노비출신인 이들은 하나하나 떼어놓으면 무력한 무지렁이에 지나지 않지만 하나로 뭉뚱그려질 때 큰 힘을 발휘했다. 이 소설은 노비세습제가 풀린 1886년부터 동학농민전쟁, 개항, 1905년 을사늑약, 1910년 치욕적인 강제 한일병합조약, 3.1만세운동을 거쳐 1929년 광주학생독립운동까지의 우리민족의 수난사를 중심으로 펼쳐지고 있다. 그러면서도 역사 속에 드러난 인물을 주인공으로 내세우지 않았다. 모든 민초가 주인공인 셈이다. 또한 나는 이 소설에서 사장되어버린 순수 우리말을 최대한으로 살려보려고 했다. 작가는 언어의 채굴자이고 특히 죽어있는 언어의 활용도를 높여 다시 살려내는 작업을 해야 한다고 생각한다. 특히 전라도 토박이말을 원형대로 살려보려고 노력했다. 그리고 가급적 당시 서민들의 삶의 풍속을 그대로 되살리려고 했다. 영산강변을 터전으로 살아온 민초들의 본디 생활사를 민속적 관점에서 보여주고 싶었다.

『타오르는 강』은 1981년『월간중앙』에 연재를 시작하였고 1987년 '창작과비평사'에서 7권으로 발간되었었다. 7권까지는 노비세습제가 풀린 1886년부터 1911년까지의 이야기이다. 나는 당초에 1929년에 일어난 광주학생독립운동까지를 포함하여 10권 분량으로 완간하려고 했었다. 그러나 그때까지만 해도 광주학생운동의 객관적 서술이 자유롭지가 못했다. 장재성 등 광주학생독립운동 주동자가 사회주의자라는 이유로 6.25직전에 처형되어, 오랜 세월 역사의 그늘속에 가려져 있었다. 일제 강점기 독립운동을 주도했던 대부분 사람들이 그랬던 것처럼, 광주학생독립운동 중심인물 역시 민족주의·사회주의 노선이었다. 다행히 참여정부로부터 이들의 역사적 공적을 인정받게 되어 활발한 연구가 이루어지기 시작했으며 객관적 서술이 가능해졌다.

87년 '창작과비평사'에서 7권이 발간된 지 25년, 1981년『월간중앙』에 연재를 시작한 후 31년 만에,『타오르는 강』이 비로소 광주학생독립운동을 포함하여 9권으로 다시 묶어져 나오게 되었다. 내 오랜 문학적 숙원이었던『타오르는 강』이 9권으로 완간을 한 것이다. 나는 2권으로 추가된 8, 9권에서 광주학생독립운동은 한일 간 학생들 사이에 우발적으로 일어난 단순사건이 아니라는 것을 밝히고자 했다. 1920년대 초 동경유학생들에 의해 광주지역에 사회주의가 유입되면서, '광주 흥학관'의 광주청년학원과 광주고보를 비롯한 학생들이 '성진회', '독서회' 등을 조직하여 사회과학교육을 통해 오랫동안 치밀하고 조직적으로 준비해온 사건임을 밝히고 싶었다.

이번 완간하는 과정에서, 1권에서 7권까지의 소설적 흐름은 손을 대지 않았으나 잘못 표현된 부분이나 역사적 오류나 모순된 내용을 부분적으로 바로잡았다. 시대적 사건을 자연스럽게 연결시켰고 개정된 우리말 바로쓰기에 맞췄으며 새로 찾아낸 전라도 토박이말들을 추가했다. 특히 광주학생독립운동 부분에서는 자료조사에서 밝혀낸 실명을 그대로 사용했다.

30년 만에 완간이 되고 보니 참으로 오랫동안 버겁게 지고 있던 큰 짐을 땅에 내려놓은 것처럼 홀가분한 심정이다. 돌이켜보니 나는 1974년 작가가 된 후 지금까지 40년 가까이 오로지『타오르는 강』을 붙들고 씨름하듯 낑낑대온 것 같은 기분이다.『타오르는 강』의 완간을 계기로 영산강을 중심으로 살아왔던 우리나라 노비들의 삶에 대해 관심을 가져주었으면 싶다. 그리고 일제강점기 빼앗긴 땅을 되찾기 위해 얼마나 많은 민초들이 죽어갔는가를 상기해주었으면 한다. 역사 속에서 영산강이 되살아나기를 바란다. 진정으로 강의 세상이 오기를 기다린다. 강은 자생력이 있기 때문에 내버려두어도 스스로 살아나지만, 강과 함께 만든 삶의 역사는 누구인가 붙잡아 건져주지 않으면 그대로 흘러가버린다.

이 책을 내주신 소명출판 박성모 사장님과 책이 나올 수 있도록 애써주신 국민대 정선태 교수께 가슴 깊이 고마움을 간직한다.

2012년 정초에

문순태

9

타오르는 강 6

義兵

1

여섯 명의 건장한 사내들이 새벽의 마지막 어둠이 하늘과 땅을 빈틈없이 꽉 메운 골짜기를 더듬어 올라갔다. 그들은 첫닭이 울자 영산강을 건너, 나주를 오른쪽으로 어슷하게 비끼며 함평(咸平)으로 가는 길을 따라 내려가다가, 다시(多侍)에서 북쪽으로 발길을 돌렸다. 그들은 나주군 용문면(用文面) 청계에 자리 잡은 백용산으로 가는 길이다.

"곧 날이 밝겄는듸 아직 멀었는가?"

중간쯤에서 어둠을 더듬고 있던 장대불이가 맨 앞에 서서 그들을 인도하는 김한봉에게 물었다.

"거진 다 왔구만. 이 골짜기만 빠져나가면 청계니께."

그러나 그들은 김한봉의 그 말을 믿지 않았다. 김한봉은 다시에서 발길을 북쪽으로 옮기면서부터 이제 거의 다 왔으니 조금만 더 가면 된다는 말을 여러 차례 되풀이하고 있었기 때문이다.

그들 여섯 사람은 갑오년 동학 기포(起包) 이후 십삼 년 만에 다시 만난 것이었다. 영산포 새끼내가 고향인 장대불이와 담양 추월산 밑이 고향인 짝귀는 동학군이 패하여 흩어진 후, 개항장인 제물포와 목포에서 함께 선창의 등짐꾼 노릇을 하면서 붙어 살아왔지만, 나머지 네 사람은 그동안 각기 흩어져 있다가 다시 만났다. 그들이 십삼 년 만에 다시 만나게 된 것은 열흘 전이었다. 대불이와 짝귀가 목포에서 등짐꾼 노릇을 하다가 대불이의 형 웅보네가 고향을 떠난 지 십삼 년 만에 다시 새끼내로 돌아오게 되어, 그들도 함께 영산포로 왔는데, 우연히 강 건너 구진나루의 난초네 주막에서 옛날에 같은 동학군이었던 나주 왕곡 출신 김한봉을 만났던 것이다. 세 사람은 동학군 옛 동지들이 다시 만나게 되자 십삼 년 전에 함께 싸웠던 의기가 다시 살아난 듯하였다. 대불이, 짝귀, 김한봉 세 사람은 나주 출신 옛 동지들을 찾아 나서, 노안 김덕배와 다도가 집인 송기화, 남평의 문치걸 등을 만나게 된 것이었다. 김덕배는 동학이 패한 후 오 년 동안이나 지리산에 틀어박혀 사냥꾼이 되었다가 나왔다고 하였고, 송기화와 문치걸은 진도에까지 숨어들어가 십 년 간이나 어부생활을 하다가 이년 전에야 고향에 돌아왔다고 했다. 그들이 동학군이었을 때는 짝귀 한 사람만이 서른이 가까웠고 나머지 다섯 사람은 갓 스물을 넘긴 팔팔한 젊은이들이었는데, 이제는 모두 장년이 되어 있었다.

그들은 야트막한 등성이를 넘어 들판을 가로질러갔다. 들판 끄트머리 산자락에 마을이 보였다. 그들은 마을 사람들의 눈에 띄지 않도록 마을 건너편의 구릉을 낀 작은 하천을 따라 올라갔다. 어느덧 희번하게 동이 터오고 있었다.

동쪽 하늘이 은회색의 물억새꽃 빛깔로 밝아오자 그들 행색이 뚜렷하게 드러났다. 여섯 사람 입성이 각기 달랐다. 맨 앞에서 길을 인도하는 김한봉은 더그레를 걸치고 벙거지를 썼으며, 작달막한 키에 어깨가 앙바틈하게 생긴 송기화는 무릎치기 웃옷에 거먹 초립을 비뚜름히 써 역졸의 차림을 하였고, 키가 장대처럼 큰 김덕배는 패랭이를 쓴 마부 차림, 보통키에 체격이 참나무 토막처럼 단단해 보이는 문치걸은 저고리가 엉덩이까지 내려오는 보부상 옷차림이다. 짝귀는 흰 바지에 검은 저고리를, 대불이는 흰 바지와 흰 저고리를 입고 웃대님을 하였다.

"다 왔구만. 저기 눈앞에 뵈는 산이 백용산이여."

김한봉이 잠시 걸음을 멈추고 턱 끝으로 허물을 벗듯 어둠을 털고 하늘 아래 모습을 드러내고 있는 말 모양의 야트막한 산을 가리키며 말했다.

"해가 뜨기 전에 저 산봉우리에 올라갈 수 있을까?"

영산강을 건너면서부터 말 한마디 없던 짝귀가 뚜벅 물었다. 그들은 해가 떠오르는 그 시각에 백용산 꼭대기에서 나상집(羅相集) 대장을 만나기로 한 것이었다.

"성님도 참, 백용산은 우리 코앞에 있고 동편 하늘은 아직 붉은 기운이 뻗치지 않고 있는듸 뭐가 걱정이우."

짝귀의 말을 문치걸이가 받았다. 그들 다섯 사람은 모두 짝귀를 형님으로 대우했다.

그들이 백용산을 턱 끝으로 바라보며 야트막한 구릉을 넘었을 때, 그들보다 오십여 보 앞에 농사꾼 차림의 장정 여남은 명이 역시 백용

산을 향해 가고 있었다. 그리고 그들이 백용산의 산자락을 밟기 시작
했을 때는 그들 뒤에 머리에 굴건을 쓰고 다리에 행전을 펜 상제 차림
의 남자들 여남은 명이 바쁜 걸음으로 바짝 따라오고 있는 게 아닌가.
뿐만 아니라 그들의 반대 방향에서도 농사꾼 차림이나 보부상 차림
사내들이 삼삼오오 떼를 지어 나타났다. 그리고 날이 완연히 밝아오
자 흰옷 차림의 많은 남정들이 여기저기에서 백용산으로 올라가고
있는 모습이 보였다.

"몇명이나 모인당가?"

대불이가 주위를 두렷두렷 살피며 김한봉에게 물었다.

"모르재. 나주 사람덜만 뫼이는 것이 아니고 무안, 함평, 영광, 남
평 안통에서 나 장군을 따를 사람은 다 모일 텡께, 기백명이 되겠재."

그들 여섯 사람은 서둘러 백용산 봉우리를 향해 올라갔다. 그들이
백용산 꼭대기에서 나상집 대장을 만나기로 한 것은 나 대장과 같은
왕곡 방하골 출신인 김한봉의 말을 따르기로 의견을 모았기 때문이다.

김한봉의 말로는 나상집 대장은 나이가 아직 서른도 안 된 젊은 호
걸이라고 하였다. 그는 김옥균(金玉均)을 살해하고 나주에 와서 숨어
지내고 있는 홍종우(洪鍾宇)의 권총을 탈취하여, 단신으로 삼향(三鄕)
에 주둔하고 있던 일본 수비대를 습격, 일본군 네 명을 죽인 후 무기
와 탄약을 탈취, 뜻을 같이한 동지 스물세 명을 무장시켜 의병활동을
시작하였다고 했다. 그 후 반남(潘南)의 왜군 수비대를 습격하여 총검
과 탄약을 노획하였고, 지난여름에는 뱃길로 영산강을 거슬러 올라
나주에 잠입, 왜군을 사살한 후 무기를 빼앗아 나주군 다도면 마산 골

짜기로 피신하고, 그곳에서 대장장이 이 문선을 포섭하여 창과 칼을 만들고 화승총의 탄약을 제조하였다. 일본군이 이것을 알고 쳐들어오자 나상집은 적을 왕곡면 봉의산 밑으로 유인하여 전멸시켰다.

"나대장이 봉의산 싸움에서 크게 이기자 인근 농사꾼들이 서로 나 대장의 부하가 되겠다고 하여 그 수가 자그만치 사백 명이나 된다드만."

김한봉은 옛 동지들에게 나 대장의 자랑을 늘어놓았었다. 그 무렵 대불이를 비롯한 그들 여섯 명의 동학군 옛 동지들은 의병이 되기로 뜻을 모으고 어느 대장의 휘하로 들어갈 것인가 궁리 중이었다. 나주에는 여러 명의 의병장들이 일본 군사와 싸우고 있었다. 문평면 북동리 출신 김태원(金泰元)·김율(金律) 형제는 4백 명의 부하를 거느리고 함평 영광 등지에서 싸우고 있었는데, 화공(火攻)으로 법성포(法聖浦)의 일본군 수비대를 불살라 없앴는가 하면, 올봄에는 나주 사호리(沙湖里)에서 일군을 만나 2백 명의 적을 사살하여 이름을 크게 떨치기도 하였다.

또한 박민수(朴珉洙)·박양수(朴良洙) 형제는 나주 금성산(錦城山)에서 나주, 영암, 무안 출신의 포수들을 모아, 낮에는 숨어 있다가 밤이면 모습을 나타내어 일본군 수비대와 영산포 헌병본대를 습격하는 등 전과를 올렸다.

이밖에 다시 출신 최택현(崔澤鉉)과 그 아들 윤용(潤龍), 종형 장현(庄鉉), 종제 병현(柄鉉) 등 수성최씨(隋城崔氏) 일문 이십여 명은 영산포 헌병 분대와 주재소를 상대로 싸우고 있었고, 서울 출신으로 동생 조정

룡(趙正龍)과 함께 나주에 내려와 쌀장수를 하고 있던 조정인(趙正仁)이 동지들을 모아 의병활동을 하고 있었다.

대불이와 짝귀는 처음에 김태원이나 최택현의 휘하로 들어가고 싶어 하였다. 김태원 부대는 우선 숫자가 4백 명이나 되어 든든하게 여겨졌고, 최택현은 나이가 연만하고 인품이 고매하다는 것에 마음이 끌렸다. 박민수 부대가 전열이 잘 짜여졌다고는 하나, 대불이와 짝귀는 그가 십삼 년 전 동학군이 나주성을 공략할 때 관군을 도와 수성의 공을 세웠다는 전력이 마음에 걸리었고, 조정인은 그가 나주 출신이 아니라는 것 때문에 선뜻 마음이 내키지 않았던 것이다.

이렇듯 대불이와 짝귀는 다른 동지들을 설득하여 김태원 장군과 최택현 대장 등 어느 한쪽을 택하여 그의 휘하로 들어가기로 하였던바, 김한봉이 그의 고향 후배인 나상집을 만나고 와서 그들 여섯 동지들을 회견하고 싶다는 나대장의 말을 전하게 되어, 약속 날짜에 맞춰 새벽길을 떠나 백용산으로 가고 있는 중이다.

이날 나상집을 따르는 의병들은 해가 떠오르는 시각에 백용산 꼭대기에서 회맹하여 맹주를 뽑고 부장이며 호군, 도집사 등 간부들을 인선한 후에 규율을 정하기로 했다.

"맹주는 나 대장이 되겠재?"

대불이가 김한봉의 뒤를 바짝 따르며 물었다.

"정인면이라는 사람도 두령감이 된다고들 허드만."

"정인면? 그가 어떤 인물인듸?"

"반남의 헌병파견대를 습격할 때 용맹을 떨쳤다고 허데."

"그렇다면 그 사람이 부장감이로구만."

대불이는 혼잣말처럼 중얼거렸다.

"우리는 나 대장을 맹주로 천거를 해야 허네."

김한봉이 잠시 걸음을 멎고 동지들을 돌아보며 말했다.

"우리는 아직 나 대장의 부하도 아니지 않은가?"

짝귀였다. 그는 처음부터 김태원 장군의 휘하로 들어가자고 주장
했기에 나 대장을 만나러 가는 것을 마뜩찮게 여기고 있는 터였다. 그
가 김태원 장군의 부하가 되고 싶어 하는 이유는 김 장군이 짝귀의 고
향인 담양까지 거점을 넓히고 있었기 때문이었다.

"짝귀 성님 무신 소리요? 내가 나 대장을 만나 우리 여섯 사람 이야
기를 다 했다니께요. 나 대장은 우리덜 이름까지 다 알고 있을 거요."

"그래두 아직은 우리가 나 대장의 부하가 아닌 것만은 분명하지
않은가? 우리가 마음을 결정하기 전에는 말여."

김한봉의 말에 대불이가 짝귀의 편을 들어주었다.

대불이 일행이 백용산 봉우리에 올라섰을 때까지도 아직 해는 떠
오르지 않았다. 그러나 날이 완연히 밝아 소나무 가지 끝의 솔방울 하
나까지도 다 헤아릴 수 있었다. 백용산 봉우리 동쪽 능선 펀펀히 트인
곳에 흰옷 차림의 의병들이 쫙 깔려 있었다. 드문드문 검은 옷차림의
의병들만이 화승총이나마 무기를 메었을 뿐이고, 흰옷 차림 사내들
은 총 대신 창검을 들고 있었다. 대불이는 그들이 흰 옷차림이 대부분
인 것을 보고 아직은 전열이 덜 갖추어진 부대라는 것을 알았다. 그
무렵엔 의병들의 옷차림을 보고 그 부대의 전력을 평가하였다. 전력

이 약한 부대일수록 농군 복색인 흰옷에 머리에 띠를 두른 차림이 많았으며, 전투 경험이 많은 부대일수록 흰옷 대신에 검은 옷차림이 압도적이었다. 그때 이미 나주 조정인 부대는 황색 복색의 황의군과 녹색 복색의 녹의군으로 나뉘어 있었고, 비록 화승총이기는 하지만 소총을 4백정이나 보유하여 막강한 전력을 자랑하고 있었다. 또 십삼 년 전에 동학 토벌에 공을 세웠던 박민수 부대도 대부분 흑색 복장을 하고 있었으며 천보대포(千步臺砲) 다섯 문과 산포수총(山砲手銃) 열 자루 외에 무기 밀매자인 일본인 요시다(吉田)에게서 비싼 값으로 구입한 38소총을 서른다섯 자루나 가지고 있었다.

"나 대장이 저기 있구만."

김한봉이 흰 천에 창의토왜(倡義討倭)라고 쓴 깃발을 가리키며 말했다. 깃발 옆에 키가 작달막하고 몸피가 단단해 보이는 젊은이가 검은 옷에 갓을 쓰고 기름종이로 만든 우부(雨覆)를 걸치고 있는 모습이 보였다. 대불이는 그가 바로 나상집 대장이라는 것을 짐작하였다.

"자, 나 대장에게로 가세."

김한봉이 동지들에게 말하고 나서 창의토왜라고 쓴 깃발이 아침 바람에 나부끼고 있는 큰 소나무 쪽으로 걸어갔다. 다섯 명의 동지들은 김한봉의 뒤를 따라갔다. 기름종이 우부를 걸치고 38소총을 메고 서 있는 나 대장 옆엔 검은 옷을 입고 저마다 양총과 화승총을 가진 의병들이 에둘러 서 있었다. 대불이 일행이 김한봉을 앞세우고 큰 소나무 가까이 다가가자 나 대장이 김한봉을 알아보고 천천히 그들 쪽으로 다가왔다.

"나 대장!"

"성님 오셨구만요."

나 대장과 김한봉이 손을 잡고 흔들었다. 나 대장은 김한봉의 손을 잡고 흔드는 사이에 대불이 일행을 쭈욱 훑어보았다.

"해 뜨는 시각에 맞추어 오시느라 애쓰셨습니다."

나 대장이 대불이 일행을 향해 인사닦음을 하자

"나 대장, 이분이 짝귀 형님이시구……."

하면서 동지들을 소개하였다.

"한봉이 성님 가만 기시우. 내가 이분들 성함을 알아맞춰보겠수."

나 대장은 그러면서 먼저 짝귀 옆에 서 있는 대불이를 보았다.

"새끼내 사시는 장대불 동지가 맞지요? 나주 양 진사 댁 비자였고, 갑오년 기포 때 싸우셨으며 여기 짝귀라는 분과 제물포와 목포에서 등짐꾼으로 일하셨고…… 그리고 이분은 노안에 사시는 김덕배 동지시구……."

나 대장은 이런 식으로 김한봉을 제외한 다섯 사람의 이름과 사는 곳, 전력 등을 정확하게 말했다. 대불이는 그런 나 대장의 머리가 비상하다는 것을 알았다.

"동지들 잘 오셨수. 갑오년 혁명 때 용맹을 떨치셨던 여러분들을 만나게 되어 참으로 천군만마를 얻은 것만큼이나 힘이 됩니다. 한봉이 성님의 친구 분들이시니 내게도 성님이 되시는 것과 진배없이 생각하고, 앞으로 성님들로 모시겠습니다. 나는 아침에 숨고 저녁에 나타나며 새떼모양 흩어지고 들쥐모양 기어 다니는 짓은 하지 않을 것이며, 정정당당한 대의로써 왜놈과 싸워 이 나라 백성이 이 나라를 지키며 살 수 있게 하고 싶습니다."

나 대장은 우럭우럭한 목소리로 말하고 나서 깃발이 세워진 큰 소나무 밑으로 되돌아갔다.

잠시 후 아침 해가 떠오르자 북소리가 울렸고, 둥둥둥 나지막하게 북소리가 울리는 순간에 여기저기 흩어져 있던 의병들이 큰 소나무 앞으로 모였다.

4백 명에 가까운 의병들이 큰 소나무 앞 편편한 곳에 모이자 나상집 대장의 옆에 서 있던 키가 크고 엄장한 사내가 두어 걸음 앞으로 나서더니

"동지 여러분, 우리는 일치단결하여 왜적과 싸워 이 나라의 주권을 찾기 위해 오늘 여기에 모였습니다. 이 나라 백성으로서 나라를 지키지 못한다면 만 번 죽어도 아까울 것이 없는 것입니다. 우리는 오늘 왜적과 싸울 전력을 가다듬기 위해 지휘자를 뽑고 규율을 정할 필요가 있다고 생각되어 이 문제들을 공론에 붙이고자 합니다."

하고 일장 연설을 하였다.

"저 사람이 정인면이네."

김한봉이가 대불이의 귀에 속삭였다.

이날 공론에서는 먼저 그들을 통솔할 맹주를 뽑았는데 예상대로 대부분의 의병들이 나상집의 이름을 외쳤다. 정인면과 양재룡의 이름을 외쳐댄 사람들도 있었으나 나상집에는 미치지 못하였다. 절대적인 지지로 대장에 뽑힌 나상집이 의병들 앞으로 나서며 손을 흔들

자 둥둥둥 북소리가 울렸다.

"그러면 각부 지휘자와 책임자를 호명하겠소."

공론에 붙여 창의대장으로 선출된 나상집은 편제의 책임자를 정하여 발표했다.

"부장에 정인면, 호군에 정두면, 도집사에 양재룡, 중군에 안낙삼, 도서기에 양준호……."

나상집 대장이 새로 지휘자를 호명할 때마다 북이 울렸다.

대불이는 십장(什長)이 되었고 김한봉은 군기출납장(軍器出納長)에 뽑혔으며, 김덕배는 탐정장(探情長)이 되었다. 십장이 된 대불이는 부십장인 차지(次知)를 합해 마흔 명의 부하를 거느리게 되었고, 김한봉은 무기출납의 책임을, 그리고 김덕배는 적정을 살피는 일을 맡게 된 것이다.

"그러면 지금부터 새로 정한 규율을 말하겠소."

창의대장으로 정식 선출된 나상집은 미리 준비해온 규율을 읽었다.

"면암 최익현 창의대장께서 말씀하시기를 대저 싸움의 승패는 강약과 이둔에 있는 것이 아니라 일심단결에 있다고 하였습니다. 승리는 오직 슬기롭고 용감한 장수가 충성되고 의로운 군사를 거느리고 일심동력으로 싸우는 데에서만 이룰 수 있다고 하였소. 따라서 여러 동지들은 나를 믿고 하나로 뭉쳐주기를 바라오. 그러면 지참해야 할 무기와 복장에 대해서 말하겠소. 여러 동지들은 총이나 활, 창, 검 등 무기를 가지고 나올 것이며……."

나 대장이 의병들에게 말한 지참물은 쌀 두 말들이 바랑과 한 되들이 주머니 하나씩과 표주박, 성냥이나 부싯돌, 화철(火鐵), 화석(火石), 화우(火羽), 짚신 두 켤레, 입모(笠帽) 한 벌, 유진(油袗) 한 벌, 유단(油單) 세 겹, 짚으로 꼰 새끼 두 줄 등이었다.

나 대장은 의병들의 복장에 대해서도 말했다.

입자(笠子)는 혹 평양자(平壤子)도 무방하며, 소매가 넓은 주의(周衣)나 구전복(具戰服)을 각기 있는 대로 착용하되, 상의는 모두 황색으로 물들이도록 한다. 또한 각자 적삼과 바지 한 벌씩을 따로 준비하되 적삼의 길이는 다리를 가리고 소매는 팔이 겨우 들어갈 만한 정도로 좁게 하며, 색은 그 사람의 출생 천간(天干)에 따라 물을 들이는데, 갑·을은 청색, 병·정은 홍색, 무·기는 황색, 경·신은 백색, 임·계는 흑색으로 한다. 아랫바지의 길이는 가슴에 닿을 수 있고 너비는 다리가 들어갈 정도로 좁게 하며, 색은 그 사람의 지지(地支)에 따라 인·묘는 청색, 사·오는 홍색, 진·술·축·미는 황색, 신·유는 백색, 해·자는 흑색으로 하고, 전대는 모두 청색으로 하며, 수건은 홍색으로 물들인 것이라야 한다고 말했다.

수백 명의 창의군이 나주군 문평면의 백용산 꼭대기에서 해가 떠오르는 시각에 맞추어 회동하여 스물아홉 살의 나상집을 창의대장으로 뽑고 전열을 가다듬기 위한 규율을 정하였다. 창의대장 나상집은 의병이 지참해야 할 무기며 양곡을 넣고 다닐 수 있는 바랑 등에 대해서 저저이 말한 다음 갖추어야 할 복장의 모양과 색깔에 대한 이야기를 하였다.

"우리는 이 나라 백성들을 위해 창의한 것인만치 앞으로 만약 무뢰한 행위가 있거나 몽둥이로 백성을 두들기거나 혹은 남의 내정에 함부로 들어가는 것은 바로 난군의 행위이니, 죄의 경중에 따라 엄히 다스릴 것이며, 지나가는 부락에서 만약 재물이나 곡식을 빼앗는 일이 있을 시는 이 또한 참형에 처할 것이며……."

나상집 대장은 계속하여 의병들이 지켜야 할 군율에 대해서도 말했다. 부녀자를 겁탈하거나 무단히 사람을 살해하지 말 것, 소나 말, 개, 닭을 약탈하지 말 것, 의병의 장령(將令)이라 칭하고 민간을 상대로 토색질을 말 것, 관가의 물건을 함부로 빼앗지 말 것, 전답의 곡물을 함부로 밟고 지나가지 말 것 등이었다. 이 밖에 복병을 했을 때 폿소리가 들려도 함부로 발포하지 말 것, 호군장(犒軍長)이 징을 치면 일제히 모여 함께 밥을 먹을 것 등도 말했다. 그러면서 나상집 대장은 부대 안에 만약 규율을 어기는 범법자가 있을 시는 십장이 다스리고, 십장에게 과실이 있을 시는 도십장의 절제를 받으며, 도십장은 도포에게 도포는 선봉장에게 선봉장은 창의대장에게 절제를 받도록 하라고 일렀다.

나상집 창의대장의 훈시가 끝나자 각 분대별로 대오를 갖추었다. 제2초 십장(第二哨什長)이 된 대불이는 안낙삼 중군장의 지휘를 받아 그의 대원 마흔 명을 한곳에 집합시켰다. 군기출납의 책임을 맡은 김한봉과 탐정장이 된 김덕배를 제외한 짝귀, 송기화, 문치걸 등 세 사람은 대불이의 대원이 되었다.

"성님이 부 십장을 맡어주씨오."

대불이는 중군장 안낙삼으로부터 받은 대원의 명단 표에 적힌 이름을 불러 한쪽에 집합시키고 나서 대오에서 짝귀를 불러내어 조용히 말했다. 대불이는 짝귀를 제쳐두고 자신이 십장을 맡게 된 것을 미안하게 생각하고 있었다.

"그러함세."

짝귀는 흔쾌히 수락해주었다.

"창의대장님의 호명에 의해 이초십장을 맡은 장대불이오. 앞으로 일심단결하여 목숨을 바쳐 싸웁시다."

대불이는 그의 대원들에게 간단히 말하고 부 십장이 된 짝귀를 소개하였다. 대원들은 처음 본 대불이와 짝귀가 그들의 지휘자가 된 것이 다소 마뜩찮은 지 두 사람을 별로 환영하는 눈치가 아닌 듯싶었다. 그러나 대불이는 짝귀, 송기화, 문치걸 같은 동학군 시절의 동지가 그의 대원 가운데 있는 것이 마음 든든했다.

대불이는 그가 지휘하게 된 마흔 명의 대원들 이름을 불러가며 한 사람씩 살펴보았다. 대원들 중에서 화승총이나마 무기를 휴대한 의병은 겨우 열한 명에 불과했고 나머지는 창과 칼 외에 죽창을 들고 있었다. 그리고 쉰 살이 넘은 노년 의병이 다섯 명이었고, 스무 살 미만이 열일곱이나 되었다. 대불이가 생각하기에 무엇보다 급한 것은 먼저 대원들이 병장기를 갖추는 일인 듯싶었다. 그는 대원들 점호를 끝내고 중군장 안낙삼에게 군 장비를 해결해줄 것을 청했다. 검은 옷에 한순간에 열 발을 쏘아댈 수 있는 38식소총을 어깨에 멘 안낙삼은 왕방울 같은 눈을 부라리며 대불이를 쏘아보더니

"군장비는 군기출납장이 차후로 해결을 해줄 것이나 우선은 십장

이 알아서 하씨오. 내 총도 누가 준 것이 아니고 창의대장과 함께 삼향에 주둔하고 있던 왜군을 습격하여 빼앗은 것이오. 십장은 머리를 써서 대원들이 총을 가질 수 있도록 해보씨오."

라고 할 뿐이었다. 중군장 안낙삼은 나상집 대장 또래로 성질이 툭박진 사람이었다. 중군장의 말은 일본군을 습격하여 총을 탈취하는 길밖에 없음을 암시하고 있었다.

"우선 십장부터 총을 구하씨오."

중군장은 총도 메지 않은 대불이를 비아냥거리는 투로 말했다.

"군장비를 갖추는 일이 시급한데 어쩌면 좋겠소? 대원 사십 명 중에서 총을 가진 자가 겨우 열한 명에 불과하니 이래 갖고 무슨 싸움이 되겠소."

중군장을 만나서 군장비를 해결해줄 것을 부탁했다가 오히려 퉁바리만 맞고 대원들에게로 돌아온 대불이가 걱정스러운 얼굴로 짝귀를 보며 말했다.

"김한봉이가 군기출납을 맡았으니께 사정을 한 번 해보세."

"김한봉이가 무슨 수로………"

"창의대장한테도 복안이 있겠지."

"군기는 우리들 스스로 해결할 수밖에 없을 것 같소."

편제 대로 점호가 끝났을 때는 어느덧 해가 머리 위에 떠올라 있었다. 나상집부대 의병들은 정오가 되어서야 백용산에서 중문리로 내려가 미리 준비해두었던 음식으로 호군(犒軍)하였다. 점심을 먹은 뒤 나 대장은 별도로 십장급 이상의 지휘관들을 따로 불러 앞으로의 작전 계획을 지시하였다.

"우리 부대는 앞으로 보름 후에 나주에 둔을 치고 있는 일본군을 칠 계획이니 그리들 아시오. 지금이 오월 초아흐레니께, 이종기인지라 모두들 집에 돌아가서 농사일을 돕고, 하지가 지난 이달 스무나흔 날 새벽 첫닭이 울 시각에 나주 금성산의 죽절고랑으로 모이도록 허시오. 그리고 양준호 도서기께서 군기를 구입할 약간의 돈을 마련하였기로, 군기출납장을 맡은 김한봉 동지께서는 무기 밀매업자인 왜인 요시다를 은밀히 만나서 총과 탄약을 살 수 있는지 알아보도록 하시오."

나상집 대장의 말에 부장 정인면이 도서기 양준호에게 병기 구입비로 마련한 돈이 얼마나 되느냐고 물었다.

"문평의 한 독지가께서 쌀 일백 섬 값을 희사해주시었고, 왕곡에 사는 애국지사께서 쌀 오십 석을 내놓으셨습니다. 나 대장님과 상의한 결과 이 중에서 쌀 일백 섬 값으로 무기를 구입하기로 했습니다."

양준호 도서기는 쌀을 희사해준 사람의 이름은 밝히지 않았다.

"쌀 일백 섬 값으로는 양총 스무 자루 정도밖에 살 수가 없소."

도집사 양재룡의 말이었다.

"상급으로는 열 자루 값에 불과하오."

양재룡의 말을 중군장 안낙삼이 받았다.

그 무렵 양총 한 자루의 최곳값은 1백 원을 호가하였고, 하급이 오십 원 정도였으며, 탄환 1백발의 값은 오 원에서 십 원까지 거래되었다. 이것도 일본인 무기 상인한테 사면 이 정도로 가능했으나, 중국인에게서 살 경우에는 부르는 것이 값이었다.

"양총을 구입하면 탄환을 많이준비해야 합니다. 양총은 탄환이 떨어지면 무용지물이 아니오. 그러니 탄환을 많이 사도록 합시다."

부장 정인면의 말이었다. 그의 말에 모두들 고개를 끄덕였다.

"돈은 마련이 되었으나 양총을 구입하기는 그리 쉬운 일이 아닌지라 이번 나주의 왜군을 습격할 때까지는 기대를 안 하는 것이 좋을 게요. 그러니 무기는 대원 각자가 알아서 해결하도록 합시다."

마지막으로 나상집 대장이 지휘관들에게 당부했다.

이날 나상집 부대의 의병들은 날이 어두워서야 스무 나흗날 새벽에 금성산 죽절고랑에서 만날 것을 기약하고 흩어졌다. 대불이는 그의 대원들에게 전체 부대원이 죽절고랑에서 만나기 나흘 전 새벽 첫닭이 우는 시각에 새끼내 뒤 개산에서 회동할 것을 말하고, 유월 스무날 개산에서 모일 때까지는 어떤 수를 써서라도 각자 기계(총)를 휴대하도록 일렀다.

대불이는 대원들이 중문리에서 모두 떠나기를 기다렸다가, 김한봉, 김덕배, 짝귀, 송기화, 문치걸 등과 함께 길을 나섰다. 그리고 밤이 어두워오기 시작하여 중문리를 떠나 한밤중에야 구진나루 난초네 주막에 당도하였다. 그 무렵 난초는 한때 대불이를 도와주었고 대불이가 형님으로 대우했던 방석코와 혼인을 하여 아들 하나와 딸 하나를 낳았다. 난초는 혼기가 넘도록 구진나루주막에 빌붙어 지내면서, 동학군이 패주할 때 행방을 감추었던 대불이가 돌아오기만을 학수고대 기다렸으나, 영산포를 떠난 지 오 년이 되도록 생사조차 모르고 있던 터에, 각설이 패거리 차림의 사내들이 난초를 찾아와서 대불이의 자식이라면서 다섯 살 난 사내아이를 떨쳐두고 갔던 것이었다. 난초가 짐작하건대 각설이 패거리 사내들이 떨쳐놓은 아이는 분명히 대불이와 새끼내 주막의 주모 말바우 어미 사이에서 낳은 아이인 듯싶었다. 대불이와 말바우 어미는 난초가 어렸을 때 야행을 쳐, 함께 장성 백암산에 들어가 동학도인이 되었다가 말바우 어미가 천형이라고 하는 대풍창에 걸린 후로 구진나루 뒷산에 초막을 치고 살았다. 그때 말바우 어미는 배가 불러 있었는데, 어느 날 대불이 몰래 사내 대풍창 병자와 행방을 감추어버린 것이었다.

　난초는 다섯 살 된 그 아이를 목포에 살고 있던 웅보네 집에 데려다주고 온 후, 그녀를 돌봐주는 방석코와 혼인을 했다. 그녀는 언제까지나 대불이를 기다리고만 있을 수도 없었다. 대불이와 말바우 어미 사이에서 낳은 아이를 보자 일종의 배신감 같은 것을 느꼈는지도 몰랐다.

　대불이 일행이 구진나루 주막에 이르러 방석코를 찾자 깊이 잠든 그들 부부는 동기간을 맞은 듯 방을 치워주고 서둘러 저녁밥을 짓는 등 법석을 떨었다. 대불이는 그런 방석코와 난초가 고마울 따름이었다. 난초는 이제 지난날 오래도록 대불이한테 매달렸던 연정을 지워버린 듯 스스럼없이 그녀가 어렸을 때처럼 오라버니라고 불렀고, 방석코는 방석코대로 마치 자기가 대불이의 여자를 가로채기라도 한 듯 대불이한테 죄스러운 기분을 가지고 유별나게 잘해주었다.

　"대불이 오라버니는 저녁 잡숫고 새끼내로 건너가입시오."

자다 말고 일어나 저녁밥을 지어, 밥상을 든 방석코를 따라 들어와 방문 가까이에 앉으며 난초가 말했다.

"자정이 지냈넌듸 인제사 어뜨케 강을……."

대불이는 이미 그가 지난날 영산포 조운창의 목대잡이로 있을 때 형님이라고 불렀던 방석코의 아내가 된 난초에게 시원스럽게 말을 트지 못하고 얼버무렸다. 난초는 옛날처럼 해라를 하라고 일렀지만 대불이는 의형의 아내가 된 그녀한테 차마 하대를 할 수가 없었다.

"인제는 소바우 생각도 좀 해야지유. 지난 단오날 때 봤더니 열네 살 아이치고는 너무 약골입듸다. 오라버니는 소바우가 불쌍허지도 않소?"

난초는 언젠가 각설이 패거리 차림의 사내들이 대불이의 자식이라고 주막에 떨쳐놓고 가던 일을 떠올리며 말했다. 대불이는 아무 대꾸도 하지 않았다.

저녁밥을 먹은 대불이와 그의 친구들은 방석코 내외가 그들 방으로 돌아가자 나상집 대장을 만났던 일에 대해 서로 의견을 주고받았다. 모두들 나상집 대장에 대해서는 호감을 가지고 있는 것 같았다.

"그나저나 당장 기계를 구해야 할 것인듸 걱정이여. 명색이 십장이 돼갖고 기계가 없으니 체면이 서야재. 짝귀 성님 좋은 방도가 없을까요?"

대불이는 중문리를 떠나오면서부터 그 생각뿐이었다. 중군장 안낙삼의 말과 같이 무기를 손에 넣자면 일본군 둔소를 습격해야 할 터인데, 맨몸으로야 어디 그런 일이 가당키나 하단 말인가.

"나는 요시다라는 왜놈 기계 밀매업자를 만나야겠는디……."

군기출납의 책임을 맡게 된 김한봉도 걱정이 태산 같아 한숨만 내뿜었다.

"거야 목포에 가면 요시다를 만날 수 있을 것 아닌가?"

탐정을 맡은 김덕배가 퉁명스럽게 내질렀다. 그는 내일부터 탐정일을 맡은 일곱 명의 동료들과 만나서 나주에 있는 일본군 둔소의 정황을 살필 일이 아뜩하기만 했던 것이다. 그는 당장 내일 아침에 엿판을 마련하여 엿장수로 변장을 해야만 했다.

"목포에 가서 요시다를 만나는 일이야 어렵지 않겠재. 그렇지만말이여, 그 기계 밀매업자를 만나서 불쑥 나한틔 총을 파씨오 이렇게 말허란 말이여? 그랬다가는 당장 나를 일본 헌병한틔 끌고 가서 그놈덜이 말하는 비도(匪徒)를 잡았다고 할 것인디?"

김한봉이 다시 한숨을 섞어 말했다. 그러면서 그는 십장이 된 대불이를 부러워하였다.

"불쑥 요시다를 찾아갈 수는 없겠재. 내일 영산포에 건너가서 오까모도 미곡창 일을 보고 있는 칠만이라는 사람을 소개해주겠네. 그 사람과 함께 요시다를 만난다면 일이 잘 될지도 모르겠네."

"아니 그 싸가지없는 왜놈 앞잽이를."

대불이의 소개로 얼핏 칠만이를 만난 적이 있는 김한봉이 펄쩍 뛰는 시늉을 하였다.

"그런 일에는 왜놈 앞잽이가 필요한 거여."

짝귀였다. 그리고 나서 짝귀는 갑자기 묘안이 떠오르기라도 한 듯 대불이의 어깨를 힘껏 쳤다.

"그렇구먼. 내가 왜 그 생각을 여태 못했을꼬. 이봐 대불이, 양코배기 야소교 선교사들한틔는 기계가 있을 것이 아닌가?"

짝귀가 자기도 모르게 큰 소리로 말하고 나서 스스로 놀라 자신의 입을 손바닥으로 가렸다.

"그렇기는 허겄재만……."

대불이는 설마 짝귀 형이 야소교의 성교당을 습격하자는 말이 아니기를 빌었다.

"그려. 나도 코쟁이 야소꾼들이 양총을 갖고 있는 것을 본 적이 있네."

먼 길을 걸어 고달픈지 밥상을 물리기가 바쁘게 벽에 등을 기댄 채 졸고 있던 송기화가 벌떡 일어나 앉으며 말했다.

"그렇지만 짝귀 성님, 성교당을 습격하자는 것은 아니겄지요?"

대불이가 짝귀를 짯짯이 들여다보며 물었다.

"이 땅에서 왜놈덜을 몰아낼 때꺼정만 빌리는 것이재. 안 그러면 돈을 주고 사고."

"돈을 주고 사다니요?"

짝귀의 말에 대불이가 다시 반문했다.

"팔기를 원헌다면 사야겄재. 나한틔 이십 원이 있응께 원헌다면 이십 원을 다 주고라도 사야재. 안 그런가?"

결국 대불이는 짝귀의 제안대로 야소교꾼 코쟁이한테서 총을 구입하는 일도 한 번 고려해보기로 하였다.

다음날 아침 주막의 객방에 햇살이 널름거리며 기어들어올 때까지 늦잠을 퍼자고 느지거니 일어난 그들은 저마다 할 일을 서둘렀다. 김덕배는 엿판을 마련하여 나주로 들어갔고, 김한봉과 대불이는 같이 강 건너 영산포의 오까모도 싸전으로 칠만이를 만나러 갔다. 새끼내에서 함께 살 때까지만 해도 대불이와는 입안에 든 것도 나눠먹을 만큼 둘도 없이 친했던 칠만이는, 오까모도의 싸전 일을 도맡아본 후로 돈을 많이 모아 완전히 다른 사람이 되어 있었다. 칠만이는 일본사람과 똑같은 옷을 입고 일본말을 썼다.

"칠만이라는 그 일본 놈 앞잽이가 우리를 왜놈 헌병들헌티 고변하지나 않을지 걱정이여."

김한봉은 칠만이를 만나보기도 전에 그런 걱정부터 하였다.

"설마 나를 봐서라도 그러지는 않을 것이구만. 그놈은 돈이 생기는 일이라면 여편네꺼정도 팔아 묵을 놈이니께. 그 대신 거간비를 듬뿍 주겠다고 허소."

대불이가 생각했던 대로 칠만이는 거간비만 많이준다면 내일이라도 당장 목포로 가서 요시다를 만나 총을 사주겠다고 하였다. 대불이와 김한봉은 칠만이가 너무 순순히 응낙을 하고 나서는 것에 적이 불안한 생각이 들기까지 하였다. 칠만이의 말로는 오까모도의 친구인 요시다를 여러 차례 만나 서로 잘 아는 사이라고 하였다. 그리고 그는 총을 어디에 쓸지 다 알고 있는 것처럼, 어느 의병장 소속이냐고 물었다. 그러나 대불이와 김한봉은 나상집 대장의 이름을 밝히지 않았다.

김한봉과 함께 영산포에 갔던 대불이는 담배 한 대 참이면 갔다 올

수 있는 새끼내 그의 집에도 들르지 않고, 강을 건너 구진나루 난초네 주막으로 돌아왔다. 야소교 성교당을 알아보기 위해 나주에 갔던 송기화와 짝귀, 문치걸도 돌아와 있었다.

"나주에 야소교 집이 두 곳에 있는듸, 하나는 인가가 밀집헌 곳에, 또 하나는 인가에서 좀 떨어진 언덕배기에 있드구만."

대불이가 주막의 객방 안으로 들어서자 먼저 말한 것은 짝귀였다.

"그렇다면 언덕배기에 있는 성교당이 좋겠구만요."

대불이는 그러면서 당장 그날 밤에 양코쟁이 야소교꾼을 만나러 가자고 하였다.

짝귀, 대불이, 송기화, 문치걸 등 넷은 해가 저물기를 기다렸다가 탁배기 한 사발씩을 털어놓고 얼큰한 기분으로 구진나루를 떴다. 그들은 방석코가 한사코 함께 가자는 것을 간신히 뿌리쳤다. 대불이 생각에는 처음부터 자신들이 하는 일에 끼워주고 싶었지만 문치걸과 송기화가 기를 쓰고 반대했다. 문치걸의 말로는 그즈음 방석코는 영산포 선창거리의 악소배(惡少輩)들과 어울리는데다가 영산포 헌병 분대 통역특무조장으로 있는 김현규라는 사람과도 친하게 지내는 편이라 믿을 수 없다는 것이었다. 그러나 대불이는 방석코를 믿고 있었기 때문에 언젠가는 그들의 울타리 안으로 끌어들일 생각을 하고 있었다.

"한봉이는 어디로 갔당가?"

그들이 홍룡샘 가까이 왔을 때 짝귀가 뚜벅 물었다.

"임시 창의소로 정한 마산으로 나 대장을 만나러 갔구만요."

대불이가 말했다. 그들은 송월촌 옆의 야트막한 언덕을 넘고 있었다. 그 언덕을 넘으면 나주 남문통이 엎드리면 코 닿을 데에 있었고, 그들이 목표로 한 야소교 코쟁이 집은 문 안의 한적한 숲속에 자리 잡고 있었다.

대불이와 짝귀, 문치걸, 송기화 등 네 사람이 양코쟁이 예배당에 가서 양총을 구하기 위해 나주로 들어갔을 때는 완연히 날이 어두워 있었다. 예배당은 남문 밖 자그마한 언덕배기에 있었다. 네 사람은 논바닥을 가로질러 예배당으로 직행하였다. 그러나 그들이 예배당 가까이 갔을 때 갑자기 떼 지어 부르는 노랫소리가 흘러나와 주춤 멈추어 섰다.

"제사를 지내는구만."

짝귀가 불빛이 새어나오고 있는 예배당을 바라보며 말했다.

"제사를 지내다니, 무신 제사 말이우?"

"야소꾼들은 날마다 몇 번씩이고 제사를 지낸다는구만. 노래를 부를 때는 제사를 지낸다 이그여. 제사가 끝날 때까지 기다리세."

송기화가 묻고 짝귀가 대답했다.

그들은 짝귀의 말대로 솔수펑이 속으로 들어가 예배가 끝나기를 기다리기로 하였다. 대불이는 곰방대에 절초 부스러기를 넣고 엄지로 꽁꽁 누른 다음 콧김을 불고 부싯돌을 켜 불을 붙였다. 대불이는 제물포를 떠나 목포로 내려온 후부터 담배를 피우기 시작했다. 처음에는 소바우 어미 생각이며 하야시를 따라 일본으로 유학을 떠났다는 순영이 생각이 뻗질러오를 때마다 뒤숭숭한 심사를 가라앉히기 위해 몇 모금씩 연기를 빨곤 하였었는데, 이제는 버릇이 되어 잠깐의 여유만 있어도 곰방대를 꺼내 입에 물곤 하였다. 곰방대를 빼는 동안에는 어김없이 소바우 어미와 순영이의 얼굴이 꿈처럼 떠올랐다.

"제사가 끝난 모양일세."

예배당에서 떼 지어 부르는 노래가 끝나자 짝귀가 어둠속에서 천천히 일어서며 말했다. 그들은 모두 일어나 예배당 쪽을 바라보며 사람들이 나오기를 기다렸다. 그러나 사람들은 나오지 않고 다시 노랫소리가 멀리까지 어둠 속으로 흘렀다.

오라 오라 돌아오라
창의소로 돌아오라
만일만일 오지 않고
왜적에 종사하여
불행히도 죽게 되면
황천에 돌아가서
무슨 면목 가지고서
선황선조 뵈올쏘냐

찬송가 소리에 맞춰 문치걸이 나지막이 의병노래를 흥얼거렸다.

"그 노래 어디서 배웠는가. 나헌테도 좀 가르쳐주소."

송기화가 문치걸 옆에 바짝 붙어 앉으며 매달리는 목소리로 사정을 하였다.

"기화 자네만 배울 것이 아니라, 의병이라면 누구나 다 배와야재."

문치걸은 그러면서 수탉처럼 어깨를 흔들었다.

예배당 안에서 떼 지어 부르는 노래가 두 번씩이나 끝났는데도 사람들이 밖으로 나오지 않았다. 대불이는 그동안 담배를 두 대나 피웠다. 어느덧 절간 뜰이나 깊은 골짜기의 바위 틈새에서 핀 주머니 모양의 금낭화 꽃잎처럼 위쪽이 볼록한 반달이 정수리 위에 떠올라, 차가우면서도 부드러운 달빛을 쏟아 내리고 있었다.

"짝귀 성님, 야소꾼들이 믿는 하나님이라는 거이 뭐당가요?"

곰방대를 뻐억뻐억 빨던 대불이가 밤하늘에 금낭화처럼 떠 있는 반달을 쳐다보며 뚜벅 물었다.

"자네 장성 백암산에서 기수선 교장님한테 안 배왔는가. 하늘이 곧 사람이다, 그 말씀 못 들었어?"

"인내천 말이우?"

"그려, 인내천."

"그렇지만 야소꾼들이 믿는 하늘은 그것이 아닌 것 같습디다. 그들은 사람을 믿는 것 같지가 않든디유. 나는 잘 모르겠구만유."

"하늘은 다 매한가지겄재잉. 야소꾼들 하늘이 따로 있고, 인내천 하늘이 따로 떨어져 있겄는가? 우리덜 머리 위에 있는 하늘은 다 마찬가진 게여."

"허지만 사람이 각각 다른 것을 보면 하늘도 다를 것이 아니겄소?"

짝귀와 대불이가 하나님에 대한 이야기를 주고받는 사이 예배당 안에서 사람들이 꾸역꾸역 씨아에서 무명씨 빠져나오듯 하고 있었다. 양코배기 목사가 문밖에 나와, 예배당 안에서 사람들이 나올 때마다 꾸벅거리며 절을 하는 모습이 보였다. 그들은 야소꾼들이 모두 예배당을 떠나고 양코배기가 안으로 들어간 지 담배 한 대 참 가량 더 기다리고 있다가 발자국 소리를 줄여 조심스럽게 불이 켜져 있는 판잣집으로 다가갔다. 그들이 예배당 안으로 들어섰을 때, 양코배기 남자와 노랑머리 여자가 푹신한 의자에 앉아서 종지 같은 그릇에 볶은 콩 냄새가 나는 빨강보라색의 앵초꽃 빛깔의 물을 마시고 있었다. 그것이 커피라는 것을 아는 사람은 대불이와 짝귀 두 사람뿐이었다. 그들은 제물포에 있을 때 서양 사람들이 그것을 즐겨 마시는 양을 자주 보았다.

대불이와 그의 동지들이 예배당 안으로 불쑥 들어서자, 커피를 마시고 있던 두 사람이 천천히 고개를 돌려 그들을 바라보았다.

"우리는 일본 놈들과 목숨을 걸고 싸우는 창의병이오."

대불이가 양코배기 앞으로 가까이 다가서며 말했다. 양코배기 야소꾼들은 그들을 보고 조금도 놀라는 기색이 없었다.

"무엇을 원하십니까?"

양코배기 남자가 찻잔을 든 채 대불이를 쳐다보며 정확한 조선말로 말했다. 그들은 양코배기 야소꾼이 조선말을 잘하는 것에 적이 놀랐다.

"우리에게는 총이 필요하오. 총을 좀 주씨오. 왜놈덜을 말끔히 몰아낸 다음에 다시 갖다 드리겠소."

짝귀가 정중하게 부탁을 하였다.

"총을 달라고요? 후에 갖다 주겠다고요? 당신들을 어찌 믿는다는 말이오."

양코배기는 찻잔을 탁자 위에 내려놓으며 그들 두 사람을 둘러싸고 서 있는 대불이의 동지들을 하나하나 둘러보았다.

"당신들 야소꾼들은 한울님을 믿고 있다고 들었소. 우리도 인내천을 믿는 사람이오. 당신들이 믿는 한울님이나 우리가 믿는 인내천의 하늘이나 같다고 생각하오. 그러니 우리를 믿고 총을 주시오. 순순히 총을 주지 않겠다면 당신도 왜놈덜하고 다를 바 없다고 치부하고 완력으로다가 총을 빼앗아갈 것이니 그리 아시오."

짝귀가 천천히, 그리고 또박또박 알아듣기 쉽게 말했다.

"당신들도 하나님을 믿으시오?"

양코배기 야소꾼이 물었다.

"우리가 믿는 것은 인내천이라는 하늘이오."

이번에는 대불이가 말했다.

"인내천이 무엇입니까?"

"사람이 곧 하늘이다 이것이지요."

"아, 그렇습니까? 그렇다면 우리가 믿는 하나님하고 똑같습니다. 나는 당신들을 믿을 수가 있습니다. 당신들한테 총을 드리겠습니다."

그러면서 양코배기는 만족하게 웃어 보인 후 다른 방으로 들어가더니, 양총 두 자루와 탄대(彈帶)를 들고 나왔다.

"이 총을 모두 당신들에게 주겠습니다. 다시 돌려주지 않아도 좋습니다. 그 대신 하나님을 열심히 믿으십시오."

양코배기는 흔연스럽게 양총 두 자루를 대불이와 짝귀에게 넘겨주었다.

"고맙습니다. 당신들 야소꾼이 믿는 하늘과 우리가 믿는 인내천의 하늘이 똑같았으면 좋겠습니다. 정말 고맙습니다."

대불이가 총을 받아들며 허리를 굽적거렸다. 양코배기 야소꾼과 노랑머리 여자는 예배당 문밖까지 나와서 그들을 배웅해주었다.

그들은 이렇듯 힘 안 들이고 양총 두 자루를 손에 넣을 수가 있었다. 양총과 탄환을 얻게 되자 무서울 것이 없었다. 이제 왜놈들이 떼를 지어 몰려온다 해도 모두 물리칠 수 있을 것만 같았다. 나주 예배당에서 구한 두 자루의 양총은 우선 이초 십장인 대불이와 부 십장인 짝귀가 각각 소유하기로 하였다.

다음날도 그들은 문치걸과 송기화의 무기를 구하기 위해, 걸어서 하루거리가 빠듯한 일로(一老)까지 갔다. 그들은 아침 일찍이 구진나루에서 목포로 가는 소금배를 타고 명산까지 가서 점심을 먹고 해가 지기를 기다렸다가, 해넘이 무렵에야 일로를 향해 떠났다. 일로에 도착했을 때는 밤이 깊어 있었다. 그곳의 예배당 위치는 문치걸이 잘 알고 있었다. 그는 옛 동지들을 다시 만나기 전인 지난봄에 일로에 사는 이모 댁에 갔다 온 적이 있었는데, 이모 댁에서 멀지 않은 곳에 예배당이 있는 것을 보았다는 것이었다.

그러나 그들은 일로에서는 나주에서처럼 쉽게 총을 구할 수가 없었다. 대불이는 문치걸과 송기화에게 예배당 밖에서 망을 보게 하고 짝귀와 함께 불이 켜져 있는 방으로 들어갔다. 대불이보다 키가 배나 커 보이는 양코배기는 의자에 앉아 책을 읽고 있다가 그들이 들어서자 책을 놓고 일어서며 누구냐고 큰 소리를 내질렀다. 그는 아마 대불이와 짝귀를 도둑으로 오인하고 있는 것 같았다.

"우리는 왜놈과 싸우는 창의병이오. 총이 있으면 주씨오."

대불이가 부드러운 말로 부탁을 하였지만 양코배기는 한마디로 총이 없다고 잘라 말하면서 빨리 나가지 않으면 일본 순사를 불러오겠다고 위협하는 것이었다. 짝귀가 양코배기에게 우리 두 사람은 하나님을 믿는다고 해보았으나 그는 막무가내로 당장 나가라고 소리소리 질러댔다. 하는 수 없이 대불이는 밖에서 망을 보고 있던 두 사람을 불러들여 양코배기를 묶게 하고 예배당 안을 다 뒤졌다. 그러나 예배당 안에는 총이 없었다.

그들은 일로까지 먼 길을 갔다가 허탕을 치고 밤길을 되돌아 명산에 와서 주막을 찾아 얼핏 눈을 붙인 후에 동이 틀 무렵 영산포에 들어가는 미곡선을 타고 돌아왔다. 그리고 사흘 후 방석코가 다도에 사는 그의 외사촌 집에 총이 있다는 소리를 듣고 와서 말했다. 다도면 덕림까지 가보았으나, 방석코 외사촌이 가지고 있는 것은 화승총 세 자루였다. 그들은 하는 수 없이 짝귀가 가지고 있던 이십 원을 화승총 값으로 주고 모두 가지고 왔다. 그들은 덕림에서 돌아오는 길에 그곳에서 가까운 마산 골짜기에 들르기로 하였다. 마산 골짜기에서는 나상집 창의대장이 대장장이 이문선을 시켜 창검과 화승총 탄약을 만든다는 것을 알고 있었기 때문에, 그곳에 들러 화승총 탄약을 얻을 생각이었다.

창의소로 정한 마산 골짜기에는 나상집 대장과 정인면 부장은 영광으로 김태원 대장을 만나러 가고 없었으나 마침 군기출납장 김한봉이 나 대장을 만나기 위해 와 있었다. 대불이는 김한봉을 통해 약간의 화승총 탄환을 얻을 수가 있었다. 그들은 대장장이였던 이문선이 탄환을 만드는 것을 구경하기도 하였다. 탄환은 납이나 솥을 만들 때 생기는 파쇠(屑鐵) 등으로 만들었다. 마산 골짜기에서는 화승총의 탄환 외에 화약도 제조하였는데, 화약은 우뇨(牛尿)의 찌꺼기나 온토로(溫土爐)의 밑 흙, 버드나무의 숯 등에 유황을 섞어 만들었다.

대불이 등은 마산 골짜기에 있는 창의소에서 하룻밤을 쉬고 다음 날 아침에 서둘러 떠났다. 김한봉은 나 대장을 만나서 무기를 구입할 계약금이 마련되는 대로 영산포로 돌아와, 손칠만과 함께 목포로 요시다를 만나러 가겠다고 하였다.

그들은 이슬아침에 마산 골짜기를 떠났는데도 구진나루에 당도했을 때는 물안개 같은 어둠이 영산강을 뒤덮기 시작했다. 화승총 세 자루를 빈 관속에 넣어 지고 오느라 그렇게 지체된 것이다.

대불이 등이 구진나루 난초네 주막에 당도해보니 이틀 전에 나주로 염탐을 나갔던 김덕배가 돌아와 있었다.

"엿장수 재미가 으떤가?"

객방 윗목에 김덕배의 엿판이 놓여 있는 것을 보고 문치걸이 놀려 대는 말투로 물었다.

"엿장수는 헐 만헌듸, 여마리꾼 노릇은 안 되겠등만."

그러면서 김덕배는 엿판에서 손바닥만 한 엿 조각을 떼어서 나누어주었다.

"그래 엿장수를 해서 얻어낸 것이 뭔가?"

"자세한 것은 내일 창의소에 가서 나 대장한테 직접 보고를 할 것이니 말할 수 없으나, 한 가지 헌병들 수가 갑작스럽게 불었다는 게여."

대불이가 묻고 김덕배가 대답했다. 김덕배는 자세한 내용은 말하지 않았다.

다음날 새벽 일찍이 그들은 양총 두 자루와 화승총 세 자루를 구진 나루 뒷산에 감추어둔 후, 열이튿날 개산에서 다시 만나기로 하고 각기 헤어졌다. 짝귀는 그의 고향 추월산 밑으로 미리 떠나고 대불이와 송기화는 주막에 문치걸과 김덕배를 남겨둔 채 영산강을 건넜다. 대불이는 강을 건너자 곧장 새끼내로 가지 않고 한사코 마다하는 송기화를 데리고, 지난날 목대잡이 시절에 밤낮으로 파고 살았던, 오까모도 왜싸전의 맞은편에 있는 주막으로 들어갔다. 그는 잠시 영산포에 머물면서 영산포 헌병 분대의 동정을 알아보고 싶었던 것이다. 주모도 옛날 여자가 아니었고 술손님들도 낯설었다. 대불이와 송기화는 탁배기 한 잔씩을 놓고 술청에 오랫동안 앉아 있었으나 등짐꾼들과 뜨내기 장사꾼들만 들락거려 별로 얻어낼 만한 것이 없는 듯싶어 이내 나와 버렸다. 그들은 다시 용기를 내어 헌병 분대 앞으로 가서 어정거리다가 새로 생긴 주막으로 들어가 헌병 분대를 바라다볼 수 있는 위치에 자리를 잡았다. 선창에서 떨어진 곳이라서 그런지 술청은 한산했다.

대불이와 송기화는 헌병 분대 앞에 있는 주막에서 각기 탁배기 두 잔씩을 마셨다. 그들이 앉은 자리에서 빤히 바라다 보이는 헌병 분대의 목조 단층건물 앞에는 38소총을 멘 헌병이 입초를 섰고, 그들이 훈련장으로 사용하고 있는 목조 건물 옆의 넓은 공터에는 하지 무렵의 뜨거운 햇살이 고즈넉이 괴어 지열을 훅훅 품어냈다. 헌병 분대 건물을 드나드는 한복차림은 좀처럼 눈에 띄지 않았으며, 이따금씩 38소총을 멘 헌병들이 두세 명씩 짝을 지어 출입을 하였다. 대불이는 영산포 헌병 분대에 잘해야 서른 명 남짓의 일본 헌병들이 주둔해 있을 것이라고 헤아렸다. 그렇지만 선창에서 떨어져 있다고는 하지만 주위에 조선인 민가가 붙어 있어 화력으로 공략하기란 결코 용이할 것 같지가 않았다. 그들을 소탕하자면 민가가 없는 곳으로 끌어내는 수밖에 없다고 생각했다.

"자, 이제 그만 가세."

대불이가 먼저 평상에서 일어서며 송기화를 재촉했다.

"이것 봐, 저기…… 저…….."

대불이가 초로의 곱상한 주모에게 술값을 셈하고 있는데, 주막을 먼저 나가다 말고 다급하게 뛰어 들어온 송기화가 그를 툭 치며 턱 끝으로 헌병 분대 쪽을 가리켰다. 순간 대불이는 자기도 모르게 고개를 돌려버렸다. 헌병 분대 건물에서 방석코가 일본 헌병과 함께 나오고 있는 것을 본 것이다.

"방석코가 틀림없재?"

주막을 나온 대불이가 선창 쪽으로 걸어가고 있는 방석코의 뒷모습을 시위처럼 팽팽한 눈길로 쏘아보며 다급하게 물었다.

"자네 두 눈으로 봐놓고도 묻고 있능가?"

"뭣허로 왔으까?"

대불이는 불안한 목소리로 물었다.

"어쩐지 마음이 껄쩍지근허구만. 저 작자는 믿을 사람이 못된다고 덕배허고 한봉이가 노상 말해쌓지 않든가?"

송기화가 노골적으로 힐책하는 것같이 말하자 대불이는 더욱 불안해졌다. 만일 방석코 때문에 일이 잘못된다면 대불이가 모든 책임을 져야 할 것이기 때문이다. 무엇보다 방석코와 함께 마산 골짜기의 창의소와 탄약제조소에 갔다 온 일이 마음에 걸렸다. 더욱이 의심쩍은 것은 그들이 구진나루 난초네 주막을 떠나올 때까지만 해도 그가 분명히 그곳에 있었는데, 어느 사이에 강을 건너 헌병 분대에까지 왔단 말인가.

"다시 구진나루로 건너가서 기계를 다른 곳으로 옮기세. 방석코가 숨겨둔 곳을 알고 있지 않는가."

송기화가 대불이를 잡아끌며 걱정스러운 얼굴로 말했다.

"그럴 것까지는 없네. 아직은 우리한테 해코지한 일은 없지 않은가? 우리가 괜헌 걱정을 허고 있는지도 모르재잉."

그러면서 대불이는 새끼내 쪽으로 발걸음을 옮겼다. 하는 수 없이 송기화도 대불이의 뒤를 따랐다. 그러나 그들은 새끼내에 거의 당도할 때까지 아무도 입을 열지 않았다. 아무래도 방석코의 일이 뇌리에서 사라지지 않고 불안하게 부스럭거렸기 때문이다.

"믿어봄세. 믿는 것이 맘 편하다네. 믿지 못하면 아무 일도 할 수가 없는 거여. 내가 자네를 믿고 있드끼 자네도 방석코를 믿어보소. 그래야 일이 되네."

새끼냇다리에서 헤어지면서 대불이가 송기화에게 말했다. 그러나 그 말을 하고 있는 사람도 듣는 사람도 얼굴엔 한 가닥 검은 그림자가 머물러 있었다.

2

대불이가 이내 뒤따라온 짝귀와 함께 새끼내에 가보니 식구들은 모두 모를 내기 위해 들에 나가고 집에는 대불이 어머니 혼자뿐이었다. 소바우까지도 들일을 나갔다고 하였다. 한창 커갈 나이에 봄부터 겨울까지 고뿔이 떠나갈 날 없이 골골하는 소바우가 들일을 나갔다는 어머니 말에, 대불이는 적이 걱정이 되었다. 아이가 영특하기는 했지만 워낙 병골이라 마음이 놓이지 않았다. 대불이로서는 어미도 없이 애잔하게 커온 소바우가 제 명에 사람 노릇 못하게 될까 걱정이었다. 소바우가 이렇듯 병골인 것은 혹시 그 어미가 대풍창에 걸려 있을 때 낳은 아이라서, 그 몹쓸 병이 아이한테까지 고통을 주는 것이 아닌가 싶었다. 목포에 있을 때 병원이라는 곳에까지 데리고 가서 진단을 받아보았지만, 일본인 의사 말로는 아무 이상이 없다고 하던 것이었다.

대불이의 형 웅보네는 새끼내에 다시 돌아와 지난날 그들이 피땀 흘려 일구었던 땅을 도짓논으로 빌어 농사를 짓고 있었다. 웅보네뿐만 아니라 목포에 나갔던 염주근이며 덕칠이 등 새끼내 사람들이 모두 고향으로 돌아와서, 그들이 종에서 풀려나 두렛일로 일구었던 땅을 소작으로 빌려 농사를 짓기 시작한 것이다.

새끼내 사람들이 삼년 동안의 조세를 물지 못하여 궁토(宮土)로 몰수당한 것을 도짓논으로 짓게 된 그 땅은 새끼내 사람들의 피와 눈물과 한숨과 기쁨이 한꺼번에 홍건히 고인, 그들의 몸뚱이와도 같은 것이었다. 그들은 목포 선창의 등짐꾼을 그만두고 고향에 돌아와서, 이미 궁토가 되어버린 지 오랜 그 땅을 다시 사랑하기 시작했다. 그들 자신의 몸뚱이와도 같은 그 땅에 다시 농사를 짓기 위해 그동안 염주근이가 여러 차례 새끼내 궁토의 관리를 맡은 박 초시의 해사음(該舍音)을 만나 적잖은 작패 송치료(作牌送致料, 소작권을 얻기 위해 마름에게 바치는 인정)를 뜯겼고, 또 매년 슬세(膝貰, 소작인들이 마름에게 소작권을 연장해달라고 주는 인정)를 얼마나 바쳐왔는지 모른다.

그 무렵 박 초시는 영산면, 왕곡면, 세지면 등의 궁토 관리를 도맡아 도사음(都舍音)과 그 밑에 해사음을 두고 소작료를 받아들였다. 도사음은 지주로부터 직접 토지의 관리를 위임받은 사람을 일컬으며, 해사음은 다시 도사음으로부터 위임을 받은 자로, 이들은 소작인을 마음대로 변경하는 출척(黜陟)은 말할 나위도 없거니와, 소작료를 사정(査定)하는 권한을 가지고 있었다. 그들은 또 마음대로 소작료를 올려 그 일부를 착복하였다. 작패 송치료라고 하는 것만 주면 언제든지 소작인을 바꿔치기하기 일쑤였기에, 소작권을 연장해준다는 명목으로 슬세라고 하여 물품을 요구하기도 하였다.

정조법(定租法)에 의해 풍년이나 흉년에 관계없이 소출의 반을 소작료로 바쳐야만 했다. 그들 손으로 피땀 흘려 일구었던 땅을, 삼년간의 계속된 가뭄으로 농사를 짓지 못한 탓으로 조세를 내지 않았다 하여 궁토로 빼앗겨버린, 그 땅의 소작인으로 전락한 새끼내 사람들은 고향에 다시 돌아와 농사를 지을 수 있는 것만으로도 행복했다. 그나마 반타작의 소작을 얻지 못했더라면 아직도 고향에 돌아오지 못한 채 떠돌음하고 있을 것이었기 때문이다.

새끼내 사람들은 일본인 지주 소작인이 되는 것을 싫어하였기 때문에, 손칠만이가 이야기했던 오까모도 농장의 소작을 마다하고 애써 그들이 일구었던 땅을 원했던 것이다. 그 무렵 영산포에는 오까모도 농장뿐만 아니라, 많은 일본인들이 조선인의 토지를 매입하여 소작을 주고 있었다. 일본인들에겐 값이 싼 조선의 토지를 매입하여 고율의 소작료를 받는 것이 크게 유행하였다. 한국의 토지 값은 곳에 따라 일정하지는 않았으나, 일본에 비하면 십분의 일 혹은 삼십분의 일 정도로 큰 차이가 있어, 일본에 있는 일 정보를 팔아 조선의 농토 삼십 정보를 사서 소작을 주면 큰 돈벌이를 할 수 있다는 것이 일본사람들의 생각이었다. 그때문에 그 무렵 일본인들은 다투어 조선에 땅을 사두려고 하였다.

그 무렵 영산포에서 상등답(上等畓) 1단보(300평)의 값은 20원 정도였고, 수전(水田)의 경우 상등은 15원, 한전(旱田)은 상등 10원, 원야(原野)의 경우 5원 내외에 거래되었다. 일본에서 1단보의 땅만 팔면 영산포의 수전 3정보를 사서 농장을 만들 수가 있었다.

일본사람들이 조선의 땅을 사들여 소작을 내놓기 시작한 것은 개

제6부 義兵 49

항 이후부터였으나, 1904년 이후에 부쩍 심했다. 그 후부터 일본인 농민의 조선 이주가 시작된 것이다.

망망한 전주평원의 하유(下遊) 일망(一望) 5만석이 내다보이는 곳이 1반보(半步) 4, 5원이니 더 말하여 무엇하랴. 한국에 이주하라. 한국에 이주할지어다.

일본 신문에는 이런 기사를 실어 조선 이주를 권장하였다. 당시 『황성신문』은 또 다음과 같은 기사를 보도하기도 하였다.

일본 오오사까 『마이니찌신문』에 의하면 흑룡회(黑龍會)의 우찌다(內田) 요시꾸라(吉倉) 제씨가 금번 다시 동회지부를 부산에도 설치할 계획이 있어 목하 도한중(渡韓中)인데, 부산 부근 낙동강 연안의 원야에 일본 농민을 다수 이식코자 하여 작금 자금을 공판(共辦) 중이라, 낙동강 연안의 원야는 대단히 광막하고 지질이 풍택한즉 이에 낙동강의 지류를 끌어넣으면 족히 10만 석의 답을 개간하겠다 하더라.

그런가 하면 『황성신문』 1905년 3월 27일자에도 위의 내용과 비슷한 기사가 실렸다.

일본 귀족원 의원 오가베(岡部) 자작이 작년에 도한하여 내지를 시찰한 후 대동강 유역이 유망함을 인정, 전답 3만여 정보를 구입, 농업을 경영하고 농가 다수를 이주케 하여 일본촌을 창설할 목적으로 수하인을 인솔, 불일간 도한할 예정이라는데, 그의 의견은 경기도 이남은 개인의 자유경영에 일임하되 서북지방은 국가경영으로 하여 대자본가가 경영할 필요가 있다고 생각하고 솔선 모범이 되기를 기도(企圖)하였다.

특히 일본인들이 군침을 삼키고 대량으로 농토를 사들인 곳은 땅이 기름진 전라도 지방이었다. 호소가와(細川)는 이미 1904년에 그의 집사 쓰다(津田靜一)의 안내로 전주 근방 일백여 촌에서 1천 정보의 토지를 헐값으로 사들여 대농장을 만들었고, 이밖에도 가와사끼(川崎藤太郞)도 1904년부터 전북 임실군 일대에서 토지매수에 착수하여 임피(臨陂), 익산(益山), 함열(咸悅) 등지의 수전 4백 50정보, 한전 30정보의 농장을 소유하였으며, 오오꾸라(大倉)는 군산을 중심으로 수전 2천 3백 80정보를, 미야자키(宮崎)는 옥구지방의 4천 87정보를 매입하였다. 특히 구로즈미 이타로(黑住猪太郞)는 영산포 땅 1천여 정보를 소유한 대지주로 청기와를 올린 호화저택에서 살았다. 이외에도 전라북도에서 사또가 군산 근교에, 야마자끼가 임피군 외일리에, 나가니시가 임피군 하광리에, 구스다가 임피군 접산리에, 가사이가 만경군 신호동에, 오오모리가 부안에, 요시다가 김제군 백구정에, 이노우에가 김제군 마전리에, 기바가 김제군 초남교에, 후지이가 전주 오산리에, 구마모또가 부안에 각각 대농장을 소유하고 있었다.

일본인들은 이와 같이 이미, 합방이 되기도 전에 전주, 군산 일대

의 곡창지대를 마구 사들여 대농장을 만들고 조선인들에 소작을
내주었다.

당시 시가(志賀重昻)는 조선여행을 마치고 귀국하여『대역소지(大役
小志)』라는 여행기를 펴냈는데, 그 기록 중에 다음과 같은 내용이 있다.

군산 이사관 아마노(天野) 씨 등의 안내로 대사산(大師山)에 올랐다.
설계중의 공원에서 일본인은 이미 일찍이 홍법대사(弘法大師)의 사당
을 건립하였다. 일본인의 농업경영의 초점인 금강의 대평야를 산상
에서 조망하고 산을 반쯤 내려와 일본인이 새로이 개척하고 있는 대
도로를 통행하고 있으려니 한인의 한 장한(壯漢)이 염천하여 큰댓자
로 누워 도로변에서 낮잠을 자고 있었다. 그 꼴이 우스워 나는 그를
손짓하며 웃으니 이사관이 "이렇게 저들이 낮잠을 자고 있는 사이에
일본의 세력은 대거 진출하고 있지요"라고 말하였다. 실로 32년(1899)
5월 군산 개항 이래 한인들이 낮잠만 자고 있는 사이에 우리 일본의
세력은 부단히 진출하여온 것이다. 지난 5월 1일 개항 제8주년 기념
식을 거행하였는데, 어찌하여 그간 이렇게 장족의 진보를 달성하였
는가. 동항(同港)은 실로 금강 동진강 만경강의 삼대 유역에 연연(連延)
하는 30만 정보의 대평원의 문전에 해당하기 때문이다. 뿐만 아니라
이 광막한 농업지의 십분의 일은 이미 일본인 소유에 귀속된 것이다.

조선의 토지를 사들여 농장을 만든 일본인들은 계속하여 농장을
확장시키면서 소작미를 수납하여 모두 일본으로 실어갔다. 그들 농

장에서는 직접 인부를 사역하여 경작을 하는 것이 아니라 조선인들에게 소작을 내주고 있었다. 일본인 농장에는 도사음과 해사음이 있어 소작료를 받아들였다.

일본인들이 대거 농토를 매입하여 대농장을 만드는 것은 전주나 군산 지방에서만이 아니라 나주와 목포 등지의 영산강변에서도 마찬가지였다. 1904년에 토꾜에 본사를 두고 창설된 한국흥업주식회사의 목포출장소가 생기면서부터 영산강 주변의 토지매입이 본격화되기 시작했다. 웅보네가 목포에서 새끼내에 돌아오던 해, 이미 영산강 주변에는 네 곳에 대규모의 일본인 농장이 만들어져 있었다. 히가시야마(東山)는 새끼내 옆 영산강변의 수전 6백 정보를 단보 당 5원씩에 사들여 동산농장의 간판을 달았고, 무안 자방포(自防浦)에는 오오우찌(大內) 농장이, 나주 복암에는 우라까미(浦山) 농장과 한국흥업주식회사 목포출장소의 농장이 만들어져 소작인들을 모으고 있었다.

"가서 우리도 모내기를 좀 도와주세. 하지 전 삼일 후 삼일 동안에는 궁둥이에서 비파 소리가 날 만치 바쁘다고 안 허든가."

새끼내 대불이의 집 평상에 앉아 잠시 땀을 식힌 짝귀가 냉수 한 사발을 들이켜고 나서 말했다. 대불이도 그 생각을 하고 있던 참이었다.

"가볼까요? 워낙 오랜만이라 모 꽂는 것도 잊어뿐 것 같은듸……."

대불이도 따라 일어서서 방안에 누워 있는 어머니에게 들에 나갔다 오겠다는 말을 하고 집을 나섰다. 대불이 어머니는 목포에서부터 시난고난 앓기 시작하더니 새끼내로 돌아온 후로는 아예 자리보전을 하고 방안에만 누워 지냈다.

대불이와 짝귀는 돈단을 내려와 물이 그들먹하게 흐르는 새끼냇 다리를 건너 들로 나갔다.

"벌써 이십 년이 지냈구만요."

모내기를 도와주기 위해 들로 나가던 대불이가 밑도 끝도 없이 뚜 벅 입을 열었다.

"뭣이 이십 년이나 지냈어?"

"우리덜이 새끼내에 둑을 쌓고 땅을 일구던 때가 말입니다."

대불이는 문득 지난날을 떠올리면서 한숨을 삼켰다. 그가 웅보 형 님과 함께 방천을 쌓다가 홍수가 나서 떠나려갈 뻔했던 때도 있었다. 그렇게 목숨을 걸고 일구어놓은 땅이 지금은 궁토가 되어버린 것이 다. 대불이가 생각하기에, 새끼내에 처음 터를 잡고 방천을 쌓으며 고 생을 하던 이십 년 전이나 지금이나, 그들의 생활이 나아진 것이란 아 무것도 없는 것 같았다. 여전히 그들은 빈손이다.

대불이가 뜨내기 삶에서 모은 돈 2백 원을 형님한테 주면서 그 돈 으로 새끼내에 땅을 사라고 하였지만 웅보는 새끼내에 땅이 있는데 무슨 땅을 더 사느냐고 하면서 거절을 하였다. 그러면서 웅보 형은 새 로 땅을 사게 되면 그들이 피땀 흘려 일구었던 땅을 다시 찾을 수 없게 된다고 하던 것이었다. "죽을 때까지라도 우리는 우리가 맹글었던 땅 을 꼭 되찾고 말 테다. 그렇지만 새 땅을 사게 되면 본디 우리 땅을 찾 겠다는 마음이 약해지니께 그건 안 된다"고 하면서 끝내 대불이의 돈 을 거절하였다. 대불이는 하는 수 없이 그 돈에서 얼마를 조카 오동네 시집보내는 데 보태주고, 또 얼마쯤은 새끼내에 다시 집을 지을 때 목수를 샀다. 나머지 1백 원을 형님한테 주었으나 받지 않아, 어머니에게 맡겼다. 어머니가 다시 그 돈을 웅보에게 주면서 도짓논을 부쳐 먹느니 차라리 논을 사서 자작을 하자고 하였다. 웅보는 여전히 우리 논이 있는데 왜 땅을 더 사야 하느냐고 거절을 하였다. 물론 대불이는 웅보 형의 그런 마음을 이해할 수 있었다. 웅보 형은 조세를 못 내 궁토로 몰수당한 그 땅이 아직도 자기네 땅이라고 믿고 싶어 했던 것이다.

대불이는 짝귀와 새끼냇다리를 건너 식구들이 모를 내고 있는 새끼냇들로 나가다 말고 큰길에서 뜻밖에 장만억을 만났다. 장만억은 그들이 이십년 전 나주에서 종살이를 할 때 한 마을에서 살았는데, 성씨가 같아 대불이가 그를 아저씨라고 불렀다. 그는 대불이가 갑오년에 새끼내를 떠나기 전까지만 해도 영산포에서 쇠살쭈(소의 거간꾼) 노릇을 하면서, 외대머리 기생을 데리고 살았었다.

대불이는 처음엔 십삼 년 만에 만난 장만억을 몰라봤다. 그가 너무 늙어버렸기 때문이다. 장만억이 쪽에서 먼저 대불이를 알아보고

"야 이놈아, 너 불알 큰 놈이 아니냐?" 고 하면서 옛날 하던 버릇대로 대불이의 사타구니부터 손으로 훑으려고 하였다.

"네놈이 다시 영산포 바닥에 나타났다는 소식은 진작에 들었는디, 그래 영산포에 왔으면 이 아저씨버틈 찾아봐야 할 것이 아니드냐!"

장만억의 나이가 내일 모레면 오십 줄에 들어서게 되었으면서도 쇠살쭈 노릇을 하던 옛날 그대로 어벌쩡하게 덤벙댔다.

"아저씨께서는 시방도 쇠살쭈를 계속하십니까?"

대불이는 아직 장만억을 찾아가지 못한 것에 대해 변명을 하고 나

서 물었다.

"네 형 웅보가 내 말을 안 한 게로구나. 나, 히가시야마 농장 마름으로 있다. 시방 부르뫼 소작인들을 만나고 오는 길이여."

장만억은 말을 하면서 자랑스러운 듯 양어깨를 수탉처럼 마구 흔들었다.

"그래 시방 어디 가느냐? 나허고 선창에 나가서 낮술이나 한잔하자."

장만억은 그러면서 대불이 보라는 듯 목깃에 땟물이 밴 흰 와이셔츠의 긴 소매를 걷어 올리고 밥주걱처럼 양쪽 호주머니가 평평하고 무릎 아래의 가랑이가 홀쭉한 탱크바지 왼쪽 주머니에서 회중시계를 꺼내 들고 햇살에 비쳐 보이며 말했다.

"후에 지가 동산농장으로 한 번 찾아가 뵙지요. 오늘은 성님네 모내는 일을 도와야 합니다."

대불이는 어쩐지 장만억과 함께 어울리고 싶지 않아 공손히 거절을 하였다.

"네 형 웅본가 바본가는 노적가리에 불 지르고 싸래기 줏어묵을 사람이여. 내가 그래도 옛날 정을 생각해서 여러 번 찾아가서 우리 히가시야마 농장의 소작을 부치라고 일렀는디도 길로 가라니께 뫼로 간다더니 원, 기언시 박 초시네 궁토에 혀를 박았다니께. 히가시야마 농장 땅이 수전이기는 해도 흉년이 들거나 풍년이 들거나 상관없이 일정한 소작료를 정해놓은 정조법이 아니라, 나락을 벨 때 속수를 따져서 도지를 매기는 타작법이라 소작인들한테는 훨씬 이문이재. 더욱이 이 아자씨가 마름으로 있응께, 나락을 벨 때 살짝 눈을 감아줄 수도 있지 않겠남. 그런듸도 네 형은 끝내 이 아자씨의 호의를 무시하고 말았당께. 내간에는 그래도 잔 잡은 팔이 안으로 굽는다는 이치로, 슬세며 송치료 앵겨주면서 서로 매달리는 것도 뿌리치고 네 형한테 소작을 주려고 했등만, 그 바보 멍충이 같은 것이……."

그러면서 장만억은 새끼내 윗머리 웅보네 식구들과 다른 새끼내 사람들이 모내기를 하고 있는 쪽에 가래침을 뱉었다.

"형님도 생각이 있었겠지요. 원래 이끗만 따지는 성질이 아니잖어요. 당장 묵기에는 곶감이 달겄재만, 우리 형님은 왜놈들 비위를 맞추면서 살고 싶지는 않다는 생각이겠지요."

대불이는 장만억에게 듣기 싫은 말을 해서라도 그와 빨리 헤어지고 싶었다.

"불알 큰 놈도 제 형 놈과 똑같은 말을 하는구면. 그런듸 이것만은 알아두거라잉. 일본사람 상전으로 모시기가, 우리나라 양반님네들 모시기보다 훨씬 수월하다는 것 말이다. 양반님네 잘 모셔봤자 돌아올 것이 없재만 일본사람들은 잘 모시면 그만큼 이문이 돌아온다 이거여. 우리같이 뻘건 신세 이문이라도 봐야 할 것 아니겄어."

장만억은 불쾌한 얼굴로 대불이와 짝귀를 흘겨보며 선창 쪽으로 가버렸다.

그날 대불이가 짝귀와 함께 형님네 모내기를 도와주고 해넘이 무렵에 집에 돌아와 보니 열대여섯쯤 되어 보이는 더벅머리 사내아이가 낮부터 대불이를 기다리고 있었다고 하였다. 단고에 쇠코잠방이를 입은 소년은 체구는 작았으나 눈매가 날카롭고 날렵하게 보였다.

"그래, 내가 장대불이라는 사람인듸 뭣 땜시 나를 찾아왔느냐?"

대불이가 평상 가까이로 내려오며 말하자 소년은 벌떡 일어나 땅 바닥에 무릎을 꿇고 넓죽 엎드려 큰절을 올렸다.

"지는 영산포 부덕촌에 사는 김유복인듸 지난해 시한부텀 동산농장에서 히가시야마 씨의 집사인 다나까의 사환으로 일하고 있습니다요."

김유복이라는 소년은 땅에 엎드린 채 평상에 걸터앉아 있는 대불이를 쳐다보며 말했다.

"동산농장 사환이 나를 찾아온 이유가 무엇이냐? 땅에 엎드려 있지 말고 평상에 앉아서 말하거라."

"지는 오늘 동산농장을 나왔습니다요."

소년은 여전히 땅바닥에 꿇어 엎드린 채 말했다.

"그래서? 도대체 뭣 땜시 나를 찾아왔는지 말해보라니께!"

"지는 장 대장님의 수종을 들려고 동산농장을 나왔습니다요."

소년의 그 말에 대불이는 섬칫 놀라 평상에서 일어섰다. 그리고 경계하는 눈빛으로 그의 발부리 아래 무릎을 꿇고 엎드린 낯선 더벅머리 소년을 노려보았다.

대불이 옆에 있던 짝귀도 섬칫 놀라는 얼굴로 대불이와 소년을 번갈아 보았다. 대불이와 짝귀는 난데없이 찾아와 장 대장이라고 부르는 소년이 혹여 일본 헌병의 여마리꾼이나 아닌가 싶어 의심을 하지 않을 수가 없었다. 그렇다고 그 소년을 내쳐서 쫓아버릴 수도 없어, 대불이는 잠시 궁리를 하였다.

"네 놈이 어찌하여 나를 장 대장이라 부르는 게냐?"

대불이는 김유복이라는 낯선 소년을 내려다보며 날카롭게 따져 물었다.

"예, 울 아부지가 장 대장님의 말씀을 자주 하셨습니다요."

김유복이 엎드린 채 고개를 들어 영특하게 생긴 눈으로 대불이를 쳐다보며 대답했다.

"네 아부지한테서 내 이야기를 들었다고? 그래 네 아부지가 누구더냐?"

"예, 즈이 아부지는 갑오년 난리 때 동학군에 가담을 하셨던 김석돌이라 하옵는듸, 시방은 동산농장의 소작을 부쳐 묵고 있습니다요."

소년의 말에 대불이는 짝귀를 보았다. 소년의 아버지 김석돌이라는 이름을 가진 동학군을 기억해낼 수가 없었기에 짝귀의 도움을 청한 것이었다. 그러나 짝귀도 김석돌을 기억할 수 없다는 듯 가볍게 고개를 가로저었다.

"그래 네 아부지는 갑오년 때 어디서 싸웠다 하더냐?"

이번에는 짝귀가 물었다.

"예, 즈이 아부지는 김제 김봉년의 부하였다고 하더이다. 아부지 말로는 원평 싸움에서 패한 뒤에 고향을 떠나 영산포까지 왔다고 했습니다요."

김유복이 그의 아버지에 대한 이야기를 하자, 대불이와 짝귀는 다소 경계하는 눈빛이 느긋해진 듯하였다. 그렇다고 해서 대불이와 짝귀는 소년의 말을 그대로 믿는 것은 아니었다.

"그래 느이 아부지가 내 이야기를 뭐라고 하더냐?"

대불이는 다시 평상 모서리에 걸터앉으며 물었다.

"갑오년 난리 때 동학군이었던 장 대장님께서 다시 옛 동지를 모아 왜놈덜과 싸울 채비를 하고 계시다는 말을 하는 것을 얼핏 들었습니다요."

김유복은 옆에 있는 사람들에 대해서 조금도 눈치를 보지 않고, 자신만이 비밀을 알고 있다는 어투로 대답했다. 대불이와 짝귀는 김유복의 그 같은 말에 다시 한 번 크게 놀랐다. 어찌하여 그 같은 소문이 새끼내 사람도 아닌 부덕촌의 김유복이 아버지의 귀에까지 들어가게 되었는지 참으로 귀신이 곡할 노릇이었다. 아직 싸워보지도 않고 소문부터 퍼졌으니 채비 사흘에 용천관을 다 지나가게 될 것 같아 마음이 덜컹 내려앉았다. 부덕촌의 김유복 아비까지도 그 같은 말을 떠벌리게 되었다면 필시 일부 헌병들도 아는 바가 아니겠는가 싶어 더욱 불안한 것이었다.

"그래 네 아부지가 보내서 왔느냐?"

"아닙니다요. 즈이 아부지는 지가 장 대장님을 찾아왔다는 것을 알면 난리가 납니다요."

대불이가 묻고 김유복 소년이 대답했다.

"그렇다면 네놈 자작으로 나를 찾아왔단 말이냐?"

"그렇습니다요."

"그래, 나를 찾아와서 무얼 어찌하겠다는 게냐?"

"즈이 외숙부를 아십니까요?"

"네놈 외삼촌이 누구냐?"

"영산포 헌병대 통역특무조장으로 있는 김현규가 즈이 외숙부입니다요."

"그래서?"

"지가 앞으로 즈이 외숙부를 통해서 헌병대의 움직임을 정탐하여 장 대장님께 보고해 올리겠구만요. 그러니 지를 장 대장님의 수종으로 부려주십시오."

"그렇다면 김현규라는 작자가 너를 나에게 보낸 게로구나."

"아닙니다요. 즈이 외숙부는 왜놈 앞잽이옵니다요."

김유복이 펄쩍 뛰는 목소리로 부인을 하였다.

"그렇다면 네놈이 영산포 헌병대의 무신 정황이라도 얻어왔단 말이더냐?"

잠자코 대불이와 김유복이 주고받는 이야기만을 듣고 있던 짝귀가 뚜벅 물었다.

"있습죠."

김유복이 자신 있게 말했다.

"그래 뭐냐? 네놈이 알고 있는 게 뭔지 말을 해보거라."

대불이가 짝귀를 보며 다급하게 물었다.

"즈이 외숙부는 나상집 창의대가 오는 스무나흗날 금성산 죽절고랑에서 회집하기로 했다는 것을 알고 있었습니다요."

"뭐라고? 김현규라는 자가 그런 말을?"

대불이와 짝귀가 동시에 놀란 얼굴로 서로의 얼굴을 마주보며 다급하게 물었다.

"구진나루에서 주막을 한다는 방석코라는 왈짜가 즈이 외숙부한테 하는 말을 엿들었습니다요."

"방석코가? 그것이 사실이냐?"

"방석코가 설마……."

대불이와 짝귀는 하늘 밝은 날에 벼락을 맞은 얼굴로 크게 놀라고 낙담하여 두 사람이 한꺼번에 탄식과도 같은 한숨을 쏟았다. 앞에서 꼬리치는 개가 후에 발뒤꿈치를 문다는 푼수로, 설마 방석코가 그들을 배신할 줄은 몰랐던 것이다. 김덕배와 송기화 등이 방석코를 경계해야 할 것이라는 귀띔에 고개를 저었던 대불이도 이제는 더 이상 방석코를 믿을 수 없다는 것을 알게 되어 다행이라는 생각이 들기도 하였다.

"장 대장님, 오는 스무나흗날에 죽절고랑으로 회집하는 것을 막으셔야 합니다요."

"그래 알았다. 네놈의 정탐이 사실인지 아닌지는 스무나흗날 알게 될 것이니라. 그러니 너는 그만 가봐라."

"그리합죠. 새로운 사실을 정탐하면 다시 들릅죠."

김유복은 엎드린 채 고개를 두어 번 주억거린 다음 천천히 일어서서 돌아섰다.

"참, 네 나이가 몇 살이냐?"

김유복이가 막 사립짝을 나서려는데 대불이가 물었다.

"열다섯 살이구만요."

김유복은 처음으로 누런 이를 드러내 보이며 어색하게 씨익 웃고
나서 모습을 감추었다.

"이제 열다섯 살 된 아이가······."

대불이는 소바우를 생각하며 혼잣말처럼 중얼거렸다.

김유복이라는 소년이 왔다 간 뒤 대불이와 짝귀는 기분이 착잡해
졌다. 그 두 사람은 김유복의 말을 믿지 않을 수가 없을 것으로 생각
하였다. 김유복은 어쩐지 그들에게 해를 끼칠 아이는 아닌 듯싶었다.
소년의 눈이 그것을 말해주고 있는 듯하였다. 대불이는 처음부터 마
지막 그가 사립짝 밖으로 나가면서 씨익 웃어 보일 때까지 잠시도 소
년의 눈에서 시선을 뗀 적이 없이, 눈을 통해서 마음을 읽고 있었던
것이다. 대불이는 눈을 보면 마음을 알 수 있다고 믿고 있었다. 그의
생각에 눈은 곧 마음인 것이다. 거짓말을 하고 있는 사람의 눈은 목자
의 빛깔이 변하고 자주 움직인다는 것을 떠돌이로 살아오면서 많은
사람들을 만나본 결과 체득한 것이었다. 그런데 김유복의 눈은 처음
대불이를 만나는 순간부터 헤어질 때까지 변함이 없었다.

"나 대장님한테 알려야 하지 않겠는가잉."

짝귀가 대불이 옆으로 가까이 다가앉으며 걱정스러운 얼굴로 입
을 열었다.

"아직은 시일이 남았으니께 조금만 더 두고 봅시다요."

대불이는 나상집 대장에게 김유복이가 알려온 내용을 전하는 일
보다는 그가 십 수 년 전 영산포 조운창의 목대잡이 노릇을 할 때부터
의형으로 받들어온 방석코가 일본 놈의 앞잡이라는 사실에 충격을

받은 탓으로 정신이 혼몽해졌다. 그는 방석코를 장차 어찌해야 좋을지 걱정인 것이었다. 김덕배나 송기화, 문치걸, 김한봉 등이 이 사실을 알았다가는 방석코의 목숨이 온전하지 못할 것이 분명하지 않은가. 도대체 방석코가 대불이한테 무슨 억하심정으로 배신을 품게 되었단 말인가. 대불이는 그래도 난초가 다른 사람이 아닌 방석코와 혼인을 했다는 것을 알자, 속마음이야 쓰렁쓰렁했지만 차라리 잘된 일이라 생각하고, 그들이 잘살기를 빌지 않았던가.

"다른 동지들한테 방석코 이야기를 당분간만이라도 숨기기로 합시다."

대불이가 생각 끝에 짝귀에게 부탁을 하였다.

"그것이 말이나 되는가?"

대불이의 말에 짝귀가 버럭 화를 냈다. 대불이한테 좀처럼 화를 내지 않던 짝귀도 방석코의 행위만은 용서할 수 없다는 단호한 태도를 갖고 있었던 것이다.

"그동안 자네는 도깨비를 사귄 게여. 굽은 지팡이는 그림자도 굽어보인다는 말대로, 방석코 그 사람 본성은 숨길 수 없는 걸세. 더 큰 화를 당하기 전에 그런 자는 없애야 하네. 내 말 듣고 이번에 자네가 방석코를 감싸줄 생각은 하지를 말게."

짝귀의 말에 대불이는 더 할 말이 없었다.

"오는 스무나흗날 죽절고랑에서 회집한다는 것은 기왕에 바람이 새부렀지만, 스무날 개산에서 이초대 대원들이 만난다는 사실만은 방석코가 알아서는 아니 되네."

"우리가 이러고 있을 때가 아니로구만요."

그러면서 대불이는 다짜고짜로 짝귀를 끌고 집을 나섰다.

"나는 구진나루로 갈 테니 형님은 나주로 가서 덕배한테 헌병대에서 창의대가 스무나흗날 죽절고랑에서 회집한다는 것을 알고 있다고 창의대장한테 전언하라 이르시오. 그리고 우리 이초대는 스무날이 아닌 스무하룻날 새벽 첫닭이 울 시각에 개산에서 만나기로 했다고 하시오."

돈단을 내려가면서 대불이가 낮은 목소리로 소곤거리듯 말했다.

"이 사람아, 덕배는 이초대가 아닐세. 그리고 스무하룻날 만나기로 한다면 마흔 명 전 대원한테 어찌 전언을 다 하겠는가?"

짝귀는 대불이의 말을 이해할 수 없다는 투로 가볍게 불만을 섞어 말했다.

"스무하룻날 회집한다는 것은 방석코만 알면 됩니다. 당초 계획은 변경할 수가 없지 않겠어요? 그동안이라도 덕배가 난초네 집에 들르게 될지 몰라서 그러는 것입니다요. 그리고 아직은 덕배한테 방석코 이야기는 하지 마십시요잉. 스무나흗날이 지난 다음에 그자를 처단해야 하니께요. 내 말뜻 아시겠어요?"

"알겠네. 그나저나 나주에서 덕배를 어찌 찾남? 벌써 어두웠는 디……."

대불이와 짝귀는 함께 영산강을 건너 광탄나루에서 각기 헤어졌다. 해거름에 새끼내를 나섰는데, 그들이 강을 건넜을 때는 달빛이 초여름의 눅눅한 강바람에 흔들려, 강물 위에 이지러져 있었다. 짝귀와 헤어져 구진나루의 난초네 주막으로 가고 있는 대불이의 심정도 강물 위의 이지러진 달빛처럼 여러 조각으로 깨어지고 흩어졌다. 그는 난초를 생각했다. 아마 여태껏 난초가 방석코와 혼인을 하지 않고 그를 기다리고 있었더라면, 십중팔구 그녀는 대불이의 아낙이 되었을 것이었다. 그러나 만약 그가 난초와 혼인을 하여 난초한테 매인 몸이 되었더라면 창의병의 대열에 끼지도 못했을 것이었다. 난초와 혼인을 했더라면 필시 함께 제물포로 올라가서 한대두 영감의 도움으로 미곡전을 냈을지도 모를 일이었다.

구진나루 난초네 주막에 가보았더니 방석코가 보이지 않았다. 난초의 말로는 선창에 나가서 아직 돌아오지 않았다고 하였다. 대불이는 술청에서 방석코가 오기를 기다리며 거푸 탁배기 사발을 기울였다. 술손님이 없어 한가해지자 난초가 대불이의 앞에 앉았다. 아직도 대불이를 바라보는 난초의 눈길에는 봄날 햇살 같은 화사함과, 진득찰 같은 끈끈함이 버물려져 있었다.

대불이는 난초의 촉촉한 눈길을 느끼면서 문득 그녀에게 죄를 짓고 있는 것 같은 생각이 들었다. 그녀는 대불이를 기다리느라 혼기를 놓쳐버린 데다가, 뒤늦게 만난 사람이 하필이면 대불이로부터 벌을 받지 않으면 안 될 방석코인 것이었다.

"오라버니도 인자 겁나게 늙었구만잉. 어쩌다가 이렇게 되었을꼬."

난초가 대불이 앞에 턱을 받치고 앉아서 그의 얼굴을 찬찬히 되작거려 보며 말했다.

"내 나이가 벌써 서른일곱이여."

대불이는 그 사이 난초도 옛날의 고왔던 얼굴, 야리야리했던 몸매는 찾아볼 수 없을 만큼 변했다고 생각하면서 쓸쓸하게 웃었다.

"인제 난초는 방석코 성님 없으면 못 살겠재?"

한동안 우두커니 넋을 잃은 사람처럼 난초의 까칠한 얼굴을 바라보다 말고 대불이가 뚜벅 물었다. 난초는 대불이가 무슨 뜻으로 그렇게 묻고 있는지 알 턱이 없었다.

"이 세상에서 난초가 의지할 사람이 누가 또 있간디요?"

난초는 그 말을 하고 나서 기력이 빠진 얼굴로 대불이를 쳐다보더니

"그런디 꼭 썩은 동아줄 붙들고 있는 것맹키로 늘 마음이 안 놓이네요."

하고 한숨을 버무려 역시 맥이 빠진 목소리로 말하는 것이었다. 대불이는 난초의 그 말에 무엇인가 그녀와 방석코 사이에 석연치 않은 홀맺힌 대목이 있다는 것을 눈치 채고

"왜 그려? 방석코 성님이 강짜를 하시는가?"

하고 넌지시 물어보았으나, 난초는 말없이 쓸쓸하게 웃어 보였을 뿐이었다.

난초는 대불이에게 그동안 방석코한테 부대끼며 속상한 일들을 속 시원히 하소연하려다가, 그래봤자 제 발등에 오줌 누는 것과 진배없는 일이라는 생각에 입을 다물어버렸다. 방석코는 난초와 혼인을 한 후 처음 얼마동안은 어지간히 그녀를 귀애하였다. 아니, 대불이가 영산포에 나타나기 전까지만 해도, 성깔이 좀 왈살스럽기는 해도 그녀에게 찍자를 붙이지는 않았었다. 그러던 그가 대불이가 돌아온 후

로는 걸핏하면 강짜를 부리면서 은근히 괴롭히는 것이었다. 그는 난초에게 이유도 없이 팩팩거렸고, 어떤 때는 선창에서 사나흘씩 퍼지르고 눌러 있다가 돌아오기도 하였다. 그러면서도 그는 대불이 앞에서는 우리 여편네 우리 여편네 하면서 없는 엉너리를 치기 일쑤였다. 방석코는 대불이가 그의 주막에 왔다 간 후에는 어김없이 한바탕 난초의 오장육부를 휘저어놓곤 하였다. 그는 요즈막에 들어서는 손찌검까지 하였다. 그것도 눈에 띄는 얼굴이 아니고 옷으로 가려진 부위만을 골라 매질을 하여, 난초의 속살은 멍이 들지 않은 곳이 없었다. 그런 고초를 겪으면서도 난초는 그 같은 사정을 대불이한테는 전혀 내색을 하지 않았다. 그녀는 자신이 그런 고초를 당하는 것도 모두 자기 탓이라 생각하고 참았다. 조금만 더 기다렸던들 대불이를 만나 혼인을 할 수 있었을 터인데, 그 각설이패들이 소바우를 데리고 온 것에 버르르 앙칼이 살아나, 홧김에 서방질한다는 푼수로 방석코한테 시집을 가버린 죄 닦음이라 치부했다. 난초는 그동안 몇 번이고 도망을 치려고도 해보았지만 알밤 같은 두 새끼들을 떨쳐버릴 수도 없었거니와, 대불이 옆에서 떠나고 싶지가 않아 온갖 수모와 고통을 다 겪어내고 있었다. 그녀는 옆에 대불이라도 있다는 것이 참으로 큰 위안이되었다. 방석코한테서 당하는 고초도 대불이가 옆에 있기에 견뎌낼수가 있었다.

방석코는 밤이 깊어서야 술에 취해 돌아왔다. 술청에 대불이와 마주보고 앉아 있던 난초는 방석코가 비틀거리며 삵의 웃음을 피우며 들어서자 안색이 노래지고 입술이 풍뎅이처럼 변했다.

"으음, 모양세 한 번 조오쿠먼 그랴. 옛 정분이 다시 살아난 겐가?"

방석코가 술에 취해 술청 안으로 들어서면서 찍는 소리를 하였으나 대불이는 그가 그런 말을 퉁겨낸 속뜻을 알 수가 없었는지라

"에이 형님두 원! 기왕에 늦으시겠거든 내일 아침에나 오실 게지, 마악 정분이 되살아날 즈음에 오셔서 산통이 다 깨지고 말았네요" 하고 진한 농말을 지껄였다. 대불이의 그 말에 난초의 얼굴빛은 고양이 집에 들어온 생쥐처럼 죽을상이 되어 질려 있었고, 방석코는 방석코대로 겉으로는 해해거리면서도 마음속으로는 칼날을 곤두세웠던 것이었다.

대불이는 이날 방석코와 술을 마시면서 오는 스무하룻날 새벽에 개산에서 그가 십장을 맡은 이초대원들이 회집을 하기로 했으니 창의병에 뜻을 두고 있다면 나오라는 말을 넌지시 던지고 왔다.

짝귀의 전언을 받고 마산에 있는 임시 창의소로 나상집 창의대장을 만나러 갔던 김덕배가 새끼내로 대불이를 만나러 온 것은 오월 열아흐렛날 밤이었다. 엿장수 차림을 하고 대불이를 찾아온 김덕배는 저녁상을 물리고 나서야 나 대장을 만났던 경위를 대충 이야기하였다.

"나 대장께서는 헌병대에서 그날 우리가 죽절고랑으로 모인다는 것을 안 것이 사실이라면 되레 잘된 일이라고 허시더구만."

"잘된 일이라니?"

덕배의 말에 짝귀가 말꼬리를 잡고 물었다.

"나 대장님 말로는 그 사실을 헌병대에서 알게 되기를 바랐던 일이라고 하시데. 그 대신 중군은 첫닭이 울 때가 아닌 스무사흗날 밤

자야까지 죽절고랑 들머리로 미리 집결하라는 명을 내리셨네. 내가 오늘 여기에 온 것도 자네 이초대도 스무사흗날 밤 자시에 미리 나오라는 나 대장님의 명을 전하기 위해서이네."

김덕배의 그 말에 대불이와 짝귀는 비로소 나 대장의 생각을 이해하고 커다랗게 고개를 끄덕였다.

"덕배 자네는 오늘밤 난초네 집에 건너가서 자도록 하게. 그리고 방석코한테 우리 이초대가 개산에 집결하게 된 날짜가 스무하루 새벽이라는 것을 슬며시 귀띔을 해줌시로 그날 함께 가보자는 말을 하소."

"이 사람아 그런 기밀을 방석코한테 말했다가 어쩔라고 그려?"

김덕배는 대불이의 말에 펄쩍 뛰었다.

"우리 이초대는 당초 계획대로 스무날에 회집을 한다네. 다만 방석코만 스무하루로 알고 있으면 될 일이여. 나도 다 생각이 있어서 그러네."

대불이는 김덕배를 밖으로 떼밀어내다시피 하여 난초네 집으로 보냈다.

그날, 대불이와 짝귀는 새끼내 그의 집에서 초저녁에 얼핏 눈을 붙이고 자정이 되자 슬며시 일어나 총을 들고 집을 나섰다. 이초대 사십 명이 회집하기로 약속한 개산으로 올라가는 길이었다.

대불이와 짝귀는 개태부락의 옆구리를 끼고 솔수펑이 산자락으로 들어섰다. 그들은 야트막한 둔덕을 넘어 개산으로 올라갔다. 등성이 오른쪽 발부리 아래로 영산강 물줄기가 희끄무레하게 꾸물거리는 모습이 보였다. 눅눅한 강바람이 상큼했다.

"짝귀 성님, 저 강에서 무신 소리가 들리우?"

어둠을 더듬으며 등성이를 오르고 있던 대불이가 뚜벅 물었다.

"무신 소리?"

짝귀는 대불이의 물음에 잠시 발걸음을 멈추고 어둠속에 거대한 생명으로 누워 있는 영산강을 내려다보았다.

"우리 웅보 성님은 말유, 저 강에서 우리 할아부지 목소리가 들린다고 허든되……."

"사람의 소리가? 내 귀에는 바람소리, 물 흐르는 소리만 들리는되?"

"그렇지유? 그런되도 우리 성님은 영산강이 우는 소리가 바로 할아부지 목소리라니 원!"

"우리 어머님도 그런 말씀을 허시드만. 우리 어머니는 바람에서 아들의 숨소리를 들으신다고 허시데. 요본에 고향에 갔을 때도 그러시드랑께. 어머니는 내가 올 줄 알고 있었다고 허시기에 그것을 어찌 알았느냐고 했드니, 바람 속에서 내 숨소리를 들으셨다지 펜가. 노인들은 때때로 이상한 말을 하시거든. 우리도 노인이 되면 바람 속에서 아들의 목소리를 듣게 될지도 모르겠재잉. 사람이 죽을 날이 가까워지면 그렇게 달라지는 건지도 몰라."

"허나 우리 웅보 성님은 아직은 노인이 아니잖우."

"아녀. 내가 볼 때 자네 형 씨는 몸은 아직 늙지 않았재만 속마음은 노숙하시네."

"우리 웅보 성님은 총각 때도 영산강이 우는 소리를 들었다고 했구만요. 웅보 성님은 조부님을 닮으셨어요. 그래서 좀 이상한 데가 있당께요."

대불이는 다시 발걸음을 재촉했다. 그는 강물 흐르는 소리에서 조부님의 목소리를 들을 수 있다는 웅보 형의 말을 믿지 않으면서도 행여나 하는 생각에 귀를 강 쪽으로 기울였다. 그러나 바람이 강물을 조리질하는 소리만이 귓속을 가득 메워왔다.

대불이와 짝귀가 개산 꼭대기에 올라갔을 때, 그곳에는 벌써 이초 대원 십여 명이 그들보다 먼저 와 있었다.

"나는 남평에서 저녁밥을 묵고 곧장 걸어왔소."

"나는 함평 손불에서 점심을 묵고 발행을 했다우."

"우리 두 사람은 아침에 장흥 유치에서 버틈 걸어왔소."

대불이가 그들보다 먼저 와 있는 대원들에게 왜 이렇듯 서둘러 왔느냐고 묻자, 여기저기서들 한마디씩 하였다.

개산 밑 개태부락에서 첫닭이 홰를 치는 소리가 들렸다. 대불이는 첫닭이 울고 담배 한 대 참쯤 지난 후에 이초대원들의 간열점호(簡閱點呼)를 시작했다. 첫닭이 울 무렵까지도 다도의 송기화와 남평에 간 문치걸의 얼굴이 보이지 않았었는데, 점호를 시작하기 직전에 숨을 헐떡거리며 뛰어왔다. 문치걸의 말로는 송기화와 함께 간밤에 영산포 객주거리에서 늦게까지 술을 퍼마시고 늦잠을 잤다고 하였다.

이 초 십장인 대불이가 그의 대원들을 모두 점호해보았더니, 열하루 전인 지난 오월 초아흐렛날 아침 해가 떠오르는 시각에 청계 백용산에서 처음으로 회집하였을 때보다, 일곱 명의 대원이 더 불었다. 백용산에서 점호를 했을 때는 십장인 대불이까지 포함하여 꼭 마흔 명이었던 것이, 열하루가 지난 지금에 다시 모여 간열점호를 하고 보니 마흔일곱 명이 된 것이었다.

"지난 오월 초아흐렛날 백용산 회집 시에 나왔던 대원을 제외하고, 오늘 처음으로 나온 사람이 있으면 앞으로 나오시오."

대불이가 도열해 있는 대원들을 쭉 훑어보며 큰 소리로 말했다. 그러자 대열로부터 일곱 명의 장정들이 대불이 앞으로 나왔다. 워낙 어두운 새벽녘이라 일곱 명의 얼굴을 분간할 수가 없었다. 대불이는 일곱 명들에 대해서 차례로 하나하나 이름과 거소를 물었다. 그는 그들의 목소리와 언동, 그리고 몸집으로 대충 신상을 짐작하였다. 그들은 친구나 형제 혹은 친지를 따라온 사람들로, 한결같이 존망지추(存亡之秋)에 놓인 나라를 구하고자 창의병이 되기를 원한다고 말했다. 그들의 말투에는 왜병과 싸울 각오와 결의가 넘쳐 보였다.

대불이는 일곱 명을 한 사람씩 호명하고 그와 함께 온 사람은 앞으로 나와서 그가 대동하고 온 새 대원의 옆에 나란히 서게 하였다. 대불이의 말대로 대원들은 그가 데리고 왔거나 따라온 신참 옆에 나란히 섰다. 그런데 단 한 명만이 같이 온 사람이 없었다.

"이름이 뭐라고 했느냐?"

대불이는 같이 온 대원이 없이 외톨이로 서 있는 키가 작달막하고 목소리가 카랑카랑한 젊은이를 향해 무섭게 내쏘았다.

"예, 지는 몽탄에서 온 서거칠이라고 합니다요."

젊은이는 어둠속에서 겁에 질려 떨리는 목소리로 말했다.

"누구, 몽탄에서 온 서거칠이를 아는 대원이 없소?"

대불이가 도열해 있는 대원들을 향해 소리쳤으나 아무도 대꾸를 하지 않았다. 대불이는 다시 한 번 누구 서거칠을 아는 사람이 없느냐고 물었다. 그러나 그를 안다고 나서는 대원이 아무도 없었다.

"네 이놈, 아까 네놈은 분명 네 쥐둥아리로 친구를 따라왔다고 했는데, 너를 안다는 친구가 없지 않느냐? 네놈은 왜놈의 염탐꾼이 틀림없지?"

대불이는 서거칠이라고 하는 젊은이의 더벅머리를 휘어잡고 소리쳤다.

"아닙니다요 대장님. 이놈은 몽탄 승달산 밑 삼거리 외대머리 주막에서 맞전을 주지 않고 술을 마신 술꾼들한테서 외상술값이나 받아주고 빌붙어 사는 불쌍한 놈입니다요. 오늘 아침에 손님들 셋이서 주막에서 주담을 하는 소리를 얼핏 들었사온데, 그분들이 왜놈들과 싸우기 위해 회집을 한다 하기에, 이 놈도 창의병이 될까 하여 뒤를 밟아온 것입니다요. 이 놈이 왜놈들의 염탐꾼이라니 당치 않습니다요."

서거칠이라는 젊은이는 매달리는 목소리로 비대발괄 빌었다.

"대원들 중에서 오늘 아침에 승달산 밑 삼거리에 있는 외대머리 여자의 주막에 들른 사람이 있으면 앞으로 나오시오."

대불이가 소리쳤으나 아무도 대열 앞으로 나오는 사람이 없었다.

"이놈이 끝내 나를 속이려 하는구나!"

대불이는 대원들 중에서 승달산 부근의 주막에 들른 사람이 나서지 않자 서거칠을 향해 당장에 메어칠 듯한 기세로 윽박질렀다.

"아닙니다요. 분명히 세 분들의 주담을 듣고 뒤따라왔습니다요.

시방은 어두워 그분들을 알아볼 수가 없겠으나, 날이 밝으면……."

그러면서 서거칠은 울먹이는 목소리로 매달렸다. 대불이는 서거
칠을 믿고 싶었다. 그의 말대로 그 세 사람이 대열 속에 있으면서도
선뜻 앞으로 나서지를 못하는 것은 기밀을 누설한 책임을 추궁 당하
게 될까 두려웠기 때문일지도 모른다고 생각했다. 대불이는 서거칠
의 일은 날이 밝으면 다시 따져보기로 하고, 대원들의 기계를 점검하
기 시작했다. 지난번 백용산에서 점호를 했을 때는 마흔 명의 대원들
중에서 화승총이나마 기계를 갖고 있는 사람은 겨우 열한 명에 불과
했고 십장인 대불이를 비롯해서 스물아홉 명은 창과 칼이며 죽창을
들었거나 아니면 아예 빈손들이었다. 그래서 그는 열하루의 말미
를 주고 스물아홉 명 대원들은 필히 기계를 구입하라고 했던 것이다.
그가 대원들을 개산에 회집토록 한 것도 따지고 보면 죽절고랑에서
창의병이 모이기 전까지 마흔 명의 전 대원들이 모두 무기를 휴대할
수 있도록 하려는 것 때문이었다.

서거칠을 제외한 마흔여섯 명의 대원들을 점검한 결과, 서른한 명
이 기계를 갖고 있었다. 그중에서 38소총이 대불이와 짝귀의 것을 포
함해서 겨우 네 자루에 불과했고 나머지 스물일곱 자루는 모두 화승
총들이었다. 대불이는 나머지 열다섯 명도 기계를 휴대할 수 있는 방
도를 생각해보았으나 그의 능력으로는 어찌할 수 없는 일이었다.

대불이는 날이 밝기 전에 서둘러 사십칠 명의 대원들을 이끌고 개
산에서 동남쪽으로 시오리쯤 상거한 테메산 골짜기까지 이동하였다.
그들이 테메산 골짜기에 당도했을 때는 동쪽 하늘이 물억새꽃 빛깔

로 트여오기 시작했다. 대불이는 대원들을 모아놓고 기계를 잘 다룰 줄 아는 사람을 고르기 위해, 기계를 갖고 있는 서른한 명에 대해 차례로 총 다루는 솜씨를 시험하겠다고 말했다. 그리고 기계가 없는 열다섯 명 중에서 힘이 세거나 뜀박질을 잘하는 사람 다섯을 골라, 돈을 주어 마흔일곱 명이 아침과 점심, 그리고 저녁까지 먹을 수 있는 식량과 찬거리를 사오도록 일렀다. 그리고 나머지 열 명은 마을에 내려가서 솥과 밥그릇이며 숟가락들을 빌려 오게 하였다.

"자 이제부텀, 차지가 호명을 할 터이니 한 사람씩 지정한 자리에 서서, 십 보 앞에 있는 소나무를 향해 총을 쏘시오. 여러분들이 보시는 바와 같이 소나무를 사람의 키만큼 껍질을 벗겨놓았소. 배꼽 높이에서 머리까지를 맞히면 상급이고 배꼽 아래를 맞히면 중급, 머리 위나 소나무 밑동을 맞히면 하급이오."

대불이는 큰 소리로 말하고 나서 차지 짝귀에게 한 사람씩 호명을 하라고 일렀다.

"그리고 명심할 것은 미리 장전을 하지 말고 차지가 호명을 한 연후에 지정된 여기 쥐똥나무 앞에 나와서 장전을 하도록 하시오."

대불이는 짝귀가 먼저 문치걸을 호명하자 대원들에게 다시 주의 사항을 말하였다.

호명을 받은 문치걸은 무거운 화승총을 들고 쥐똥나무 앞으로 나오더니 깨알만한 철환과 화약을 장전한 다음 부싯돌을 쳐서 불을 붙였다. 철환을 장전하여 화약에 불이 붙기까지는 숨을 쉬는 속도로 하나부터 오백을 헤아릴 만큼 오래 걸렸다.

화약에 불이 붙자 총성이 산을 찌렁찌렁 울렸다. 문치걸이 쏜 철환은 십여 보 전방의 소나무 밑동에 흩어졌다. 갑오년 때 화승총을 만져본 경험이 있는 문치걸도 결국 하점에 그치고 말았다. 다음에는 송기화의 차례였다. 송기화는 장전을 하는 데 문치걸보다 약간 오래 걸렸으나 상점을 맞혔다. 송기화가 쏜 철환이 껍질을 깎아놓은 소나무의 윗부분에 박히자 대원들이 환호하였다. 상점을 받은 송기화도 기쁜지 무거운 화승총을 머리 위로 높이 치켜 올리고 한바탕 모두뜀을 뛰었다.

한 사람이 나와서 철환과 화약을 집어넣고 부싯돌로 불을 붙여 화약에 불이 댕겨지기까지 너무나 긴 시간이 걸렸다. 기계를 다뤄본 경험이 있는 문치걸이나 송기화 같은 사람들도 총 한 발을 쏘기까지는 한참이 걸렸으며, 경험이 없는 사람의 경우에는 담배 한 대참씩이나 시간이 소요되었다. 해가 떠오르기 전에 총 쏘기를 시작하였는데, 열 명 째 사격시험이 끝났을 때는 해가 상투꼭지 위에 머물러 있었다.

대불이는 총 쏘기가 끝난 대원들을 동서남북의 네 방향에 보초를 세웠다. 혹시 총소리를 듣고 일본 헌병들의 앞잡이가 고변을 할지 몰라서였다. 화승총 총소리가 유난히 컸기 때문에 대불이는 영산포 헌병부대와 멀리 떨어진 테메산까지 옮겨온 것이었다.

열한 명 째의 대원이 화승총에 장전을 하고 있을 때, 문치걸로 하여금 도망치지 못하도록 붙들고 있게 하였던 서거칠이가 패랭이를 쓴 나이가 지긋한 대원의 멱살을 잡아끌고 대불이에게로 왔다. 대불이는 서거칠이가 무엇 때문에 숨을 헐떡거리며 패랭이를 쓴 대원을 끌고 온 것인지 그 연유를 짐작하였다.

"대장님, 바로 이자이옵니다. 승달산 밑 삼거리 주막에서 자기가 창의병이라고 떠벌린 자가 바로 이자입니다요."

서거칠은 패랭이를 쓴 대원의 멱살을 놓지 않은 채 큰 소리로 말했다.

"그 손을 놓아라."

대불이가 부드럽게 더벅머리 서거칠을 나무랐다. 낮에 보니 서거칠은 잘해야 십칠팔 세 안팎으로밖에 안 보였다. 그러나 엄장한 체격과 매서운 눈초리로 보아 아무에게나 호락호락하게 마음이 꺾일 것 같지가 않을 듯싶었다.

"하오면 이제 소인 놈을 받아주시는 겁니까요?"

서거칠이 잡았던 패랭이 대원의 멱살을 놓으며 약간 건방진 태도로 물었다. 대불이는 적당히 건방지고 당돌한 것 같은 서거칠이 마음에 들었다. 그는 패랭이 대원을 추궁하지 않고 서거칠을 향해 빙긋이 웃어 보이며 고개를 끄덕였다.

"고맙습니다요. 소인 놈도 꼭 기계를 손에 넣고 말겠구만요."

서거칠은 대불이에게 허리를 굽적거리며 말했다.

"되얐으니 물러가서 기계 다루는 것이나 잘 익혀두도록 하거라."

대불이는 영산포로 식량과 찬거리를 사러 갔던 대원들이 올라오는 것을 보며 말했다.

그들은 아침을 해먹은 다음 계속해서 사격시험을 하였다. 스물여덟 명의 화승총 사격시험이 끝나자 이번에는 38식총을 가진 세 명이 총을 쏠 차례가 되었다. 대불이와 짝귀 외에 38식총을 가진 월평 출신 천좌근이라는 대원이 먼저 호명되었다. 천좌근은 순식간에 탕탕탕탕 네 발이나 속사하였으며 네 발의 탄환을 모두 상점에 맞혔다. 대원들이 그것을 보고 놀랐다.

짝귀와 대불이도 천좌근이처럼 순식간에 네댓 발을 속사하였으며 모두 상점을 맞혔다. 짝귀와 대불이는 처음으로 38식총을 쏘았는데도 쉽게 목표물을 명중시킬 수가 있었다. 대불이는 물론 모든 대원들은 38식총의 위력에 크게 놀랐다. 거기에 비해 화승총은 총이 아닌 것처럼 생각되었다.

38식총은 일본군이 노일전쟁 중이었던 1905년에 만든 최신식 총이었다. 명치 38년에 만들었다 해서 38식총이라 불렀다. 이 총은 단숨에 십여 발을 속사할 수 있거니와, 화승총의 사정거리가 불과 이십여 보인 것에 비해 이의 열 배나 되는 2백여 보에 이르렀다. 또한 화승총엔 강기(腔機)가 없어 명중률이 극히 낮고 급소를 맞히지 않으면 죽지 않는 등 치명상을 입히지 못하는 약점이 있을 뿐만 아니라, 속사를 하기 위해서는 수명의 보조사수가 있어 철환과 화약을 장전해주어야 하기 때문에 기습공격을 당했을 때 응전하기가 어렵다. 이와 비교해서 38식총은 명중률이 높고 아무데나 맞으면 치명상을 입히고, 2백여 보 이상의 사정거리에 속사가 가능한 것 외에도 한 손으로 발사할 수 있기 때문에 기총(機銃)으로도 사용할 수가 있는 것이다. 다만 화승총은 제작이 용이하였으나 38식총은 구입하기가 어려웠고, 무기밀매업자들로부터 구입하려면 한 정에 1백 원을 주어야만 했으니, 창의병들이 휴대하기가 어려웠다.

기계를 가진 서른한 명의 대원들이 사격시험을 마친 결과 상점을 맞힌 사람이 38식총을 소지한 세 명을 포함해서 모두 여섯 사람이었고, 중점이 일곱 명이었다. 대불이는 화승총으로 상점을 맞힌 세 사람을 사격 교련관으로 삼아 대원들에게 총 쏘는 기술을 가르치게 하는 한편, 양총을 소지한 천좌근을 포함한 네 명을 분대장으로 삼아 각기 부하 열 명씩을 거느리게 하였다. 이리하여 총 쏘는 재주가 뛰어난 송기화, 천좌근 외에 금천의 나대천, 다시의 최용락 등이 분대장이 되었다. 그밖에도 대불이는 갑오년에 함께 싸웠던 문치걸을 군량장(軍糧將)으로 삼는 등 군기출납장이며 호군장을 임명하였다. 그리고 대불이는 십장의 수종사원(隨從事員)으로 서거칠을 지명하였다. 나상집 창의병의 이 초 십장으로 겨우 마흔일곱 명의 대원을 지휘하게 된 장대불은 그 나름대로 편제를 갖추고 전열을 가다듬게 된 것이다.

새벽에 개산에 회집하여 테메산으로 옮긴 후 총 쏘기 시험을 하고 편제를 짠 대불이는 해가 떨어지기 전에 미리 준비한 음식으로 호군하고, 밤이 깊어지기를 기다렸다가 발행하였다. 그는 테메산을 떠나기 전에 대원들을 모아놓고 간단하게 그날 밤의 작전에 대해 말하였다.

"오늘밤 우리 이초대는 창의하여 처음으로 왜병과 싸우게 되었소. 모든 대원들은 각기 편장(偏長)들의 지시에 따라 행동하기를 바라오. 자 그러면 발병하시오."

대불이의 부대는 하현달이 떠오르기 전에 테메산을 출발하여 달이 떠오를 무렵에 새끼내에 당도하였다. 새끼내 삼거리 산비탈에 도착하자 대불이는 문치걸에게 기계를 휴대하지 못한 대원들 중에서 세 명을 차출케 하여, 즉시 개산 봉우리로 올라가 불을 피우도록 일렀다. 그리고 나서 대원들을 이끌고 영산포 헌병대에서 개산으로 가는 길목으로 향했다. 그는 둑길에 이르자 각 분대장을 불렀다.

"새벽이 되면 일본헌병들이 이 길로 통과할 것이오. 우리는 여기서 길목을 지키고 있다가 놈들이 오면 일시에 기습을 할 것이니, 전 대원들은 둑 아래에 은신하고 왜놈들이 올 때까지 기다리도록 하시오. 그리고 십장인 내가 사격을 하기 전에는 절대로 미리 총을 쏘아서는 안되오. 화승총은 이십 보 내에서 몸의 급소를 맞히기 전에는 죽지 않는다는 것을 명심하도록 하시오."

이초십장 장대불은 편장들에게 주의할 것들을 이르고 나서 각 분대별로 매복할 장소를 지정해주었다. 그리고 그는 그의 수종사원이 된 서거칠을 불러 위치를 설명해주고 나서 "거칠이 네 놈은 곧 헌병대 부근에 숨어 있다가 놈들의 동태를 지켜보고 놈들이 출동을 하는 즉시 한달음에 나한테로 뛰어오너라. 놈들이 출동을 할 시는 그 방향을 분명히 알아야 하며 네가 놈들의 눈에 띄어서는 절대 안 되느니라" 라고 일러 영산포 쪽으로 보냈다.

"놈들이 꼭 출동하리라는 것을 뭘로 믿는가? 이러다가 놈들이 코빼기도 안 나타나면 어쩌재?"

대원들을 모두 매복시키고 서거칠이까지 헌병대의 동태를 염탐하러 보내고 나자 짝귀가 걱정스러운 목소리로 물었다.

"놈들은 꼭 이 길로 출동을 할 것입니다요. 필시 방석코가 우리의 기밀을 헌병대에 밀고를 했을 테니께요. 기다려보시면 아시게 됩니다."

대불이는 자신 있게 말했다. 그는 며칠 전 구진나루 난초네 주막에 갔을 때 방석코의 태도에서 그가 틀림없이 왜놈의 밀통꾼이라는 것을 암암리에 눈치를 챌 수가 있었다. 그때문에 그는 넌지시 방석코에게 스무하룻날 새벽에 개산에서 사십 명의 창의군이 회집을 하니 참여했으면 어떻겠느냐는 말을 했던 것이었다.

"불이 오르고 있구만."

짝귀가 대불이의 옆구리를 찌르며 개산 쪽을 가리켰다. 짝귀의 말대로 개산 봉우리에서 불길이 하늘로 솟고 있었다. 어느덧 하현달도 영산포 쪽에 떠올라, 개산에서 타오르는 불길과 함께 새벽의 하늘을 열고 있었다.

개산에 불이 타오르고 하현달이 머리 위에 자오록이 떠올라 물억새꽃 같은 영산강 물줄기를 밝고 홍건히 적셔주기 시작했는데도 아직 첫닭이 울지 않았다. 영산포에서 개산으로 가는 길목에 부하들을 매복시켜둔 대불이는 정황을 탐지토록 보낸 수종사원 서거칠이가 돌아오기를 기다리고 있었다. 그러나 서거칠이가 그의 명을 받고 선창 쪽 어둠속으로 모습을 감춘 지가 오래 되었는데도 소식이 없자 대불이는 약간 걱정이 되었다.

"서거칠이 그 놈이 돌아오지 않는다면 큰 낭패가 아닌가?"

대불이 옆에 붙어 있던 짝귀도 은근히 걱정이 되는지 나지막한 목소리로 말했다.

"그 놈은 믿을 만한 놈이오."

"오늘 새벽에야 처음 만난 놈인디 뭘 보고 그러는가?"

"나는 그 놈의 눈을 보았구만요. 그 놈의 눈이 믿을 만한 사람의 눈이었당께요."

대불이는 짝귀에게 그렇게 말하고 있긴 하면서도 만에 하나라도 그가 왜놈의 밀탐꾼이라고 한다면 대불이의 부하들은 살았다고 할 것이 없을 것이라는 생각이 들었다. 그러나 대불이는 서거칠을 믿기로 하였다.

개산 꼭대기에서는 계속 불길이 솟아 어둠을 휘저었고 이지러진 하현달의 달빛은 강변을 음산하게 덮고 있었다. 대불이는 눈이 빠지도록 선창 쪽을 바라보았으나 서거칠의 모습은 나타나지 않았다. 그가 초조하게 서거칠을 기다리고 있는데, 부하들이 매복해 있는 둑 아래쪽에서 두런거리는 소리가 들리더니, 잠시 후에 개산에 불을 피우러 올라갔던 문치걸이가 엉금엉금 대불이 가까이로 기어왔다. 문치걸이가 누구인가를 끌고 왔다.

"이놈이 개산으로 올라와서 장 대장을 찾기에 수상쩍어 예까지 끌고 왔구먼."

문치걸이 끌고 온 사람을 대불이 앞으로 밀치며 말했다.

"장 대장님, 소인놈입니다요. 며칠 전에 댁으로 찾아뵈었던 부덕촌 사는 김유복입니다요. 동산농장에 있다가 그만둔 접니다요."

문치걸에게 덜미를 잡힌 김유복의 다급한 말에

"되얐으니 그 놈의 덜미를 놓게."

하고 대불이가 문치걸에게 부드럽게 일렀다.

"그래 무엇 땜시 개산 꼭대기까지 올라가서 나를 찾았느냐? 아니 그것보다도 네놈은 어떻게 내가 개산에 있다는 것을 알았느냐?"

대불이로서는 일전에 그를 찾아와 일본 헌병대에서 나상집 창의병이 스무 나흔날 죽절고랑에서 회집한다는 것을 알고 있다는 정황을 귀띔해주었던 김유복이가 어떻게 하여 그들이 스무하룻날 새벽에 개산에서 모인다는 것을 알고 있느냐 하는 게 궁금했던 것이다. 그들이 스무하룻날 개산에서 회동한다는 것을 은근히 흘려준 것은 방석코 한사람뿐이었기 때문이다.

"소인 놈은 장 대장이 오늘 새벽에 개산에서 부하들과 만난다는 것을 알고 있었습니다요."

김유복은 주저함이 없이 말했다.

"어떤 연유로 알게 되었느냐?"

"구진나루에서 주막을 한다는 사람이 즈이 삼촌한테 은밀히 말하는 것을 엿들었구만요."

짝귀가 묻고 김유복이 대답했다.

"방석코가?"

대불이는 방석코에 대해 배신감으로 심사가 쓰렁했으나, 다른 한편으로는 모든 일이 그가 뜻한 바대로 이루어지고 있는 것에 마음속으로 쾌재를 부르짖었다.

"하여 소인 놈의 생각에 헌병부대가 필시 개산으로 출동을 할 것 같기에 초저녁에 새끼내 대장님 집으로 달려갔으나 계시지 않기에 개산으로 올라가서 대장님이 오시기만을 기다리고 있었습니다요."

"그렇다면 너 혼자 초저녁부터 시방껏 개산에 있었단 말이냐? 참으로 수고가 많았구나."

대불이는 김유복의 충직한 마음씨에 감복하여 덥석 그의 손을 잡았다.

"대장님과 수많은 창의병들의 목숨이 위태로운 지경인듸 소인 놈의 그까짓 수고가 대숩니까요? 그것보다도 조금 있으면 곧 헌병들이 몰려올 터인데 어서 피하서야겠구먼요."

김유복은 오히려 대불이 걱정을 하고 있었다.

"우리는 예서 놈들을 기다리고 있는 중이니 염려 마라. 그건 그렇고 김유복이 너를 오늘부텀 우리 이초대의 정탐병으로 삼을 것이니 그리 알거라."

대불이의 말에 김유복은 그의 앞에 넓죽 엎드리더니

"장 대장님 고맙습니다요. 앞으로 목숨을 걸고 장 대장님을 따르겠습니다요."

하면서 감격해하였다.

"나는 대장이 아니니 그냥 십장이라고 불러라. 그리고 네 자신을 소인놈이라고도 하지 말거라. 우리 창의병들 간에는 위아래가 없이 모두가 평등하다는 것을 명심하거라."

대불이가 김유복을 부드러운 말로 타이르고 있을 때 선창 쪽에서 희끄무레하게 이지러진 달빛 사이로 검은 그림자가 바람처럼 달려오고 있는 모습이 보였다. 대불이는 그 검은 그림자가 분명히 서거칠이라고 믿었다.

"유복아, 이제 너는 그만 돌아가거라. 여기 있다가는 위험하다. 그러고 나헌테 급히 전할 말이 있거든 차후로는 테메산으로 오면 된다."

대불이가 좋은 말로 달래듯 김유복에게 돌아가기를 명했으나 그는 한사코 미적거렸다.

"장 대장님, 아니 십장님. 나도 십장님과 함께 있겠습니다요."

그러면서 김유복은 어둠속에서 왜놈들과 싸울 각오가 되어 있다는 것을 보이기라도 하려는 듯 대불이를 향해 주먹을 불끈 쥐고 허공에 흔들어 보였다.

"정탐병이라고 하는 사람은 진중에 있는 것이 아니라 민가에 있으면서 정황을 정탐하여 알려주어야 하는 것이다. 그러니 어서 돌아가거라."

대불이는 나이 어린 김유복을 위험한 싸움터에 있게 하고 싶지가 않았기 때문에 좋은 말로 달래기도 하고 윽박지르기도 하여 간신히 집으로 돌려보냈다.

"시방 헌병들이 이쪽으로 몰려오고 있습니다요."

김유복이가 돌아가고 잠시 후에 서거칠이가 헐근거리고 뛰어와서 대불이에게 보고하였다.

"서거칠이 너는 냉큼 각 분대장들에게 왜병이 곧 올 터이니 몸을 숨기고 기다리고 있다가 십장이 발사한 연후에 총을 쏘라고 하여라."

이 초 십장 장대불은 수종사원 서거칠로부터 보고를 받자 다급하게 일렀다. 그가 서거칠에게 말하고 선창 쪽을 바라보았더니 구물구물 왜병들이 둑길을 타고 몰려오고 있는 모습이 아슴푸레하게 보였다. 대불이는 총신을 단단히 움켜잡고 눈심지를 팽팽하게 당겨 그들이 매복하고 있는 곳으로 몰려오고 있는 왜병들을 노려보았다.

"방석코 그놈이 우리를 저버리다니……."

그는 어둠 사이로 왜병들을 노려보며 부드득 이를 갈았다.

"잘 되얐지 않는가. 방석코 덕분에 우리가 처음으로 전공을 세울 수 있으니 말여."

대불이의 분해하는 말에 짝귀가 말했다.

"그래도 나는 설마 했었구만요. 방석코를 친 성님같이 생각했으니께요."

"난초 때문일세."

"난초가 왜요?"

"방석코는 난초 땜시 투기를 느낀 게여. 나는 첨부터 방석코 얼굴에서 그것을 읽었었네. 자네가 난초한테 뭉긋거릴 때마다 자네를 보는 방석코의 눈에 칼날이 보였네."

"설마 방석코가……."

대불이는 방석코의 배신감 때문에 자꾸만 목구멍이 훗훗해졌다. 그리고 난초의 신세가 가련하게 생각되어 마음이 무거워졌다. 대불이 생각에 그날 밤 왜병들이 피해를 당할 경우 결코 왜병들이 방석코를 그냥 둘 것 같지가 않을 듯싶었던 것이다.

구물구물 몰려오고 있는 왜병들의 모습이 확연히 눈에 들어왔다. 대충 어림해도 삼사십 명은 될 것 같은 일본헌병들이 오십여 보 전방으로부터 가까이 다가오고 있었다. 그들과 맞싸운다면 기계로 보나

머릿수로 보나 창의병들한테 승산이 없을 것이 뻔했다. 일본헌병들은 모두 화력이 좋은 38식총에 기관총이며 야포까지 가지고 있어 전력으로는 비교할 바가 못 되었다. 단 한 가지 창의병들한테 유리한 점이라면 그들은 몸을 숨기고 매복해 있어 왜병들을 기습할 수 있다는 점이었다. 그러나 창의병들은 거의 화승총뿐인지라 첫 사격에서 적의 급소를 정확하게 명중시키지 못할 경우 큰 낭패를 당하게 될 것이었다. 왜냐하면 첫 발을 쏘고 다음 철환과 화약을 장전하기까지 너무 많은 시간이 소요되기 때문이다. 그때문에 대불이는 그의 부하들에게 그 점을 누누이 강조해두었던 것이다. 그러나 대불이가 걱정한 것은 그들이 매복해 있다가 왜병이 사정거리 안에 들어와 사격을 개시하려고 했을 때, 철환과 화약은 미리 장전을 해놓았다고는 하지만 부싯돌을 켜서 불을 붙이는 사이에, 되레 적의 눈에 발견되면 도리 없이 이쪽에서 당하게 되리라는 것이었다. 만약 불을 붙이고 있을 때 적의 눈에 띄게 되면 적의 38식총이 먼저 불을 뿜게 될 것이기 때문이다. 그래서 대불이는 저고리를 벗어 불빛이 새어나가지 않도록 할 것과, 적이 화약 냄새를 미리 맡지 못하게 바람이 불어오는 반대 방향에 매복을 하도록 단단히 일러두었다. 그리고 첫 사격에 실패했을 경우를 생각해서 모든 대원들에게 창이나 칼을 휴대하고 있다가 달려들어 육박전을 하라고 명령해두었다.

대불이는 숨을 죽이고 적이 가까이 오기를 기다렸다. 세 명의 일본헌병대 정찰병이 이십여 보 앞을 섰으며 그 뒤로 서른 명 정도가 희미한 달빛을 밟고 창의병이 매복해 있는 곳으로 다가오고 있었다. 정찰병이 대불이가 배를 깔고 엎뎌 있는 머리맡을 지날 때 그는 숨소리를 죽였다. 정찰병이 지나자 본진의 왜병들이 총을 어깨에 메고 다가왔다. 그는 왜병들의 후미가 더 가까이 오기를 기다렸다가, 화승총의 사정거리 안에 들어서는 것 같자 방아쇠를 당겼다. 대불이의 양총이 불을 뿜자, 매복해 있던 창의병들이 일제히 화약에 불을 붙였으며, 탕탕탕탕 한꺼번에 총소리가 어둠을 흔들며 진동을 했다. 기습을 당한 왜병들은 총을 쏠 겨를도 없이 강변 쪽 둑 아래로 도망을 쳤다. 왜병들이 전의를 잃고 도망을 쳐버리는 통에 창과 칼을 준비하고 육박전을 노리고 있었던 창의병들은 미처 달려들 기회조차 없었다. 다만 신식 총을 가진 대불이와 짝귀, 그리고 천좌근이가 도망치는 왜병들의 뒤통수에 대고 총을 쏘아댔을 뿐이며, 다른 창의병들이 다시 철환과 화약을 장전했을 때는 이미 왜병들의 모습이 보이지 않게 되었다.

대불이는 왜병이 완전히 모습을 감춘 뒤에 먼저 왜병의 피해를 조사하였다. 이날 기습전에서 왜병 4명을 사살하고 2명에게 복부와 하반신에 부상을 입히는 전과를 올렸다. 대불이는 사살된 4명과 부상당한 2명으로부터 총과 탄환을 거둔 후 서둘러 그곳을 떠나 테메산으로 향했다. 창의병들 중에서는 다친 사람이 하나도 없었다.

대불이가 대원들을 이끌고 테메산에 당도했을 때는 동쪽 하늘이 치자빛깔로 밝아오고 있었다. 그는 군량장에게 일러 식량을 구해와 대원들을 호군케 하도록 하는 한편 문치걸에게 돈을 주어 돼지를 잡아 대원들을 먹이게 하였다. 십장 장대불은 나상집 창의대장이 각 십장들에게 나누어준 얼마간의 돈이 있어 군량과 찬거리를 사먹을 수

가 있었다. 그러나 장차는 각 초대의 십장들이 군량문제를 해결하게
되어 있었다.

고기와 밥으로 배를 채운 이초대의 창의병들은 낮잠을 잤다. 대불
이는 혹시 영산포 헌병대가 반격해올지 몰라 사주에 보초를 세워 경
계한 후에 수종사원 서거칠을 불렀다. 그는 서거칠을 마산 골짜기에
있는 나상집 창의대장한테 보내 이초대의 전과를 보고하고 싶었던
것이다.

"마산 골짜기 창의소에 가서 군기출납장 김한봉을 만나서 내 이야
기를 하고 창의대장을 찾아뵙도록 하거라. 그리고 나 대장을 만나거든
이번 싸움의 전과를 네가 본 대로 말씀드려라. 그러면 어서 떠나거라."

대불이는 서거칠을 마산 골짜기로 보낸 다음에야 얼핏 낮잠을 잤
다. 그가 낮잠에서 깨어났을 때는 하루의 해가 설핏하게 기울고 있었
다. 대원들도 모두 일어나 잡담을 하거나 아니면 분대장의 지시로 총
다루는 법을 배우고 있었다.

"짝귀 성님, 어떻습니까요. 처음 싸움치고는 전과가 괜찮았지요?"

대불이는 그가 낮잠에서 깨어날 때부터 총을 손질하고 있던 짝귀
에게 물었다.

"기계가 워낙 불리하네."

짝귀는 첫날의 전과를 별로 탐탁스럽게 생각하고 있는 것 같지가
않은 표정이었다.

"그래도 왜병을 네 놈이나 쥑였지 않았는가요?"

"기계만 좋았더라면 전멸을 시킬 수가 있었네. 그런 기회가 어디

그리 흔하겠는가?"

대불이는 짝귀의 말이 옳다는 생각이 들었다. 적을 전멸시키고도 남을 수 있는 호기회에 겨우 네 명을 사살했다는 것이 아쉬웠다.

대불이의 생각에는 그래도 38소총을 여섯 정이나 전리품으로 노획할 수 있었다는 것이 무엇보다 흡족한 것이었다. 신식 총 여섯 정과 실탄을 노획한 것은 창의병 스무 명을 얻은 것보다 큰 힘이 되었다. 대불이는 첫 싸움에서 무기를 노획한 것으로 만족하기로 하였다. 그러나 그 같은 그의 자족감은 다음날 서거칠이 마산 창의소에서 돌아옴으로 하여 깨어지고 말았다. 나상집 대장에게 그들 이초대의 전과를 보고하기 위해 테메산을 떠난 서거칠은 하룻밤 만에 돌아왔는데 모든 대원들이 기대했던 바대로 나 대장으로부터 전공에 대한 칭사는커녕 책망을 듣게 된 것이었다.

"나 대장은 제 보고에 접하자 크게 노하셨습니다요. 이초대 때문에 대사를 그르쳤다고 했습니다요. 나 대장님의 말씀은 한 번 속은 왜병은 이제 두 번째는 속지 않을 것이라는 것이었습니다. 그러면서 이제 죽절고랑의 계획은 모두 허사가 되었다고 크게 낙망하셨습니다요."

서거칠의 전언을 듣고 나자 대불이는 그제야 자신이 큰 실수를 저질렀다는 것을 알았다. 그러나 그 같은 계략을 쓰지 않았더라면 오히려 왜병의 기습을 면하지 못했을 것이라고 자위해보았다. 그대로 내버려두었더라면 그의 이초대가 큰 해를 입게 되었을 것이 분명한 것이었다.

"나 대장에게 우리 이초대가 개산에서 회집하기로 한 기밀이 새어

나갔기에 어쩔 수 없었다는 말을 하지 않았더냐?"

대불이는 설마 그 같은 내용을 알고도 나 대장이 그를 책망하지는 않았을 것이라는 생각에 그렇게 물었다.

"말씀을 드렸지요."

"저저이 말씀을 드렸더냐?"

"십장님께서 이르신 대로 죄 말씀을 드렸구만요. 그랬더니……."

"그랬더니?"

"적이 올 것을 아는 싸움은 언제 어디서고 이기게 되어 있다고 하셨습니다."

대불이는 나 대장의 그 말을 이해할 수가 있었다. 다른 계책을 쓰지 않았다 해도 스무날 새벽에 왜병들은 필시 개산으로 몰려왔을 것이고, 그것을 알게 된 이초대는 왜병이 올 것을 알고 싸울 준비를 하고 있다가 적을 맞았을 것이었다. 그런데도 궁색하게 방석코에게 굳이 회집 날짜를 변경하여 알리고 결국은 일을 그르치게 한 것이 아닌가.

"하면 스무나흗날 죽절고랑에서 회집하기로 한 것은 어찌 한다더냐?"

"계획대로 회집을 한다 하였습니다요."

"군기출납장은 만나보았더냐?"

"참, 군기출납장께서 내일 저녁나절에 구진나루 주막에서 십장님을 만나고 싶다고 하셨구만요."

"한봉이가 나를?"

"영산포를 거쳐 목포에 가실 일이 있다고 하시드만요."

대불이는 필시 김한봉이가 기계를 사려고 목포로 요시다를 만나러 가는 길에 자신을 만나고자 하는 것으로 알았다. 그런데 하필이면 구진나루 난초네 주막에서 만나자는 것이 찜찜했다. 어쩐지 대불이는 방석코를 다시 만나기가 싫었던 것이다. 방석코 쪽에서 배신을 한 것인데도 마치 대불이 편에서 그를 속인 것만 같아 다시 대하기가 뜨악하게 여겨졌다. 아마 지금쯤 방석코는 대불이가 그의 정체를 알고 그를 이용한 것이라는 것을 눈치 채고 있을 것이기 때문이었다.

다음날 대불이는 서거칠을 대동하고 테메산을 떠나 새끼내 그의 집에 잠시 들러 점심을 요기하였다. 마침 그의 집에는 웅보 형의 외동딸 오동네와 그녀의 남편인 피장이 황 서방이 와 있었다. 오동네의 남편은 목포에서 고깃간을 하고 있었는데 어찌나 몸집이 엄장한지 모두들 황 장사라고들 불렀다. 행동이 약간 굼뜨긴 해도 마음 씀씀이가 속악하지 않고 의기가 있는 무던한 젊은이였다. 대불이가 목포에 내려와 있을 때 두어 차례 만났었는데 그만하면 괜찮은 조카사위라는 생각을 굳힌 바 있었다.

대불이가 집에 들러 오동네 내외의 절도 받기 전에 웅보 형이 그를 뒤꼍 오동나무 밑으로 다급하게 끌고 가더니

"숨어 있지 않고 왜 돌아 댕기느냐? 시방 영산포가 발칵 뒤집혔다는디?"하고 걱정을 하였다. 웅보 형은 대불이가 그의 대원들을 이끌고 영산포 왜병들을 기습한 일을 알고 있는 듯하였다.

"대불이 너 뭣 땜시 창의병이 되었느냐?"

대불이는 그렇게 묻고 있는 형의 얼굴을 애매한 눈으로 바라보았

다. 그것도 모르고 있느냐는 반문이 대불이의 눈초리에 날카롭게 엉키어 있는 듯하였다.

"무신 말을 그렇게 하시는 게유?"

웅보 형의 물음에 대불이는 노골적으로 마뜩찮게 퉁겨대고 말았다.

"나는 네가 뭣 땜시 이러는지 모르겠구나."

"아니 성님은 우리가 나라를 위해서 목숨을 걸고 있다는 것도 모르신단 말이우?"

대불이의 목소리는 여전히 불퉁거렸다.

"나라를 위해서? 나라가 뭔듸? 언제 우리헌테 나라가 있었다냐? 그리고 나라가 우리헌테 뭘 해줬는듸?"

웅보의 목소리가 갑자기 높아졌다.

"그렇다면 성님은 목포에서 등짐꾼 노릇 헐 때 어째서 싸웠소?"

"그것은 내가 살아갈 방도를 찾을랴고 그랬다. 싸우지 않으면 묵고 살아갈 방도가 끊어지니께 별수 없이 싸운 게여."

"마찬가지구만요."

"뭬가 마찬가지라는 게냐? 시방 너도 살아갈 방도를 찾을랴고 싸운다는 말이냐?"

"그렇구만요. 왜놈들을 이 땅에서 몰아내지 않으면 우리헌테는 살아갈 방도가 없구만이라우. 성님도 목포에서 등짐꾼 노릇 헐 때는 그런 생각으로 싸웠지라우?"

"첨에는 그런 생각을 했었다. 왜놈들이 이 땅을 차지하면 우리는 다시 왜놈들의 종이 된다고 생각했다. 그런듸……."

"그런디요?"

"아무도 우리를 도와주지 않았다. 나라에서도 힘이 있는 양반네들도 왜놈들과 싸우는 우리를 도와주지 않았다. 되레 힘 있는 사람들은 왜놈들의 앞잽이가 되어 일신의 편안만을 생각하였다. 아무도 우리를 도와주지 않았당께!"

"그것은 바로 우리들의 일이기 때문이구만요. 왜놈들을 이 땅에서 몰아내는 일은 우리들 일이기 땜시 나라에서는 힘을 쓰지 않는 거로구만요. 성님은 그것을 알아야 해라우. 시방 내가 하는 일도 결코 나라에서는 도와주지 않을 것이로구만요. 나는 그것을 잘 알고 있구만이라우. 살기 편한 양반님네들이나 벼슬아치들은 예로부터 제 일신 보전만을 생각하는 너구리들이로구만요. 그러니 왜놈들도 그들은 무서워하지도 않지요. 왜놈들이 무서워하는 것은 힘 있고 재산 많고 학식 높은 양반님 네들이 아니고, 바로 우리 같은 무지렁이들이로구만요. 성님은 그냥 농사일만 하시고 내 하는 일은 모르는 척하시우. 내가 창의병이 된 것도 따지고 보면 성님이 맘 편허게 농사를 짓게 하려는 것뿐이로구만이라우. 우리가 목숨 걸고 싸워서 왜놈들을 이 땅에서 몰아낸다고 해서 나헌테 무신 이익이 있겠능그라우. 다만 농사 편히 짓게 허기 위해서지요."

웅보는 대불이의 이야기를 듣고 나서 한동안 말이 없었다. 기실은 그도 아우와 생각이 같았던 것이었다. 그러나 웅보는 대불이가 걱정이 되었다. 그는 아우가 목숨을 잃게 되는 것을 보고만 있을 수가 없었던 것이다. 그는 요즈막에는 아우의 죽음이 곧 눈앞에 보이는 것처럼 마음이 불안했다.

"오늘 아침에 누가 찾아온 줄 아느냐?"

한참 후에 웅보가 대불이를 보며 걱정스러운 얼굴로 물었다.

"누가 왔는디요?"

"헌병대 앞잽이 김현규라는 사람이 우리 집으로 너를 찾아왔었다."

"통역특무조장이라는 김현규가요?"

"그 사람이 집에까지 너를 찾아온 것은 필시……."

웅보는 말을 잇지 못하고 대불이를 보고만 있었다.

"그자가 집에 와서 뭐라고 헙디까? 찍자를 부리지는 않던가요?"

"아니다. 속에는 칼을 품었을지언정 겉으로는 싹싹허드라. 다른 말은 없고 그냥 너를 한 번 만나보고 싶다고만 허든디…… 암턴 조심하거라. 그런 놈들일수록 겉과 속이 다른 벱이니께."

대불이는 웅보 형의 말을 들으면서 아버지의 무덤 위에 피어 있는 노란 버들금불초꽃을 바라보고 있었다. 마치 아버지의 혼령이 웅보 형의 말을 다시 한 번 그에게 일깨워주고 있는 것 같았다.

"너무 걱정 말어요. 그런디 황 서방은 뭣 땜시 왔다요?"

대불이는 조금 전 집에 들어설 때 만났던 오동네와 피장이 황 서방을 떠올리며 물었다.

"영산포에서 고깃간을 냈으면 허고 왔다드라만……."

"조카사위 덕분에 고기 맛 좀 보게 생겼구만이라우."

대불이는 농으로 말하고 뒤꼍에서 집 모퉁이를 돌아 마당으로 나왔다. 그는 방에 들어가 어머니에게 얼굴을 보인 후, 서거칠을 앞세우고 돈단을 내려갔다. 아들 소바우가 보이지 않았으나 찾지 않았다.

하지가 지난 한여름의 햇살이 뱀의 혓바닥처럼 얼굴에 달라붙었다. 이따금씩 강바람이 건듯 억새풀을 흔들었지만 땀을 식혀주지는 못했다. 대불이는 저고리의 고름을 풀어 가슴을 내놓고 강둑을 탔다. 대불이가 서거칠과 함께 새끼내 집을 나와, 엉겅퀴며 가시랑쿠, 개비름, 바랭이풀이 무릎 높이로 자란 둑길을 부산히 걷고 있는데, 피장이 황 서방이 뭐라고 소리를 질러대며 뛰어오고 있었다. 대불이는 잠시 걸음을 멈추고 서서 황 서방이 가까이 오기를 기다렸다.

"처숙부님, 왜 그리도 걸음이 날래십니까요?"

황 서방은 대불이가 서서 그를 기다리고 있는 작은 쥐똥나무 옆에 이르러 숨을 헐떡거리며 말했다. 대불이는 손으로 얼굴의 땀을 훔쳐 뿌리며 키가 크고 몸집이 우람한 조카사위를 쳐다보았을 뿐이다.

"무신 일인가?"

대불이가 조카사위를 쳐다보며 물었다.

"처숙부님께 드릴 말씀이……."

피장이 황 서방은 대불이의 옆에 바짝 붙어 있는 서거칠을 흘겨보며 말끝을 얼버무렸다.

"내게 할 말이 뭔가?"

대불이가 물었으나 황 서방은 여전히 미적거리며 서거칠의 눈치를 보았다. 그러자 눈치가 빠른 서거칠이 몸을 돌려 천천히 걸음을 옮겨 자리를 피해주었다.

"처숙부님, 지도 창의병이 되고 싶어서 왔구만요."

황 서방은 서거칠이가 십여 보쯤 멀어져 가자 조심스럽게 입을 열었다. 대불이는 황 서방의 말에 놀라 잠시 할 말을 잃은 채 우두커니 서있기만 했다.

"창의병이 되고 싶다고 했는가?"

"예, 처숙부님. 실은 그땜시 왔구만유."

"영산포에 고깃간을 낼 요량이라든듸?"

"그렇구만유. 영산포에 고깃간은 내놓고 음으로는 처숙부님을 따라 창의병이 되고 싶구만유. 그러니 지를 부하로 거두어 주십사 허고……."

대불이는 잠시 생각을 굴려보았다. 목포에서 고깃간을 하는 피장이 조카사위가 창의병이 되겠다고 그를 찾아올 줄은 몰랐던 것이다. 더구나 웅보 형님한테서 듣기로는 황 서방네의 형편이 포실할 뿐만 아니라 장사도 무던하여, 이대로만 간다면 머지않아서 큰 부자가 될 것이라고 하였는데, 그런 황 서방이 뭐가 불만이어서 창의병이 되겠다고 그를 찾아온 것인지 납득이 가지 않았던 것이다.

"그래 자네는 뭣땜시 창의병이 되겠다는 겐가? 성님한테 듣기로는 돈도 잘 번다든듸."

"돈만 벌면 뭣헌당가유. 지는 돈보다 더 중헌 것이 있다고 생각허는구만유."

"나는 자네를 받아들일 수가 없네. 영산포에 고깃간을 내는 것은 자네 알아서 하소마는, 창의병이 될 생각은 마소."

대불이는 단호하게 말하고 앞서 걷고 있는 서거칠을 향해 발걸음을 서둘렀다. 대불이는 뒤도 돌아보지 않고 바삐 걸었다. 그는 황 서방을 받아들일 수가 없다고 생각했다. 그랬다가는 형님 내외한테서 무슨 원망을 듣게 될지 모를 일이기 때문이다.

"조카사위라는 분 창의병이 되고 싶다고 했지유? 덩치가 엄청 큰 것을 보면 힘깨나 쓰게 생겼는듸, 그런 분이 우리 이초대에 들어오면 큰 힘이 될 거로구만유."

대불이가 심란한 얼굴로 걷고 있는데 서거칠이 그의 눈치를 보며 조심스럽게 입을 열었다.

"그 사람이 창의병이 되고 싶어 하는 것을 어찌 알았느냐."

"조카사위 분은 싸우기를 좋아허는 사람같이 생겼드먼유."

대불이가 묻고 서거칠이 대답했다.

"그 사람은 안 된다. 고깃간을 해서 돈도 무던히 벌고…… 더군다나 하나뿐인 내 질녀의 남편이다. 그가 창의병이 되었다가 변을 당하기라도 한다면……."

"그것은 십장님 생각이 틀렸구만이라우. 이 세상에 귀하지 않은 목숨이 워디 있겠어유. 지도 울 엄니한테는 하나뿐인 귀한 목숨이구만유. 우리 마을 유 생원 댁에서 찬모 노릇을 하고 있는 울 엄니도 지가 창의병이 되았다는 것을 알면 혼절을 하실 거로구만유. 이 세상에서 제일 귀한 것은 목숨이지유. 그러나 목숨보다 더 중한 것은 마음먹은 일을 성취하기 위해서 하나뿐인 그 귀한 목숨을 내놓을 수 있는 용기지유."

대불이는 서거칠의 말에 하나도 틀린 점이 없다고 생각했다. 열여섯 나이에 그런 옹골찬 생각을 하고 있는 그가 대견스럽게 여겨졌다. 그리고 그렇게 투철한 신념을 가진 서거칠을 수종사원으로 데리고 다닐 수 있다는 것이 든든하고 자랑스럽기도 하였다. 그런 서거칠에 비해 그의 아들 소바우는 아직 어린아이나 다를 바가 없었다. 소바우 는 언제 커서 서거칠이처럼 슬거운 사내아이가 될 수 있을 것인지 걱정이었다.

"그러면 너는 네 모친께 어디 간다는 말도 없이 떠나왔단 말이냐?"

"미처 말씀드릴 여유도 없었구만이라우. 언제 한 번 엄니한테 댕겨와야겠구만유."

"그렇게 하그라. 언제라도 좋으니 모친께 어디에 있다는 기별이라도 해야재."

대불이는 영산포에 가까이 이르자 선창거리를 피해 강변 아랫길을 이용하여 나루터로 갔다. 그들이 나루터에 당도했을 때는 도선이 이미 강심 가까이 이르러, 그 배가 강을 건넜다가 다시 돌아오기를 기다려야만 하였다. 나룻배를 기다리는 사람들 중에는 대불이가 아는 얼굴들도 몇몇 눈에 띄었지만 그는 그들과 아는 체를 하기가 싫었기 때문에 야트막한 둔덕 위에 올라가 있었다. 둔덕 위의 풀숲에 앉아 나루터를 내려다보고 있자니, 이십일 년 전 그들 식구가 나주 양 진사 댁 종의 신세에서 자유롭게 풀려나, 강을 건너왔던 일이 떠올랐다. 노비세습제가 풀려 상전으로부터 종문서를 받아서 불태워버린 후에, 살길을 찾아 막연한 생각으로 영산강을 건넜던 웅보 형 내외와 대불이는 그들의 어머니가 양 진사 댁 마님의 몸종으로 따라오기 전에 살았다는 진포리를 찾아가다가, 날이 저물어 새끼내 주막의 대장간에서 하룻밤을 묵게 된 인연으로 그곳에 눌러앉고 말았던 것이었다.

이십일 년 전 영산강을 건너왔을 때는 실로 그들의 살길은 꿈속처럼 막연하기만 했었다. 상전이 시키는 대로 일을 하고, 주는 대로 먹고, 주는 대로 입으며 살아온 그들인지라, 어떻게 스스로 살아야 할지 몰랐던 것이다. 그때문에 그들의 부모는 상전 앞에 엎드려 빌면서 제발 쫓아내지 말아달라고 숨넘어가듯 애원을 하지 않았던가. 그들 부모는 쫓아내려면 종문서 대신에 땅문서를 달라고까지 했던 것이었다. 그들 부모는 끝내 두 아들을 따라서 함께 나오지를 않았으며, 형제가 새끼내에 터를 잡아 무텅이 땅을 일군 후에야 옮겨왔었다. 그러니까 그들 부모는 두 아들을 따라온 것이 아니고, 그들이 새끼내에 일구어 놓은 땅을 보고 온 것인지도 몰랐다. 그들은 세상에 태어나서 처음으로 내 땅이라는 것을 갖게 된 것이었다. 대불이는 그들이 일군 땅을 보고 따라온 그의 아버지가 처음 농사를 지은 논바닥에 주저앉아서 흙을 두 볼에 비비며, 이것이 정말 우리 땅이냐고 몇 번이고 묻곤 하던 것을 잊지 않고 있다. 아버지는 그 땅이 보고 싶다면서 병든 몸으로 미곡선을 타고 새끼내에 오다가 배 위에서 영산강의 차가운 강바람을 맞으며 숨을 거두었다고 하였다. 그리고 아버지는 지금 집 뒤 오동나무 옆에 영산강 물소리를 들으며 잠들어 있는 것이다.

"십장님 나룻배가 돌아옵니다요."

대불이는 서거칠이가 소리쳐서야 천천히 몸을 일으켜 나루터로 내려왔다.

그들이 영산강을 건너 구진나루 난초네 주막에 갔을 때 김한봉은 아직 와 있지 않았다. 방석코도 주막에 없었다. 난초의 말로는 방석코는 개산 밑에서 창의병과 일본 헌병들이 총질을 하던 날 주막을 나가서 아직 돌아오지 않았다고 하였다.

김한봉이가 구진나루에 모습을 나타낸 것은 해거름 무렵이었다. 그는 나주에 들러 김덕배를 만나고 오느라 늦었노라고 하였다.

"대불이 자네 왜 그런 실수를 했는가?"

김한봉은 대불이와 마주앉자 책망이라도 하듯 그렇게 따져 물었다.

"실수라니, 무신?"

대불이는 김한봉이가 무엇 때문에 그렇게 따지듯 묻고 있는가를 빤히 알고 있으면서도 엉거주춤 시치미를 떼고 반문하였다.

"저 아이한테 전황을 보고받은 나 대장께서 무단히 나를 책망했당께 그려."

"자네를 책망하다니?"

"나 대장은 내 말을 믿고 자네를 이초십장 자리에 앉힌 거라서……."

김한봉의 그 말에 대불이는 역정이 뻗질러 올랐다. 그것은 이초십장 자리를 내놓으라는 말처럼 들렸기 때문이다.

"십장 자리를 내놓겠네."

대불이는 정말이지 십장 자리를 그만두고 싶었다. 차라리 아무 책임도 없는 말단 창의병으로 싸우고 싶을 뿐이었다.

"쓰잘디없는 소리 그만 허고 스무나흗날 죽절고랑 회집 방책이나 잘 세우소."

"방책이라니?"

"나 대장의 생각에는 왜놈들이 개산에서 한 번 속았기 땜에 죽절고랑에서는 선수를 쓰게 될지도 모른다는 것일세."

"우리보다 먼첨 와서 매복해 있다가 우리 편을 기습할 것이라 이 말이그만? 그래서 우리 이초대는 자야에 미리 죽절고랑으로 나와서 왜놈들의 계략을 뒤집어보자는 것이 아니든가?"

"첨엔 나 대장이 그리하도록 하였으나 계획을 바꾸었다네. 내가 장 십장을 만나자고 한 것도 이 때문일세."

"그렇다면 죽절고랑의 회집을 취소했다는 겐가?"

"그것이 아니고, 회집날인 스무나흗날 초저녁부터 왜놈들이 죽절고랑으로 들어오는 길목을 지키고 있다가 분진으로 적을 궤멸시키자는 것일세. 나 대장은 죽절고랑에서 합진을 피하고자 한다네."

"그렇다면 우리 이초대는 어디쯤에 매복을 해야 되는가?"

"필시 왜놈들이 죽절고랑으로 들어오는 길이란 영산포와 반남, 그러고 남평, 함평 쪽일 테니께 자네들 이초대는 강 건너 홍룡샘 부근 어디에 둔취해 있다가 영산포 쪽에서 오는 적을 맞아 싸워야 할 것일세."

"그렇다면 주막에 퍼질러 앉아 있을 수가 없을 것 같네."

대불이는 서둘러 대원들에게 새로운 작전을 알려야 하겠기에 그만 자리에서 일어섰다.

"요본에는 실수가 없도록 잘허소. 요본에 잘해야 나 대장이 자네를 신임하게 될 것일세."

김한봉의 말에 대불이는 커다랗게 고개를 끄덕였다. 그도 이번 싸움에는 좋은 전과를 올려 지난번의 실수를 만회하고 싶었다.

"오라버니, 우짠 일로 우리 집 압씨 소식이 없다요?"

대불이와 김한봉이가 주막에서 나오려는데 난초가 대불이에게 매달리며 걱정스러운 눈빛으로 물었다. 그녀는 방석코가 집에 들어오지 않은 이틀 동안 잠을 설친 탓으로 얼굴이 푸석푸석해지고 맥이 빠져보였다.

"워디서 술타령을 허고 있겄재."

대불이는 그렇게 말하면서도, 어쩌면 방석코가 못 돌아올지 모른다는 생각을 하였다. 방석코의 정보를 믿고 개산으로 출동하였다가 창의병의 기습을 받아 네 명이 목숨을 잃은 피해를 당한 영산포 헌병대가 그에게 보복을 하게 될지도 몰랐기 때문이다.

"아녀유, 요본에는 무신 변을 당한 것만 같당께유."

난초는 대불이에게 눈물까지 보이며 말했다.

"오늘밤에라도 돌아올지 모르니께 걱정 말고 기다려봐."

대불이는 그날따라 난초한테 냉갈령스럽게 말하고 김한봉을 앞세워 나루터로 향했다. 김한봉은 선창거리 미곡전의 손칠만을 만나기 위해 강을 건너야 했고, 대불이는 그의 부대가 둔취하고 있는 테메산으로 가는 길이었다.

3

　방석코는 영산포 헌병대의 감방에 갇혀 있었다. 그는 대불이로부터 창의병이 스무하룻날 첫닭이 울 시각에 개산에서 회집한다는 말을 듣고, 헌병대 통역특무조장으로 있는 김현규에게 알렸었다. 그 전에도 그는 김현규에게 스무나흗날 나상집 창의대가 금성산의 죽절고랑에서 모인다는 정보를 제공한 일이 있었다.

　방석코가 김현규를 알게 된 것은 오래 전의 일이었다. 방석코가 갑오년까지 영산창의 등짐꾼으로 일하고 있을 때, 김현규는 영산나루의 도진군졸이었다. 그때까지 그들은 가끔 술자리에서 몇 번 어울리기도 한 사이였으나 그저 오머가며 아는 체나 하고 지냈을 뿐이었다. 그런데 방석코가 대불이와 헤어진 후 여기저기 떠돌음 하다가 다시 영산포에 돌아와 보니, 김현규는 일본인에 빌붙어 지내고 있었으며, 그로부터 몇 년이 지나서 영산포에 일본 헌병대가 주둔하기 시작하자 통역특무조장이 되었다. 얼마 전까지만 해도 방석코는 술집에서 김현규를 만나면 왜놈의 앞잡이라고 힐난하면서 침을 뱉곤 하였었다. 그래서 김현규는 언제고 한 번 방석코를 붙잡아다 그의 입에서 다시는 왜놈의 앞잡이라는 말이 나오지 못하도록 단단히 혼을 내줘야겠다고 벼르고 있었다. 그러던 차 영산포에 대불이가 돌아왔고, 지난날의 동학 패거리들이 구진나루 난초네 주막에서 은밀히 모이고 있다는 것이 김현규의 귀에 들어가게 된 것이었다. 김현규는 조용히 방석코를 요릿집으로 초대하고 대불이와 같이 어울리는 동학 잔당의 동태를 염탐하여 알려줄 것을 부탁하였다. 방석코는 벌컥 화를 내기까지 하면서 김현규의 부탁을 일언지하에 거절하였다. 그러자 김현규는 여러 말로 방석코를 설득하였다. 김현규는 세상이 일본 편으로 거의 기울었다고 하면서, 머지않아서 삼천리 강토가 송두리째 일본 천하가 될 것이라고 하였다. 그러면서 방석코가 일본 헌병대를 도와주기만 한다면 일본 천하가 된 후에는 헌병보조원을 시켜주겠다고 꼬드겼다. 물론 방석코는 승낙하지 않았다. 김현규는 포기하지 않고 끈질기게 달라붙어 계속 설득을 하였다. 그는 걸핏하면 방석코를 불러내 요릿집으로 끌고 갔으며, 적잖은 돈을 쥐어주기도 하였다.

그러나 방석코가 대불이의 동태를 염탐하여 김현규에게 보고한 것은 김현규가 쥐어준 돈이나 헌병보조원의 자리가 탐이 나서가 아니었다. 그것은 난초가 대불이를 찐덥지게 대하는 것에 대한 투기심 때문이었던 것이다. 난초는 어려서부터 대불이를 따랐고, 또한 대불이가 돌아오기만을 기다리며 시집도 안 가고 혼자 살아오던 것을, 방석코가 의동생 대불이와의 정의를 생각해서 그녀의 뒤를 돌봐주다가 갑작스럽게 혼인을 하였던 것인데, 대불이가 나타난 후부터 그를 대하는 난초의 태도가 눈에 띄게 달라지자 투기의 불길이 솟구쳐 올랐다. 그러나 그는 대불이 앞에서는 투기심을 보이지 않고 옛날처럼 흔연스럽게 대해주었다. 그 대신 난초한테 견딜 수 없을 만큼 심하게 강짜를 하였다. 그의 투기심은 날이 갈수록 더욱 거칠어져, 난초가 대불이와 마주보고 있는 것만 봐도 창자가 뒤틀리는 것 같았다. 대불이가 영산포에 살아 있는 한 자신의 투기심은 사그라지지 않을 것이라고 가늠한 방석코는 마침내 대불이와 그의 동지들의 움직임을 하나하나 김현규에게 보고하기 시작했던 것이었다. 그는 김현규에게 나상집 창의대가 스무 나흗날 죽절고랑에서 회집하게 된다는 정보와, 대불이가 지휘하고 있는 이초대가 스무 하룻날 새벽 개산에서 모이게 된다는 것을 보고하였다.

방석코는 손과 다리를 결박당한 채 헌병대 감방의 마룻장 위에 모로 나동그라져 있었다. 그의 얼굴은 온통 피투성이였다. 두 눈퉁이는 시퍼렇게 멍이 들어 있었고, 입과 머리통에서는 피가 흘렀다. 그는 허구리가 뻐개지는 듯하였고 창자가 끊겨나가는 것 같은 통증을 느꼈다. 온몸이 나무토막처럼 뻣뻣하여 상반신조차도 일으킬 수가 없었다. 그는 이틀째 물 한 모금 밥알 하나 입에 넣지 못하였다. 한여름인데도 으스스한 냉기가 뼛속까지 파고들었다. 그는 자꾸만 정신이 까무러칠 것만 같아 이를 악물고 버티었다.

방석코는 이틀 전 새벽에 개산 아래서 총소리가 온통 어둠을 쥐흔드는 소리를 듣고 필시 대불이가 이끄는 창의병이 헌병대의 습격으로 몰살을 당한 것으로 믿었다. 그는 날이 새기를 기다렸다가 서둘러 강을 건너 헌병대로 찾아갔다. 그는 정보를 제공해준 공으로 큰 보상을 받게 되리라 생각하고 의기 있게 헌병대로 들어갔는데, 상을 받기는커녕 김현규에게 붙들려 감방으로 끌려들어 갔다. 김현규와 일본 헌병들은 다짜고짜 몽둥이로 그를 두들겼으며 종당에는 거꾸로 천정에 매달아 콧구멍에 고춧가루를 탄 물을 들이부었다. 그는 실신을 하고 말았다. 가까스로 정신이 돌아와 눈을 떴을 때는 대여섯 명의 헌병들이 에워싸고 잡아먹을 듯한 얼굴로 노려보았다. 방석코는 그때까지도 왜 그들로부터 곤욕을 당하고 있는 것인지 그 연유를 알지 못하였다. 그는 미처 발명을 할 여유도 없이 실신을 할 만큼 두들겨 맞고 물고문을 당한 것이었다.

"네놈은 적도들의 염탐꾼이 분명하지?"

그를 에워싼 사람들 중에서 김현규가 윽박질렀다.

"나는 그자들의 동태를 정탐하여 헌병대에 알려준 죄밖에 없소."

방석코는 가까스로 정신을 가누고 목소리에 힘을 주어 말했다.

"네놈은 적도들과 한패거리로, 개산에서 적도들이 회집한다는 거 짓정보를 알려 우리를 유인하지 않았느냐?"

"아니오. 나는 분명코 장대불이한테서 스무 하룻날 새벽 첫닭이 울 시각에 맞춰 개산에서 회집한다는 말을 들었소."

"그런데도 적도들은 개산이 아닌 강둑에 숨어서 우리를 기다리고 있었지 않았더냐?"

"그것은 모르는 일입니다요. 그날 새벽 개산에서 분명히 불빛이 보이지 않았었남요."

"그것이 모두 술책이었던 게야. 네놈이 꾸민 것이 아니냐? 이 여우 같은 놈의 새끼야."

김현규의 윽박지름과 함께 그를 에워싸고 있던 일본 헌병들의 발길이 허구리며 엉덩이를 걷어찼다. 그들은 또 한 차례 매질을 하여 방석코가 실신한 것을 보고서야 감방에서 나갔다.

방석코는 대불이를 원망하지는 않았다. 그는 이제야 대불이가 그에게 거짓 정보를 흘려주었음을 알게 되었다. 그렇다면 대불이는 방석코 자신이 헌병대의 염탐꾼이라는 것을 알고, 회집 날짜를 엉뚱하게 일러준 것이 분명했다. 결국 방석코는 지금껏 스스로의 무덤을 파고 있었던 것이었다. 그는 무엇보다 대불이가 그 자신의 본심을 하늘 쳐다보듯 훤히 알고 있었다는 것이 마음에 걸렸다.

방석코는 밧줄에 묶인 손목에 힘을 주어 움직여보려고 하였다. 그러자 손목이 끊어질 것처럼 아팠다. 움직일 수 있는 것은 손가락들뿐이었다. 그러나 그는 손가락을 움직일 기운도 몸에 남아 있지 않았다. 그냥 잠들고 싶을 뿐이었다.

방석코는 자꾸만 눈이 감기려는 것을 눈심지에 힘을 주어 감방의 벽을 쏘아보았다. 그는 살아야 한다고 마음속으로 되뇌면서 허물어져 가는 정신을 가누었다. 육신이야 걸레처럼 찢겨져도 정신만 똑바로 차리고 있으면 살아날 수 있다고 믿었다. 그는 어떤 일이 있어도 살아서 대불이를 만나야 한다고 생각했다. 대불이를 만나서 해결해야 할 것이 있었기 때문이다. 대불이한테서 잘못을 용서받든지 아니면 그가 용서를 빌게 되든지 간에 그를 만나기 전에는 죽을 수 없다고 생각했다. 그는 죽기 전에 대불이한테 난초와 그의 새끼들을 부탁하고 싶었다.

감방의 천정에 매달린 듯한 봉창에 하루의 마지막 햇살이 비껴가는 것이 보였다. 방석코는 몸부림을 쳐서 가까스로 상반신을 일으켜 벽에 기대고 앉을 수가 있었다. 그는 손목을 묶은 밧줄을 벽에 문질러보았다. 그러나 밧줄은 끄떡도 않고 살 껍질만 벗겨졌다. 그는 이내

지치고 말았다. 삶을 포기해버리고 싶은 생각이 들기도 하였다. 그 생각을 하는 순간 온몸의 기력이 우뭇가사리처럼 흐물흐물 녹아내리는 듯하였다. 차라리 삶을 포기해버린다면 고통이 덜할 것만 같았다. 자꾸만 눈이 감기면서 온몸이 높은 절벽에서 끝없이 추락해가는 것처럼 심신이 편안해졌다. 혼몽해진 머릿속에 난초와 두 아이들의 얼굴이 살아서 부스럭거렸다. 그리고 대불이의 모습도 보였다. 방석코는 눈을 떴다. 그리고 감방 안을 힘겹게 둘러보았다. 여기저기에 헌병들이 그를 두들겨 팼던 몽둥이와 그의 콧구멍에 고춧가루 물을 퍼부었던 큰 주전자가 아무렇게나 뒹굴고 있었다. 게게 풀린 그의 눈에 주전자의 뾰족한 주둥이가 뱀의 아가리처럼 확 들어왔다. 방석코는 주전자 가까이로 다가가서 그것을 깔고 앉으려고 애를 썼다. 그는 몇 번이고 넘어졌다가 다시 일어나서 큰 주전자를 깔고 앉을 수가 있었다. 그리고 주전자의 주둥이에 손목의 밧줄을 갖다 대고 문질렀다. 벽에 문질렀을 때 벗겨진 살갗이 송곳으로 후벼 파듯 아렸다. 그는 몇 번이고 까무러치면서 그 짓을 되풀이하였다. 천정에 매달린 봉창에 비낀 햇살이 숨을 거두고 한여름의 끈끈한 어둠이 감방 안에 가득 찰 때까지 그는 손목에 감긴 밧줄을 주전자의 주둥이에 문질러댔다. 살 껍질이 벗겨지도록 팽팽하게 묶였던 밧줄이 조금은 헐거워지기 시작했다. 그리고 밤이 깊어 인적이 끊길 무렵, 김현규를 비롯한 일본 헌병 서너 명이 불을 밝혀들고 감방에 얼굴을 나타냈을 때쯤에는 손목을 묶은 밧줄이 거의 풀려가고 있었다.

"쥐둥이를 틀어막아라."

방석코의 코에 고춧가루 물을 퍼부었던 헌병이 빠른 일본말로 명령하자 김현규는 재빨리 헝겊 뭉치로 방석코의 입을 틀어막았다.

"부대 속에 처넣어."

이번에는 다른 헌병이 내질렀다. 그러자 헌병들이 달려들어 방석코를 큰 부대 속에 집어넣었다. 그런 다음 부대의 주둥이를 묶었다.

"갖다 실어라!"

다시 그의 입을 틀어막으라고 한 헌병의 목소리가 들렸으며, 그로부터 잠시 후 그들은 부대 속에 처넣은 방석코를 떠메고 감방에서 나가 마바리에 실었다. 방석코는 자신이 마바리에 실려 가고 있다는 것을 알았다. 그리고 얼마 후 영산강 깊은 물속에서 자루에 갇힌 채 허우적거리다가 죽게 되리라는 것도 알 수가 있었다. 방석코를 실은 마바리는 헌병대를 나와 선창거리 쪽으로 향했다. 자루 속에 든 방석코는 손목을 묶은 밧줄을 풀면서 그가 배에 실려 강심까지 이르게 될 시간을 어림해보았다.

방석코는 그가 배에 실려질 때쯤 해서 발목을 묶은 밧줄도 풀었다. 그리고 배가 물결을 타고 움직이기 시작했을 때는 이빨로 마대의 올을 물어뜯기 시작했다. 그는 노 젓는 소리를 들으며 정신을 가다듬었다.

"여기에 버리자."

빠른 일본말과 함께 두 사람이 마대를 들어올렸다. 그리고 그 순간 마대 속에 든 방석코는 강물에 던져졌다. 그는 물속에 처박히는 순간에 힘껏 마대를 찢고 빠져나왔다. 그는 되도록이면 오래도록 숨 쉬는 것을 참으며 물속에 고개를 처박고 있다가 조심스럽고 침착하게 물

위로 고개를 내밀었다. 그를 싣고 왔던 쪽배는 어둠에 갇혀 보이지 않았고 노 젓는 소리만이 들렸다. 물 위로 얼굴을 내밀어 길게 숨을 몰아쉰 방석코는 몸을 뒤로 벌떡 뉘고 송장헤엄을 치기 시작했다. 그는 감방 안에 손과 발을 결박당한 채 동댕이쳐져 있을 때까지만 해도 손가락 하나 움직일 기력이 없이 그냥 삶을 포기하고 싶을 정도로 무기력하였는데, 이상하게도 힘이 솟구치는 것 같았다.

　방석코는 강물에 떠내려가면서 구진나루 쪽을 향해 헤엄을 쳤다. 그리고 얼마 후에는 구진나루 조금 못 미쳐, 언덕 밑 갈대밭에 닿았다. 그는 강을 다 건너와서야 몸뚱이가 큰 바윗덩어리처럼 무거워지면서 숨을 쉴 기력마저 빠져버려, 오랫동안 갈대밭에 누워 있었다. 그는 이제 살았다 싶은 안도감보다 주막까지 갈 일이 아득하여, 집에 당도하기 전에 숨을 거두게 될 것만 같았다. 으스스하게 떨려오는 냉기도, 뼈가 빠개지는 듯한 통증도 느낄 수가 없었다. 그러나 방석코는 죽어도 집에 가서 죽어야 한다는 오기로 눈을 뜨고 네 발로 기듯 갈대밭 언덕으로 올라갔다. 언덕에 오르자 어둠속에서 구진나루 주막이 아슴아슴 보였다. 그러나 버드나무며 굴참나무가 듬성듬성한 언덕에서 그의 주막까지는 마치 이승과 저승의 거리만큼 아득하게 느껴졌다. 방석코는 삶과 죽음만큼이나 동떨어지게 느껴지는 그곳을 향하여 사력을 다하여 몸을 움직였다. 그가 있는 곳이 죽음이라면, 아득하게 보이는 주막이 삶이며, 그곳에 가야만이 살아날 수 있다는 생각으로 지렁이처럼 기어가기 시작했다.

　그가 주막 앞 미루나무를 부둥켜안고 목청껏 아이들의 이름을 외쳐 불렀을 때는 영산포 나루턱의 하늘이 희번하게 트여오고 있었다. 그는 주막 앞 미루나무를 붙들고 아이들의 이름을 부르다가 지쳐 혼 절하고 말았으며, 동이 튼 후에야 해장손님을 받기 위해 술청에 나온 난초의 눈에 띄게 되었다. 그리고 그는 꼬박 하루 낮 동안 죽음처럼 깊은 잠에 빠져들었다가, 해가 넘어갈 무렵에야 정신을 수습하였다. 잠에서 깨어난 방석코는 자신이 그의 안방에 누워 있음을 알고 비로 소 살아났구나 싶은 안도의 눈빛으로 난초와 아이들의 얼굴을 둘러 보았다.

"대불이…… 대불이를 좀…… 불러주소."

정신을 수습한 방석코는 대불이를 만나게 해달라고 하였다.

"오라버니는 어저께 댕겨갔구만이라우."

남편이 무슨 일로 대불이를 찾고 있는 것인지 알 턱이 없는 난초는 혹시 두 사람 사이에 일이 생긴 것이나 아닐까 걱정이 되었다. 난초는 그에게 무슨 일로 이렇듯 초주검이 되도록 몸을 상했느냐고 물었으 나 그는 묻는 말에는 대답을 하지 않고 대불이를 만나고 싶다는 말만 되풀이하였다.

"새끼내에 가서 대불이를…… 대불이를 좀……."

"오라버니는 왜 찾으시우?"

난초는 방석코의 부탁대로 새끼내로 대불이를 만나러 갈 요량으 로 옷을 갈아입으며 물었다.

"대불이헌티 할 말이…… 전헐 말이 있구먼."

"헐 말이고 뭣이고 우선 몸조리부터 해야 안 쓰겠소잉. 시상에 워쩌다가 이러코롬 몸을 상했을까. 온 삭신이 성헌 디가 없네잉.”

난초가 대불이를 만나러 갈 채비를 하고 나서 남편의 상처를 뒤작거려 보며 푸념처럼 말했다.

“헌병 놈덜은 내가 죽은 줄 알고 있을 거잉께…… 누가 나를 묻거들랑 사흘째 소식이 없다고 해야쓴께, 입조심 허고…….”

“아니 그라면 일본 헌병 놈덜이 이녁을 이 지경으로 맹글았단 말이우? 시상에 짐생 같은 놈더얼이…… 즈그 땅도 즈그 백성도 아님시롱…….”

“몽그작거리지 말고 싸게 가랑께. 대불이가 위험허니께 몸을…… 피하라고 혀. 헌병 놈덜이…… 죽절고랑에서 회집헌다는 것을 알고 있다고 허란 말이여.”

방석코는 숨넘어가는 소리로 말하며 어서 강을 건너라는 손짓을 하였다.

난초가 주막을 나섰을 때는 어둠이 강과 산을 빈틈없이 덮어버린 후였다. 그녀는 밤길을 두려워하지 않고 산모퉁이를 돌고 들길을 가로질러 나루터로 향했다. 그녀는 남편으로부터 대불이 오빠가 위험하다는 말을 듣는 순간부터 불길한 예감에 마음이 불안해지기 시작했던 것이다. 비록 남편의 부탁이긴 했지만 초주검이 된 남편을 그대로 두고 밤길을 재촉하여 대불이 오빠를 만나러 가는 자신이 야속하게 생각되기도 하였다.

난초가 남편의 부탁대로 밤길을 무서워하지 않고 새끼내에 당도해보니 대불이는 집에 없었다. 가족들 중에서 대불이가 어디에 있는

지 아는 사람은 아무도 없었다. 바로 어제 아침나절에 처음 보는 젊은 청년과 함께 잠시 집에 들렀다가 영산포 쪽으로 모습을 감춘 후 소식이 없다고 하였다. 하루 전날이라면 김한봉을 만나러 서거칠과 함께 난초네 주막에 들렀던 그때였다. 난초는 대불이네 가족들에게 대불이의 신변에 위험이 닥쳤다는 말을 하지 않았다. 그녀는 웅보에게만 대불이가 오면 몸을 피하라고 이르라 전하고, 한사코 새벽에 돌아가라는 것을 뿌리치고 밤길을 되짚어 돌아섰다. 반죽음이 되어 있는 남편 걱정 때문에 잠시라도 새끼내에 지체할 수가 없었던 것이다. 난초의 밤길을 되짚어 가겠다는 고집을 꺾지 못한 웅보가 나루터까지라도 배웅해주겠다면서 따라나섰다.

난초가 대불이를 만나러 새끼내에 왔을 때, 대불이는 이미 이초대를 이끌고 테메산을 출발하여 강을 건넌 후 영산포에서 금성산으로 굽어드는 길목인 송월촌 못 미처, 옛날 고려 태조 왕건이 후백제의 견훤을 치기 위해 나주로 들어가다가 장화왕후를 만났다는 흥룡샘 모퉁이의 산자락에 당도하여 목을 지키고 있었다. 그는 회집 시각에 앞당겨 영산포 헌병대가 금성산으로 들어가는 길목을 지키고 있다가 적이 나타나면 일격에 궤멸시키라는 나 대장의 명령에 따르고 있는 것이다. 대불이 생각에는 영산포 헌병대가 금성산 죽절고랑으로 들어가려면 흥룡샘 앞을 지날 수밖에 없을 듯싶어 마흔일곱 명의 전 대원을 한곳에 매복시킨 것이었다.

"어쩐지 왜놈덜이 나타나지 않을 것만 같구먼."

자야가 가깝도록 헌병들이 강을 건너오지 않자 짝귀가 강나루 쪽에서 눈길을 돌리며 말했다. 대불이도 짝귀와 같은 심정이었다.

결국 영산포 헌병대는 자야가 지나고 새벽이 되도록 출동을 하지 않았다. 그들은 사흘 전에 방석코의 제보를 받고 개산으로 출동하였다가 뜻밖에도 큰 피해를 당했기에, 이번 죽절고랑의 회집에도 필시 무슨 계략이 있을 것이라 믿고 아예 움직이지 않고 헌병대만을 지켰다. 이날 창의병이 금성산에서 회집한다는 제보를 접하고도 출동을 하지 않은 것은 영산포 헌병대뿐만이 아니었다. 나주와 반남, 남평에 주둔하고 있던 헌병들도 창의병의 계략이라 믿고 꼼짝을 하지 않은 것이었다.

어슴어슴 미명의 어둠이 걷히기 시작해서야 대불이는 헌병대가 출동을 하지 않을 것으로 믿고 매복을 풀었다. 그는 날이 밝기 전에 나 대장에게 보고를 하기 위해 이초대 전원을 이끌고 죽절고랑으로 향했다. 그들이 홍룡샘의 산자락을 떠날 무렵 빗방울이 떨어지기 시작했다.

대불이는 이초대를 이끌고 비를 맞으며 동이 터오는 나주를 향해 야트막한 잔솔밭 언덕을 넘고 있었다. 그들이 홍룡샘을 떠날 때까지만 해도 빗방울이 가늘었는데 잔솔밭 언덕을 추어오를 무렵에는 후두둑후두둑 빗방울이 떡갈나뭇잎에 떨어지는 소리가 사뭇 요란해졌다. 한여름이었는데도 온몸이 흠씬 젖은 데다가 강바람이 차가와 으스스한 냉기가 뼛속까지 스머드는 듯싶었다. 그들은 빗방울이 굵어질수록 걸음을 서둘렀다. 서둘러 죽절고랑에 가봤자 비를 피할 만한 은신처가 없다는 것을 알면서도 비에 쫓기듯 언덕을 넘었다. 그리고 잔솔밭 언덕을 넘어 오리정에 이르러 다시 산을 기어올랐다. 산의 중턱에 올랐을 때는 날이 완연히 밝았다. 비는 여전히 억수로 쏟아졌으며 강바람은 더욱 거칠어졌다. 나주의 민호들과 영산강의 물굽이가 빗줄기 사이로 가물가물 출렁여 보였다.

그들은 두 개의 야트막한 산을 넘어서야 죽절고랑 초입에 당도하였다. 골짜기는 새벽처럼 조용하기만 했다. 빗방울이 나뭇잎을 두들기는 소리만이 요란했을 뿐이다. 골짜기로 내려가기 전 대불이는 대원들의 보행을 멎게 하고 잠시 주변을 둘러보았다. 골짜기엔 빗소리만이 가득했을 뿐 사람의 냄새를 맡을 수가 없었다.

"어서 골짜기 안으로 들어갑시다."

대불이는 골짜기가 텅 비어 있음을 확인하고 다시 보행을 재촉했다. 그들은 마음 놓고 골짜기로 내려갔다. 등성이를 내려가 골짜기 초입에 이르렀을 때부터 빗방울이 조금은 가늘어진 것 같았으나 비가 멎지는 않았다.

그들이 골짜기의 초입에 들어서서 개옻나무며 물푸레나무, 쥐똥나무들이 칡덩굴과 함께 엉킨 덤불 사이를 헤치고 산자락의 모퉁이를 안고 돌아가는데, 갑자기 그들의 코앞에서 총소리가 귀를 찢으면서 총알이 날아왔다.

"엎드려서 몸을 숨겨라."

대불이는 예기치 않은 기습에 놀라 소리치며 바위 뒤로 몸을 숨기며 총알이 날아오는 전방 잡목 숲을 향해 38식총을 겨누고 정신없이 방아쇠를 잡아당겼다. 갑작스런 기습을 받은 창의병들이 총에 맞아 쓰러지면서 내지르는 비명소리가 대불이의 가슴을 쥐어뜯었다. 대부분의 창의병들은 엄폐물을 찾아 몸을 숨기고 총질을 서둘렀으나 화약이 비에 젖어 불이 붙지 않았다. 화승총을 든 의병들은 몇 번이고 다시 화약을 장전하여 불을 붙이려고 하였으나 허사로 끝났다. 적을 향해 총을 쏘고 있는 의병은 화승총이 아닌 38식총을 휴대한 열 명에 불과했다. 그러나 그 열 명의 창의병들도 탄환이 충분하지 못하여 마음 놓고 사격을 할 수가 없었다. 대불이는 적을 당해낼 수 없다는 것을 알았다. 기계의 약세도 있었으나, 적은 창의병이 오기를 기다리며 길목을 지키고 있는 입장이었고, 이쪽은 마음 놓고 보행을 하다가 갑작스럽게 기습을 당한 형편이라 지세의 불리함 때문에 대적할 수가 없었던 것이다. 하여, 대불이는 수종사원 서거칠을 불러 각 분대별로 서둘러 그곳을 빠져나가 후퇴하라고 일렀다.

"화승총을 가진 대원은 서둘러 후퇴를 하고 신식 총 가진 사람만 남아서 불질을 계속하라."

장대불 십장은 대원들을 향해 다급하게 소리쳤다. 그는 신식총을 가진 열 명의 대원들로 하여금 불질을 계속하게 하여 나머지 대원들이 안전하게 후퇴할 수 있게 말미를 주고 싶었던 것이다. 장 십장의 명령에 따라 화승총을 가진 대원들은 앞을 다투어 골짜기 아래로 도망치기 시작했다. 그들이 필사적으로 도망을 치자 길목을 지키고 있던 일본 헌병들은 도망치는 의병들을 향해 마구 총질을 해댔다. 도망치던 의병들 중에서 여러 명이 총에 맞아 쓰러졌다. 열 정의 신식 총으로는 일본헌병의 화력을 당해낼 수가 없었다. 게다가 양총을 가진 창의병들은 탄환이 절대적으로 부족하여 일본헌병들을 향해 충분한 위협사격을 할 수조차 없었다.

"이러다가는 우리까지도 몰살을 하겠소. 우리도 서둘러 후퇴를 합시다."

장 십장 옆 바위등걸에 몸을 숨기고 총을 쏘아대던 천좌근이가 다급하게 소리쳤다. 기실은 대불이도 빨리 그곳을 빠져나가야겠다고 마음먹고 있었으나, 잠시라도 그들이 사격을 중단하고 몸을 피한다면 일본헌병들이 그 사이를 놓치지 않고 덜미를 잡고 추격해올 것이 분명한지라, 이러지도 저러지도 못하고 있던 참이었다. 그렇지만 그곳에서 시간을 오래 끌면 끄는 만큼 창의병들에게 불리하다는 것은 뻔한 이치였다.

"나허고 차지허고 남아서 계속 총질을 하여 왜놈들이 추격하지 못허게 막을 테니 나머지는 냉큼 이곳을 피해 대원들과 합류하시오."

대불이는 그러면서 자신과 짝귀에게 실탄을 좀 남겨주고 가라고 일렀다. 그러자 문치걸과 송기화도 대불이와 함께 남겠다고 하였다.

"우리 네 사람이 남을 것이니 나머지 여섯 사람은 어서 이곳을 빠져나가시오."

문치걸이 천좌근을 향해 다급하게 소리쳤다.

"그러면 우리 먼저 가오. 조심하시오."

그러면서 천좌근은 그들 중에서 다섯 사람과 함께 가시덤불 사이를 기어서 그곳을 빠져나가기 시작했으며, 남은 네 명은 동료들이 빠져나갈 수 있도록 적진을 향해 한바탕 총질을 해댔다. 대불이는 얼핏 대원들이 빠져나가는 쪽을 돌아다보았다. 총에 맞아 쓰러져 있는 창의병들이 눈에 들어왔다. 대충 보아도 네댓 명이 넘을 듯싶었다. 그는 일본헌병들이 진을 치고 있는 언덕배기를 쳐다보며 부드득 이를 갈았다. 그의 눈에서는 분노와 설움의 불꽃이 튀겼다. 그는 죽음을 생각했다. 죽음이 두렵지는 않았다. 다만 억울할 뿐이었다. 왜놈의 총에 맞아 죽는다는 것이 억울한 것이었다.

"여기가 우리들 무덤이라고 생각허고 최후까지 싸우세."

대불이가 그의 친구들을 둘러보며 비장한 목소리로 말했다.

"갑오년에 죽지 않고 여태껏 살아 있었던 것만 해도 우리는 운이 좋았던 게여. 우리는 십삼 년이나 덤으로 더 산 거로구만 그려."

짝귀가 적진을 향해 총을 쏘아대며 말했다.

"나는 여편네한테 치매무덤을 맹글라고 일러뒀응께 언제 어디서 죽어도 맘이 편하구만."

문치걸이 억지로 웃어 보이며 말했다. 그러면서 그는 자신의 저고리 자락을 올려 등짝의 문신을 보여주기까지 하였다.

문치걸의 등에는 손바닥만 한 크기의 연꽃잎이 새겨져 있었다. 지난 스무날 개산의 회집을 며칠 앞둔 문치걸은 남평에 있는 그의 집으로 돌아가, 부인과 이틀 밤을 같이 자고 떠나오던 날 아침에 저고리를 벗고 아내 앞에 등을 내밀었다. 그의 아내는 왜 남편이 벌거벗은 등을 내미는지 알고 있었다. 문치걸의 아내는 굵은 바늘 몇 개를 모아 손에 들고 울면서 남편의 등을 쪼았다. 그녀는 이번에 남편이 집을 나가면 다시 살아오리라고는 기대하지 않았다. 간밤에 남편이 그렇게 말했던 것이다. 갑오년 때는 운이 좋아서가 아니라 사내답지 못해서 돌아오게 되었으나 이번에는 살아서 돌아오지 못할 것이라면서, 시신을 찾을 생각일랑 말고 치마무덤을 만들라고 당부하는 것이었다. 문치걸의 부인은 남편의 등에 커다란 연꽃잎을 땀땀이 뜨고 있었다. 바늘이 살을 쪼을 때마다 뿔긋뿔긋 피가 솟았다. 그녀는 장롱에서 미리 꺼내놓은 하얀 무명 속치마로 남편의 등을 닦아냈다. 그녀의 흰 속치마에 남편의 피가 배어들었다. 피를 적신 속치마의 흰 천에 그녀의 눈물이 떨어져 얼룩졌다. 그녀는 울면서 계속 남편의 등을 쪼았다. 이때, 문치걸이 뭘 꾸물거리느냐고 소리쳤다. 그래도 그녀는 자꾸만 흐느꼈다. 남편의 등을 쪼고 있는 손끝이 떨렸다. 이것이 마지막이로구나, 이제 다시는 남편의 시지근한 살 냄새를 맡을 수가 없겠구나 하는 생각이 들자 서러움이 목구멍 가득히 뻗질러 오르면서 눈물이 솟구쳤다. 이제 그녀는 남편의 피를 적신 속치마를 부둥켜안고 뜬눈으로 밤을 지새우고 울면서 남편을 기다리다가, 끝내 돌아오지 않으면 시신 대신 치마를 땅에 묻게 될 것이었다.

"이 사람아 왜 하필이면 연꽃인가?"

문치걸의 등에 새겨진 것을 보고 나서 짝귀가 물었다.

"부처님께서 지켜주십사 하고 그랬다등만. 우리 여편네는 부처님께서 지아비를 보호해주실 것으로 믿고 있겠재."

문치걸은 그러면서 언덕배기 위로 얼굴을 내밀고는 그들에게 총을 겨누고 있는 적을 향해 사격을 하였다. 적은 맞지 않았다.

"탄환이 얼마나 남았는가들 보게."

장 십장이 동료들을 둘러보며 말했다. 대불이에게는 이제 탄환이 열 발도 미처 남지 않았다.

"나는 열 두 발이 남았구만."

"나는 열다섯 발 남았네."

짝귀와 문치걸이 각각 말했으며 한참 후에야 송기화가

"나는 포도시 다섯 발뿐이로구만."

하고 힘없이 목소리를 쥐어짰다.

"그러면 지금부터는 사격을 중지해야 쓰겠네. 나머지 탄환은 마지막 일전을 위해서 애끼고 죽은드끼 있어야겠구만."

대불이의 말대로 그들은 탄환을 아끼기 위해 총질을 하지 않았다. 그들이 갑자기 총질을 멈추자 일본헌병들도 총을 쏘지 않았다. 총소리가 멎은 골짜기의 아침은 달빛 쌓이는 새벽처럼 조용했다. 촬촬촬 산골 물 흐르는 소리와 바람에 나뭇잎 떠는 소리만이 꿈속에서처럼 아슴하게 들려왔을 뿐이다. 비가 멎은 하늘이 차츰 높아지면서 골짜기의 사위가 완연히 밝아왔다. 창의병과 일본 헌병들 사이엔 이상하리만큼 오랫동안 침묵이 흘렀다.

"해가, 해가 솟네."

짝귀가 동편 하늘을 바라보면서 소리쳤다. 그 소리에 대불이와 문치걸, 송기화도 동쪽 하늘을 올려다보았다. 동편 하늘 산꼭대기에 햇살이 퍼지고 있었다. 그들은 햇살이 퍼지는 것을 보고 마치 원군을 얻은 것만큼이나 반가워하였다. 그들은 죽음으로부터 회생의 길을 찾은 듯 점점 더 넓게 퍼지고 있는 햇살을 우러러보았다. 그도 그럴 것이 햇살이 퍼져 물기를 말리면 다시 화승총을 쏠 수가 있었기 때문이다. 그리고 그들은 햇살이 퍼지면, 잠시 전에 그곳을 빠져나갔던 대원들이 다시 그들을 구해주기 위해 전열을 갖추고 돌아 와줄 것이라고 믿었다. 그들의 예상은 적중했다. 잠시 후 햇살이 하늘로부터 골짜기 안통에 쫙 퍼지기 시작했을 때, 일본 헌병대가 둔취하고 있던 언덕배기의 뒤쪽에서 총소리가 들려왔다. 대불이는 유난히 큰 그 총소리가 화승총이 불을 뿜는 소리라는 것을 알 수 있었다. 화승총 소리와 함께 38신식 총소리도 들렸다.

"우리도 원호를 하세."

대불이는 언덕배기 뒤쪽에서 울려오는 총소리가 분명히 제 이 초대가 그들을 구원하기 위해 우회기습을 한 것이라고 믿고 동료들에게 소리쳤다. 그리고 그들 네 사람은 일본헌병이 진을 치고 있는 잡목나무 언덕으로 기어 올라갔다. 그들은 창의병들이 맞은편에서 쏘는 탄환을 피해 몸을 땅에 바짝 붙이고 언덕을 기어오르면서 총을 쏘았다. 일본헌병대는 창의병들이 전후에서 총을 쏘아대자 전황이 불리함을 알고 골짜기의 옆구리로 빠져나갔다. 창의병들은 적을 추격하지 않았다. 추격하지 못했다고 해야 옳았다. 그들이 갖고 있는 신식총의 탄환이 거의 바닥이 나버렸을 뿐만 아니라 화승총만으로 적을 추격했다가는 오히려 역습을 당해 패전을 자초하게 되리라는 것을 알고 있었기 때문이었다.

대불이의 친구들 네 사람은 결국 햇빛 때문에 다시 살아날 수가 있었던 것이다. 그러나 적의 기습을 받은 이초대는 여섯 명이나 목숨을

잃게 되었다. 대원들은 일본헌병들이 골짜기를 빠져나가자 동료들의
시신을 수습하였다. 죽은 여섯 명 중에서 처자식이 딸린 대원은 두 사
람이었고 넷은 총각이었다. 대불이는 대원들에게 시신을 가매장하도
록 이르고 나서 풀숲에 맥없이 퍼질러 앉았다. 왜병에게는 단 한 명의
부상도 입히지 못하고 창의병들만 여섯이나 목숨을 잃고 말았으니
이만저만한 참패가 아니었던 것이다. 그는 자신에게 지휘자의 능력
이 없음을 한탄하였다. 좀 더 지혜 있는 지휘자였다면 전초병을 앞서
보내 적의 매복 여부를 알아보도록 했어야 옳았던 것이다. 전초병도
앞세우지 않고 마음을 놓고 가다가 기습을 당하고 말았으니, 이것은
십장인 그가 아둔한 탓이 분명한 것이었다. 그 자신 때문에 여섯 명이
나 목숨을 잃게 된 것이었다. 대불이는 깊숙이 고개를 떨어뜨렸다. 목
숨을 잃은 창의병의 혼령들에게 어떻게 사죄를 해야 좋을지 몰랐다.

"나 십장 자리를 내놓겠으니 성님이 지휘를 하씨오."

대불이가 고개를 숙인 채 앉아서 그의 앞에 서 있는 짝귀에게 말
했다.

"오늘 일은 자네 잘못이 아녀. 누가 왜놈덜이 매복을 허고 있을지
알았겄능가?"

"모두가 내 잘못이로구만요. 나 땜시 생목숨들을 잃고 말았당께요."

"이러지 마소. 십장인 자네가 이러면 모든 대원들의 사기가 죽고
마네."

그러면서 짝귀는 대불이의 어깻죽지 밑에 손을 넣어 그를 안아 일
으켰다.

짝귀와 문치걸 등의 재촉을 받은 대불이는 다시 대원들을 이끌고 죽절고랑으로 향했다. 그는 창의대의 본진과 함께 죽절고랑에 와 있을 나 대장을 대면할 면목이 없어, 골짜기 안으로 들어갈수록 마음이 무거워졌다.

이초대는 해가 거의 정수리 위에 떠오른 후에야 죽절고랑에 당도하였다. 그들이 당도해보니 창의대 본진은 물론 다른 초대들이 모두 모여 있었다. 대불이는 이초대를 본진 앞에 도열시킨 연후에 나 대장에게 그들 이초대가 밤을 새워가며 홍룡샘 둔덕에 매복했던 일이며, 아침에 죽절고랑으로 들어오다가 골짜기 초입에서 적의 기습을 받고 여섯 명이나 목숨을 잃었음을 저저이 보고하였다. 보고를 받은 나 대장은 장대불 십장을 책망하지 않았다.

"이초대 여러분 수고하셨소. 잠시 후에 호군을 할 것이니 모두들 쉬시오."

나 대장은 그날따라 심기가 좋아 보였다. 장 십장은 대원들을 나무 밑 그늘에서 쉬게 하였다. 그는 김덕배를 만나서야 나 대장의 심기가 좋아 보인 연유를 알게 되었다. 탐정장 김덕배의 말로는 남평 쪽을 지키고 있던 일 초대와 함평 쪽을 지키고 있던 삼 초대가 큰 전과를 올렸기 때문이라고 하였다.

"대원을 여섯 명이나 잃었다는 것을 알고 있네. 그렇게 낙심만 하지 말고 다음 기회를 기약하소. 여섯 사람의 한을 풀어주기 위해서라도 복수를 기약해야 하네."

김덕배가 장 십장을 위로해주었다. 옆에 있던 짝귀와 문치걸도 김덕배의 말이 백번 옳다면서 기운을 내라고 하였다.

창의대의 여러 초대가 죽절고랑에 모두 모이게 되자 나 대장은 미리 준비해두었던 음식으로 호군을 한 다음, 각 초대장을 불러 앞으로의 계획을 말하였다.

"각 초대는 다시 거점으로 돌아가도록 하시오. 내 계획은 당분간 합진보다는 분진이 유리할 것 같기에 별도의 작전계획이 없는 한 초대별로 분진을 하도록 하겠소. 그러나 합진이 필요할 시는 미리 기별을 할 터이니 내 연락을 기다리시오. 그리고 기계와 탄약은 본진에서 공급을 할 것이나, 대원들이 입을 옷이며 먹을 식량은 초대 자체로 해결하시기 바랍니다. 또한 각 초대에서 분진을 할 시에 지원군이 필요하다고 판단되면 언제든지 가까운 초대나 아니면 나에게 보발을 보내시오. 지원군이 필요할 시는 언제든지 지원해주겠소. 그리고 여러분들이 알고 있겠지만 지금 일본은 지지난해 사월에 원수부(元帥府)를 해체한 후 우리의 군력(軍力)을 대폭 감축해버렸습니다. 이제 이 나라를 지킬 사람은 우리 창의병들뿐이라는 것을 명심하고, 나라를 지키기 위해서는 만 번 죽어도 아깝지 않다는 각오로 싸움에 임해주시기 바랍니다."

나 대장은 그러면서 이년 전에 있었던 원수부 해체에 대해서 덧붙여 말하였다. 즉 일본은 당시 7개 연대 병력에 달하는 조선군을 병제개혁이라는 명목으로 대폭 감축시켜, 겨우 궁중을 호위할 수 있는 병력만을 비치토록 함으로써, 조선이 일본의 군사력에 의존하게 만들었다는 것이었다. 원수부를 해체함으로써 조선 군부에 일본 세력을 부식하는 한편 조선군 병력을 당초 1만 6천명에서 반으로 감축해버렸다는 것이다. 그리하여 현재 조선군은 서울에 시위(侍衛) 2개 연대(1연대에 3개 대대, 도합 6개 대대와 기병, 포병, 공병중대)와 헌부(憲部), 연성(研成), 무관(武官), 유년학교(幼年學校) 등을 포함한 5천여 명과, 지방의 8개 진위대대(鎭衛大隊) 2천명이 배치하고 있어, 도합 7천 명 남짓밖에 되지 않았다.

이날 나상집 창의대 일 초대와 삼 초대는 남평과 함평으로부터 나주로 들어오는 헌병 분대와 싸워 큰 전과를 올렸다. 적 사살은 세 명에 그쳤으나, 적으로부터 다량의 군기를 노획하였다. 이날 일 초대와 삼 초대가 노획한 군기는 38식총이 열한 자루에 실탄 5백 80발 외에 권총 두 자루, 망원경 하나였다. 나 대장은 노획한 군물 중에서 망원경을 받고 기뻐하였다. 그는 삼 초대장으로부터 받은 망원경을 들고 사방을 둘러보며 신기해하였던 것이다.

본진에서 탄환을 지급받은 대불이는 날이 어두워지자 이초대를 이끌고 죽절고랑에서 나와 영산포로 향했다. 그는 여전히 힘이 빠져 있었다. 죽절고랑을 나오기 전에 십장 자리를 내놓겠다고 나 대장한테 말했으나, 나 대장은 그의 사의를 받아들이지 않았다.

"암만해도 우리 이초대 사기가 떨어져서 안 되겠네."

죽절고랑을 빠져나와 작은 등성이를 오르면서 짝귀가 대불이에게 말했다.

"우리 영산포 헌병대를 습격하여 분풀이를 허는 것이 어쩌겠능가?"

짝귀의 말을 받아 문치걸이가 장 십장의 의사를 물었다. 대불이도 그 생각을 하고 있던 참이었다.

"우리가 영산포 헌병대를 습격헌다 치면 승산이 있겠소?"

대불이가 뒤따라오는 짝귀를 돌아보며 자신이 없는 목소리로 물었다.

"승산이야 반반이재."

짝귀도 자신 있게 말하지 못하였다.

"무턱대고 헌병대로 쳐들어가는 것은 피차에 인명이 상할 텡께 놈덜을 유인해내는 것이 어쩌겄능가?"

죽절고랑을 빠져나오면서부터 말 한마디 없이 잠자코 뒤를 따르던 송기화가 조심스럽게 입을 열었다. 그는 스무날 밤 개산에서 회집을 하던 날 그를 따라 창의병이 된, 같은 마을 내문이의 죽음 때문에 마음이 착잡해 있었다. 살림이 가난한데다가 형제가 아홉이나 되어 하루 두 끼 죽도 먹을 수가 없어, 밥그릇이라도 줄여주어 동생들이 굶어죽지 않게 하겠다면서 한사코 송기화를 따라온 내문이는 집을 나온 지 나흘 만에 왜놈들의 총에 맞아 죽은 것이었다. 송기화는 내문이를 죽절고랑 초입에 묻고 오기는 하였지만 그의 부모에게 자식의 죽음을 알릴 일이 죽는 것만큼이나 어렵게 생각되었다.

"기화 이야기도 괜찮은 것 같구만 그랴."

짝귀가 송기화의 제안에 찬성하였다.

"놈덜을 어찌케 유인해내남?"

"그것은 나한테 맡기게."

문치걸이 묻고 대불이가 대답했다. 대불이는 이미 영산포 헌병부대를 밖으로 끌어낼 궁리를 짜고 있었다. 그는 김유복을 떠올렸다. 김유복이라면 놈들을 밖으로 유인해낼 수가 있을지도 모른다는 생각이 들었다.

이초대가 간밤에 매복을 하고 있었던 홍룡샘 뒷산에 당도하였을 때는 밤이 깊어서였다. 비가 온 다음날 하늘의 별빛은 진주처럼 반짝였다. 그들은 홍룡샘 앞의 논을 가로질러 토끼촌 앞의 광탄나루를 건넜다. 그리고 넓은 갈대밭을 지나 부덕촌 앞, 바가지를 엎어놓은 것 같은 함박산에서 쉬었다. 대불이는 불이 꺼진 마을을 내려다보고 있다가 수종사원 서거칠을 가까이 불렀다. 서거칠은 화승총을 메고 대불이 옆에 섰다. 그는 오늘 아침 죽절고랑 초입에서 왜놈들의 기습을 받아 숨진 창의병의 총을 메고 있었던 것이다.

"기계는 다룰 줄 아느냐?"

대불이의 물음에 서거칠은 왼쪽 어깨에 메고 있던 총을 쓰다듬으며

"화약에 불을 붙이기는 어렵지 않으나 조준하기가 쉽지 않더구만이라우."

하고 어둠속에서 어색하게 웃어 보였다.

"그래, 그 기계의 주인이 누구였는지 아느냐?"

"몽탄에서 온 박천식이라는 어른이 주인이었습지유. 자식이 넷이나 있단듸, 참말로 안 되았당께유. 지가 총을 갖는 대신에 잘 묻어드렸구만이라우. 언제 모친헌틔 갈 때, 꼭 그 어른 집에를 찾아가서 소식을 알려줄 생각이어유."

서거칠은 사람을 어루만지듯 총을 쓰다듬으며 말했다.

"너는 그 기계를 다른 사람한테 물려주지 않도록 하그라."

"무신 뜻인지 십장님의 말씀 알겠구만이라우."

"그 대신 내가 죽으면 이 신식 기계는 네가 가지거라."

대불이가 자신의 38식총을 들어 보이며 말했다.

"그럴 수는 없구만유. 십장 님은 절대로 그래서는 안 되는구면이라우."

서거칠은 갑자기 화난 목소리로 말했다. 그는 장 십장이 아버지처럼 느껴졌다. 그런 아버지가 있다면 얼마나 좋을까 하고 생각한 것이 한두 번이 아니었다.

"그 기계 여기 놔두고 요 아랫마을에 좀 내려갔다 와야 쓰겠다. 마을에 내려가서 김유복이라는 아이를 데리고 오그라."

그러면서 대불이는 서거칠에게 어서 산을 내려가라고 재촉하였다.

"김유복이가 뉘긴듸유?"

"네놈 동생뻘 된다. 지체할 여유가 없으니 냉큼 가거라."

서거칠은 대불이의 명을 받자 이내 산을 내려갔다. 대불이는 서거칠이가 빠른 걸음으로 어둠이 끈적거리는 소나무 숲을 끼고 산을 내려가는 모습을 바라보면서, 만약 자신이 죽게 되면 저놈의 손에 묻히리라 하고 마음으로 말하였다. 그는 언젠가 서거칠에게 자신이 죽으면 잘 묻어달라는 부탁을 해야겠다고 요량하였다. 문치걸이 그의 부인에게 말했던 것처럼 대불이 자신도 죽어서 집에 돌아가는 것보다 소식 없이 어디엔가 동료들에 의해 묻히고 싶었다.

대불이는 대원들에게 서거칠이가 돌아올 때까지 잠시 눈을 붙이라고 이르고, 그는 부덕촌이 내려다보이는 등성이의 작은 바위 위에 올라앉아 산 밑의 어둠을 더듬어보며 서거칠이가 어디쯤 내려가고 있을까 하고 가늠하고 있었다. 그는 서거칠을 생각할수록 이상하게도 끈끈한 혈육의 정 같은 것을 느꼈다. 갑오년 때의 동지들 중에서도 짝귀 형이나, 제물포에서 등짐꾼 노릇을 할 때 사귄 친구들에게서 느꼈던 것과 비슷했다. 그러나 그는 되도록이면 서거칠에게 정을 주지 않으려고 하였다. 죽이고 죽는 싸움터에서 정을 쏟는 사람과 함께 있으면 마음만 약해지고, 어쩌다가 그런 사람이 죽기라도 하면 살아가는 동안 그 괴로움을 이겨내기가 힘들다는 것을 알고 있기 때문이다. 대불이는 가끔 짝귀와 그 자신 사이에서 어느 한 사람이 먼저 죽게 되면 살아남은 사람이 얼마나 고통스러울까 하는 것을 생각하면 정신이 아찔해지곤 하였다. 그때문에 그는 살아남아서 그런 고통을 겪느니 차라리 먼저 죽어서 정을 준 사람의 손에 묻히고 싶기도 하였다. 그러나 그것은 지나친 욕심이라고 생각하였다.

마을로 내려간 서거칠이가 김유복을 데리고 함박산으로 올라온 것은 자야가 지나서였다.

"장 대장님 웬일이십니까요? 어서 즈이 집으로 내려가시지요. 즈이 부친께서도 장 대장님을 반기실 것입니다요."

김유복은 언제나 그랬던 것처럼 대불이 앞에서 넓죽 엎드리며 말했다.

"그래 유복이 그동안 무탈하게 잘 지냈느냐?"

대불이는 한껏 다정한 목소리로 말했다.

"소인 놈이야 늘 무탈합지요. 헌듸 대장님께서 어인 일이십니까요?"

김유복은 한밤중에 장 십장이 집에까지 사람을 보내 만나자고 한데는 필시 긴한 일이 있을 것이라 짐작한 터라, 똑같은 말을 거듭 물었다.

"그동안 다른 일은 없느냐?"

대불이는 막연하게 물었다. 김유복은 한동안 생각을 되작거리는 듯싶더니

"참, 구진나루에서 주막을 한다는 방석코라는 사람이 죽었구만이라우."

하고 잊고 있었던 바를 생각해낸 듯 다급하게 말했다.

"방석코가 죽다니?"

"즈이 삼촌 말로는 방석코를 가마니 속에 넣어 영산강에 빠져 쥑였다고 했습니다요."

김유복으로부터 방석코의 죽음을 듣게 된 대불이는 마땅히 죽을 사람이 죽었다는 생각을 하면서도 마음 한구석에는 무엇인가 애운한 정이 뻗질러 올랐다. 마치 애써 일군 땅이 큰물에 할큄을 당할 때의 심정 같았다. 그는 죽은 방석코보다도 애옥살이 속에서도 애면글면 마음 기대고 살아온 난초가 안쓰럽게 여겨졌다. 그는 언제 한 번 난초에게 들러 그녀의 허망한 마음을 다독거려주어야겠다고 생각하였다.

"네 삼촌 김현규는 시방 어디 있느냐?"

"영산포에 있을 것이로구만이라우. 요즈막에는 작은각씨를 얻어서 집에는 어쩌다 한 번씩 오데요. 헌데 즈이 삼촌은 왜 그러십니까요."

"유복이 너 이 길로 느이 삼촌한테 가서 창의병이 여기에 둔취해

있다고 말하거라. 너는 그 말만 전하고 다시 여기에 올 것은 없느니라. 어서 가거라."

대불이는 김유복을 재촉하였다. 김유복은 명대로 따르겠다고 하면서 어둠속으로 모습을 감추었다.

"장 십장 어쩔라고 그러는가. 유복이라는 아이가 방석코 모양으로 죽음을 당허면 어쩔 것이여? 그러는 것이 아닌듸 말여."

옆에 있던 짝귀가 김유복을 걱정하며 대불이를 나무람 하였다.

"유복이는 김현규의 생질인데 어쩌기야 허겠수? 당했으면 지 눔이 당허겠지요. 유복이한테는 아무 일도 없을 테니 두고보시우. 자, 우리는 이제 이곳을 뜹시다. 되도록이면 영산포 가까이 가서 길목을 지킵시다요."

대불이는 짝귀에게 말하고 나서 잠든 대원들을 깨워 발행을 서둘렀다. 그는 발행에 앞서 대원들에게 탄환을 나눠주고 앞으로의 작전을 지시했다. 그들은 함박산에서 자리를 옮겨 영산포에서 함박산으로 들어오는 길목인 황구봉 산자락의 모퉁이에 매복했다. 대불이는 김현규가 그의 생질인 김유복의 말을 듣고 헌병대를 출동시킬 것인지에 대해서는 확신이 가지 않았으므로, 큰 기대를 걸지는 않은 채 무작정 기다리기로 하였다.

일본 헌병대의 출동을 기다리는 동안 대불이는 스무 하룻날 새벽처럼 서거칠을 헌병대 가까이 보내 그들의 움직임이 있을 시는 미리 달려와서 알려달라고 일렀다.

"날이 밝으면 테메산으로 들어가 고깃국에 밥을 줄 터이니 무던히 참고 기다리시오."

　장 십장은 분대장들에게 이른 후 미리 탄환과 화약을 장전해놓으라고 하였다. 다행히 바람이 영산포에서 그들 쪽으로 불어왔으며, 하늘에 별이 빛나는 것으로 보아 비가 내릴 것 같지도 않았다. 대불이는 하늘의 별빛이 땅 위의 모든 물기를 빨아들여서 화승총을 쏘는데 화약에 불이 잘 붙게 되기를 빌었다. 그는 손으로 풀잎을 쓸어보았다. 손에 물기가 촉촉했다. 그러나 그 정도의 물기라면 화약에 불을 붙이기에 어려움이 없을 것 같았다. 바람도 적당하게 불어와 안개가 낄 것 같지가 않았다. 그러나 좀처럼 헌병대가 모습을 나타내지 않았다. 동정을 살피러 갔던 서거칠도 소식이 없었다. 너무 오랫동안 소식이 없자 잘못 되지나 않았는가 싶어 마음이 죄어왔다. 대불이뿐만 아니라 다른 대원들도 헌병대가 나타나기는 틀린 것 같아 저마다 총부리를 내리고 테메산으로 빨리 돌아가기를 바라는 눈치들이었다.

　서거칠이가 돌아온 것은 첫닭이 울어서였다.

　"암만 기다려도 아무런 기미가 안 뵈던듸유."

　서거칠은 헌병들이 움직임을 보이지 않는 것이 마치 자신의 잘못이기라도 한 것처럼 맥이 풀린 목소리로 말했다.

　"유복인가 하는 놈이 김현규에게 가지 않은 건 아닐지 모르겠네."

　그러면서 송기화는 그냥 헌병대로 쳐들어가자고 하였다. 당장 같은 마을 내문이의 죽음에 대한 원풀이를 하지 못하고서는 테메산으로 돌아갈 수가 없을 것 같았다. 그 혼자만이 살아 고향에 돌아가서 내문이의 죽음을 알리느니보다는 차라리 내문이와 함께 죽었다는 말을 들고 싶었던 것이다.

"다음을 기약하고 오늘은 그만 돌아가세. 대원들이 너무 지쳐 있구만."

짝귀는 대불이한테 그만 테메산으로 회군을 하자고 하였다.

"안 되네. 모두덜 돌아가겠다면 나 혼자서라도 당장 헌병대로 쳐들어가겠구만."

그러면서 송기화는 총을 들고 벌떡 일어섰다. 평소에 성질이 차분하고 어눌한 송기화는 그답지 않게 앞뒤 가리지 않고 선무당 춤추듯 하였다.

"오늘 기화가 왜 이리 잠자리 부접 대듯 한당가? 우리들 싸움이 오늘 내일에 끝날 것도 아닌듸 멋을 그리 서둘러쌓는고?"

잠자코 있던 문치걸이 한마디 하였다.

"나는 이대로 돌아갈 수 없당께."

송기화가 문치걸을 향해 짜증스럽게 퉁겨댔다. 바로 그때였다. 영산포 쪽에서 논길을 타고 거뭇거뭇 사람의 그림자가 황구봉 산모퉁이로 다가오고 있었다. 대불이는 송기화에게 몸을 엎드리라 이르고 전 대원들에게 사격 준비를 하도록 명령하였다. 다가오고 있는 검은 그림자는 긴 대열을 이루고 있었다. 대불이의 눈에 그것들이 여우나 늑대의 무리로 보였다. 그는 숨을 가다듬고 어둠속을 꼬나보았다. 그러나 검은 그림자의 무리는 그렇게 많지가 않았다. 그들이 황구봉의 산모퉁이에 가까이 왔을 때, 그들의 머릿수를 헤아릴 수가 있었는데, 겨우 여섯 명에 불과했다. 그 여섯 명이 전초대일지도 몰라 그들이 산모퉁이를 돌아 창의대가 매복돼 있는 둔덕 밑을 지나칠 때까지도 사격을 하지 않았다. 그러나 그 여섯 명이 지나가고 한참이나 있어도 뒤따라오는 적이 없었다. 그제야 장 십장은 방금 그들 앞을 지나친 여섯 명에 대해 기습을 하지 않았던 것을 후회하였다. 그때 송기화가 느닷없이 혼자 둔덕 아래로 굴러 내려가더니 헌병들의 뒤를 밟아 뛰어갔다.

"기화가 왜 저런당가?"

송기화가 둔덕 아래로 내려가자 문치걸은 다급하게 소리치며 송기화를 붙잡기 위해 몸을 날렵하게 움직였다. 그러나 문치걸이가 모퉁이 길로 뛰어 내려갔을 때 송기화는 이미 보이지 않았다. 문치걸은 포기하지 않고 어둠속을 뛰어갔다. 그가 작은 방죽 옆을 뛰어가고 있을 때, 부덕촌 들머리 오르막길 쪽에서 총소리 한 방이 어둠을 쥐흔들었으며, 잠시 후에는 짜글짜글 요란한 총성이 귀가 멍멍하도록 울려왔다. 순간 문치걸은 송기화와 헌병들 사이에 접전이 벌어진 것이라 판단하고 오르막길로 뛰어올라갔다. 총알이 어둠을 가르며 날아왔다. 문치걸은 몸을 구부리고 송기화의 위치를 가늠하며 계속 언덕길을 올라갔다. 언덕 쪽으로 날아가는 총알은 간헐적으로 어둠을 갈랐으나, 문치걸 쪽으로 날아오는 총알은 비 오듯 하였다. 그는 총알이 언덕 쪽으로 날아가는 위치를 가늠하며 송기화가 있을 만한 곳을 찾아 어둠을 더듬었다. 그리고 송기화가 언덕의 왼쪽 길섶에 엎드려 있는 것을 발견하고 그에게로 다가가다가, 언덕 위에서 내리쏟아지는 총알에 맞아 헉 하는 외마디 비명을 지르며 쓰러지고 말았다. 그때까지도 송기화는 문치걸이 자기를 돕기 위해 따라왔다가 총에 맞은 것을 모르고 있었다. 대불이가 대원들을 이끌고 그곳에 당도했을 때는 이미 문치걸의 숨이 끊어진 후였다. 대불이와 다른 대원들은 문치걸이가 총에 맞아 쓰러진 것도 모른 채, 계속 총을 쏘아대며 언덕 위로 돌진을 하였다. 대불이는 각 분대장들에게 언덕을 우회하여 적위 뒤통수를 치도록 명령했으며, 잠시 후 헌병 여섯 명은 천좌근이 이끄는 열 명으로부터 코앞에서 쏘아대는 사격을 받고 각기 어둠속으로 뿔뿔이 도망치고 말았다. 대불이는 적이 도망친 다음 피아간의 피해상황을 확인하기 위해 어둠속을 살피던 중에 길섶에 나자빠져 있는 문치걸의 시체를 발견하게 되었다. 문치걸의 시체를 확인한 대불이는 피투성이가 되어 있는 시신을 부둥켜안고 오열했다.

"헌병 사살 두 놈에, 우리 쪽은 한 명이 죽고 두 명이 다쳤습니다요."

장 십장이 문치걸의 시신을 끌어안고 오열하고 있을 때 서거칠이 보고했다.

"지체하지 말고 서둘러 테메산으로 떠나야겠네. 총소리를 듣고 헌병대 원군이 몰려올지도 모르지 않은가."

짝귀가 대불이를 재촉하였다. 송기화는 서거칠이가 발목을 잡고 끌고 온 헌병의 시체에 발길질을 하면서 울부짖고 있었다. 그는 문치걸이가 자기를 도우러 왔다가 죽음을 당했다는 것을 뒤늦게야 안 것이었다.

"치걸이는 내가 업고 가서 내 손으로 묻어주겠소."

대불이가 짝귀에게 말하며 그 대신 대원을 인솔해주도록 부탁하였다.

이초대는 서둘러 그곳을 떠났다. 대불이는 송기화가 문치걸의 시신을 메고 가겠다는 것을 뿌리치고 등에 업었다. 그는 죽은 문치걸을 업고 대원들과 함께 테메산으로 가면서 소리 없이 울부짖었다. 아침에 죽절고랑에서 얼핏 보았던 그의 등에 새겨진 연꽃잎의 문신과 함께, 바늘로 지아비의 등을 쪼면서 울고 있는 문치걸의 부인 얼굴이 자꾸만 눈에 밟혀왔다.

"치걸이 시신을 집으로 보내는 것이 어떻겠는감."

대불이의 뒤를 따르던 짝귀가 목이 멘 소리로 말했다.

"치걸이를 집으로 보내지 않을 겁니다. 치걸이는 내 손으로 테메산에 묻어줄 거로구만요. 나는 절대로 그의 부인한테 치걸이의 죽음을 알리지 않을 겁니다요. 그의 부인한테서 희망을 거두고 싶지가 않으니께요."

대불이가 문치걸의 시신을 추슬러 업기 위해 잠시 걸음을 멈추며 어둠속으로 짝귀를 돌아다보며 말했다.

"죽은 사람을 기다리게 한다는 것이 을매나 못헐 짓이라는 것을 알고나 그러는가?"

"그래도 기다릴 때가 좋은 게지요."

그 말을 하면서 대불이는 문득 소식이 없는 말바우 어미를 떠올렸다. 그는 이미 말바우 어미를 기다리지 않고 있으며, 그것이 얼마나 큰 절망이며 고통이라는 것을 너무도 잘 알고 있었다.

"치걸이도 그것을 원하지 않을 거로구만요."

대불이는 잠시 걸음을 멈추고 테메산 쪽을 바라보았다. 희끔하게 하늘의 한쪽 구석이 밝아오고 있었다. 그는 밝아오는 하늘에서 문치걸의 모습을 보았다.

4

한여름 대낮의 햇살이 대장간의 화덕처럼 이글거려, 살아 있는 모든 것들은 숨을 죽였다. 움직이는 것이라고는 바람뿐이었다. 그러나 영산강의 물비린내(날씨가 더울 때는 그 냄새가 더했다)를 몰고 온 바람도 강변을 벗어나자마자 이내 뜨거운 지열 때문에 더 멀리 가지 못하고 산자락의 떡갈나무 숲속에 숨어버리고 말았다.

햇살이 날카로워질수록 기세를 올리는 것은 매미들과 여치, 베짱이들이었다. 유지매미, 쓰르람매미, 참매미들은 마치 소리잔치를 벌이는 듯 목청을 돋우었으며, 이에 질세라 여치는 초상집의 아낙처럼 높은 소리로, 풀섶의 줄베짱이는 지잉지잉 떨리는 소리로 울어댔다.

웅보와 소바우는 집 뒤 오동나무 밑의 그늘에 앉아 있었다. 장수잠자리 한 마리가 그들의 머리 위로 높이 선회하다가, 웅보 아버지 장쇠의 묘에 앙증맞게 피어 있는 분홍빛 톱풀꽃 위에 살포시 앉았다. 그들은 톱풀꽃 주위를 날고 있는 청띠제비나비를 보고 있었다. 그때 그들의 머리 위 오동나무 줄기에서 쓰르람매미가 앵앵거리고 울자 두 사람은 함께 고개를 쳐들었다. 매미는 그들이 잡을 수 있는 높이에 붙어서 울고 있었으나, 아무도 그것을 잡을 생각을 하지 않았다.

"큰아부지, 매미는 왜 수컷만 운답니까요?"

소바우가 쓰르람매미를 처다보며 물었다.

"클세다. 아매도 암놈을 부르는 소리겠지야잉."

"매미는 아무것도 안 잡어묵고 이슬만 묵는담서라우? 그래서 피가 없남요?"

"이슬만 빨아 묵고 사닝께 피가 없는갑다. 베짱이도 그렇고, 나비도 그렇고…… 아매도 살아 있는 생명을 잡아 묵지 않으니께 피가 없는갑다잉."

웅보는 조카의 말에 수긍하며 커다랗게 고개를 끄덕였다.

"그런듸 말이다. 저 매미들은 칠 년 동안이나 땅속에 묻혀 있다가 세상에 나온다는 것을 아느냐?"

"칠 년 동안이나요?"

"그렇단다. 매미의 새끼벌레는 땅속에서 칠 년간이나 묻혀 있는듸, 그 중에서 많은 새끼벌레들은 얼어 죽거나 아니면 나무뿌리나 풀뿌리에서 즙을 빨아 묵지 못해서 죽고 만단다."

"그렇다면 큰아부지, 저 매미도 칠 년간이나 땅속에 묻혀 있었을까요?"

소바우는 머리 위에서 낭자하게 울고 있는 쓰르람매미를 처다보며 감탄하는 목소리로 물었다.

"그렇고말고. 여름 한철 삼시롱 울랴고 칠 년 동안이나 고통스럽게 땅속에 묻혀 있었단다. 옛날 이 큰아부지가 상전 몰래 서당에 댕김시롱 동냥글을 배울 때, 스승님이 그런 말씀을 허셨다. 세상을 살어가

는 동안에 사는 것이 고달플 때는 매미가 여름 한철 울기 위해서 칠년
동안 땅속에 묻혀 있었다는 것을 생각허라고 말이다.”

소바우는 잠자코 깊은 생각에 잠겨 큰아버지의 이야기를 듣고 있었
다. 웅보는 그 이야기를 조카에게 해줄 수 있다는 것이 자랑스러웠다.

“그런듸 말이다…… 평생에 단 한 번도 울어보지도 못허고 땅속과
도 같은 세상에 묻혀 사는 사람도 있단다.”

“할아부지가 그랬남요?”

소바우가 오동나무 아래의 할아버지 묘를 보며 물었다. 아직도 장
수잠자리는 묘의 톱풀꽃 위에 날개를 접고 앉아 있었다.

“할아부지뿐만이 아니재잉. 천하고 가난한 사람은 다 그렇재잉.
너는 이 큰아부지랑 네 아부지가 종이었다는 것을 알고 있쟈?”

“시방은 아니잖남요.”

“그렇기는 허재…… 그런듸도……”

웅보는 말을 하다 말고 얼버무리며, 돈단 아래 새끼내 나무다리께
에 전립을 비뚜름히 쓴 사내가 마을 쪽으로 휘어들더니 마을 초입의
개울에서 멱을 감고 있는 아이들에게 턱 끝으로 마을을 가리키며, 누
구인가의 집을 묻고 있는 것을 보고 있었다. 순간 웅보의 가슴이 덜컹
거리기 시작했다. 요즈막 그는 낯선 사람이 새끼내 쪽으로 오는 것만
봐도 간이 탔다. 그것은 대불이 때문이었다. 요즈막 영산포 선창거리
에서는 대불이가 창의병이 되어 여러 차례 일본헌병들을 습격했다는
소문이 나돌고 있는 터이라, 언제고 헌병들이 그의 집에 들이닥치게
될 것으로 짐작하고 있었다. 대불이는 부덕촌 앞에서 헌병들과 접전

이 있은 지 보름이 지나도록 소식이 없었다. 들리는 말로는 테메산에 둔취해 있다고 하였고, 영암 월출산(月出山)으로 들어갔다는 소문도 들렸다.

"저기 저 두껍다리께에 패랭이 쓴 사람 이쪽으로 오고 있쟈?"

웅보는 머릿속으로는 대불이 걱정을 하고 눈으로는 전립 쓴 사내의 동정을 살피며 물었다.

"이쪽으로 오는구만요. 우리 집으로 오나벼요."

소바우 말대로 전립을 쓴 사내는 마을 앞 두껍다리를 건너 돈단을 오르고 있었다. 돈단으로 오르는 길은 바로 웅보네 집으로 연결되어 있었다.

다시 매미가 낭자하게 울어대기 시작했다. 줄베짱이와 여치도 함께 울었다. 그것들은 마치 전립 쓴 사내가 가까이 다가오는 것을 예고해주기라도 하는 듯 다급하게 울어댔다.

"너는 펑 집에 내려가 있거라."

웅보는 전립을 쓴 사내가 돈단으로 올라서자 오동나무 밑의 자신들을 발견하더니 그의 집 바자울을 지나쳐 곧장 그에게로 다가오고 있는 것을 보고 소바우에게 말했다. 소바우가 큰아버지 말대로 집으로 들어가기 위해 벌떡 일어서자 매미가 울음을 멈추고 푸르르 날아갔다. 소바우는 집으로 내려가면서 갑작스럽게 바위처럼 굳어져버린 큰아버지의 태도가 이상스럽다는 듯 여러 차례 뒤를 돌아다보았다. 소바우는 집안으로 들어가지 않고 바자울 너머로 뾰곰히 올라온 감나무의 우듬지를 휘어잡고는 그 앞을 지나쳐 큰아버지 가까이로 올라가고 있는 전립 쓴 사내의 뒤태를 바라보고 서 있었다. 소바우는 요즈막 큰아버지가 그의 아버지 걱정을 하고 있다는 것을 눈치 채고 있었다. 큰아버지보다 할머니의 걱정이 더했다. 방문 밖 출입조차 못하고 자리보전하고 누워 사는 할머니는 요즈막 걸핏하면 소바우 아버지를 데려오라고 성화였다. 소바우는 어쩌면 전립 쓴 사내가 아버지 소식을 가지고 왔을지도 모른다고 생각했다. 그리고 그 소식은 슬픈 소식일지도 모른다는 생각을 해보았다. 그는 아버지가 총을 들고 일본헌병들과 싸우는 창의병이라는 것을 알고 있었다.

"댁이 장 서방이우?"

전립 쓴 사내가 웅보 옆으로 와 오동나무 그늘 밑에 서서 땀벌창이 된 저고리 섶을 풀어헤치며 지나가는 말투로 물었다. 그는 웅보를 바로 보지도 않고 턱 끝을 영산강 쪽으로 쳐들고 물었다. 웅보가 보기에 그보다 대여섯 살 수하인 듯한데도 거만하기가 비 맞은 쇠말뚝처럼 뻣뻣했다.

"내가 장웅보요만……."

웅보는 전립 쓴 사내가 저고리 섶을 풀고 펄럭이며 바람을 만들어 땀을 식히는 양을 바라보면서 뜨악한 얼굴로 물었다. 사내의 행색이 대불이를 잡으러 온 사람 같지가 않았기에 다소 마음은 놓고 있었으나, 그의 태도가 여간 마뜩찮았던 것이다.

"어유, 옘병헐 날씨. 생사람을 삶어묵을라고 이러나!"

사내는 웅보에게는 관심도 없다는 듯 가슴의 땀을 손바닥으로 훔쳐 뿌리며 혼잣말로 투덜거렸다.

"어디서 오셨소?"

웅보가 물어서야 사내는 얼핏 하늘로부터 턱 끝을 내리더니

"노루목에서 왔다우."

하고 여전히 불컥거리는 말투로 대답했다.

"노루목이라면……."

"장 서방이 그 댁 비자였다면서유."

"그렇다면 댁은 노루목 양 진사 댁에서 오셨구만이라우."

"그렇소. 에이, 옘병헐놈에 날씨!"

사내는 분명 웅보에게 더위 투정을 하고 있는 것이었다.

"헌듸…… 무신 일로……."

"나는 그 댁 머슴이우. 마님 심부름으로 여기까지 불볕 속을 걸어
왔수다."

"마님께서 무신 일로?"

웅보는 유 씨 부인이 무엇 때문에 그에게 사람을 보낸 것인지 궁금
했다. 아직 유 씨 부인이 그에게 사람을 보내 소식을 전한 적은 한 번
도 없었던 것이다. 양 진사가 세상을 떴을 때도 부고조차 보내지 않았
었다.

"도령님이 혼인을 하신다우."

"만석이 도령님이?"

"그래서 마님께서 도령님 혼인날에 장 서방도 꼭 참예를 해줍사흐
고……."

"혼인식 참예라우? 언젠듸요?"

"바로 낼이라우."

"내일이라……."

웅보는 꿈속에서 말하듯 아련한 목소리로 중얼거렸다.

"진작에 혼인을 허신 줄 알고 있었는듸 여적지 미장가셨남요?"

"그러면 기별은 전했으니 나는 이만 가우."

그러면서 전립 쓴 사내는 풀어헤친 저고리 섶을 다시 여미며 돈단 아래로 내려갔다. 웅보는 잠시 집에 들어가 냉수라도 한 사발 마시고 가라고 하였는데도, 사내는 덕진(德津)까지 갔다 와야 한다면서 뒤도 돌아보지 않고 걸음을 재촉했다.

웅보는 노루목 양 진사 댁 만석이 도령님의 혼인잔치에 초대를 받은 사실을 먼저 그의 노모에게 알리고 싶어 한달음에 집으로 뛰어갔다. 그는 여태껏 양반들의 혼인잔치에 초대를 받아본 일이 없었다. 그런데 오늘 그는 옛날 그가 비자로 있던 상전댁의 혼인잔치에 초대를 받았으니 기쁘지 않을 수가 없었다. 더욱이 혼인을 하게 될 만석이는 바로 웅보 자신의 핏줄이 아닌가. 만석이가 그의 핏줄이라는 사실은 만석이 어머니인 유 씨 부인과 웅보 그 자신 외에는 아무도 모르는 일이었고, 또 웅보 자신도 여태껏 만석이에 대해서 자신의 핏줄이라고 하는 생각보다는 양 진사 댁 외동 도령님이거니 여겨왔던 터이나, 막상 혼인잔치에 참예하여 달라는 유 씨 부인의 기별을 받고 보니 마음이 울렁거리지 않을 수가 없었다. 웅보는 유 씨 부인이 사람까지 보내어 초대를 한 것에 유 씨 부인의 깊은 헤아림이 깃들여 있음을 어림할 수가 있었다.

"어머님, 노루목에 가봐야겠구만요. 만석이 도령님 혼인잔치에 오라고 마님이 사람을 보냈당께라우."

웅보는 어머니가 자리보전하고 누워 있는 방으로 들어가 큰 소리로 말했다. 얼쑹얼쑹 잠이 들려던 웅보 어머니는 아들의 소리에 힘없이 눈을 뜨고 아들을 쳐다보았다.

"만석이 도령님이 장개를 간당만이라우. 마님이 여그꺼정 사람을 보내 혼인잔치에 오라고 기별을 했구만이라우."

웅보는 여전히 마음을 다스리지 못하고 봄날의 들바람처럼 들먹거렸다. 평소에 말수가 적고 뜸직하기만 하던 웅보가 초라니처럼 달떠있는 양을 멀뚱한 눈빛으로 쳐다보고만 있던 웅보 어머니는 마음속으로 만석이 도령이 필시 웅보의 핏줄이 분명한 게로구나 하고 여태껏 미심쩍게 여겨왔던 생각을 비로소 매조짐 하였다. 웅보 어머니는 이십여 년 전, 아들이 속량되어 강을 건너 새끼내에 터를 잡던 해에 부모가 눌러 살고 있는 옛 상전 댁에 찾아왔다가 아닌 밤중에 마님한테 불려가서는 온다간다는 말도 없이 새끼내로 돌아가 버렸던 일과, 웅보가 다녀간 후에 마님이 수태한 사실이며, 그런 일이 있은 후부터 웅보 어머니를 대하는 마님의 태도가 달라져, 혹시 마님의 뱃속에 든 아기가 웅보의 핏줄이 아닌가 하는 생각을 떨쳐버리지 못하고 살아왔던 것이다.

"혼인잔치가 언제라듸야?"

"바로 낼이라는구만요."

웅보 어머니가 묻고 아들이 대답했다.

"그려, 가 보그라. 에미도 가 봤으면 좋겠다마는 이 지경이니……
그런듸 워디로 장개를 가신다드냐? 새아씨가 되실 분이 어드메 어느
집안인겨?"

"그런 것꺼정은 물어보지 못했구만요."

웅보는 어머니에게 말하고 나서 천천히 일어섰다.

"소바우야, 소바우 어디 있느냐!"

어머니 방에서 나온 웅보는 다급하게 소바우를 불렀다. 큰아버지
가 부르는 소리를 듣고 소바우가 마당 안으로 뛰어 들어왔다.

"느 큰어무니 워디 있냐. 냉큼 느 큰어무니 좀 오시라고 해라."

소바우에게 큰어머니를 찾아오라고 이른 웅보는 안방으로 들어가
그가 내일 입고 갈 만한 적당한 옷이 있는지 찾아보려고 버들고리짝
을 열고 뒤적거렸다. 그러나 아무리 고리짝을 뒤져보아도 입고 나설
만한 옷이 없었다. 그렇다고 쇠코잠방이 차림으로 혼인잔치에 참예
하고 싶지는 않았다.

"아니, 달구새끼 두엄 헤적거려놓듯이, 무슨 옷을 다 끄집어내놓
고 그러요?"

웅보 아내가 들어오더니 남편이 고리짝을 뒤적이는 것을 보고 투
덜거렸다.

"낼 말이시, 양 진사 댁 만석이 도령님 혼인잔치에 오라는 기별을
받았는듸 말이시. 입고 갈 옷이 있어야재."

"상객으로 따러갈 것도 아님시롱 아무 옷이나 걸치고 가씨요 그랴."

웅보 아내는 남편이 꺼내놓은 헌옷가지들을 다시 고리짝에 넣으

며 불퉁스러운 말로 쏘아붙였다. 그녀는 만석이 도령의 혼인잔치 소식을 듣고도 조금도 반가워하는 기색이 아니었다. 그녀는 요즈막 오동네 때문에 심사가 편안하지 않았다. 사위인 피장이 황 서방이 오동네만을 목포로 돌려보내놓고 그는 창의병이 되겠다면서 소바우 아버지를 찾아가버렸기 때문이다.

"작년 내 생일 때 황 서방이 해준 두루막은 어디 있는가?"

웅보가 묻자 아내는 방바닥에 흩트러 놓았던 옷가지들을 모두 고리짝에 집어넣고 나서야 횡하니 방문을 열고 나가더니, 큰방에서 흰 두루마기를 들고 와서 남편 앞에 팽개치듯 던졌다. 웅보 아내는 남편이 황 서방을 붙들지 못한 것에 대해 며칠째 성깔을 부리고 있는 터였다.

"바지저고리도 좀 찾어주소."

웅보는 요즈막에 그의 아내 심사가 어떻다는 것을 알고 있는 터라 비위를 건드리지 않으려고 조심하였다.

"황 서방이 해준 옷이 핫것인듸, 이 더우에 솜바지 저고리를 입을라요?"

"그렇던감? 그렇다고 쇠코잠방이 위에다 두루막을 걸치고 갈 수도 없고 어쩌까?"

웅보는 심란한 얼굴로 아내를 보며 말했다.

"가지 마시구려. 상관도 없는 혼인잔치에 갈라고 발싸심허지 말고 테메산에 가서 황 서방이나 끌고 오시구려."

"이놈에 여편네가, 내 앞에서 황 서방 이야기 입 밖에 내지 말라고 했잖은감!"

아내의 심사를 건드리지 않으려고 조심하던 웅보는 황 서방의 이야기를 꺼내자 벌컥 화를 냈다. 그가 그렇게 간곡하게 붙잡았는데도 끝내 그의 부탁을 들어주지 않고 초초히 떠나버린 황 서방인지라, 그의 이야기만 꺼낼라치면 뱃심이 뻗질러 오르면서 심사가 얄망궂게 뒤틀리는 것이었다. 잠시 후 웅보 아내는 오동네가 시집갈 때 입었던 남편의 바지저고리를 찾아주었다.

"헌듸…… 또…….."

두루마기 안에 받쳐 입을 헌 바지저고리를 찾아주자 웅보가 다시 입을 달싹거렸다.

"또 뭐유?"

"맨발에 털메기를 신고 뿔상투 모양으로 갈 수야 없지 않겄능가?"

"허면, 내 머리를 잘라 갓을 맹글아드리끄라우? 아니면 삼승 진솔버선에 청올치 미투리를 삼어드릴끄라우."

웅보 아내는 남편을 흘겨보며 비아냥거렸다.

"그래도 양반님네 혼인잔친듸, 진사립(眞絲笠)갓에 진솔버선은 못 신어도 평량립(平涼笠)에 짚신감발이라도 해야 쓸 것이 아닌가?"

"옥관자를 달고 가든 뒤발막신을 신고 가든 나는 모르겄으니 이녁 알아서 하시우."

그러면서 궐녀는 방문을 열고는 휑한 통치맛바람을 일으키며 밖으로 나가버렸다.

"이름이 쌀분이 아니랄까봐서 저리도 쌀쌀맞다냐!"

웅보는 아내가 들으라는 듯 큰 소리로 퉁겨댔다. 그러고 나서 뛰약

볕 속에 땀을 뻘뻘 흘리고 마을 안통을 돌아다닌 끝에, 칠복이네에게서 패랭이를 빌려 비뚜름히 쓰고 돌아왔다. 그는 해거름이 되자 영암에서 영산포로 들어가는 새끼내 앞 길목에 나와, 양 진사 댁의 머슴이라고 한 전립 쓴 사내가 돌아오기를 기다리고 있었다. 전립 쓴 사내를 만나서 만석 도령의 색시가 될 처자가 어디에 사는 어느 집안의 딸인지 물어보고, 그동안 진사 댁의 형편에 대해서도 저저이 알아보고 싶었던 것이다.

웅보는 해가 떠오르기 전부터 서둘러 노루목으로 떠날 행장을 차리느라 덤벙거렸다. 그는 여느 날보다 빨리 일어나서 두껍다리 밑 개울까지 내려가 소세를 하고 돌아와 아침을 먹기도 전에 옷을 갈아입었다. 그는 버선 대신에 낡은 무명천으로 발을 감은 다음, 바지를 입고 행전을 쳤다.

"양반 님네 혼인잔치 두 번만 갔다가는 떠 죽겠소."

웅보 아내가 남편의 행전 치는 모습을 새치름한 눈으로 바라보며 뱉었다.

"그러기에 양반은 얼어 죽어도 겻불은 안 쬐고 떠 죽어도 맨살은 보이지 않는다고 안 허든가."

웅보는 서둘러 아침을 먹고 칠복이한테서 빌려 온 패랭이를 쓴 다음 흰 두루마기를 걸쳤다.

"이만허면 풍신이 으쩐가? 양반 댁 혼인잔치에 가서 쫓겨나지는 않겠재?"

웅보가 행장을 차리고 나서 그의 아내를 보고 묻자

"입은 비렁뱅이는 얻어 묵어도 벗은 비렁뱅이는 못 얻어 묵는다드끼, 그만 허면 만석이 도령 상객이라도 따라가겠소 그랴."

웅보 아내 쌀분이도 남편이 풍신 좋게 차려 입은 모습을 보자 기분이 흡족하여, 황 서방 때문에 홀 맺혔던 마음이 조금은 풀린 듯싶기도 하였다.

웅보는 큰방에 들어가 어머니께 잘 다녀오겠다는 말을 하고 돈단을 내려갔다. 아직 해가 떠오르기 전이라, 길을 걷기에는 적당했다. 더욱이 그날따라 아침부터 강바람이 넉넉하게 불어와 목덜미와 얼굴을 식혀주었다. 웅보는 둑길을 타고 영포나루 쪽으로 가면서 이십 년 전 그가 생구로 팔려가게 된 방울이를 구하기 위해, 궐녀의 몸값 쌀 열 가마니를 융통할 양으로 옛 상전이었던 양 진사 댁 마님을 찾아갔던 일을 떠올렸다.

웅보는 그동안 만석이가 자라는 모습을 이삼 년에 한 번씩 얼핏얼핏 보아왔었다. 그가 갑오년에 부르뫼 사는 박 초시한테 친구 김치근이가 맞아 죽자 그 앙갚음을 한 죄로 나주 관아에 붙잡혀갔다가 마님의 도움으로 풀려나와, 그 고마움을 표시하기 위해 찾아갔을 때, 만석은 그에게 말을 태워달라면서 등에 올라타 엉덩이를 걷어차며 방바닥을 기라고 하였었다. 그리고 목포로 옮겨 살 무렵, 병든 아버지를 배에 태우고 영산강을 거슬러 새끼내로 오던 중 아버지가 배 위에서 숨을 거두자 밤중에 새끼내에 묻고 나서, 구진나루 주막으로 난초를 만나러 갔던 길에 잠시 노루목에 들렀을 때, 얼핏 집 앞에서 스쳐본

만석은 어엿한 학동의 모습이었다. 웅보가 식솔을 이끌고 목포에서 다시 새끼내로 옮겨왔을 때 찾아가 만나보았던 만석은 경성에서 신학문을 가르치는 학교에 다닌다고 했었다. 그때 양 진사 댁에는 끝례와 만석이 뿐이었다. 유 씨 부인은 금성산 골짜기에 있는 다보사에 불공을 드리러 가고 없었다. 만석이는 웅보를 알아보지 못하였다. 하녀 끝례가 옛날 비자로 있었던 장 서방이라고 말해주어서야 "참 그렇구나. 그러고 보니 언젠가 자네가 내 말이 된 적이 있었지. 자네 그때 일이 생각나는가?" 하면서 건방진 눈으로 웅보를 꼬나보던 것이었다. 만석을 본 웅보는 그가 아랫사람을 얕잡아보는 태도며 도도한 눈빛이 어쩌면 그렇게도 죽은 양 진사를 그대로 닮았을까 싶은 생각에, 자신의 핏줄이라고 믿어지지가 않았었다. 웅보는 그런 만석이와 얼굴 맞대고 있기가 싫어서 절에 간 유 씨 부인을 기다리지 않고 되짚어 돌아오고 말았었다.

그 후 풍문에 듣자하니 만석이가 머리를 깎고 검은 두루마기에 서양 모자를 쓰고 나주에 내려와 있다고 했다. 머리를 깎고 검은 두루마기를 입었다면 그가 일진회(一進會) 회원이 된 것이 분명했다. 웅보는 일진회가 어떤 단체라는 것쯤은 알고 있는 터였다. 일진회는 광무(光武) 8년(1904년) 8월 국가 면목을 일신개명(一新開明)한다는 명분 아래 온 백성이 한마음으로 진보할 주의임을 내세우고 조직되었다. 독립협회 회원이었던 전 병마절도사 윤시병(尹始炳)을 회장으로 뽑았을 당시만 해도 그 정체가 드러나지 않았다. 우선 그들의 취지문과 강령이 구구절절 옳은 말들만 늘어놓고 있었기 때문이다. 그러나 일진회는 친일파 송병준(宋秉畯)이 일본군의 비호를 받아 각본에 의해 윤시병을 포섭하여 조직된 매국의 앞잡이 단체였던 것이었다. 일진회는 다음 해인 1905년 12월에 임원개편을 하여 동학교도를 모아 만든 진보회(進步會)의 회장이었던 이용구(李容九)가 회장이 되고, 송병준이 지방총장을 맡으면서부터 본색을 드러내기 시작했다. 이때 발표한 취지문에서 일진회는 "그러므로 우리나라의 독립은 일본정부에 의해 보장을 받으며 우리나라의 시정은 일본 관리에 의하여 지도되는 수밖에 없게 되었다"고 밝혀 일본 제국주의와의 결탁을 노골적으로 드러냈다. 이미 백성들은 일진회가 매국의 앞잡이라는 것을 알고 있었던지라, 곳곳에서 일진회 타도의 목소리가 드높았다. 일진회가 처음 결성되던 다음해 정월에 전주에서는 일진회 전주지회장 장원영(張源榮)을 타살하고 회원 여섯 명을 납치한 사건이 생기기도 하였다. 광무 9년 11월 17일, 소위 을사조약(乙巳條約)이라는 것이 강제로 체결되어, 일본 공사관 대신에 통감부(統監府)가 생기면서부터 매국단체인 일진회는 더욱 날뛰기 시작했다.

그 무렵 일진회 회원들은 경의선(京義線) 부설과 일본군의 북진을 위한 북정수송대(北征輸送隊) 동원, 간첩활동 외에 전국 각처에서 일어나고 있는 의병들과 싸우는 일에 이용되었다. 이와 같은 공로로 일진회 간부들 중에서 벼락출세하는 사람들이 많았으니, 송병준이 농상공부대신의 자리에 오른 것을 비롯하여 윤길병은 충주관찰사, 양재익은 공주관찰사, 그리고 김규창은 광주(光州)관찰사가 되었다.

양만석은 일진회 평의원이었던 김규창이 전라도 광주관찰사가 되어 내려오자 그를 따라 서둘러 고향에 온 것이다. 양만석은 일진회의 사찰원(司察員)이었다.

웅보는 얼마 전 대불이로부터 양만석이가 검은 두루마기에 서양 모자를 비뚜름히 쓰고 나주에 돌아다닌다는 이야기를 들었었다. 대불이의 말로는 양만석이가 나주에 둔취하고 있는 일본 헌병대와 함께 창의병과 맞싸울 일진회 부대를 만들 것이라고 하면서, 그를 없앨 뜻을 비쳤다. 물론 대불이는 웅보와 만석이의 관계를 모르고 있었다.

웅보는 혼인식에 유 씨 부인을 만나 만석이의 일신에 위험이 닥칠지도 모르니 나주에서 떠나 경성이나 아니면 광주 같은 곳에 가 있도록 하라고 귀띔을 해주고 싶었다. 웅보 생각에 만석이가 나주에 오래 머물러 있게 될 경우에는 창의병과의 충돌을 피할 수 없게 될 것이고, 그렇게 되면 그의 일신이 온전하지 못할 것으로 여겨졌다. 웅보가 만석이의 신변을 걱정하는 것은 그가 자신의 핏줄이기 때문이 아니었다. 그것은 유 씨 부인을 위해서였다. 만석이의 혼인잔치에 그에게 사람까지 보내 초대해준 것에 대한 고마움의 표시일지도 몰랐다.

웅보는 걸음을 재촉하였다. 그가 양 진사 댁 비자에서 속량되어 새끼내로 떨어져 나온 후 여러 차례 강을 건너 옛날 그의 상전 댁에 갔었지만 이날처럼 기분이 좋았던 적은 한 번도 없었다. 그는 이날에야 비로소 옛 상전으로부터 처음으로 사람대접을 받는 듯싶었다. 그러나 웅보는 만석이가 일본의 앞잡이가 되었다는 것이 싫었다. 그는 일본의 앞잡이 노릇을 하는 사람들이 어떤 방법으로 세상을 살아가고 있는가를 너무나 잘 알고 있었다. 그가 목포에서 선창의 등짐꾼 노릇을 할 때 알게 된 왜놈의 앞잡이들이란 한결같이 일신의 영달만을 노리는 간교하고 인정머리 없는 사람들이었던 것이다. 만석이가 매국의 앞잡이가 되었다고 하는 것은 웅보와 만석이 사이를 종과 상전이라는 신분의 차이보다 더 아득하게 멀어지게 한 듯싶었다.

웅보는 노루목 양 진사 댁 앞에 당도하여 잠시 걸음을 멈추어 서서 한여름 아침나절의 뜨거운 햇빛을 가려 큰 그늘을 늘어뜨리고 있는 늙은 팽나무를 바라보았다. 그는 문득 이십일 년 전 양 진사 댁의 비자로 있을 때, 지금의 마누라인 쌀분이와 함께 도망을 치다가 붙잡혀 늙은 팽나무에 묶여 있었던 생각을 떠올려보았다. 그때는 까마귀들이 나뭇가지에 앉아서 마치 그 자신의 슬픈 운명을 쪼아대듯 그렇게 낭자하게 우짖었었는데, 지금은 까마귀 대신에 아침 햇살만이 눈부셨다. 그는 이번에는 그 팽나무 밑에 묻어두었던 쌀분이의 머리카락을 가져다가 새끼내 집 앞에 다시 묻으리라 요량하였다. 그는 쌀분이와 함께 양 진사 댁 종으로 있을 때, 궐녀가 정분의 표시로 자신의 머리카락을 한 움큼 잘라주었던 것을 늙은 팽나무 밑에 묻어두었던 것이다. 그는 그 머리카락을 땅에 묻기 전에는 작은 주머니에 넣어 목침 위에 놓고 잤다. 정분이 있는 사람의 머리카락을 베고 자면 꿈속에서 서로 만날 수 있다고 믿었기 때문이었다.

웅보가 양 진사 댁 마당 안으로 들어섰을 때, 신랑은 친영 떠날 채비를 서두르고 있었다. 문간에는 신랑이 타고 갈 조랑말이 매여 있었고, 대문 밖과 마당에는 차일을 쳐서 햇빛을 가렸다. 벌써 대소가의 친척들이며 신랑의 친영 길을 따라갈 종자(從者)들이 법석였다. 아침나절부터 친영 떠날 채비를 서두르는 것을 보니 신부 될 사람의 집이 나주에서 멀리 떨어진 듯싶었다. 아직 웅보는 만석이의 신부가 어느 고을 뉘 댁 처자인지 몰랐다. 유 씨 부인의 기별을 가지고 온 전립 쓴 사내가 덕진에 들렀다가 되돌아가기를 기다려 길목을 지켰으나 만나지 못했던 것이다.

혼인잔치 집에는 하객들이 계속 들이닥쳤다. 하객들 중에는 일본 인들과 검은 두루마기를 입은 일진회 사람들도 보였다. 양 진사 댁 대문 밖에는 신랑이 친영 떠나는 모습을 구경하기 위해 마을의 아녀자들이 몰려와 길 양편으로 늘어서 있었다.

양 진사 댁 안마당으로 들어선 웅보는 잠시 주위를 두리번거렸다. 아직 신랑은 보이지 않았다. 아마 어머니에게 친영 떠난다는 인사를 올리고 있을 것이라고 짐작했다.

"장 서방 왔구려."

웅보가 안마당에서 서성거리고 있는데 그에게 마님의 전갈을 전해왔던 양 진사 댁 머슴이 웅보의 어깨를 툭 치며 아는 체를 하였다.

"아, 예. 욕보십니다 그려."

웅보는 전립 쓴 사내를 향해 고개를 끄덕였다.

"아까부텀 마님께서 장 서방을 찾고 계셨다우."

그러면서 전립 쓴 사내는 잠시만 기다리라고 하고는 안채 찬간 쪽으로 사라졌다. 웅보는 찬간 쪽을 바라보고 그 자리에 서 있었다. 그러자 찬간에서 반빗아치(밥 짓는 여자 종) 끝례가 나오더니 웅보 가까이로 다가왔다. 반빗아치는 웅보를 알아보고 웃음엣짓을 보냈다.

"따라오씨오."

끝례가 웅보에게 말을 던지고 안방 쪽으로 돌아섰다. 웅보도 끝례의 뒤를 따랐다. 안방 토마루에 이르러 끝례가 통기를 하자 방문이 열리면서 유 씨 부인이 방안에 앉은 채 얼굴만 밖으로 내밀었다. 안방에는 사모(紗帽)에 단령(團領)을 입은 만석이도 있었다.

"장 서방 왔구먼."

유 씨 부인이 먼저 입을 열었다.

"마님께서 도령님의 혼인잔치에 이르케 불러주서서 감사합니다요."

웅보는 토마루에 선 채 허리를 굽히며 인사치레를 하였다.

"장 서방을 오라고 한 것은 우리 만석이 친영 때 종자로 좀 따라가 주라는 것일세."

유 씨 부인은 얼굴만 방문 밖으로 내민 채 웅보의 행색을 유심히 살피며 말했다.

"그렇게 하다마다요. 도령님을 뫼시고 따라가겠구만요."

웅보가 허리를 굽히며 말하고 있을 때 안방에서 성장(盛裝)을 한 만석이가 밖으로 나왔다. 웅보는 만석이가 토마루로 내려설 때 허리를 굽히며

"도령님의 성혼을 심축합니다요."

하고 경하의 말을 하였다. 만석은 눈빛도 주지 않고 건성으로 고개만 끄덕였다.

만석이의 친영은 정오가 거의 다 되어서야 이른 점심을 먹고 떠났다. 친영 길의 맨 앞에는 초롱잡이가 불도 켜지 않은 초롱을 들고 길

안내를 하였으며, 초롱잡이 뒤에는 양 진사 댁 머슴인 전립 쓴 사내가 나무기러기[木雁]를 안고 따랐고, 그 뒤에 신랑이 늠연한 모습으로 조랑말 위에 앉아 있었다. 웅보는 신랑의 견마잡이가 되어 조랑말을 끌었다. 신랑 뒤에는 상객과 종자들 몇 사람이 따랐다. 친영 행렬은 남문을 지나 홍룡샘 쪽으로 내려갔다. 그리고 광나루에 이르러 나룻배를 타고 영산강을 건넜다.

"서방님의 새 아씨가 사시는 곳이 어느 고을이랍디껴?"

신랑이 먼저 나룻배로 강을 건너고 난 다음 선편으로 조랑말을 태우고 가던 웅보가 전립 쓴 양 진사 댁 머슴에게 물었다.

"장 서방 집에서 가깝다우."

"우리 집에서 가깝다면 어디란 말이오?"

"부르뫼라든가……."

"부르뫼라면 바로 우리 마을 윗동네라는 말이오?"

"그렇다니께요."

"부르뫼 어느 댁 처자랍디껴?"

"박 초시 어른 댁의 셋째따님이랍디다."

"박 초시?"

웅보는 너무 놀라 하마터면 물 위에 주저앉을 뻔하였다. 부르뫼 박 초시라면 웅보와 그의 친구들이 속량되어 새끼내에 처음 터를 잡고 땅을 일구기 위해 물둑을 쌓을 때부터 하인들을 시켜 훼방을 놓았을 뿐만 아니라, 웅보의 친구 김치근을 매질하여 죽인 악종이 아니던가. 더구나 웅보와 그의 새끼내 친구들은 갑오년에 박 초시한테 김치근을 죽인 보복을 하였다 하여 나주 관아에 끌려가서 죽지 않을 만큼의 고초를 겪지 않았던가. 그리고 지금 박 초시는 궁토가 되어버린 새끼내 사람들의 농토를 관리하고 있었던 것이다.

"해필이면……."

웅보는 하늘을 쳐다보며 혼잣말로 중얼거렸다. 그는 마치 갑오년에 박 초시한테 김치근을 죽인 앙갚음을 했다는 죄로 나주 관가에 붙들려가서 초주검이 되도록 곤장을 맞았을 때처럼 갑자기 온몸의 기력이 쫙 빠져버린 기분이었다.

웅보는 만석이를 태운 조랑말의 견마잡이가 되어 영산포를 지나 새끼내 쪽으로 가는 동안에도 말고삐를 놓고 도망치고 싶은 생각뿐이었다. 만약 새끼내 사람들이 웅보 자신이 부르되 박 초시 사위의 견마부가 되었다는 것을 알게 되면 얼마나 실망할까 하는 생각이 들자 고개를 바로 들기조차 부끄러웠다.

만석이의 친영 행렬이 새끼내 앞을 지날 때 다행히 마을 사람들을 만나지 않았다. 그러나 웅보의 마음은 여전히 거무죽죽하게 가라앉아 있었다. 그는 비로소 쌀 열 가마니 때문에 유 씨 부인의 청을 받아들여 품자리를 같이했던 이십 년 전의 일을 뼈저리게 후회하였다.

"장 서방, 정신을 어디다 두고 허정거리는 겐가!"

새끼내 앞을 지나 부르되로 휘어드는 산모퉁이를 안고 돌 때, 웅보가 박 초시 생각으로 발을 헛딛고 말고삐를 팽팽하게 잡아당기는 바람에 조랑말이 기우뚱 한쪽으로 쏠리자, 만석이가 호통을 쳤다. 그러면서 만석이는 나무기러기를 안고 가던 전립 쓴 사내에게 웅보 대신 견마를 잡으라고 하였다.

웅보는 나무기러기를 안고 부르뫼로 접어들었다. 해는 어느덧 상투머리 위에서 서쪽으로 서너 뼘 가량이나 기울었다. 친영 행렬은 신부 집으로 곧장 들어가지 않고 박 초시 집에서 가까운 사처로 향했다. 신랑은 사처에서 잠시 머물면서 관복(官服)으로 갈아입은 후 정해놓은 혼례시간까지 기다리는 것이었다.

신랑이 사처에서 머무르고 있는 동안 웅보는 바자울의 석류나무 그늘 밑에 퍼질러 앉아서 땀을 식히고 있었다. 아침에 그가 새끼내를 떠날 때까지만 해도 강바람이 살랑거렸는데, 해가 떠오른 후로는 바람 한 점 없었다. 그는 잠시 후에 나무기러기를 안고 신랑을 안내하여 신부 집으로 가야하기 때문에 사처에 머물러 있어야만 했다. 웅보는 석류나무 그늘 밑에 앉아서 버릇처럼 푸우푸우 뜨거운 입김을 토해냈다. 그것은 더위 때문이 아니었다. 만석이가 박 초시의 사위가 되었기 때문에 뿌질뿌질 울화가 치민 것이다. 이런 줄 알았더라면 차라리 혼인잔치에 참예하지 말 것을 그랬구나 하고, 부르뫼까지 따라온 것을 후회하였다. 물론 유 씨 부인이 그를 만석이의 혼인잔치에 초대를 하고, 그를 종자로 딸려 보낸 뜻은 충분히 헤아리고도 남음이 있었다. 생각해보면 유 씨 부인의 그 같은 배려에는 깊은 뜻이 담겨져 있다고 믿었다. 그러나 하필이면 만석이의 새아씨가 될 처자가 박 초시의 딸이라니, 곱씹어 생각할수록 염통이 벌떡거리는 것이었다. 그는 잠시 후에 나무기러기를 안고 신랑을 안내하여 박 초시 집으로 갈 일이 심란하기만 하였다. 웅보는 천천히 일어서서 사처의 문간 그늘에 조랑

말을 매어놓고 그 옆에 쪼그리고 앉아 있는 양 진사 댁 머슴에게로 다가갔다.

"만석이 도령님, 아니 새서방님께서는 혼례를 올리고 나서 경성으로 올라가신다요, 아니면 그냥 나주에 계신다요?"

웅보가 그의 옆에 앉으며 넌지시 물었다.

"내가 그것을 어찌 알겄소. 들리는 말로는 미구에 나주에서 높은 자리를 차지할 것이라고들 헙디다만……"

"높은 자리라니요?"

웅보는 전립 쓴 사내 곁으로 바짝 다가앉으며 다시 물었다.

"우리 새서방님은 일본사람덜하고 가깝지 않우? 그러니께설라무니 일본 세상이 되면 높은 자리를 얻게 될 것이 뻔허지 않소?"

"높은 자리라면 을매나……?"

"새서방님이 모시고 있던 어른이 관찰사로 내려오셨다니께 관찰사는 못되더라도 그 밑에 자리는 안 주겄소?"

그러면서 전립 쓴 사내는 마치 자신이 벼슬자리에 오르기라도 한 것처럼 두 어깨에 힘을 주고 좌우로 몇 번 상반신을 흔들어 보였다.

"그래 언제나 벼슬을 얻게 된답디까?"

"그것을 내가 어찌 알우?"

박 서방이라고 하는 전립 쓴 사내가 퉁명스럽게 내질렀다.

웅보는 더 이상 묻지 못하고 문간의 그늘이 조금씩 움직이는 모양을 지켜보고 앉아 있었다. 바람은 불지 않았다. 사처 바자울 밖에 서 있는 가죽나무의 잎들이 더위에 생기를 잃고 데쳐놓은 것처럼 축 늘어져 있었다. 옆집에서 낮닭이 자지러지게 울었다. 웅보는 새끼내로 돌아가고 싶은 생각뿐이었다. 그늘 밑에 쪼그리고 앉아 있자니 졸음이 쏟아졌다.

"저어 박 서방이 대신 기러기를 좀 안구 가시우."

신부 집에서 사람이 와서 혼례 시각이 다 되었다고 알려오자 웅보가 전립 쓴 사내에게 부탁을 해보았다. 그는 나무기러기를 안고 박 초시 집에 가고 싶지가 않았기 때문이었다.

"내가 왜 목기러기를 안고 가우?"

"점심을 급허게 먹어서 그런지 아랫배가 틀어오면서 설사가 나올려고 해서 그런당께요. 기러기를 안고 가다가 설사가 쏟아지면 낭패가 아니겠소."

웅보는 그러면서 두 손으로 아랫배를 틀어 안으며 얼굴을 찡그렸다.

"핑계가 좋아서 사돈네 집에 가겠소 그려. 내는 조랑말을 지켜야 하니께 설사 핑계 대지 말고 냉큼 도령님을 인도하씨오."

박 서방이 거절을 하여 웅보는 하는 수 없이 나무기러기를 안고 만석을 안내하게 되었다. 박 초시 대문 밖에 이르자 박 초시가 나와서 기다리고 있다가 사위를 맞았다. 웅보가 신랑보다 앞서 박 초시의 집 안으로 들어가 대청의 토마루에 이르러, 신랑이 오기를 기다렸다가 나무기러기를 넘겨주었다. 신랑은 나무기러기의 머리를 쥐고 마루로 올라섰다. 신랑이 전안청(奠雁廳)에 이르자 신랑보다 앞서 대청으로 올라선 박 초시는 서쪽을 향해 서 있었고, 신랑은 북쪽을 향해 무릎을 꿇고 앉으며 나무기러기를 바닥에 놓았다. 만석은 조금도 주저함이 없이 절차에 따라서 움직였다. 이때 주인의 심부름을 하던 사람이 나무기러기를 받아 박 초시의 부인에게 전달했다. 만석은 잠시 머리를 숙이고 엎드려 있다가 일어서서 박 초시에게 두 번 절했다. 박 초시는 답배를 하지 않았다. 이때 수모(手母)가 신부를 부축하여 중문으로 나왔으며, 이어 신랑 신부의 상견례가 있었다. 신부의 얼굴이 모란 꽃처럼 탐스러웠다. 유난히 눈매가 고왔다.

상견례는 신랑과 신부 사이에 큰상을 놓고, 신랑은 서쪽에서 동쪽을 두르고 서 있고, 신부는 동쪽에서 서쪽을 두르고 서 있다가, 주례자의 안내에 따라 각각 큰절을 하였다. 족두리에 원삼을 입은 신부가 먼저 절을 하고 신랑이 답배를 하였다. 신부가 먼저 두 번 절하자 신랑은 한 번 절하였다. 신랑은 동쪽에 앉고 신부는 서쪽에 앉았다. 절이 끝나자 합환(合歡)의 술잔이 돌아갔다.

만석이의 혼례를 구경하던 웅보는 문득 그가 종의 굴레에서 풀려나서 새끼내로 떠나오기 전날, 찬물 한 그릇을 떠놓고 쌀분이와 예를 올렸던 때가 생각났다. 사모관대에 검은 신을 신지는 못했을망정 쌀분이를 아내로 맞을 수 있다는 사실만이 그렇게 오달질 수가 없어, 혼례식의 초라함 따위는 조금도 부끄럽게 생각되지 않았었던 것이다.

혼례가 끝나자 이내 날이 어두웠다. 신부 집에서는 신랑 쪽에서 따라간 종자들을 후하게 대접했다. 웅보는 되도록이면 술을 마시지 않았다. 그는 신방에서 멀찍이 떨어진 담벼락 아래를 서성거리며 신방 불이 꺼질 때까지 기다렸다. 신랑이 신방에 들자 여러 아낙들이 신방 주위에 모여서 신방지키기(守新房)를 하느라 수런거렸다. 그들은 문틈으로 신방을 엿보며 키득거렸다. 웅보는 멀찌막이 서서 신방에 불이 꺼지고 신방을 지키던 아낙들이 하나둘 물러간 다음에도 한동안 그대로 서서 어둠에 덮인 신방을 지켜보고 있었다. 그는 집안이 조용해지자 낮에 신랑 일행이 잠시 머물렀던 사처로 돌아가 종자들이 잠들어 있는 행랑방으로 들어섰다.

사처의 행랑방에 들어와 자리에 누운 웅보는 어쩐 일인지 자신이 서글퍼졌다. 만석이가 혼례를 올리는 것이 기쁜 일이기도 하였으나 마음 한구석에는 어딘가 아쉽고도 안타까운 생각이 사그라지지 않았다. 그것은 마치 그가 뼈가 휘도록 일구어놓은 새끼내 그의 논에 다른 사람이 심은 벼가 검실검실 자라고 있는 것을 볼 때 느끼곤 했던 참을 수 없는 슬픔과 고통스러웠던 기분과 비슷했다.

웅보는 새벽에 서둘러 새끼내로 돌아갈 요량으로 애써 눈을 붙였다. 신랑이 사흘 후에야 신부와 함께 노루목으로 돌아갈 터인즉 그동안에는 새끼내에 가 있고 싶었다. 그는 어렴풋이 영산강의 물 흐르는 소리를 가늠하며 머릿속을 비우려고 애썼다. 그가 막 얼쑹얼쑹 잠이 들려는데 밖이 소란해지면서 불빛이 방안으로 스며들었다. 웅보는 밖이 소란한 것이 심상치 않은 듯싶어 벌떡 일어나 문을 열고 나갔다. 사처의 마당 안에 횃불을 밝혀 든 박 초시 하인들이 바쁘게 덤벙거리고 있었다.

"무슨 일이오? 왜들 이러시오?"

웅보가 박 초시의 하인들을 보고 다급하게 물었다.

"큰일 났소."

횃불을 든 하인 하나가 낭패스러운 얼굴로 말했다. 밖이 소란스러워지자 행랑방의 신랑 측 다른 종자들도 잠이 깨어 뛰어나왔다.

"큰일이라니 무슨 일인디 그러시오?"

웅보가 다시 물었다. 그렇게 묻고 있는 웅보는 어쩐지 불길한 예감에 사로잡혔다. 아무래도 신랑의 신변에 무슨 변이 생긴 것이라고 짐작하였다. 웅보의 짐작은 맞아떨어졌다.

"신랑이 없어졌다오."

횃불을 든 박 초시의 하인이 잦아들어가는 목소리로 말했다.

"뭬라고라우? 새서방님이 없어지다니 무신 말이오?"

잠에서 덜 깬 박 서방이 그 소리를 듣자 버럭 소리를 질렀다.

"아니 무엇이 어쩌요?"

웅보도 너무 놀라 자기도 모르게 소리를 질렀다.

"기계를 든 웬 사내들이 몰려와서 끌어갔다고 헙디다요."

"기계를 든 사내들이? 언제 그랬단 말이오?"

횃불 든 하인의 말에 웅보가 다급하게 물었다.

"잠시 전이라 합니다. 그래서 시방 동구밖꺼정 쫓아나갔다가 들어오는 길이구만요."

"그래 기계를 든 놈들이 워디로 갔다고 헙디까?"

"모르지라우. 창졸간에 당한 일이라 워디로 갔는지……."

웅보는 박 서방과 함께 그 길로 박 초시 집으로 뛰어갔다. 박 초시 집은 아닌 밤중에 신랑을 도둑맞고 발칵 뒤집혀 있었다. 박 초시의 부인은 마당에 퍼질러 앉아 체신을 생각할 겨를도 없이 땅을 치고 울었고, 성미 급한 박 초시는 죄 없는 하인들만 닦달하고 있었다. 혼인잔치에 참례한 친척들은 마루에 앉거나 서 있었고, 몇몇은 박 초시 내외를 둘러싸고 위로하였다. 아랫것들은 마치 자기네들 잘못으로 신랑을 도둑맞기라도 한 것처럼 몸을 조그맣게 웅크리고 숨을 죽였다. 신부의 모습은 보이지 않았다. 아마 신방에서 훌쩍거리고 있을 것이리라.

"기계를 든 놈들이 어떤 놈들이며 모두 몇 놈이나 된답듸까?"

박 서방과 함께 박 초시 집에 뛰어온 웅보가 박 초시네 하인을 붙들고 물었다.

"어떤 놈덜인지는 모르겠으나 경황 중에 얼핏 보기에 너댓 놈 되더랍듸다."

"그놈들의 차림새는 모르시오? 어떤 차림이라고 헙듸까?"

"그것을 어찌 알겠소."

하인이 퉁명스럽게 내질러버렸다.

웅보 생각에 기계를 들었다면 그들은 필시 창의병이 분명한 듯싶었다. 만석이를 끌어간 것이 창의병이라면 그의 신분을 익히 아는 자들의 소행임이 분명할 것이라고 생각했다. 웅보는 만석이를 구해야 한다고 생각했다. 만석이가 그의 핏줄이라서가 아니고 유 씨 부인을 위해서 절대 그를 다치지 않게 해야 한다고 마음을 다잡았다.

"이보오, 날이 새면 내가 새서방님을 찾아 나설 테니 이 일을 아직은 마님께 기별하지 말도록 해주시오."

웅보는 박 서방에게 그렇게 말하고 날이 새기를 기다렸다. 박 초시네 가족들과 신랑을 따라온 상객이며 종자들은 다시 잠자리에 들지 못하고 마당과 대문 밖에 서성거리고만 있었다. 웅보도 박 서방과 함께 사처로 돌아와 토마루에 쪼그리고 앉아서 날이 밝기를 기다렸다가 첫닭이 울자 떠날 차비를 하였다.

"나도 장 서방을 따라 나서겠소."

박 서방이 웅보를 따라 나오며 말했다.

"그것은 아니 되오. 박 서방은 여기 남아 있으시오."

웅보는 단호하게 박 서방을 뿌리쳤다. 그는 박 서방을 데리고 대불이를 만나러 갈 수는 없다고 생각했기 때문이다.

"그렇다면 새서방님을 찾으러 워디로 갈 것인지 그것만이라도 귀띔을 해주시오."

"나도 모르오."

"짚이는 데도 없이 새서방님을 찾아 나서겠다는 게유?"

웅보가 어디로 가야 할 것인지조차 모른다고 하자 박 서방은 적이 한심스러워하는 말투로 퉁겨댔다. 그가 보기에 지질맞은 웅보가 새서방을 찾아 나서겠다고 하는 것이 가소롭기까지 한 것이었다. 박 서방은 어둠속으로 사라지는 웅보의 뒷모습을 보며 냉소를 보냈다. 그는 웅보를 한갓 비천한 비자 출신의 무지렁이로만 생각하고 있었던 것이다.

박 서방 때문에 잠시 지정거린 웅보는 부르뫼 마을을 떠나 곧장 테메산 쪽으로 발걸음을 서둘렀다. 그는 테메산에 대불이가 없으면 월출산까지라도 찾아갈 요량이었다. 부르뫼를 떠나올 때 새벽 공기가 찜부럭하더니 새끼내를 건너면서부터 빗방울이 떨어지기 시작했다.

그는 들메를 바짝 죄고 나서 걸음을 빨리했다. 빗방울이 굵어지면서 들바람이 거칠어졌다. 반달음으로 걸음을 재촉하는 바람에 등짝이 땀에 젖었다. 그는 벌꺽거리는 논둑길을 타고 부덕촌의 황토산을 넘어 넓은 들판을 가로질러갔다. 빗발 사이로 희번하게 새벽이 트여왔다. 테메산의 모습이 눈앞에 출렁였다. 그의 몸은 비와 땀으로 흠씬 젖었다. 웅보는 테메산을 향해 뛰었다. 이십 년 전 유 씨 부인의 방에 끌려들어가다시피 하여 유 씨 부인과 품자리를 같이했던 때의 일이 자꾸만 눈앞에 아른거렸다. 미투리 발바닥에 벌꺽거리는 논둑의 차진 흙이 유 씨 부인의 푼푼한 살결처럼 느껴졌다. 그때 웅보는 음락을 느끼기보다는 두려움뿐이었다. 그 두려움 때문에 처음에는 삭신이 참나무토막처럼 단단히 굳어져 있었다. 상전의 잔칫날 어머니가 몰래 가져다준 고기부스러기를 먹을 때처럼 목구멍 속이 울렁거리기만 하였던 것이다. 그리고 새벽녘에 유 씨 부인이 어음을 던져주며 그를 밖으로 내쫓다시피 하였을 때 웅보는 비로소 질긴 밧줄에 사지를 결박당해 있다가 풀려난 기분이었다. 그는 미처 부모님께 하직인사도 올리지 못하고 새벽길을 재촉하여 영산강을 건너 새끼내로 돌아오면서 얼핏얼핏 유 씨 부인의 향긋한 체취를 느낄 수가 있었던 것이다. 유 씨 부인의 그 몸 냄새는 오랫동안 그의 머릿속에 남아 있었다. 그 냄새는 막음례나 쌀분이에게서 맡을 수 있었던 것과는 달랐다.

빗방울은 더욱 굵어졌다. 테메산 밑의 마을에 이르자 물꼬를 보기 위해 들로 나온 농군들의 모습이 보였다. 웅보는 마을을 지나 무턱대고 테메산으로 올라갔다. 대불이가 이끄는 창의병이 어디쯤에 둔취해 있는지도 모르면서 산정을 향해 올라갔다. 웅보는 테메산을 다 뒤져서라도 창의병을 찾아내야 한다고 생각했다.

등성이를 넘자 작은 골짜기가 나왔다. 골짜기에는 새벽부터 내리기 시작한 비 때문에 산골물이 넘쳤다. 소나무 숲속 어디에선가 동박새 울음소리가 들려왔다. 솔새 소리도 들렸다. 골짜기를 건너 다시 등성이를 타고 올라갔다. 소나무며 잡목들이 앞을 가렸다. 등성이를 올라갈수록 숲이 더욱 찝찝했다. 창의병의 그림자는 찾아볼 수도 없었다. 아무래도 허탕을 치는 것이 아닌가 싶어 갑자기 힘이 빠졌다. 그러나 그는 잠시도 발걸음을 멈추지 않았다. 그는 목청껏 대불이를 외쳐 부르고 싶었다. 두 번째 등성이를 추어 올랐을 때 빗방울이 그쳤다. 빗방울이 그치면서 무겁게 가라앉았던 하늘이 회색빛으로 열리기 시작했다. 이내 햇살이 뻗칠 것처럼 맑아졌다. 하늘이 열리면서부터 절망적이었던 그의 답답함도 차츰 풀리기 시작했다. 비가 멎자 바람도 숨을 죽였다.

웅보가 두 번째의 등성이를 추어 올라 다시 골짜기를 더듬어 내려가고 있을 때였다. 떡갈나무며 때죽나무, 검양옻나무, 굴참나무, 자작나무들이 칡덩굴과 함께 어우러진 골짜기의 비탈을 내려가고 있을 때 어디서 나타났는지 초립을 쓴 사내 두 명이 그의 가슴에 총부리를 들이대며 손을 들라고 소리쳤다. 그 순간 웅보는 너무 반가워 히죽이 웃었다.

"웬 놈이냐?"

초립을 쓴 사내 하나가 총부리로 웅보의 가슴팍을 찌르며 거칠게 물었다.

"참말로 잘 찾어왔구만이라우잉."

웅보는 묻는 말에 대답은 하지 않고 연신 히죽거리며 그렇게 말했다.

"웬 놈인지 물었지 않느냐?"

"예, 예, 새끼내에 사는 장웅보라는 사람입니다요."

그제야 웅보는 자신의 사는 곳과 이름을 밝혔다.

"네놈은 필시 왜놈들의 여마리꾼인 게로구나."

그러면서 총을 들이댄 사내 한 명이 총개머리로 웅보의 머리통을
내리치려고 하였다.

"아닙니다요. 나는 창의병을 찾아온 사람이로구만요."

웅보가 한걸음 물러서며 다급하게 말했다.

"뭬라고? 이놈이 무신 소리를 하는 겐가?"

"지는 장대불이를 만나러 왔구만이라우. 대불이가 지 아우 놈이랑
께요."

웅보의 입에서 대불이의 이름이 튀어나오자 총을 들이대고 있던
사내들의 얼굴빛이 약간 달라졌다. 그제야 웅보는 제대로 찾아온 것
을 알고 푸 한숨을 몰아쉬었다.

그들은 잠시 말없이 서로의 얼굴을 번갈아 쳐다보았다. 어느 틈에
하늘이 젖빛으로 밝아오고 있었다. 웅보는 초립 쓴 두 사내들이 자기
를 대하는 얼굴빛이 다소 누그러지는 것을 보고 필시 이들이 대불이
의 부하들인 게로구나 하고 짐작했다.

"집에 화급한 일이 생겨서 그러니 냉큼 우리 아우를 좀 만나게 해

주씨오."

웅보는 비로소 마음을 놓으며 다급한 목소리로 부탁을 하였다. 그는 그제야 몸이 흐슬부슬 흐무러지는 것 같으면서 사지의 기력이 탁 풀렸다. 그는 아무데나 주저앉고 싶었다.

"성씨가 뭬유?"

초립을 쓴 사내 중에서 키가 앙바틈한 쪽이 전보다 훨씬 부드러워진 목소리로 물었다.

"장 씨요. 내 이름은 장웅보요. 그리고 내 아우는 장대불이라고라우."

"그 말을 어찌 믿을 수가 있겠소?"

몸피가 가늘고 키가 큰 쪽이 웅보의 얼굴을 짯짯이 되작거려 살피며 말했다.

"내 말을 믿어주씨오. 집에 황급헌 일이 생겼당께요."

"아우님이 여기 있다는 것을 어찌 알았수?"

웅보가 애원하는 빛을 띠며 말하자 키 큰 사내가 다시 물었다.

"확연히는 알지 못하고 무턱대고 왔구만이라우. 테메산에 창의병이 둔취하고 있다는 소문만 믿고 말이오."

"그런 소문을 어디서 들었소?"

이번에는 키 작은 사내가 나지막하고 부드러운 목소리로 물었다.

"그 소문은 영산포 안에 쫙 퍼져 있답니다요."

웅보 말에 두 사내는 다시 서로의 얼굴을 마주보며 무언의 눈빛을 주고받았다. 그리고 창의병이 테메산에 둔취해 있다는 소문이 나돌고 있다는 말에 걱정하는 기색이 역력히 드러나 보였다.

"만에 하나라도 우리를 속이면 살아 돌아가지 못할 게요."

그러면서 키 큰 사내가 자기를 따라오라고 턱짓을 하였다. 키 큰 사내가 앞을 서고 그 뒤에 웅보가 따랐으며, 키가 앙당한 사내는 웅보의 뒤를 지켰다. 몇 걸음 걷다가 웅보가 얼핏 돌아다보았더니, 키가 앙당하고 올빼미처럼 눈이 똥그란 사내가 총부리를 웅보의 뒤통수에 겨냥한 채 바짝 뒤를 따르고 있었다. 그는 웅보가 조금이라도 어설픈 행동을 하거나 뻣세게 굴면 이내 격침 쇠를 잡아당길 것만 같았다.

그들은 골짜기에서 등성이를 추어 올라 능선을 타고 한참 걸었다. 웅보는 어디쯤에 둔소가 있는지 차마 물을 수가 없어 잠자코 키 큰 사내의 뒤를 따르기만 하였다. 어느 틈엔가 잿빛 하늘에서 햇살이 퍼지기 시작했다. 새벽에 부르뫼를 떠나온 후 처음으로 햇살을 본 웅보는 비에 젖은 머리를 말리기 위해 초립을 벗어 들며 하늘을 보았다. 어느덧 해가 상투머리 위에 덩그렇게 올라와 있었다.

"아직 멀었소?"

능선을 따라 한참을 가다가 다시 등성이를 넘어 골짜기로 어슷하게 내려가기 시작했을 때 웅보가 참지 못하고 뚜벅 물었다. 그러나 그들 중에서 어느 누구도 입을 열어 대꾸를 하지 않았다. 그들이 골짜기로 내려가서 다시 등성이를 추어 오르기 시작했을 때, 너덜겅 쪽에서 몸집이 크고 둔팍하게 생긴 사내가 총을 들고 모습을 드러냈다.

"이 사람이 장 십장 성님이라는디, 확실한가 둔영에 데리고 가서 면질을 시켜보도록 허시오."

그곳까지 웅보를 안내하여 온 키 큰 사내가 둔곽하게 생긴 젊은이에게 말하며 그를 인계하였다.

"여마리꾼이 아닌지 모르니 닦달을 잘 허시우."

올빼미 눈을 닮은 키 작은 사내가 말하고 돌아섰다. 두 사람은 웅보를 다른 사내한테 인계하고 왔던 길로 되돌아갔다.

"내 아우 장 대장이 있는 둔소까지는 아직도 멀었남요?"

너덜겅 사잇길로 등성이에 오른 후에 다시 능선을 타기 시작했을 때 웅보가 얼핏 뒤를 돌아다보며 물었다. 그러자 웅보를 앞세우고 가던 사내가 도끼눈을 하고 찔러보더니

"쥐둥아리 닥쳐!"

하고 버럭 소리를 질렀다. 웅보는 생김새가 둔곽스러워 보이는 것처럼 성질까지도 데설궂은 그에게 말을 붙여봤자 이득이 없으리라는 것을 알아차리고 잠자코 그가 이르는 대로 걸었다.

웅보는 테메산의 허리를 안고 반 바퀴나 돌았다. 산 아래를 내려다보아도 들판이 눈에 들어오지 않았다. 그는 영산포 쪽에서 테메산을 넘어 봉황 쪽의 산등성이에 이르게 된 것이었다. 능선을 타고 조금 걸어가자 송림 사이에 초막들이 수없이 늘어서 있는 것이 보였다. 웅보는 그곳이 대불이가 이끄는 창의대의 둔영이라는 것을 알았다. 능선을 내려가자 총을 멘 창의병들이 여기저기에서 비에 젖은 옷을 말리거나 총기들을 손질하고 있는 모습이 보였다. 웅보는 총부리를 등짝에 바짝 들이대고 둔영에까지 데리고 온 둔곽스러운 젊은이가 이끄는 대로 큰 소나무 밑의 초막에 이르렀다. 초막 옆의 소나무에는 징이

걸려 있었다. 그 초막 앞에 장 십장의 수종사원 서거칠이가 서 있다가 웅보를 알아보고 내달아왔다. 웅보도 언젠가 대불이와 함께 집에 온 적이 있었던 서거칠을 알아볼 수가 있었다.

"아니? 여기는 워쩐 일이시랑가유?"

뜻밖에 웅보가 그들의 둔영에 나타나자 서거칠은 너무 놀랐다. 그 때 초막 안에서 짝귀가 나오다가 웅보를 발견하고는 놀란 얼굴로 멀뚱히 바라보고만 서 있었다.

"워쩐 일잉교?"

웅보가 초막 가까이 이르자 짝귀가 물었다.

"내가 찾아오기는 제대로 찾아왔구만요."

웅보와 짝귀는 나이가 같았으나 서로 존댓말을 썼다.

"무신 일이 생겼소?"

짝귀가 다시 반가움보다는 걱정스러운 얼굴을 하고 물었다.

"아우 좀 만나려고 왔구만요."

그러면서 웅보는 덮어놓고 초막 안으로 들어섰다. 짝귀와 서거칠이도 따라 들어왔다. 그러나 초막 안에 대불이는 없었다.

"내 아우는 어디 있소?"

"지가 곧 이리로 모셔옵지요."

서거칠이 초막 밖으로 뛰어나갔다.

"옷이 흠씬 젖으셨구만요?"

"새벽부텀 비를 맞았구만요. 그나저나 아우를 만나게 되어 다행이로구만요."

웅보는 너무 지쳐 초막의 풀 섶 위에 허물어지듯 앉으며 말했다.

그때 대불이는 다른 초막에서 간밤에 그의 대원들이 부르뫼 박 초시 집에서 붙들어온 양만석을 문초하고 있었다. 잠자리옷 바람으로 붙들려온 양만석은 사지를 결박당한 채 초막의 한가운데 꿇어앉아 있었다. 그는 지친 모습으로 속눈을 뜨고 대불이를 바라보았다. 대불이는 양만석을 알고 있었으나 양만석은 대불이를 알지 못하였다.

"내가 무슨 잘못이 있다고 이러시는 거요?"

양만석은 테메산에 붙들려온 순간부터 똑같은 말을 여러 차례 되묻고 있었다. 그는 처음부터 그를 붙잡아 온 사람들이 창의병이라는 것을 알고 있던 터였다.

"네 놈은 일진회 사찰이 아니냐? 일진회 사찰이라는 자가 여기에 붙들려온 연유를 모르겠다는 게냐?"

대불이의 옆에 있던 천좌근이가 날카로운 목소리로 질책하였다.

"내가 잘못한 일이 무엇인지 말해보시오."

양만석이가 눈심지를 빳빳하게 세우며 따지듯 물었다.

"우리가 무엇 땜시 목숨을 걸고 싸우는지 아느냐?"

한동안 잠자코 앉아서 양만석이와 천좌근의 말을 듣고만 있던 대불이가 꾸짖었다. 대불이는 날이 밝고 비가 멎어서야 양만석을 처음 대면했다. 그는 양만석을 보는 순간 그의 아비 양 진사의 얼굴이 떠올랐고, 한때 그의 비자로 있을 때 대신 댁 송아지 백정 무서운 줄 모른다는 푼수로, 봇수세를 받아내느라 근동의 가난한 농군들을 못살게 굴었던 일이며, 영산강에서 목대잡이를 하면서 양 진사의 비행을 도와주었던 일들이 치욕스럽게 떠올랐다.

"네 놈은 우리가 누구 때문에 싸우고 있는지 모르고 있단 말이냐?"

대불이가 묻고 있는 말에 대답을 않고 있는 양만석을 향해 천좌근이가 버럭 소리를 질렀다. 대불이가 미리 그의 대원들에게 양만석에게 매질을 해서는 안 된다고 단단히 일러놓았는지라, 천좌근은 화를 내고 있으면서도 처음부터 손질은 하지 않았다.

"나야말로 당신네들이 무엇 때문에 싸워 피를 흘리고 있는지 모르겠소."

양만석이 또렷또렷한 어조로 말하였다.

"무엇이 으째? 네 놈들이 이 땅에 왜놈들을 끌어들였기 땜시 왜놈들로부터 내 땅을 지키려고 목숨을 걸고 싸우고 있지 않느냐?"

성미 급한 천좌근이가 양만석을 걷어찰 기세로 벌떡 일어서며 쏘아붙였다. 그러나 천좌근은 양만석을 노려보기만 했을 뿐 발길질은 하지 않았다.

"우리 일진회의 목적은 국민의 생명과 재산을 안전케 하고 관기숙청과 시정개선을 희망하는 데 있소. 따라서 우리나라의 독립은 일본 정부에 의하여 보장을 받으며 우리나라의 시정은 일본 관리에 의하여 지도되어야 하오. 양국은 이미 협약을 체결하였으며 일본은 우리나라의 독립 보호에 책임을 지고 있는 것이오. 일본은 선진 선각국인지라 우리가 마땅히 본받을 만한 나라이며 동양의 평화에 주력을 하고 있는 것이오. 선각국인 일본의 지도에 순거(順據)하여 새 문명을 진보시키고 독립을 유지하는 것이 가하거늘, 우방의 성심에 신뢰함이

없고 헛되어 의심하며 맞서 싸우는 것이 어찌 득책(得策)이라 할 수가
있겠소. 일본을 의심하여 맞싸운다는 것은 하나만 알고 둘은 모르는
경거망동이라, 일본과 맞싸우면 종당에 가서는 망국을 자초하게 될
것이 분명하오. 우리 일진회는 동양의 시국을 감(鑑)하여 독립보호와
강토의 유지를 위하여 애쓰고 있는 것이오. 그것이 어찌 잘못이란 말
이오?"

양만석이 훈계조로 긴 말을 늘어놓았다. 대불이가 생각하기에 양
만석은 일본과 손을 잡지 않으면 이 땅의 독립이 어렵다는 것을 철저
하게 믿고 있음이 분명했다. 얼핏 듣기에 그의 조리 있는 말은 이치에
맞는 듯싶기도 하였으나 그것은 양만석이가 왜놈들의 비열하고도 간
교한 속내를 모르고 있기 때문이라고 생각했다.

"네놈은 왜놈을 지나치게 믿고 있구나."

대불이는 한심한 눈으로 양만석을 보면서 탄식했다. 양만석이처
럼 똑똑한 젊은이가 일본의 앞잡이가 되었다는 것이 아깝게 생각되
었다.

"배웠다는 놈들은 모두 친일파가 되어 일본을 제 조상 떠받들듯
허고 있으니 큰일이로구나."

"지금 이 판국에 친일파가 어디 있으며 배일파가 어디 있겠습니
까? 힘을 합해도 독립을 유지하기가 어렵거늘 친일파다 배일파다 하
고 분당을 해서 어쩌자는 것입니까? 누가 우리 일진회를 친일파라고
합니까? 우리는 친일파가 아니라 우방과 교제하여 이 나라의 안녕과
향복(享福)을 유지하자는 것이오. 부디 세계의 대세를 관찰하고 우리

나라의 정형(情形)을 바로 보도록 하시오.”

대불이의 한탄에 양만석이 되레 그를 설득하려 들었다. 대불이는 양만석과 말로 따졌다가는 득이 없으리라는 것을 알았다.

“듣자 허니 네놈은 나주에 머무르면서 우리 창의병과 맞싸울 일진회 군사를 만든다는데 그것이 사실이냐?”

대불이가 물었다.

“나는 우방인 일본과 항쟁하는 것을 하루 빨리 중지케 할 생각이오.”

양만석은 주저하지 않고 자기의 뜻을 분명하게 말하였다. 창의병에 붙들려온 그는 일신의 위태로움에 대해서는 걱정을 하지 않는 듯 싶었다.

“네놈은 네 애비 모양으로 도탄에 빠진 민생은 걱정하지 않고 오직 일신의 영달만을 생각하고 있는 게야. 친일하는 놈들이란 다 그렇거든.”

“어찌 감히 가친에 대해서 험담을 하는 게요?”

양만석이가 갑자기 큰 소리로 대불이를 꾸짖듯 따졌다.

“나는 네 애비의 사람됨을 잘 알고 있다.”

“당신이 누구관대 그렇게 함부로 말하는 게요?”

양만석이가 다시 따져 물었으나 대불이는 그가 옛날에 양만석네의 비자였다는 말은 입 밖에 내지 않았다. 그때 서거칠이가 초막 안으로 들어와서 대불이에게 그의 형님이 와 있다는 말을 전했다. 그러자 대불이가 깜짝 놀란 얼굴로 일어섰다.

“형님이 어디에 계시냐? 무신 일로 오셨다 하시더냐?”

대불이가 서거칠에게 거듭 물었다.

"시방 십장님의 초막에 와 계십니다. 어쩐 일로 오셨는지 말씀하지 않았어요. 급한 일인 것 같드구만요."

서거칠의 전갈에 부리나케 천좌근의 초막을 나선 대불이는 혹여 그동안 와병 중이던 그의 모친한테 무슨 일이 생긴 것이나 아닐까 하는 불안한 생각으로 발걸음을 급히 서둘렀다.

"형님! 웬일이우? 어머님이 어찌되셨소?"

그의 초막으로 들어선 대불이는 웅보를 보자 다급하게 물었다.

"아니다. 어머님은 괜찮으시다. 너한테 급히 의논할 일이 생겨서 찾아왔다."

그러면서 웅보는 짝귀와 서거칠에게 눈짓을 하여 잠시 자리를 비켜줄 것을 바랐다. 웅보의 눈짓에 짝귀와 서거칠이 초막을 나갔다.

"여그 도령님이 붙잽혀왔쟈?"

웅보가 아우 옆으로 바짝 다가서며 물었다. 대불이는 웅보 형의 말에 적이 놀랐으나 얼굴에 나타내지는 않았다. 그제야 대불이는 그의 형이 불시에 초막까지 찾아온 연유를 알게 되었다.

"양 진사 댁 도령님이 여그 있쟈?"

웅보가 다시 대불이의 눈을 들여다보며 물었다.

"형님이 어찌 알고 계신당가요?"

"내가 도령님 혼례에 종자로 따라갔다."

대불이가 묻고 웅보가 대답했다. 묻고 있는 대불이는 느긋했으나 대답하는 웅보의 목소리는 다급하게 떨렸다.

"형님이 그놈의 종자로 따라가셨다고요? 박 초시 집에 가셨다고요?"

"그렇단다. 마님께서 나를 불러주셨다."

"형님답지 않으시구만요잉."

"도령님을 풀어주거라. 그것 땜시 왔다."

"택도 없는 소리요. 그놈은 왜놈들보다 더 나쁜 놈이라는 것을 알고도 그러요?"

"지발 부탁헌다. 도령님을 풀어주거라."

"택도 없는 소리 마시랑께요. 그놈을 살려주면 장차 우리가 큰 해를 입게 되는구만요."

대불이는 결연한 말로 웅보의 부탁을 거절하였다. 웅보는 아우의 완강한 태도로 미루어보건대 쉽게 만석이를 풀어줄 것 같지가 않자 걱정이 되었다.

"그놈을 살려 보낼 수는 없습니다. 살려 보낼라면 뭣땜시 여그꺼정 붙잡아 왔겄는가요?"

"하면 만석이를 쥑일 생각이냐?"

"형님은 일진회 전주지회장 장원영이라는 자가 타살되었다는 것도 모르시오? 양만석이는 장원영이보다 더 지독한 놈이오."

"그렇재만 아직은 나쁜 짓을 하지는 않았지 않느냐?"

"그놈은 창의병과 맞싸우게 할 일진회 병대를 맹글라고 한당께요. 형님은 우리 동족끼리 피를 흘리기를 원하시는 것은 아니겄지요? 일진회 사찰원인 양만석은 그리 간단한 친일파가 아니라오. 그놈의 핏속에 마치 왜놈의 피가 흐르고 있는 것맹키로 철저한 일본 신봉자라니께요. 그런 놈을 살려주었다가는 우리 창의병이 나주 땅에서 발을 못 붙이게 될 거요. 그러니 형님은 참견을 마씨오. 형님은 옛날 상전의 자식이라고 그러시는 모양인듸, 시방 우리한테 상전이 누가 있당가요. 만석이 같은 놈들 땜시 우리는 시방 왜놈들을 상전으로 모시게 되었당께요."

대불이가 긴 이야기로 웅보 형을 설득하려고 하였다. 웅보는 잠시 묵연히 서 있었다. 그는 한참 후에야 아우를 똑바로 바라보더니

"만석이는 내 핏줄이다. 그래서……."

대불이에게 가까스로 그 말을 쥐어짜고는 다음 말을 잇지 못하고 얼버무리고 말았다.

대불이는 양만석이가 웅보 형의 핏줄이라는 말에 마치 총 맞은 사람처럼 한동안 숨쉬기를 멈추고 우두커니 그의 형을 바라보고만 서 있었다. 그는 자신의 귀를 의심했다. 아니 하늘 어느 한구석이 와르르 무너져 내리는 듯한 충격을 느꼈다. 그런 일은 있을 수 없다고 생각했다. 웅보 형이 양만석이를 살려내기 위해 형답지 않게 거짓말을 하고 있는 것이라고 생각했다.

"어찌 그런 말을 다 허씨오."

대불이는 처음으로 그의 형에게 화를 내고 있었다. 옛날 상전의 자식을 살리기 위해 구차하게 거짓말을 하고 있는 형님이 비열하게 생각되었기 때문이다. 그것은 전혀 그의 형답지 않은 처사였다. 대불이는 마음속으로 형님도 벌써 늙었구나 하고 생각하면서 애잔한 눈빛으로 마주보았다.

"너는 내 말을 믿지 않는구나. 그렇재만 내 말은 참말이여. 이것은 마님허고 나만 아는 일이다. 만석이가 내 핏줄이 아니라면 내가 미쳤다고 여그꺼정 찾어와서 이르케 통사정을 하겄냐. 너는 죽은 양 진사가 자식을 가질 수 있다고 생각하느냐? 비록 만석이는 양반이고 우리는 상것이재만 그놈은 내 핏줄인겨. 그러니 따지고 보면 만석이는 네 조카가 안 되겄냐?"

웅보의 말에 대불이는 형님의 눈을 들여다보고 서서 아무 말이 없었다. 그제야 대불이는 웅보 형님의 말이 거짓이 아니라는 것을 알 수가 있었던 것이다. 습기로 눅눅하게 느껴지는 초막 안에 무겁고 긴 침묵이 흘렀다. 대불이는 그의 형님에게 할 말을 잃고 말았으며, 웅보도 그의 아우에게 더 이상 구차함을 보이고 싶지가 않았다.

"만석이는 어채피 우리 식구가 아니지 않우? 우리 식구가 될 수도 없고 말이우."

얼마 후에야 대불이가 나지막한 목소리로 입을 열었다.

"우리 식구가 될 수 없다는 것은 나도 알고 있다. 허재만 내 핏줄이라는 것은 사실이다. 나는 만석이가 친일파라는 것도 잘 알고 있다. 그래서 마님께 만석이가 나주에 머물러 있지 말고 멀리 떠나 있도록 하라고 귀띔을 해줄 생각이다. 그러니 목숨만은 살려주거라. 내가 어떻게 해서라도 만석이가 나주 땅에 머물지 않게 헐란다."

웅보가 다시 대불이에게 사정을 하였다. 대불이는 말이 없었다. 그는 만석이가 형님의 핏줄이라는 것을 알고 있는 바에야 형님의 부탁을 들어주지 않을 수가 없는 일이라고 생각했다. 그렇다고 만석이를 형님과 함께 그냥 돌려보낼 수도 없는 일이었다.

"형님 부탁을 들어줄께요. 그 대신 명분을 좀 생각해봐야겠네요. 돌려보낼 명분 말이오."

웅보는 대불이의 뜻을 이해할 수가 있었다.

"그려. 고맙다. 참말로 너를 찾아오기를 잘했구만. 그런듸 명분이라는 것이 어떤 것이냐? 설마 부하들헌테 만석이가 내 핏줄이라는 것을 밝히지는 않겄지야?"

"다른 방도가 있는감요?"

대불이가 처음으로 웃는 얼굴로 형님을 보며 말했다. 웅보는 아우가 웃는 것을 보고 그 말이 농이라는 것을 알고 마음을 놓았다.

"좋은 방도가 있구만요."

"좋은 방도라니?"

대불이의 말에 웅보가 물었다.

"만석이의 몸값을 받아내는 것이로구만요. 그것도 박 초시한테 말입니다."

"몸값을 받아낸다고?"

"좋은 명분이지요. 나헌테 맽기고 형님은 냉큼 돌아가씨오."

"만석이는 내가 데리꼬 갈란다."

"그럴 수는 없구만이라우. 몸값을 받아내자면 사나흘은 걸릴 것인듸 그때꺼정 형님이 우리 둔영에 머물러 계실 수는 없구만이라우. 그러고 만석이를 돌려보내게 되면 우리는 둔영을 딴 데로 옮겨야 할 것인듸…….."

"그렇다면 만석이를 잠깐만이라도 만나보고 갈 수는 없겠냐?"

웅보의 물음에 대불이는 잠시 생각에 잠겼다. 그는 형님이 만석이를 만나지 않는 것이 좋으리라는 생각을 하였다. 다른 곳이면 몰라도 창의병의 둔영에서 웅보 형님이 만석이를 만나게 되면 후환이 따르게 될지도 모르기 때문이었다.

"여그서는 만나지 마씨오. 그런 것이 형님한테 좋을 듯싶구만이라우."

"내 걱정은 말거라. 네 뜻은 알겠는디, 여그꺼정 왔다가 그냥 갈 수는 없지 않겠냐? 그냥 얼굴만 보고 갈란다."

웅보는 아우가 그에게 한 말의 뜻을 충분히 헤아리고 있으면서도 그렇게 사정하였다.

"정 그렇다면 만석이한테 이렇게 말하씨오. 만석이가 붙들려올 때부터 뒤를 따라왔다고 말이오. 그리고 나를 안다고 해서는 안 되니 아는 체허지 마씨오."

웅보는 대불이가 말한 대로 따르겠다고 다짐을 하였다. 그러자 대불이가 웅보를 안내하여 다시 만석이가 붙잡혀 있는 천좌근의 초막으로 갔다.

"몸값을 을매나 요구할래?"

대불이를 따라 천좌근의 초막이 있는 상수리나무 사이를 걸어가며 나지막하게 물었다.

"그것은 나헌테 맽기씨오. 오늘밤에 박 초시집으로 사람을 보내 몸값을 요구헐 것이오."

그러면서 대불이는 천좌근의 초막 가까이에 이르자 미리 준비해 온 노끈으로 웅보의 손을 앞으로 묶었다. 웅보는 대불이가 그의 손을 묶는 이유를 잘 알고 있었기 때문에 아무 말도 묻지 않았다. 웅보는 오히려 싱긋이 웃어 보였다.

웅보가 초막 안으로 들어섰을 때 만석은 사지가 묶인 채 천좌근 앞에 무기력하게 꿇어앉아 있었다. 만석은 손가락 끝으로 조금만 건드려도 짚불 쓰러지듯 허물어질 것만 같았다. 그는 웅보가 초막 안으로 들어서는 것조차 모르고 께느른하게 시선을 내리깔고 있었다.

"새서방님!"

그가 만석에게로 우르르 달려가 엎드리며 소리쳐서야 그는 힘겹게 눈꺼풀을 들어 올리면서 웅보를 보았다. 양만석은 웅보를 보고 조금도 놀라는 기색이 아니었다. 만석은 이내 눈을 감아버렸다. 웅보에게는 아무 말도 묻지 않았다.

"새서방님이 끌려가시자 쇤네가 살금살금 자귀 짚어 왔다가 붙들리고 말았구만이라우."

웅보가 묶인 손을 들어 보이며 말했으나 만석은 여전히 눈을 감은 채였다.

웅보는 양만석의 초췌한 얼굴을 살펴보았다. 불쌍하고 가련한 생각이 목구멍 가득히 뻗질러 올랐다. 웅보가 만석이에 대해서 그런 감정을 느끼리라고는 웅보 자신도 전혀 예기치 않았었다. 그는 할 수만 있다면 만석이 대신 자신이 고초를 당하고 싶었다. 지금껏 만석이가 그에게 불공스럽게 대해왔던 잘못을 용서하리라고 마음속으로 요량하였다. 웅보는 언제까지나 눈 감은 만석이 앞에 처연한 모습으로 엎드려 있었다. 대불이는 형님의 그런 모습이 보기 싫었다. 그래서 천좌근에게 웅보를 끌어내라는 눈짓을 하였다.

"그만 일어서 나가!"

천좌근이가 웅보의 등덜미를 낚아채며 윽박질렀다. 그제야 만석이가 얼핏 눈을 뜨고 천좌근에게 끌려 나가는 웅보를 보았다.

잠시 후에 대불이가 밖으로 나와서 웅보를 다시 그의 초막으로 안내하였다. 웅보는 대불이를 따라 초막까지 오는 동안 아무 말도 하지 않았다. 사지가 묶인 채 초췌한 모습으로 꿇어앉아 있는 만석이가 눈에 밟혀왔기 때문이다. 대불이가 서거칠을 불러 음식을 가져오게 하여 형을 대접했으나, 웅보에게 음식 맛은 소태껍질처럼 썼다.

"만석이한테 요기를 좀 시켜주었으면 쓰겄는듸……."

웅보가 밥숟갈을 놓으며 동생에게 부탁하듯 말했다.

"걱정 마씨오. 이 기회에 배고픈 설움이 을매나 큰 것이라는 것을 깨우쳐줄 거니께요. 그것을 알아야 새 사람이 될 수가 있구만요. 요본에 잡도리를 못허면 되려 더 극악한 사람이 되고 말 거로구만요."

"몸을 상헐 정도로 잡도리를 했다가는 되려 앙심만 키우게 된다. 그러니 몸을 상허게 허지는 말그라."

"알았구만요. 그러니 형님은 그만 내려가도록 허씨오."

그러면서 대불이는 서거칠에게 웅보를 마을 근처까지 배웅해주고 오라고 일렀다. 웅보도 더 이상 산막에 머물러 있을 필요가 없다고 생각했기 때문에 곧 초막 밖으로 나갔다.

"우귀일이 모레다. 그때 꺼정은 만석이를 돌려보내도록 부탁헌다."

대불이와 헤어지면서 웅보가 마지막으로 부탁을 하였다. 대불이는 확실한 대답을 해주지는 않았으나 알겠다고 고개를 끄덕였다.

"만석이를 돌려보내면 우리는 곧 테메산을 떠나 둔영을 다른 곳으로 옮길 것이니 그리 아시고 다시는 여기에 찾아오지 마씨오."

대불이는 등성이까지 따라 나와서 그렇게 말하고 이내 몸을 돌려세웠다. 웅보는 서거칠을 따라 그가 비를 맞고 오던 길로 되돌아, 계속 등성이를 오르내려 큰 골짜기에 이르렀다. 웅보가 서거칠에게 그만 돌아가라고 하였으나 서거칠은 골짜기를 내려갈 때까지만 함께 가겠다면서 빠른 걸음으로 앞장을 서서 걸었다.

"자네한테 부탁이 있는디 들어줄랑가?"

그들이 골짜기를 내려와 마을 근처에 이르렀을 때 웅보가 넌지시 입을 열었다.

"말씀해보서유."

"붙잽혀온 양만석이란 사람 말이시……."

"장 십장님의 옛날 상전 아들 말씀잉게라우?"

"그 사람 몸 안 다치게 좀 마음을 써주소. 그리고 묵을 것도 좀 갖다 주고 말이시."

"그 사람, 창의병 씨를 말릴 잔악한 친일파라든디라우?"

웅보의 부탁에 서거칠이 뜻밖이라는 듯 되물었다.

"그래도 아직은 창의병을 못살게 허지는 안했지 않은가. 나중에 어찌 허드라도 요본에만은 몸을 상허지 말게 좀 해주소."

"우리 장 십장님 생각허고는 딴판이시로구만요잉. 장 십장님께서는 그놈을 살려줄 수 없다고 허셨는듸……."

서거칠은 테메산 밑, 마을 모퉁이에 이르자 웅보의 그 같은 부탁에 찜부럭한 얼굴이 되어 그만 돌아가겠다고 하였다.

서거칠과 헤어진 웅보는 부르뫼로 돌아가지 않고 곧장 새끼내로 향했다. 그는 새끼내에서 만석이가 풀려나올 때까지 기다릴 작정이었다. 그가 테메산을 떠나올 때까지만 해도 포대기만한 구름조각들 사이로 여름햇살이 바늘 끝처럼 날카롭게 내리꽂히고 있었는데, 새끼내에 당도할 무렵에는 햇살은 사그라지고 하늘이 잠포록하게 갈앉아 바람 한 점 없었다.

집에 당도한 웅보는 먼저 큰방으로 들어가서 어머니에게 인사를 올렸다.

"큰아야, 엊저녁 꿈에 네가 진사 댁 도령님허고 나란히 꽃상애를 타고 가드란 말이야. 귀신돈 너울거림시로 요령잽이 선창소리에 맞춰 움직이는 꽃상애 위에 너허고 만석이 도령님허고 앉아 있드란 말이다. 꿈에 상애 타면 큰 잔치가 벌어진다드라마는……."

어머니가 누운 채로 꿈 이야기를 하였다. 웅보는 어머니의 꿈 이야기를 듣고 혹시 복을 입게 되지나 않을까 걱정이 되었다. 웅보는 새벽부터 허덕지덕 싸댄 탓으로 몸이 나른하여 곧 어머니 방에서 물러나와 건넌방으로 들어가 방바닥에 벌렁 몸을 뉘었다.

"만석이 되령님이 첫날밤에 산도적들헌티 붙잽혀가서 죽었담서라우?"

마악 몸을 뉘고 얼핏 눈을 붙이려는데 쌀분이가 들어오며 뚜벅 물었다.

"그 소리 워디서 들은겨?"

웅보가 눈을 감은 채 되물었다.

"새끼내에 소문이 짜악 퍼졌습듸다요."

"새끼내꺼정 소문이?"

그제야 웅보가 눈을 뜨고 쌀분이를 쳐다보며 물었다. 그는 제발 그 소문이 강을 건너지 않기를 빌고 싶었다. 소문이 강을 건너 노루목에까지 퍼져들게 된다면 유 씨 부인이 혼절하여 쓰러질 것이 뻔했기 때문이었다. 그는 대불이가 우귀날까지는 만석이를 돌려보내 주리라 믿고 있었다. 그래서 제발이지 그때까지만 만석이의 일을 그의 어머니가 모르게 되기를 바랐다.

"택도 없는 소리들 허고 있네. 새서방님이 죽기는 왜 죽어?"

"하먼, 헛소문이란 말이우?"

"시방 내가 새서방님을 만나고 오는 길인듸도 죽었어?"

"오메, 시상에. 그런듸도 죽었다고 난리였구만잉. 입이 여럿이면 금도 녹인다등만……."

웅보는 쌀분이의 시부렁거리는 말을 들으며 다시 눈을 감았다. 그리고 이내 코를 골기 시작했다. 쌀분이가 저녁을 차려왔으나 그는 잠에서 깨어나지 않았다.

그날 밤 대불이는 자정이 가까워오자 둔영을 옮기기 위해 대원들을 이끌고 테메산을 내려와 영산강 쪽으로 향했다. 그는 부덕촌 앞 함박산에 이르러 천좌근으로 하여금 만석이를 끌고 가서 몸값을 받아 오도록 명하여 먼저 부르뫼로 보내고 나서 개산 쪽으로 발길을 재촉하였다. 대불이는 새끼내 앞에 이르자 짝귀에게 대원들을 인솔하여 개산에 올라 둔취케 하고 그는 서거칠을 데리고 그의 집으로 들어갔다. 대불이가 자야가 넘어서 집에 들어서자 깊이 잠들어 있었던 식구들이 모두 깨어 집안이 온통 수런거렸다.

대불이는 먼저 와병중인 어머니에게 인사를 올렸다. 어머니는 대불이에게 상반신을 좀 일으켜달라고 하여 벽에 등을 기대고 어슷하게 앉아서, 희미하게 출렁거리는 기름불빛으로 오랜만에 얼굴을 대하게 된 아들의 모습을 찬찬히 들여다보았다.

"작은아야, 이 에미 죽을 때꺼정만이라도 집에 좀 붙어 있을 수는 없겠냐? 소식도 없이 지비맹키로 떠돌아댕기다가, 몇 년 만에야 돌아오등만 포도시 달포 가량이나 집에 눌러 있드니…… 떠돌아댕기다가 뒈진 객귀가 씌었는지…… 산에서 뒈진 산매가 씌었는지 으째서 고로코롬 싸댕기기를 좋아허냐잉."

어머니는 대불이의 손을 잡고 흔들며 말했다. 대불이의 생각에 어머니의 기력이 전보다 훨씬 떨어진 듯싶어 마음이 아팠다. 대불이는 그날 밤만이라도 어머니 옆에서 어머니 숨소리를 들으며 잠들고 싶었다. 그는 아들 소바우와 함께 어머니 방에서 잘 양으로 누울 자리를 치웠다.

"소바우 압씨 나 좀 보자."

대불이가 잠자리에 들려고 하는데 웅보가 밖에서 불러냈다. 대불이는 형님이 무엇 때문에 그를 밖으로 불러내는지를 알고 있으면서도

"왜 그러요?"

하고 물으면서 방문을 열고 나갔다.

"만석이는 어찌 되었느냐?"

대불이가 나가자 그의 형 웅보가 소곤거리듯 낮은 목소리로 물었다.

"부르뫼로 갔구만요. 박 초시가 몸값을 내놓는 대로 풀려날 것이오."

하고 대불이도 한껏 목소리를 줄여 말했다.

"몸값을 안 내주면 으쩔래?"

"그렇기사 허겠어요?"

웅보 형의 물음에 대불이가 느긋한 태도로 반문했다.

그 사이, 천좌근이는 그의 대원 열 명과 함께 만석이를 끌고 부르뫼에 당도하였다. 천좌근은 그의 대원 세 명에게 동구 밖 굴참나무 숲속에서 나머지 대원들이 박 초시의 집에 가서 사위 몸값을 받아 돌아올때까지 만석이를 붙잡고 기다리라 이르고 서둘러 마을로 들어갔다.

천좌근은 대원들로 하여금 집 안팎을 경계토록 하고 엄장한 대원세 명과 함께 박 초시 거처로 몰려 들어갔다.

천좌근은 준비해온 부싯돌로 불을 만들어 석유등잔불을 밝힌 다음에 박 초시를 깨웠다. 박 초시 거처 왼쪽 사랑채 옆방에는 하인들이 잠들어 있어, 그 방에도 불을 밝히고 총부리를 들이대 경계하였다.

"웬 놈들이냐?"

천좌근이가 바로 그의 허구리를 찔벅거려 깨우자 깜짝 놀라 눈을

뜬 박 초시가 소리를 지르다가 그의 가슴팍에 들이댄 총부리를 보고
는 바들바들 떨었다.

"네 사위 놈을 데리고 왔으니, 어서 몸값을 내놓거라. 몸값을 내놓
지 않을 시는 이 기계로 숨통을 끊어놓고 말겠다. 어서 어음을 쓰거
라. 이 집에는 시방 서른 명이 모두 기계를 들고 철통같이 둘러싸고
있으니 딴 생각은 하지 말거라. 그리고, 우리 요구를 들어주지 않을
시는 이 집을 잿더미로 맹글고 말 것이니라."

천좌근이가 총부리로 박 초시의 가슴팍을 가볍게 건드리며 말했다.

"저…… 저…… 몸값이 을매요?"

박 초시가 떨리는 목소리로 물었다.

"쌀로 이백 가마니다."

"이…… 이백?"

"쌀 이백 가마니래야 양총 스무 자루 값에 불과허니라. 그래 네 사
위 놈 몸값이 쌀 이백 가마니도 못 된단 말이냐?"

천좌근이가 다시 총부리로 박 초시 가슴팍을 찌르면서 소리쳤다.
그 소리에 옆방에서 자고 있던 하인들이 눈을 뜨고 일어나다가 겁을
먹고 뒤로 물러앉았다. 창의병들이 들이댄 총부리를 보았기 때문이다.

"냉큼 어음을 맹글지 못허고 뭘 꾸물거리는 게냐?"

천좌근이가 박 초시를 향해 소리쳤다.

"저…… 저…… 어찌…… 몸값을 나헌테 내놓으라는 게요? 저……
나주 그 사람 집에……."

박 초시가 말을 얼버무렸다.

"네 딸년의 몸값을 그쪽에서 받아내려고 그런다."

"그렇다면…… 내 여식을?"

"그러니 몽그작거리지 말고 냉큼 쌀 이백 가마니 값 어음을 맹글라는듸도 그러는구나. 네 사위 놈의 몸값을 내놓지 않겠다면 네 딸년도 붙잡아 가겠다 이 말이니라. 이래도 내 말을 못 알아듣겠느냐?"

"예…… 예…… 어음을 맹글어 드리지요."

그러면서 그는 천좌근에게 하인을 시켜 지필묵을 가져오도록 하겠다고 했으며, 박 초시의 그 말에 천좌근은 하인들의 방을 지키고 있던 대원 한 사람을 불러 하인을 시켜 벼루에 먹을 갈게 하라고 일렀다.

하인이 박 초시 방에 들어와 먹을 가는 동안 천좌근은 곰방대를 꺼내 담배를 피워 물었다. 왼손으로 곰방대를 쥐고 오른손으로 양총을 들어 박 초시의 멱통을 겨냥하면서 어음을 빨리 쓰라고 거듭 다그쳤다.

박 초시는 떨리는 손으로 어음을 썼다. 백미 이백 석 대금(白米貳白石代金)이라고 쓰고 나서 잠시 천좌근을 쳐다보았다. 그때 첫닭이 자지러지게 홰를 쳤다. 천좌근이가 총부리를 박 초시의 턱밑에 들이대며 거친 목소리로 윽박질렀다. 박 초시는 수결(手決)을 하고 나서

"헌듸 댁들은 뉘시며, 이 어음을 어디에 쓰실 것인지요?"

하고 조심스럽게 물었다. 박 초시 물음에 천좌근은 애매하게 웃음을 떠올렸다.

"우리는 창의병이다. 그리고 이 어음은 왜놈과 싸울 기계를 구입하는데 쓸 것이다. 박 초시는 이제 창의병들에게 기계를 사준 셈이 된다. 그러니 헌병대에서 이 사실을 알았다가는 박 초시가 우리와 내통

을 한 것으로 치부하고 박 초시를 닦달할 것이다."

천좌근의 말에 박 초시 얼굴이 달빛을 받은 박꽃처럼 창백하게 엷어지면서 수결을 마친 손끝을 바르르 떨었다.

"허면 어쩌면 좋습니까요? 헌병들이 나를 족치면 어쩌지요?"
하고 매달리는 목소리로 거듭 물었다.

"걱정 마라. 박 초시만 입을 꽉 다물고 있으면 아무 탈이 없을 게니."

"그리하지요. 지발…… 댁들은 내 이야기를 발설치 마시오."

박 초시는 방바닥에 무릎을 꿇고 고개를 주억거리며 간청했다. 천좌근은 어음을 챙겨 품속에 넣고 방을 나섰다. 그는 방을 나오면서 박 초시에게

"잠시 후에 사위가 돌아오게 될 것이니 기다리시오."

하는 말을 남기고 서둘러 마당을 가로질러 대문 밖으로 나갔다. 그는 대원들을 앞세우고 마을 어귀에 당도하여 양만석을 풀어주었다.

"오늘부텀 우리들의 둔영을 옮길 것이니 섣불리 우리를 찾아올 생각은 말거라. 그리고 차후로 네놈이 우리 창의병 하는 일을 훼방 칠 시에는 가차 없이 너의 목숨을 거두고 말 터이니 자중해야 하느니라."

천좌근은 양만석을 풀어주면서 엄히 타일렀다.

"우리는 다시 만나게 될 거요."

양만석은 몸을 돌려세우며 천좌근을 향해 퉁겨댔다. 양만석의 태도에 대원들이 달려들어 그의 멱살을 움켜잡고 메기를 칠 듯이 으르렁거렸다. 이것을 본 천좌근이 그의 대원들을 말렸다.

"우리와 다시 만나게 되는 날이 네 놈 제삿날이니라."

천좌근은 양만석의 뒤통수에 대고 쥐어박듯 말하고 걸음을 재촉했다. 새벽닭 홰치는 소리가 길게 꼬리를 물고 어둠을 갈랐다. 삽삽한 새벽 강바람에 별빛이 자오록이 흔들렸다.

천좌근이 대원들과 함께 어둠에 묻힌 산모퉁이를 안고 돌아 새끼내 앞에 이르렀을 때, 서거칠이 미리 길에 나와 그들을 기다리고 있었다.

"장 십장님께서 어음은 제게 주시고 개산으로 가서 둔취하라 이르셨구만요."

서거칠의 말에 천좌근은 적이 마뜩찮은 듯 선뜻 어음을 서거칠에게 내놓지 않고 잠시 미적거리다가 볼멘소리로

"시방 장 십장은 뭣허고 기시는가?"

하고 서거칠에게 물었다.

"모친께서 병중이시라 잠시 댁에 들리셨구만이라우."

서거칠도 천좌근이가 그에게 어음을 내주지 않고 느지럭거리자 다소 언짢은 마음이 들어 자기도 모르게 말투가 삐뚤어지게 빗나가고 말았다.

"앞장을 서게. 내가 직접 장 십장을 만나야겠네."

천좌근이 말하며 어둠속으로 서거칠을 보았다. 서거칠은 말없이 몸을 돌려 새끼내 마을 쪽으로 휘어들었다. 천좌근은 대원들에게 잠시 마을 어귀에서 기다리라 이르고 서거칠의 뒤를 따랐다. 돈단에 올라 대불이의 집 앞에 이르자 천좌근은 사립짝 안으로 들어서지 않고 서거칠에게 장 십장을 좀 나오게 하라고 당부하였다. 서거칠은 고개를 끄덕이며 마당 안으로 들어서면서 생기침을 쏟았다. 그는 천좌근

이가 장 십장 이름을 들먹일 때마다 님 자를 붙이지 않고 장 십장 장 십장 하고 말하는 본새가 늘 마음에 걸렸던 것이다.

잠시 후 서거칠의 통기를 받은 대불이는 큰방에서 나와 천좌근이가 서 있는 사립짝 밖으로 나갔다.

"어음은 어찌되었소?"

대불이는 천좌근을 보자 다급하게 물었다.

"백미 이백 섬 짜리로 받아왔습니다요."

천좌근이가 품속에서 어음을 꺼내 대불이에게 내밀며 말했다.

"욕봤소. 날이 밝는 대로 어음을 가지고 영산포에 가서 오까모도를 만나 기계를 부탁허겠소. 이 어음 가지면 최신식 기계 스무 자루를 살 수가 있소."

"기계도 기계지만 탄환을 좀 많이 구득을 허십시오."

"양만석이는 돌려보냈소?"

"풀어주면서 단단히 오금을 박아놓기는 했는듸도 께름칙허구만요."

"무슨 일이 생겼소?"

"요본에 양만석이를 돌려보낸 것이 으쩐지…… 양만석이 그놈 보통 뼛센 놈이 아닙듸다."

천좌근의 말에 대불이도 호랑이를 놓아준 것 같아 다소 찜찜한 기분이 되었다. 그러나 그는 천좌근 앞에서 그런 속내를 내색하지 않고

"별 탈 없을 것이오."

하고 말하며 하늘의 별을 쳐다보았다. 미명의 마지막 어둠이 두껍게 덮여 있었다. 날이 밝으려면 아직도 한참을 더 기다려야 할 것

같았다.

"개산에 가서 둔취하고 있으시오. 나는 기계 밀매꾼을 만나고 올라가겠소."

대불이가 어음을 고의춤에 찌르며 말하자 천좌근은 어둠속에서 고개만 두어 번 끄덕이고 나서는 발길을 돌렸다.

"만석이…… 만석이는 어찌 되았다냐?"

천좌근이가 돌아가고 대불이가 마당 안으로 들어서자 미리 토마루에 나와 서 있던 웅보가 아우 옆으로 내달아오며 다급하게, 그러나 한껏 목소리를 낮추어 물었다.

"박 초시 집으로 돌아갔답니다요."

대불이는 간단히 말하고 서거칠을 데리고 어머니의 방으로 다시 들어갔다.

"날이 밝으려면 멀었으니 얼핏 눈을 좀 붙여라."

대불이는 깊이 잠들어 있는 소바우를 그의 어머니 옆으로 밀치고 누우며 서거칠에게 말했다. 서거칠도 대불이 옆에 누웠다. 소바우는 코를 심하게 골았다. 때로는 이를 갈기도 하였다.

"거칠아."

대불이가 나지막하게 그의 왼쪽에 누워서 숨소리를 죽이고 있는 서거칠을 불렀다.

"예, 십장님."

"우리 소바우를 네 동생같이 생각허그라. 소바우가 너보듬도 두 살이나 적으니께 동생뻘이 안 되냐. 우리 소바우는 심지가 약헌되다가 워낙 약골이라 늘 마음이 놓이지 않는구나. 그러니 앞으로 거칠이 네가 친동생같이로 잘 보살펴주거라."

"알았구만이라우. 지헌테는 동생도 없응께 소바우를 동생으로 삼 겄구만이라우."

"고맙다. 그만 자그라."

"십장님도 좀 주무셔유."

"그러자. 날이 새는 대로 영산포에 나가봐야 허니께 눈을 좀 붙이자."

대불이는 그렇게 말하고 잠을 청해보려고 하였으나 어찌된 일인지 마음이 뒤숭숭하여 잠에 빠려들지 못했다. 그는 어머니의 고르지 못한 숨소리에서 가느다랗고 끝이 보이는 듯한 어머니의 삶을 느낄 수가 있었다. 어머니의 목에서는 더글더글 가래 끓는 소리와 함께 문풍지가 강바람에 떠는 소리가 새어나왔다. 짧았다가 길어지고 길어졌다가 다시 짧아지는 어머니의 고르지 못한 숨소리를 들으면서 대불이는 잠시 어머니의 젊었던 시절을 떠올려보았다. 양 진사 댁 종으로 있는 동안 어머니는 단 한 번도 몸이 아파 자리에 누워본 일이 없었다. 어머니는 집안에서 제일 먼저 일어나, 날이 새기 전부터 안방의 토마루 앞에, 마님이 일어나 곳간을 열고 아침을 지을 양식을 내줄 때까지 서 있었고, 밤이면 모든 방의 불이 꺼진 다음에야 잠자리에 들곤 하던 것이었다. 위로는 상전들의 타박과 지청구를 다 받아 삭이고, 걸핏하면 도망을 쳐서 집안을 휘젓곤 하던 시아버지며, 성깔이 깐깐한 시어머니 뜻을 눈썹 한 번 세우지 않고 고분고분 받들고, 집안의 남녀 비자들이며 자식을 뒷바라지하느라 손에 물마를 날 없이, 불난 강변에 덴 소 날뛰듯 하면서도, 군소리를 하거나 안색 한 번 바꾸지 않고 이것이 내 팔자거니, 온갖 고통 꿀꺽꿀꺽 삼키며 살아온 어머니였던 것이다. 그런 어머니가 이제는 서리 맞은 고춧잎처럼 고스러져가고 있었다. 참나무처럼 튼튼하고 다람쥐처럼 부지런하며 부사리처럼 억척스럽던 어머니가 이제는 숨 쉬는 것조차도 힘들어하는 것이었다. 대불이는 어머니의 숨소리 때문에 잠을 이루지 못하고 바람 부는 날의 영산강 물결처럼 뒤척이면서 온 가슴이 촉촉하게 젖었다.

대불이는 방문이 물억새꽃 빛깔로 희번해지자 서거칠을 깨웠다. 그가 서거칠을 깨우는 소리에 소바우도 따라 일어났다.

"아부지 시방 가실랑그라우?"

소바우가 손등으로 눈언저리를 문지르고 하품을 쩝쩝 삼키며 물었다.

"더 자제 뭣 헐라고 일어나냐?"

"아부지 가시는 것 내바람해야지유."

"그럴 것 없응께 그냥 더 자그라."

"아부지 언제 또 오시남유?"

"기다리지 말거라. 그리고 참 차후로는 너를 우암이라고 부를테니 그리 알아라. 소우자에 바우암자. 식구들이나 마을 사람들헌티도 우암이라고 불르라고 네가 말 하거라. 우암이 어쩌냐?"

"우암이…… 소바우보담은 워너니 좋구만요."

"우암아."

"예, 아부지."

"큰 아부지 말씀 잘 듣고 어떤 일이 있어도 사내답게 당당해야 한다. 힘든 일이 있거든 아부지를 생각해라."

대불이는 우암이를 향해 말하면서 행전을 돌라매고 전립을 썼다. 서거칠은 어느 틈엔가 행장을 차리고 토마루 아래 서서 대불이가 나오기를 기다리고 있었다. 대불이도 총을 메고 문턱을 넘었다. 우암이도 아비의 뒤를 따라 나왔다. 영산강 물이 흘러오는 동쪽 하늘 끝이 보리뜨물 빛깔로 트여오고 있었다.

"들어가서 더 엎어져 자라는데도 끄덕끄덕 따라 나오냐."

대불이는 사립짝까지 나온 우암이를 향해 타박하였다. 그는 아들에게 그렇게 말하고 나서 곧 후회하였다. 우암이를 좀 따습게 다독거려주지 못하는 자신의 심사가 얄밉기까지 하였다. 마음 같아서는 우암이를 힘껏 붙들어 찐덥게 안아주고 싶었으나 그렇게 하면 우암이 마음이 약해질까 싶어 애써 참았다.

"아부지 몸조심허셔유."

우암이가 사립짝을 나와 돈단으로 올라가는 고샅의 작은 두껍다리에 이르러 아버지의 뒷모습에 대고 허리를 굽적거렸다.

"애비 언제 돌아올지 모르니 기다리지 말거라."

대불이는 뒤도 돌아보지 않은 채 퉁겨대고 돈단으로 올라갔다.

"십장님은 우암이한테 왜 그리도 냉갈령스럽게 허십니까요?"

새끼냇다리를 건너 영산포 쪽으로 연결된 둑길을 걸으면서 서거칠이가 조심스럽게 입을 열었다. 대불이는 서거칠의 말에 대꾸를 하지 않았다. 그 자신도 우암이한테 좀 더 포근하게 대하지 못한 것을 액색해하고 있었기 때문이었다.

"나는 우리 아버님 무르팍에 한 번도 얹혀보지 못허고 컸다. 그런 되도 나는 부친을 좋아했다. 아부지들이란 다들 그런단다. 그래도 부모 속에는 부처가 들어 있고 자식 속에는 심술보가 들어있다고 허지 않더냐."

"그래도 우암이헌테 좀 따뜻허게 대해주시어유."

"부모 자식 간에 너무 함함허면 정이 되려 짐이 되는 벱이여. 나는 우암이한테 정을 너무 많이 주었다가, 안 그래도 심지가 거무줄 같은 그놈이 제 혼자 힘으로 살아가지 못하고 의타심만 커질까 걱정인 게여."

대불이의 그 말에 서거칠은 그 자신 아버지를 떠올리며 잠시 울울한 심정이 되었다. 아버지의 얼굴조차도 생각나지 않았기 때문이었다. 그의 기억 속에 생생하게 살아 있는 것은 오직 어머니 한 사람의 모습뿐이었다. 그도 아버지의 찐덥진 사랑을 받지 못하고 자랐다. 아버지는 언제나 무서운 얼굴로 떠올랐다.

그들이 영산포에 당도했을 때는 완연히 날이 밝아, 물안개가 스멀스멀 강둑 위로 기어오르는 것을 볼 수가 있었다. 안개는 거대한 젖먹이짐승처럼 꿈틀거렸다. 손을 내밀면 스멀거리는 짐승의 잔털들이 한 움큼씩 묻어날 것 같았다. 영산포가 가까워질수록 안개는 더욱 짙게 깔려 무릎 위로 기어올랐다. 그들은 안개의 보드라운 살결을 느낄 수가 있었다.

영산포에 이르자 대불이는 서거칠을 대동하고 곧장 오까모도 싸전으로 향했다. 그는 아는 사람들의 눈에 띄지 않으려고 전립을 깊숙이 눌러쓰고 고개를 어깻죽지 사이로 넣어 왜가리처럼 더수구니를 올리고 선창거리를 휘어 돌아 왜싸전 안으로 들어섰다. 오까모도 왜싸전에는 키가 작달막하고 얼굴이 나부죽하며 몸매가 얌전한 색시가 머리에 수건을 두르고 싸리비로 싸전바닥을 쓸고 있다가 대불이를 보자 일손을 멈추고 너벗한 눈길로 건너다보았다. 대불이는 그 여인네가 오까모도 싸전 관리인 칠만이가 새로 얻은 첩이란 것을 알았다.

"손 주사를 좀 만나러 왔습니다만……."

대불이는 주사라는 말에 힘을 주어 말했다. 그러자 칠만이의 첩은 어디서 왔느냐고 물었고, 대불이가 목포에서 심부름 온 사람이라고 거짓말을 해서야 잠시 기다리라고 한 후, 점방에서 안채로 나 있는 지게문을 열고 안으로 사라졌다. 그리고 잠시 후에는 진흙 색깔의 탱크 바지에 소매가 짧은 흰 와이셔츠를 입고 도리우찌를 옆으로 삐딱하게 눌러쓴 칠만이가 열려 있는 지게문을 통해 점방으로 나왔다.

싸전으로 들어서다 말고 힐끗 대불이를 바라본 칠만이는 깜짝 놀라는 눈빛이 되었다. 칠만이는 대불이 앞에 아랫배를 내밀고 서서

"여기는 웬일인겨?"

하고 마뜩찮은 목소리로 물었다. 손칠만이는 요즈막 대불이가 창의병을 이끌고 여기저기 출몰하면서 일본 헌병들을 괴롭힌다는 소식을 들어 알고 있는지라, 그의 출현을 뜨악하게 여기고 있는 것이었다. 얼마 전 대불이가 나상집 대장의 군기출납장 김한봉을 데리고 와서 오까모도와 접촉을 할 수 있게 도와달라는 부탁을 해왔을 때까지만

해도, 칠만이는 대불이에 대해서 마뜩찮은 기분은 아니었다. 그때까지만 해도 칠만이는 대불이가 기껏해야 창의병의 꽁지나 따라다니는 사람으로 알았었는데, 요즈막에 그가 듣기로는 창의병 대장이 되었다고 하지 않던가. 손칠만은 그런 대불이와 가까이 사귀었다가는 언제 애매하게 그의 발등에 불똥이 떨어지게 될지 모른다는 생각에 그를 냉대했다. 대불이도 칠만이의 태도가 옛날처럼 친절하지가 않고 자위뜬 것을 눈치 챌 수가 있었다.

"저번에 김한봉이라는 친구가 오까모도를 만나서 일을 잘 매조짐헌 것은 자네 도움이 컸네. 그래서 요번에 다시 한 번 오까모도흐고 거래를 허고 싶어서 찾아왔구만."

대불이의 말에 칠만이는 오랫동안 반응이 없었다. 칠만이는 여전히 뜨악한 눈빛으로 대불이와 서거칠을 되작거려가며 질러보고 서 있을 따름이었다.

"어음을 가져왔구만."

한참 후에 대불이가 입을 열었다. 그러나 칠만이는 여전히 대꾸가 없었다. 싸전 안에서 대불이와 손칠만 사이의 분위기가 심상치 않은 것 같자 서거칠이가 대불이의 옆구리를 툭 쳤다. 그만 돌아가자는 신호였다. 그러나 대불이는 여전히 웃는 낯으로 칠만이를 마주보고 서서

"어쩌, 자네가 한 번 더 도와주어야 쓰겄단마시" 하고 다시 부탁을 하였다. 대불이는 손칠만이를 믿고 싶었다. 비록 그가 일본인한테 빌붙어 살고는 있지만 아직 대불이를 배신하거나 부탁을 거절해본 일이 없었던 것이다.

"기계가 필요헌가?"

한참 후에 칠만이가 뜨악한 목소리로 물었다.

"그렇구만. 자네헌테 어음을 맽기고 갈텡께 오까모도씨헌테 부탁을 해서 구입을 좀 해주소. 절반은 기계를 사고 나머지 백 가마니 값으로는 탄환을 사고 싶으니 지난번에 김한봉이한테 준 값대로 셈을 해주소. 자네만 믿겄네."

그러면서 대불이는 허리춤에서 어음을 꺼내 칠만이 앞에 내밀었다. 손칠만은 여전히 떨떠름한 얼굴로 어음을 받아서 펼쳤다.

"이것은 부르뫼 박 초시 어음이 아닌가? 어찌 박 초시 어른 어음이……."

손칠만이가 놀라는 눈빛으로 대불이를 되작거려보며 물었다.

"그렇게 됐구만. 박 초시 어음이라면 믿을 만허지 않는가?"

대불이의 말에 손칠만은 여전히 의심 많은 눈빛을 대불이의 얼굴에서 떼지 않았다.

"박 초시 어른이 자네들허고 한통속인가?"

한참만에야 칠만이가 넌지시 물었다.

"아녀. 택도 없는 소리구만."

"그런듸 어떻게 이 어음이……."

"따질 것 없네. 이 어음은 확실헌 것이께 그리 알고 내 부탁대로 해주소잉. 나 바쁘니께 그냥 가겄네. 열흘 후에 다시 들리겄네."

대불이는 그렇게 말하고 서거칠에게 턱짓을 하면서 미곡전에서 나갔다. 손칠만은 대불이가 그의 가게를 나갈 때까지도 박 초시가 발행한 어음만 들여다보고 있었다.

손칠만을 만나고 나온 대불이는 곧장 나루로 향했다. 그는 조금 전 미곡전을 찾아갔을 때처럼 고개를 숙여 선창 사람들이 그를 알아보지 못하게 하였다. 그는 사람들을 피해 나루터에 당도하여 배가 건너오기를 기다렸다.

"싸전에서 만난 친구분 어쩐지 쪼끔 꺼림칙헌 데가 있데요."

미곡전에서 나루터에 올 때까지 말 한마디 없던 서거칠이가 뚜벅 입을 열었다.

"나를 쇡일 사람은 아니니 걱정 말거라."

"새끼내 사람인가요?"

"새끼내서 살다가 부르뫼로 옮겨 갔단다."

"부르뫼 사람이라면 박 초시허고 같은 마을이 아닝그라우?"

서거칠은 걱정스러운 얼굴로 대불이를 마주보았다.

"걱정할 것 없다. 그 친구 돈이 생기는 일이라면 뭣이든지 허는 놈이여. 세상 사람들이 부처님 위해서 불공허는 것이 아니고 다 제 몸 위해 불공허드끼, 그놈도 친구 위해서가 아니고 돈 생기는 일 위해서 거들거릴 것이니께."

대불이는 손칠만이 사람됨을 손바닥 들여다보듯 환히 알고 있는 터라, 원두한이 사촌을 모른다 해도 대불이 자신을 속이리라고는 생각하지 않는 것이었다.

"저 친구가 어떻게 오까모도 마음에 들었는지 말해주랴?"

대불이는 십여 년 전 영산포 선창거리에서 거들거리던 시절을 떠올리며 입을 열었다.

"왜놈 발바닥이라도 핥아주었남요?"

"옳거니. 오까모도의 게다짝에 개똥이 묻자 윗도리를 벗어서 닦아주었단다. 오까모도가 질퍼덕 개똥을 밟았을 적에, 미곡창고 관리를 맡고 있던 봉구라는 사람은 허리를 꺾고 웃어댔고 심부름꾼이었던 칠만이는 잽싸게 윗도리를 벗어 개똥을 닦아 주었단다. 그래서 봉구는 목이 잘리고 칠만이가 봉구 자리에 앉게 된 거란다."

말을 하면서 대불이는 피식거리며 웃었고, 이야기를 듣고 있던 서거칠은 마치 대불이가 오까모도처럼 개똥을 밟기라도 하였듯이 허리를 꺾고 한바탕 웃었다.

"개똥 덕분에 출세를 했구만이라우잉."

"일테면 그런 거재."

그때 나룻배가 건너왔기 때문에 그들은 나루턱 아래로 내려가 배에 올랐다. 서거칠은 대불이에게 어디를 가는 거냐고 묻지 않았다. 묻지 않고도 그가 어디를 가는지 헤아리고 있었기 때문이다. 서거칠의 생각에 장 십장은 필시 구진포 난초네 주막으로 가고 있을 것이라고 짐작하고 있었다.

서거칠의 짐작대로 대불이는 배에서 내리자 그 길로 구진포로 향했다. 그는 방석코를 잃은 난초를 위로해주기 위해서 구진포 주막으로 가고 있는 것이었다.

"십장님, 저 먼첨 둔소로 돌아가 있을깝쇼?"

산모퉁이를 돌아가면서 서거칠이가 넌지시 대불이의 마음을 떠보았다. 서거칠의 생각에 장 십장과 난초 사이에 정담이 오갈 것 같은지라 자리를 피해주고 싶었기 때문이었다. 그가 보기에 그들 두 사람은 비록 의남매지간이라고는 하지만 서로 정분을 느끼고 있는 듯싶었던 것이었다. 장 십장은 워낙 성질이 뚝뚝한 편이라 여인네한테 자상스럽게 속내를 보이지를 않았지만, 난초는 노골적으로 장 십장에게 은근한 눈길을 보내는 것을 여러 차례 붙잡아볼 수가 있었던 것이다.

"주막에 가서 오래 걸리지 않을 것이니 걱정할 것 없다. 방석코가 죽었다고 하니 얼핏 들러서 상사의 뜻만 전하고 개산으로 올라갈 터이다."

"구진포 주막에 가보신 지가 솔찬히 오래 되얐구만이라우."

"글씨 그렇구나. 서방을 잃은 난초가 얼매나 상심을 할 것인지……."

대불이는 방석코가 죽음을 당한 것이 마땅하다 생각하고 있으면서도 마음 한구석으로는 얄궂은 심사가 되었는데, 그것은 순전히 난초 때문이었다.

대불이와 서거칠이가 구진포 주막에 당도했을 때, 주막의 술청에는 손님이 없이 난초 혼자 턱을 받치고 앉아 있다가, 두 사람이 들어서는 것을 발견하자 반색을 하며 일어섰다.

"오라버님, 왜 이제야 오서유. 그간 워디 기셨기에 그리도 소식이 없었남유?"

난초는 대불이를 보자 앙탈을 부리듯 말하면서 바투 다가섰다.

"헐말이 없구먼. 한 번 온다 온다 험시로도 이르케 되고 말았다네. 그래 그간 마음고생이 많었재?"

대불이는 난초를 위로할 만한 별다른 말이 떠오르지 않았다. 그는 측은한 눈길로 난초를 이윽히 바라보고만 서 있었다.

"을매나 기달렸다고라우. 새끼내꺼정 찾아갔었지라. 애기 압씨가 오라버니를 간절히 기달렸당께유."

그러면서 난초는 대불이의 옆에 엉거주춤 서 있는 서거칠을 불편하게 여기는 듯 흘금흘금 눈치를 보았다. 난초는 서거칠 때문에 하고 싶은 말을 미적거리고 있는 듯싶었다. 이것을 눈치 챈 대불이가 서거칠에게 자리를 피해줄 것을 눈짓으로 말했다. 눈치 빠른 서거칠이 바람을 쏘이고 싶다면서 술청 밖으로 나갔다.

"이리 좀 따라오셔봐유."

서거칠이가 술청에서 나가자 난초는 대불이에게 눈짓을 하여 술청의 지게문을 열고 안으로 들어서며 따라 들어오라고 하였다. 대불이는 난초를 따라 지게문의 높은 문턱을 넘어 정주간 안쪽에 있는 골방 앞에 이르렀다. 난초는 골방 앞에서 두어 번 헛기침을 하고 나서는 방문 고리를 잡아당겼다. 이때까지만 해도 대불이는 난초가 무엇 때문에 그를 술청에서 떨어진 후미진 골방까지 데리고 가는 것인지 몰랐다. 그는 난초의 그 같은 태도가 음칙스럽게 생각되기까지 하였다.

"나랑께유."

문고리를 잡아당겨도 문이 열리지 않자 난초가 짜증스러운 목소리를 퉁겨댔다. 그때 안으로부터 골방 문이 열렸다. 방문이 열리자 난초는 대불이에게 방으로 들어가 보라는 눈짓을 해보이고 나서 술청 쪽으로 몸을 돌려세웠다. 대불이는 골방에 누가 있음을 알고 열려진

문 앞으로 다가가서 어두컴컴한 방안을 들여다보았다.

"어? 대불이로구먼. 냉큼 들어오소."

대불이는 방에서 컬컬한 방석코의 목소리가 울려나오자 섬뜩한 느낌이 들어 멈칫 뒤로 한 발짝 물러섰다. 그리고 나서 경계하는 눈으로 다시 방안을 살펴보았다.

"이 사람아 왜 그러능겨?"

방석코가 이번에는 전보다 언성을 높여 재우치듯 말했다. 그제야 대불이는 방안에 있는 사람이 방석코가 분명하다는 것을 알았다. 그는 다시 방문 앞으로 바짝 다가가서 방안을 살펴보았다. 방석코는 방바닥에 배를 깔고 엎딘 채 고개만 쳐들고 대불이를 바라보고 있었다.

"이 사람아 놀래지 말어."

방석코가 히죽 웃었다. 대불이는 뜨악한 기분으로 방석코를 바라보고 있다가 방안으로 들어섰다.

"앉소. 그렇지 않아도 애어멈을 시켜서 자네를 좀 만나자고 했었는디 인제야 나타나는구만. 나 말이시 자네헌테 꼭 헐 말이 있어서……."

방석코는 여전히 배를 깔고 엎딘 채 고개를 쳐들고 말했다. 그의 목소리가 음울하게 가라앉았다. 대불이는 방에 들어가서도 앉지 않고 한동안 쇠말뚝 모양으로 서서 죽은 사람의 혼령을 보고 있는 것처럼 망연자실하게 방석코를 내려다보고 있었다.

"내가 죽은 줄 알았재? 죽었다고 소문이 났으니께…… 나는 죽었다가 살아났구만. 통역특무조장 김현규의 손에 죽었었구만."

그러면서 방석코는 영산포 헌병대에 붙들려가서 곤욕을 당한 일이며, 사지를 결박당한 채 영산강 물속에 처박혔다가 간신히 살아난 일을 저저이 이야기하였다. 그제야 대불이는 죽었다는 그가 골방에 숨어 있는 연유를 헤아릴 수가 있었다.

"동상, 나를 용서해주소."

방석코가 간절하게 매달리는 목소리로 말했다. 대불이는 여전히 떨떠름한 표정으로 서 있기만 하였다.

"내가 말이시 깜빡 정신이 나갔었구만. 자네흐고 애어멈 사이를 의심허고 못난 생각에 그만 깜박 정신이 돌아부렀단마시. 사지가 결박당해갖고 물속에 처백혔을 때 많은 것을 생각했구만. 죽는 것은 서럽지 않으나, 자네헌테 못헐 짓 했던 것 땜시 차마 죽을 수가 없었네. 자네헌테 용서를 받고 난 다음에 죽어야겠단 생각 땜시 살아났구만. 그러니 나를 용서해주소."

방석코가 간절하게 용서를 빌었다. 대불이는 아무 대꾸도 하지 않았다. 그는 배를 깔고 엎뎌 있는 방석코를 내려다보고 서 있기만 하였다. 대불이는 방석코가 일어나 앉지를 못하고 엎뎌 있는 연유를 알 것 같았다. 아마도 헌병대에 끌려갔을 때, 등짝과 엉덩이를 심하게 상했을 것이라고 짐작하였다.

"물론 용서해달라고 사정허는 내가 못된 놈이구만. 나는 자네한테 용서를 빌 자격도 없는 놈이여. 그렇재만 내 마음만은 알아주소잉. 나 말이시, 시방은 굼벵이 모양으로 이러고 있지만 말이시, 김현규 그놈 내 손으로 꼭 없애고 나서, 자네한테 다시 용서를 빌겠네."

그러면서 방석코는 빳빳하게 서 있는 대불이를 쳐다보기 위해 배를 깔고 엎딘 채 턱 끝을 내밀고 바짝 쳐들었던 고개를 내려 얼굴을 방바닥에 묻어버렸다.

대불이는 아무 말 없이 방에서 나왔다. 그는 술청으로 나와 탁배기 한 사발을 시켜 단숨에 쫙 비우고 일어섰다. 난초는 대불이의 칙칙하게 굳어진 얼굴을 보고는 아무 말도 묻지 않았다. 난초는 대불이의 눈치만 살폈다.

"몸조리 잘 허라고 해."

대불이는 난초에게 그 말 한마디를 남기고 술청에서 나갔다. 술청 밖 강변의 버드나무 밑에 서 있던 서거칠이가 대불이를 발견하고 한달음에 내달아왔다. 주막 앞 미루나무에서 매미가 낭자하게 울었다.

"서둘러 가자."

대불이는 서거칠에게 말하고 구진나루터로 내려갔다. 난초는 주막 앞 햇빛 속에 손바닥으로 눈썹차양을 만들어 붙이고 서서 나루터로 내려가는 대불이를 바라보고 서 있었다.

김현규가 죽었다는 것을 알게 된 것은 그로부터 보름쯤 지나서였다. 방석코가 장대불 부대의 둔소인 개산으로 찾아와서 자기가 영산포 일본헌병부대 통역특무조장 김현규를 죽였다고 스스로 알렸다. 방석코를 둔영으로 끌고 온 짝귀의 말로는 그가 이틀 동안이나 개산 주변을 서성거렸다는 것이었다.

"이것이 김현규의 귀때기네."

짝귀에게 붙들려온 방석코가 흰 헝겊에 싼 사람의 귀를 대불이 앞에 펼쳐 보이며 말했다. 그러면서 그는 그것을 대불이에게 보여주기 위해서 이틀 동안이나 개산 주변을 서성댔다고 하였다. 대불이는 그에게 그들의 둔소가 개산에 있다는 것을 어떻게 알았느냐고 따져 묻지 않았다.

대불이는 방석코의 말을 믿고 싶었다. 김현규가 죽었는지의 여부는 금방이라도 알아볼 수 있는 터에 방석코가 거짓말을 하고 있다고는 생각하지 않았던 것이다.

"나 자네와 같이 창의병이 될라네. 내 손으로 김현규를 쥑였는듸 어뜨케 집에 붙어 있겠는가. 그리고 이 기회에 속죄도 할 겸 창의병이 되야서 왜놈들허고 싸우고 싶네."

방석코가 간청을 하였다.

대불이는 방석코의 간청을 받고 짝귀와 송기화의 뜻을 떠봤다. 짝귀와 송기화가 방석코의 말이 거짓이 아닌 것 같다고 하여 대불이는 그를 대원으로 받아들였다. 방석코는 그날부터 창의병의 둔영에 머물게 되었다.

여름은 기름불에 불이 붙듯이 맹위를 떨쳤다. 햇살은 구리철사처럼 날카로워지고 바람은 입김처럼 약해졌다. 더위에 숨을 죽인 영산강물도 흐름을 멈추어버린 듯 물비린내만 끈끈하게 풍겨댔다. 움직이는 것이란 아무것도 없었다.

대불이의 창의병들도 더위에 지쳐 개산의 나무그늘 밑에 늘비하게 누워 연일 낮잠만 자고 있었다. 그들은 더위가 가시기만을 기다렸다. 그러던 어느 날, 나상집부대의 탐정장 김덕배가 개산으로 찾아와서는 서울의 시위(侍衛) 5개 대대와 특과대(기병, 포병, 공병) 3천 4백 명이 해산되었다는 소식을 전해주었다. 또 김덕배의 말로는 보름 전인 8월 초하룻날 조선의 군대가 모두 해산이 되던 날, 조선군대와 일본군 사이에 교전을 하여 일본군 4명과 조선군 68명이 전사했다고 하였다.

"인제는 이 나라 군대까지도 없애고 마는구만."

"의지헐 것은 의병뿐이네."

대불이와 김덕배가 말을 주고받았다.

일본은 이때 서울의 시위대와 특과대만을 해산시킨 것이 아니었다. 당초에 해산시키지 않겠다고 한 조선군의 장교와 헌병까지도 해산시킨 후에 수원, 청주, 대구, 광주, 원주, 해주, 평양, 북청 등지의 지방 진위대 8개 대대에 대해서도 8월 3일부터 해산을 단행하였다.

조선군 해산령과 함께 곳곳에서 진위대의 봉기가 연발하였다. 맨먼저 진위대가 봉기한 곳은 원주였다. 8월 6일 2백 50명의 진위대 사병들이 원주읍을 점거하자 1천 5백 33명의 민중이 합세하여 경무분서를 습격하였다. 충주수비대의 공격을 격퇴하면서 원주읍을 장악한 진위대는 제천, 충주, 죽산, 여주, 평창, 강릉, 양양, 간성, 고성 등지로 진출하여 그곳의 의병과 합세했다.

한편 춘천 방면으로 진출한 원주 진위대는 8월 14일 홍천읍을 점령, 우편취급소와 일본전당국을 파괴하고 일인들의 가옥을 불태웠다. 이들은 다음날에도 경기도 죽산읍을 점령하고 일본인들과 친일배를 처단하였다. 또한 같은 날 충청북도 제천에서도 해산을 당한 조선군인들 1백 50명이 의병들과 합세하여 일본군 소대를 습격하였다. 이렇듯 해산을 당한 조선군대가 의병들과 합세하여 곳곳에서 봉기하여 일본인들과 친일배들을 처단하자, 일본군 사령관 하세가와는 충주에 대대병력을 급파하여, 춘천, 원주, 충주, 영주, 삼척, 강릉 등을 잇는 포위망을 형성하고 진위대와 의병의 세력을 꺾고자 하였으나 오히려 가는 곳마다 의병의 저항을 받아 패전하고 말았다.

이렇듯 관동, 호서, 영남 지방에서 해산을 당한 진위대와 의병이 합세하여 봉기하고 서울 동쪽에 있는 여러 고을에서도 일시에 의병이 일어나니, 일본은 연달아 정병을 파견하였다. 그러나 일본군은 지리에 어두워 왕왕 패몰하고 말았다. 이 무렵 떠도는 소문에 의하면 원주에서의 첫 번째 싸움에서 일본군은 수비대 병력 2백 명, 두 번째 싸움에서 4백 명 등 모두 6백 명이나 죽음을 당했다고 하였다. 그리고 충주에서 죽은 일본군은 모두 6백 명에 이르렀는데, 죽은 일본군의 목을 베어 배에 싣고 양근강(揚根江)을 떠나 서울에 온 것이 다섯 척이나 되었다고 하였다.

조선군의 전면 해산을 계기로 의병전쟁은 기름불이 타오르듯이 확산되었다. 해산군과 의병이 합세하여 의병전쟁이 크게 벌어진 지역은 강원도, 충청북도, 경상북도, 경기도 등지였다. 1907년 8월 초순에 이들 지역에서는 격문이 나붙고 함성이 울렸으며 군중들이 집결하여 경찰 분파소와 군청, 그리고 우편취급소에 불을 질렀다. 우편취급소는 당시 그 지방에서 징수한 세금을 예치한 관공서의 역할을 하고 있었기 때문에 군중들에게는 원성의 대상으로 보였던 것이다.

9월이 되자 의병전쟁은 강원도와 충청남북도뿐만 아니라 경상북도 전역, 전라남북도의 내륙지방과 황해도의 해안지방, 그리고 평안

남북도와 함경남북도 등지까지 확산되었다. 이렇듯 의병전쟁이 전국에 파급되고 지방의 주요 시읍이 의병들에게 장악되자, 일본군은 무자비한 토벌작전을 전개하였다. 일본은 1907년 조선군 해산의 조칙을 내리면서, 군대해산으로 야기될지 모르는 조선민중의 폭동에 대한 진압권을 내각총리대신 이완용으로부터 일임 받아 놓았었다.

비발조회제6호(秘發照會第六號)로 된 폭동진압에 대한 일임문서는 군대해산 조칙이 내린 7월 31일 총리대신 이완용이 통감후작 이또에게 의뢰한 것으로 "병제개혁을 위하야 반포한 조칙을 봉준(奉遵)하와, 각대(各隊) 해산할 시에 인심이 동요치 아니토록 예방하고 혹 위칙(違勅) 폭동자는 진압할 것을 각하에게 의뢰하라신 아(我) 황제폐하 칙지를 봉승(奉承)하였삽기 자(玆)에 조회하오니 조량(照亮)하심을 위요(爲要), 광무 11년 7월 31일"이라 되어 있었다.

일본의 의병 진압에 대한 법적 근거는 오로지 이 조칙 하나뿐이었다. 일본은 의병들에 대한 토벌작전을 감행하기 위하여, 노일전쟁 후 조선에 잔류시켜두었던 제 12사단 외에, 조선군 해산을 앞두고 본국으로부터 다시 1개 여단 병력을 긴급 증파하여 대구에 여단본부를 두고 남부수비관구(南部守備管區)를 보강하였다. 증파된 제 12여단은 일본군 23사단 중에서 최강을 자랑하는 부대였다. 이와 함께 조선 주차(駐箚) 일본헌병은 1906년에 1천 1백 62명이었던 것이 일 년 후에는 2천명으로 늘어났으며, 경찰 또한 2천 6백 79명이었던 것이 4천 9백 52명으로 늘어났다.

한편 전라도에서는 군대해산 조칙이 내려진 지 한 달 후에 여러 고을에서 의병들이 벌떼처럼 들고 일어났다. 기삼연(奇參衍)은 장성(長城)에서, 고광순(高光洵)은 창평(昌平)에서, 양회일(梁會一)은 능주(綾州), 김태원(金泰元)은 나주(羅州), 조국주(趙國柱)는 순천(順天), 심남일(沈南一)은 함평(咸平), 이석용(李錫庸)은 임실(任實), 전기홍(全基泓)은 진안(鎭安), 양한규(梁韓奎)는 남원(南原), 김준·김율(金準·金律) 형제는 광주에서 의병을 이끌고 시읍을 습격하고 순사분파소와 세무서, 군아(郡衙), 일진회사무소, 일인상점 등을 파괴하거나 불태우고 일본인들과 친일분자들을 처단하였다.

5

　한여름의 날카로운 햇살이 점차 누그러지기 시작하자 영산강의 물비린내도 숨을 죽이고 삽삽한 강바람이 억새풀을 몸살 나도록 쥐흔들어댔다. 한낮에는 아직 햇살이 따끔거렸으나, 아침저녁으로는 오스스한 냉기가 살 속으로 파고들었다. 강변 수전에 벼 포기들은 멍울멍울 싸락눈 같은 꽃들을 터뜨리기 시작하였고, 새들을 쫓는 뙤기 소리가 여기저기서 화승총의 화약 터지는 소리처럼 요란하게 들판을 흔들었다. 가을이 소슬하게 짙어가고 있었다. 농군들이 가장기다렸던 추수철이 다가오고 있는 것이다. 그들은 소담스러운 들판만 바라보고 있어도 배가 불렀다. 누구의 논이라도 상관이 없었다.
　유복이는 느지거니 아침을 먹고 옷을 챙겨 입었다. 그는 얼마 전에 이유도 모르게 길바닥에서 칼을 맞아 죽은 삼촌의 헌옷들을 꺼내 입고 있었다. 주황색의 탱크바지며 목깃이 희치희치 닳아빠진 낡은 와이셔츠에, 돼지꼬리처럼 깡똥한 넥타이까지 매고, 양쪽 호주머니에 뚜껑이 달린 양복저고리를 걸친 다음 짙은 밤색의 도리우찌를 깊숙이 눌러썼다. 유복이는 토마루에 내려서서 삼촌의 낡고 작은 구두를 신골 박듯 빠비작거려가며 신었다.

"이 눔이 무신 지랄이여?"

유복 어머니는 부엌에서 설거지를 끝내고 물 묻은 손을 검정치마에 닦으며 마당으로 나오다 말고 아들이 그의 외삼촌 옷을 입고 으쓱거리는 모양을 보자 괴란쩍은 얼굴로 퉁겨댔다.

"일자리를 얻으러 가야 쓰겄구만이라우."

유복이는 천연덕스럽게 웃으며 사뭇 거들거렸다.

"농장으로 일허로 갈람시로 어찌서 일본사람 행색을 허고 가는 겨. 더군다나 애매허게 죽은 네 외삼촌 옷을 입고 말이여."

"당꼬 즈봉에 도리우찌를 쓰닝께 워너니 태깔이 나 보이지 않는감요?"

"아서, 냉큼 그 옷 벗지 못하겄냐? 꼭 죽은 네 외삼촌 귀신이 내 앞에 나타난 것만 같어서 뵈기 싫당께."

그러면서 유복 어머니는 고개와 손을 한꺼번에 마구 휘젓는 것이었다. 정말이지 유복이 어머니가 보기에 죽은 즈이 외삼촌의 옷을 입고 있는 아들이 보기 싫었다. 영락없이 김현규가 다시 살아난 것만 같았다. 그리고 그런 아들의 모습에 괜히 가슴이 덜컹거렸다.

"그럼 댕겨오겠구만요."

유복은 도리우찌를 벗어들고 어머니에게 꾸벅 인사를 한 다음 서둘러 사립짝 밖으로 나섰다. 집을 나온 그는 휘파람으로 육자배기 한 토막을 불러대며 통샘거리 앞을 지나 영산포읍 쪽으로 향했다. 외삼촌의 옷을 입은 그는 어쩐지 외삼촌 흉내를 내고 싶었다. 그는 외삼촌처럼 뒷짐을 지고 턱 끝에 힘을 주어 배를 내밀며 어기죽거리고 걸었다. 유복이 자신이 생각해보아도 그의 걸음걸이가 영락없이 죽은 외삼촌을 닮은 것 같았다. 그는 영산포읍에 가까이 이르렀을 때, 외숙모를 깜짝 놀라게 해주기 위해 외가에 잠깐 들러볼까 하다가 그만두었다. 유복이는 외삼촌을 죽인 사람이 누구라는 것을 대강 짐작하고 있었다. 그러나 그는 자신의 짐작을 아무에게도 말하지 않았다. 왜냐하면 외삼촌의 죽음에 대해서 별로 슬픔을 느끼지 않았기 때문이다.

유복은 영산포 헌병대 앞에서 하릴없이 오랫동안 서성거리고 있었다. 그는 이따금 헌병대 쪽을 기웃거렸다. 누구를 기다리는 것 같았다. 그는 몇 번인가 헌병대 안으로 들어가려다가는 겁먹은 얼굴로 몸을 돌려세우곤 하였다. 부덕촌 집을 나선 때가 정오쯤 되어서였는데 어느덧 하루의 해가 구진나루 쪽으로 서너 뼘이나 기울고 있었다.

헌병대 안에서 헌병들 세 명이 뭐라고 빠른 말을 지껄이며 정문 밖으로 나오는 것을 본 유복은 잠시 매무새를 추스르고 목에 힘을 주며, 그들 가까이로 다가갔다. 유복은 그들 세 사람들 중에 가운데의 키가 작고 뱃구레가 큰 사내가 헌병대 대장 무라다(村田)라는 것을 알았다.

"존경하는 무라다 대장님 안녕이노하십니까?"

김유복은 무라다 헌병대장 앞에 도리우찌를 벗어 들고 허리를 깊숙이 꺾으며 일본말로 인사를 하였다. 그러자 무라다는 잠시 걸음을 멈추어 서서는 떠름한 눈빛으로 유복이를 보았다.

"기사마 다레까?(네놈 누구냐)"

무라다 대장 옆에 총을 메고 서 있던 헌병이 표정을 일그러뜨리며 유복을 향해 퉁겨댔다. 그러면서 그는 김유복을 거칠게 떠밀어버리려고 하였다. 그러자 무라다가 손짓으로 그를 말리면서

"다레까?(누구냐)"

하고 관심을 보이며 유복에게 물었다.

"예. 저는 얼마 전에 적도들 손에 죽은 통역특무조장 김현규 조카가 됩니다."

유복은 여전히 허리를 연신 굽적거리며 동산농장에서 배웠던 일본말로 유창하게 대답했다. 무라다 대장은 김유복의 복장을 위아래로 천천히 뜯어보면서 빙긋이 웃고 있었다. 그는 유복이의 복장이며 유창한 일본말에 호감을 나타내 보이는 것 같았다. 유복이도 애매하게 따라 웃었다.

"뭣 때문이냐?"

무라다 대장이 유복의 얼굴에서 눈을 떼지 않은 채 물었다.

"예. 즈이 삼촌의 원수를 갚고 싶어서 존경하는 대장님을 만나러 왔습니다요."

"삼촌 원수를?"

"예, 그렇습니다요. 그러니 저를 헌병대에 고스까이(小使)로 있게

해주십시오."

김유복은 매달리는 목소리로 간청을 하였다.

"고스까이로?"

무라다 대장이 좌우에 서 있는 부하를 번갈아 둘러보고 나서 유복에게 물었다. 유복은 무라다 대장이 분명히 자신에게 묻고 있는 것인지 아니면 그의 부하에게 묻고 있는 것인지를 확실하게 가늠하지 못하고 잠시 미적거리고 있다가

"그렇구만요. 존경하는 무라다 대장님."

하고 비교적 큰 소리로 대답했다. 무라다 대장은 엷은 미소를 머금은 채 천천히 고개를 끄덕였다. 유복은 무라다의 그 표정에서 확실한 승낙의 기색을 읽을 수가 있었다.

"좋다. 너는 내일부터 내 고스까이다."

무라다 대장은 그렇게 말하고 나서는 무엇이 그리 재미있는 것인지 한바탕 소리 내어 껄껄거리고 웃다가 선창거리 쪽으로 가버렸다. 유복은 한동안 헌병대 앞에 서서 무라다 대장이 사라진 쪽을 망연히 바라보고 서 있었다. 그는 어쩐지 무라다의 웃음이 싫었다. 마치 유복이 자신을 비웃고 있는 듯싶었기 때문이다. 이 땅의 모든 사람들을 비웃는 듯한 그 웃음소리는 무라다가 그의 시야에서 완전히 모습을 감춘 후에까지도, 고즈넉이 비어 있는 거리에 가득 괴어 있는 듯싶었다.

김유복은 한참 후에야 거무죽죽하게 가라앉은 기분이 되어 집으로 돌아오고 있었다. 내일부터 당장 영산포 헌병대 무라다 대장의 고스까이로 일을 하게 되었는데도 조금도 즐거운 마음이 아니었다. 그

는 자신이 마치 나무로 다듬어 만든 망석중이 같다는 생각이 들었다. 팔다리에 줄을 매고 그 줄을 당길 때마다 꺽죽꺽죽 춤을 추는 망석중이가 분명한 것이었다.

다음날부터 김유복은 영산포 헌병대의 무라다 대장 고스까이로 일을 하게 되었다. 그가 하는 일이란 무라다 대장의 사무실 소제를 하는 것 외에, 그의 잔심부름을 하는 것뿐이었다. 그는 이따금 무라다 대장을 찾아온 조선사람의 간단한 통역을 해주기도 하였으며, 나주 우편소에 우편물을 부치는 일이나, 나주에 있는 금융조합에 돈을 찾으러 가는 심부름도 하게 되었다. 당시 영산포에는 우편소와 금융조합이 없었기에 우편물을 부치거나 돈을 찾을 때는 영산강을 건너 나주까지 가야만 했다. 그러나 무라다 대장은 중요한 우편물을 부치거나 큰돈을 찾을 때는 유복에게 시키지 않고 일본인 헌병을 보내곤 했다.

유복이가 무라다 대장의 고스까이가 되어 헌병대에서 일을 하기 시작한 지 열흘쯤 후에 영산포 헌병대와 나주 다시 출신 최택현(崔澤鉉)이 이끄는 창의병 사이에 큰 싸움이 벌어졌다. 싸움이 벌어진 곳은 함평 학다리의 석정리(石亭里)였다. 영산포 헌병대는 석정리에 의병들이 둔취해 있다는 여마리꾼의 제보를 받고 출동하게 된 것이었다. 헌병대에 의병이 둔취해 있는 장소를 알려온 여마리꾼은 바로 학다리에 사는 일진회의 젊은 회원이었다. 이 싸움에서 의병을 이끌었던 최택현은 마흔 명의 헌병들과 교전을 벌여, 최택현 자신은 물론이려니와 그의 아들 윤용(潤龍), 사촌형 광현(匡鉉), 사촌동생 병현(柄鉉)을 비롯하여 집안의 남정 스무 남은 명이 모두 순절하고 말았다. 이 같은 슬픈 소식이 최택현의 고향에 전해지자 윤용의 아내 나주 임 씨(羅州 林氏) 부인은 시아버지와 지아비를 한꺼번에 잃은 애통함을 참지 못하고, 집안에 있는 우물에 스스로 몸을 던져 목숨을 끊었다. 영산포 헌병부대는 다시에 있는 최택현의 고향에까지 몰려가서 윤용의 육촌 동생인 윤로(潤魯)를 마을 뒷산에 끌고 가서 소나무에 묶고 총살을 하려고 하였다. 그러자 장성의 기 씨(奇氏) 문중으로 출가하여 초례만 치렀을 뿐, 아직 신행은 아니 하고 친가에 머무르고 있던 윤로의 고모가 이 광경을 보고 우물에 몸을 던져 자결하였다. 일본 헌병들은 이것을 보자 윤로를 풀어주었다고 하였다.

유복이는 최택현 의병장이 석정리 싸움에서 크게 패하여 일문에서만도 스무 명 이상이나 목숨을 잃었다는 소문을 듣고 마음이 아팠다. 그런 유복이와는 달리, 석정리 싸움에서 큰 승리를 거둔 영산포 헌병대는 성난 사자처럼 더욱 드세어졌다.

그동안 유복이는 장대불 십장과는 만나지 못하고 있었다. 장 십장의 부대가 테메산에서 개산으로 옮겨온 후로 잠시 연락이 끊기게 된 것이다. 그는 여러 차례 개산에 들어가서 장 십장을 만나 자신이 헌병대 대장의 고스까이가 된 사실을 알려주고 싶었지만, 장 십장에게 전해줄 만한 큰 소식을 염탐하기까지 기다리기로 하였다.

유복이가 개산으로 장 십장을 찾아간 것은 그로부터 열흘쯤 후의 일이다. 장 십장의 형님인 웅보가 헌병대에 끌려온 사실을 알려주기 위해서였다.

장 십장의 형님인 웅보를 영산포 헌병대에 붙잡아온 사람은 양만석이라는 일진회 간부였다. 유복은 양만석이가 영산포까지 웅보를 붙잡으러 온 것을 미리 알고 있었다. 유복은 양만석에 대해서 전혀 아는 바가 없었다. 그는 다만 양만석과 무라다 대장이 주고받는 일본말을 듣고서야 양만석이라는 젊은이가 옛날 장 십장 형제의 상전이라는 것을 알게 되었을 뿐이었다.

성질이 씨억씨억하고 말투가 볼통스러운 양만석이가 무라다 대장을 찾아왔을 때 유복이는 두 사람이 일본말로 주고받는 것을 얼핏 엿들을 수가 있었다.

"무라다 대장님, 지난번 내가 장가가던 날 밤에 나를 납치해간 그 적도들의 우두머리를 알아냈습니다. 그놈의 형이 새끼내라는 곳에 살고 있습니다. 그놈들은 옛날 우리 집의 종놈들이었지요. 그래서 오늘은 그놈들을 잡으러 왔습니다."

"새끼내에 형 놈이 산다고 했소까? 그 자가 누구요?"

"네, 무라다 대장님. 나를 납치해갔던 적도의 우두머리는 장대불이라는 놈이고 그 형 놈은 장웅보라는 놈입니다."

"장대불이라…… 그놈이 새끼내 사는 놈이란 말이오?"

"그렇습니다, 무라다 대장님. 지금 그놈의 형이 새끼내에 살고 있습니다. 오늘 우리 장인어른한테서 똑똑히 들었습니다요."

양만석은 부르뫼 처가에 다녀오는 길이었다. 전날 장인이 노루목으로 사람을 보내 급히 사위를 부른다기에 다음날 날이 밝기를 기다렸다가 서둘러 부르뫼 처가로 달려갔다. 그의 장인 박 초시는 양만석 앞에 백미 이백석짜리 어음을 내어놓으며 부득부득 이를 갈아붙였다. 양만석이 그의 장인에게 무슨 어음이냐고 물었더니 자초지종을 죄 이야기했다.

"이 어음이 바로 그러니께 혼인 첫날밤에 적도들헌테 붙들려갔던 양 서방의 몸값이었다네. 자네헌테 말을 안허고 있었는듸, 그때 자네는 이 어음 덕분에 살아 돌아온 게여."

박 초시는 문칫문칫 말을 하면서도 그때의 분을 참지 못하겠다는 듯 몇 번이고 치를 떨었다.

"그러하면 장인어른. 왜 이제야 이 말씀을 하십니까요."

"발설을 했다가는 딸 년꺼정 끌어가야겠다고 어우르는 바람에……."

"그래, 어떻게 해서 이 어음이 장인어른한테 되돌아오게 되었습니까요?"

"어저께였구만. 영산포 선창거리 오까모도 왜싸전에 있는 우리 마을 칠만이가 가져왔당께. 칠만이 말이 지난달 스무날정께, 새끼내 사는 장대불이라는 자가 이 어음을 가져와서는 기계를 사달라고 부탁을 했다는구만."

"새끼내 사는 장대불이가 기계를요? 장인어른 그 말씀이 사실입니까요?"

"사실이다마다. 시방이래도 오까모도 싸전에 가서 물어보면 알 일이 아니던가."

그러나 그때까지도 양만석은 장대불이가 웅보의 동생이라는 것을 모르고 있었다. 그는 어머니한테서 웅보라는 사람의 이야기는 자주

들어왔었고, 또 자기 집에 찾아온 것을 몇 번 본적도 있었기에, 그가
이전에 그의 집에서 종살이를 하는 동안 어머니에게서 신임을 받은
충직한 아랫것이었거니 싶었을 뿐이었다. 그때문에 어머니는 양만석
이의 혼삿길에 견마잡이로 장 서방을 딸려 보냈을 것이라고 어림하
였던 터였다. 양만석은 자신이 첫날밤에 산속으로 끌려갔을 때 장 서
방이 창의병의 둔소까지 뒤따라온 것을 보고 과연 충직한 아랫것이
로구나 하고 생각했던 것이었다. 그때, 예기치 않게 산막에 모습을 나
타낸 웅보는 그에게 분명 그가 붙잡혀가는 것을 보고 뒤를 밟아왔노
라고 말했었다.

"그놈의 형이 시방 새끼내에 살고 있다네."

장인의 말에 양만석은 자신이 산막으로 끌려갔을 때의 일을 떠올
리며 장인의 얼굴을 바라보았다.

"그놈의 형이 새끼내에 산다고 허셨습니까?"

"새끼내 사는 장웅보가 그놈의 형이네. 바로 자네 혼사 때 종자로
따라왔던 놈일세."

"장 서방이요? 장 서방이 대불이란 놈의 형이란 말입니까?"

양만석은 질급하듯 놀라 일어섰다가 다시 앉았다. 그는 얼마 전 산
막에서 처음 보았던 장 십장이라는 자가 장웅보의 동생이라는 사실
은 물론이려니와 그가 옛날 그의 집 종이었다는 것도 모르고 있었던
것이었다.

"그놈들은 새끼내에 발을 붙이고 살면서부텀 나헌테 앙심을 품어
온 자들이었네."

"장 서방이 설마……."

양만석은 벌떡 일어섰다. 그는 장 서방을 붙잡아서 물고를 내겠노라고 벼르면서 처가를 나섰다. 생각 같아서는 당장 새끼내로 뛰어 들어가서 장웅보를 끌고 가서 그의 동생이 어디 있느냐고 몽둥이찜을 해대고 싶었지만, 뻗질러 오르는 분심을 누르며 영산포 헌병대로 무라다 대장을 찾아간 것이었다. 영산포 헌병들을 시켜서 붙잡아오게 하려는 생각에서였다.

"당장이노 그놈의 형 놈이를 붙잡아와서 뼈다귀를 추리고 말겠소다. 그런 놈이노 형 놈이가 새끼내에 살고 있다는 것을 몰랐소다."

무라다 대장은 그러면서 부하들을 불러 당장에 새끼내에 가서 장웅보를 붙잡아오라고 명령하였다. 양만석은 헌병들이 웅보를 붙잡아올 동안에 무라다와 함께 선창거리 요릿집에 술을 마시러 갔다.

웅보는 영산강이 가야금 산조가락으로 울어대는 소리를 아슴하게 들었다. 그 소리는 안개 속에서 울려오는 듯싶었다. 소리가 점점 희미해지면서 할아버지의 모습이 선명하게 떠올랐다. 할아버지의 이마에 찍힌 불도장이 황금빛으로 빛났다. 웅보는 할아버지를 바라보다 말고 이마의 불도장에서 되쏘아오는 눈부신 황금빛 때문에 눈을 감아버렸다. 그때 할아버지가 그의 이름을 불렀다. 할아버지는 강물 위에 안개 같은 모습으로 떠 있었다. 할아버지가 웅보를 부르며 무섭게 꾸짖고 있는 것 같았으나 할아버지의 목소리를 알아들을 수가 없었다. 할아버지의 목소리는 마치 영산강이 우는 소리처럼 들렸다.

웅보는 펀뜻 눈을 뜨고 잠에서 깨어났다. 저녁나절의 느슨하고도
투명한 햇살이 빈틈없이 꽂혀 내리고 있었으나 전신에 으스스한 냉
기가 스며들었다. 그는 은회색의 물억새꽃을 보면서 풀 섶 위에서 일
어나 앉았다. 영산강변의 물억새꽃들이 바람과 어울려 경중경중 춤
을 추었다. 강의 울음소리는 들리지 않았다. 할아버지 이마의 불도장
에서 눈부시게 되쏘아오던 황금빛 대신에 가을햇살이 소담하게 쏟아
져 내려, 살랑거리는 물비늘 위에서 요동을 쳤다. 그는 넉넉한 햇살
속에 앉아서 자오록이 출렁이고 있는 영산강을 바라보고 있었다. 그
는 잠시 전 꿈속에서 물안개처럼 강물 위에 떠올랐던 할아버지 모습
을 돌이켜보려고 하였으나, 그의 눈앞에는 햇살과 바람의 움직임만
이 어지럽게 출렁거렸다.

웅보는 천천히 일어서서 새끼내 쪽으로 발걸음을 옮겼다. 요즈막
그는 걸핏하면 강변에 나와서 혼자 우두커니 강을 바라보고 돌아오
곤 하였다. 어쩐지 마음이 뒤숭숭해 있기 때문이었다. 창의병이 되어
떠돌음 하는 대불이도 걱정이 되었고, 몸값을 주고 풀려난 만석이가
대불이에게 어떤 보복을 하게 될지도 몰라 마음이 편치가 않았다. 그
는 만석이가 나주를 떠나기를 바랐으나, 들리는 말로는 나주에 일진
회 지회를 만들어 아주 눌러 살 것 같다고 하던 것이었다. 웅보 생각
에 필시 만석은 그가 창의병에 끌려갔던 것을 보복하려 들 것이고, 만
약 그가 그리 할라치면 또 창의병이 그를 가만 놔두지 않을 것이 분명
한 것이었다. 웅보는 대불이와 양만석의 걱정 외에도, 목포에 살고 있
는 막음례와 개동이 모자가 요즈막 어찌 사는지 궁금하였다. 언제 한

번 목포에 갔다 와야겠다고 벼르면서도 언제나 마음뿐인 것이었다.

햇살이 사위어가기 시작하자 개산의 검은 산 그림자가 영산강에 길게 뻗치었다. 웅보는 집을 향해 걸음을 빨리했다. 그가 마을 앞 두껍다리에 이르러 보니 헌병들 대여섯 명이 총을 메고 새끼냇다리를 건너 마을로 들어서고 있었다. 웅보는 두껍다리를 건너다 말고 어쩐지 섬뜩한 예감이 들어 잠시 걸음을 멈추고 서서 헌병들이 가까이 오는 것을 바라보고 있었다.

"웅보라는 사람의 집이 어디에 있소까?"

두껍다리 가까이 온 헌병 하나가 웅보를 향해 불컥거리는 목소리로 물었다. 웅보는 일본 헌병의 입에서 대불이가 아닌 자신의 이름이 튕겨 나오자 섬뜩 놀랐다. 그러나 그는 놀라는 얼굴을 나타내지 않고 침착하게 "그 사람은 왜 찾으십니까요?" 하고 물었다.

"그 사람이노 집이 어디에 있는지나 말하씨오."

키가 앙당하고 어깨가 떡 벌어진 헌병이 웅보에게 거칠게 쏘아붙였다.

"내가 장웅보요. 무엇 때문에 나를 찾으시는 게요?"

웅보가 일본헌병들에게 당당한 목소리로 말하자 헌병 두 명이 그의 팔을 양쪽에서 하나씩 붙들었다. 그들은 웅보의 손을 뒤로 젖혀 가늘고 질긴 노끈으로 묶었다.

"아니, 왜들 이러시오? 뭣땜시 이런당가요?"

웅보는 엉겁결에 당한 일이라 어찌할 바를 모르고 큰 소리로 따져묻기만 하였다. 그러나 헌병들은 그의 묻는 말에는 대꾸를 하지도 않은 채 다짜고짜로 총부리로 등을 떠밀며 끌고 갔다. 그는 집에 와병중인 노모한테 인사나 여쭙고 오게 해달라고 통사정을 해보았으나 그들은 들은 척도하지 않았다. 웅보가 헌병대원들에 끌려가고 있을 때 새끼내 사람들 중 아무도 그것을 보지 못했다.

웅보는 영문도 모르게 헌병대에 끌려와 유치장에 갇힌 몸이 되었다. 웅보를 끌고 간 헌병들은 그를 유치장에 동댕이친 다음 서너 명이 한꺼번에 달려들어 주먹질을 하여 넘어뜨린 후에 마구 발길질을 하였다. 웅보는 몸을 웅크리고 엎드려서 비명을 질렀다. 그들은 웅보가 혼절할 때까지 발길질을 하고서야 유치장의 문을 잠갔다.

양만석이가 유치장 안에 몸을 추스르지 못하고 널브러져 있는 웅보 앞에 얼굴을 나타낸 것은 다음날 아침이다. 양만석은 간밤에 무라다 대장과 함께 밤이 늦도록 까지 선창거리에 새로 생긴 요릿집 미락에서 기녀를 끼고 노닥거린 탓으로 눈에 핏발이 돋아 있었다. 웅보가 유치장의 싸늘하고 눅눅한 땅바닥에 진흙처럼 엉겨 붙은 모습으로 벽에 등을 기댄 채 어슷하게 앉아 있는데, 만석이가 핏발이 선 눈으로 나타났다. 웅보는 유치장 문이 열리는 소리에 힘겹게 고개를 들고 눈을 떠보았다. 그의 앞에 만석이가 서 있는 것을 발견하고 유치장 벽을 짚고 비척거리며 일어섰다. 그리고 매달리는 눈으로 만석이를 바라보았다. 그는 만석이가 자신을 돕기 위해 온 것으로 생각하고 감격했다. 웅보는 만석이에 대한 고마움 때문에 눈물이 솟구치려고 하는 것을 애써 참았다. 그때 웅보는 필시 만석의 어머니 유 씨 부인이 그를 돕기 위해 아들을 보냈을 것으로 생각하였다.

"서방님, 서방님이 오셨구만요."

웅보는 비척거리며 만석에게로 다가갔다. 그리고 너무 감격하여 만석이의 손을 잡으려고 하였다. 그러나 순간 만석이는 손으로 웅보의 가슴을 거칠게 떠밀어버렸다. 웅보는 유치장 바닥에 허물어지고 말았다. 땅바닥에 허물어진 웅보는 놀라움과 의아스러움이 엉킨 눈으로 만석이를 쳐다보았다. 만석은 팔짱을 끼고 꼿꼿하게 서서 웅보를 휘어보고 있었다.

"자네 동생 장대불이란 놈이 어디 있는지 말을 해보게."

만석이가 웅보를 노려보며 거칠게 윽박지르는 목소리로 물었다. 그제야 웅보는 만석이가 자기를 도와주기 위해 온 것이 아님을 알고 가슴이 덜컹 내려앉았다. 그는 자신을 붙들어온 사람이 바로 양만석이라는 것도 짐작하였다.

"대불이란 놈이 어디에 있는지 묻고 있지 않는가!"

대답을 하지 않고 있자 만석이가 후려치는 목소리로 다그쳤다.

"서방님께서 즈이 동생 놈을 왜 찾으시는그라우?"

웅보는 만석이가 무엇 때문에 대불이를 찾는 것인지를 불을 보듯 환히 알고 있으면서도 그렇게 묻고 있었다.

"장 서방은 나를 끌어갔던 놈이 자네 동생 놈이라는 것을 왜 숨겼는가? 장 서방도 그들 적도들과 한패가 분명한 게지? 장 서방은 그때 테메산으로 나를 뒤따라온 것이 아니라, 동생 놈을 만나러 왔던 게지? 그리고 장 서방은 내가 혼인하는 것을 알고 적도인 동생 놈에게 나를 납치하라고 은밀히 연락을 해준 게지?"

만석은 웅보를 후려칠 기세로 핏발선 눈심지를 빳빳하게 세워 쏘아보며 물었다.

"아니로구먼요. 동생 놈을 만나러 갔던 것은 사실이나 서방님을 납치하라고 이르지는 않았구만요. 제가 어찌 그런 짓을 할 수가 있간 디요. 이놈이 동생 놈을 찾아간 것은 서방님을 풀어줍사 허는 부탁을 헐라고……."

웅보는 말을 하다 말고 갑작스럽게 목구멍이 꽉 메어오는 듯한 기분이 되어 눈을 감아버렸다. 그는 만석이가 자신의 속내를 몰라주는 것이 슬펐던 것이다.

"수작 부리지 말게! 나는 그래도 자네가 우리 부모님께 충직한 종이었다는 이유 때문에 이렇게 좋은 말로 대해주고 있는 것일세. 그러니 내 비위 상하게 허지 말고 자네 동생 놈이 있는 곳을 냉큼 대게. 테메산에서 어디로 옮겨갔는지 말하지 않으면 자네 목숨이 온전치 못할 걸세. 자, 어서 좋은 말로 할 때 선선히 대답을 하게."

그러면서 만석은 팔짱을 낀 채 잠시 유치장 안을 서성거렸다. 웅보는 말없이 만석이의 뒤통수를 쳐다보았다.

"냉큼 동생 놈이 있는 곳을 대게. 만일 끝끝내 입을 열지 않겠다면 자네는 살아서 돌아갈 수 없을 것이야."

만석이가 몸을 돌려 웅보를 찍어보며 다시 을러댔다. 웅보는 순간 죽은 양 진사가 다시 살아난 듯한 기분에 온몸에 소름이 돋으면서 오싹해졌다. 그는 어렸을 때 양 진사가 웅보의 할아버지와 아버지를 윽박지르는 양을 여러 차례 보아왔었다. 그리고 지금 그는 자신을 을러

대고 있는 만석에게서 죽은 양 진사를 발견한 것이었다.

"그때 동생 놈을 보고는 아직 소식도 모르고 있구만요."

웅보는 고개를 숙이며 잦아들어가는 목소리로 말했다.

"자네하고는 그래도 내통이 있을 것이 아닌가?"

"믿어주시어요. 내통이라니 당치도 않구먼요. 동생 놈이 그러고 나대는 것을 원치 않습니다요. 참말입니다. 서방님, 그러니 이놈을 놓아주씨오. 즈이 노모님이 편치 않습니다요. 그리고 식구들은 이놈이 여기에 잡혀와 있는 줄도 모르고 있습니다요. 암만 이놈을 족대겨봤자 동생 놈이 어디에 있는지 알아내실 수가 없을 게로구먼요. 이놈이 알아야 말씀을 디립죠."

웅보는 간절하게 사정을 하였다.

"장 서방이 끝내 동생 놈이 어디에 있는지 발설하지 않는다면 헌병들이 자네를 살려두지 않을 걸세. 자네 코를 뚫어서라도 끌고 댕김시로 동생 놈을 찾아내고야 말게야."

그러면서 만석이는 한참 동안이나 웅보를 후벼보고 나서 유치장에서 나갔다.

유치장 나무살창 위로 가을햇살이 비스듬히 꽂혀 내리고 있었다. 웅보는 집안 식구들에게 자신이 헌병대에 붙잡혀와 있다는 것을 알릴 도리가 없음이 답답했다. 지금쯤 그를 찾아 새끼내 안통을 발칵 뒤지고 있을 것이라고 생각했다.

햇살이 나무창살을 통해 유치장의 흙바닥까지 흘러들어올 무렵에 웅보는 그에게 주먹밥을 가져온 유복이를 만날 수가 있었다. 처음에 웅보는 유복이를 알아보지 못하였다.

"장 십장님께 이 소식을 알려드릴까유?"

유복이가 주먹밥을 들고 와서 소곤거렸을 때에야 웅보는 그가 대불이를 찾아 두어 번 새끼내 그의 집에 찾아왔던 것을 기억해낼 수가 있었다.

"아니, 자네는?"

"아무 말씀 마서유. 어쩌끄라우? 지가 장 십장님한테 알릴까유?"

유복이는 유치장 밖을 두렷두렷 둘러보며 겨우 들릴락 말락 한 목소리로 소곤거렸다.

"그것보담, 자네 우리 집에 내 소식 좀 전해줄랑가?"

"무신 소식인듀?"

"내가 여그 와 있다는 말만 좀 전해주소."

"장 십장헌테는 어쩌고라우?"

"워디 있는지 알고 있는감?"

유복이가 고개를 끄덕이고 나서 "장 십장님은⋯⋯" 하고 말을 꺼내려고 하자 "나헌테 말헐 필요 없네. 나는 모르는 것이 좋네" 하고 대불이는 유복이의 말을 잘라버렸다.

그때 헌병들 세 명이 유치장 안으로 들어와서 웅보를 끌고 취조실로 들어갔다. 그는 취조실에서 도리우찌에 안경을 쓴 일본인으로부터 취조를 받았다. 안경을 쓴 사내는 처음에는 좋은 말로 웅보에 대해 여러 가지를 저저이 따져 물었다. 그는 대불이에 대해서도 이것저것 깨를 털어내듯 캐물었다. 그동안 어디서 무엇을 했으며, 갑오년 이후에는 어디에 있었고 상종하는 친구들은 누구누구인지를 물었다. 그러고 나서 대불이가 어디 있는지 말하라고 다그치는 것이었다. 그를 취조하던 안경잡이 일본인은 웅보에게 궐련을 권하기까지 하였다. 안경잡이 옆에 만석이가 나무 장의자에 앉아 있다가 웅보의 궐련에 불을 붙여주었다. 웅보가 서너 모금 담배연기를 빨아들였을 때 안경잡이가 말끄러미 그를 바라보았다.

"자, 어서 장대불이가 있는 곳을 말하씨오. 테메산에서 어디로 갔소?"

안경잡이가 물었다.

"모르는 일입니다요."

웅보는 똑같은 말을 열 번도 더 되풀이하였을 뿐이었다.

"고로스요!(죽여 버린다)"

안경잡이가 꽥 소리를 질렀다. 그러면서 그는 큰 소리로 취조실 밖에 있는 헌병들을 불러 웅보를 고문하라고 일렀다.

헌병들은 웅보의 두 다리를 동여매어놓고 정강이 사이에 두 개의 실팍한 작대기를 꿰어, 그 한쪽 끝을 좌우로 벌리어가면서 잡아 젖히는 가새주리 고문을 하였다. 웅보는 정강이가 빠개지는 듯한 아픔 때문에 거듭 비명을 질렀다. 그는 어금니를 악물고 아픔을 참으려고 하였지만 자기도 모르는 사이에 비명을 쏟아내고 말았다. 웅보는 육신의 고통을 참아내기가 어려울 때마다 할아버지를 생각하였다. 할아버지의 이마에 불도장이 찍힐 때를 생각하면서 자신의 고통을 이겨내려고 하였다. 그리고 할아버지가 숨을 거둘 때, 벌겋게 달구어진 인

두로 자신의 이마에 찍힌 불도장을 지울 때를 떠올리곤 하였다. 할아버지의 이마에 찍힌 불도장은 웅보에게 큰 위안이 되어주었다. 그때마다 그는 할아버지의 불도장은 어쩌면 그 자신의 마음속에도 깊고 크게 찍혀져 있는 것인지도 모른다고 생각했다.

웅보는 할아버지의 이마에 찍혔던 불도장을 생각하면서 정신을 잃었다. 그리고 한참 후에 다시 그에게 정신을 넣어준 것도 할아버지의 불도장이었다. 그가 가까스로 정신을 수습하였을 때 그의 눈앞에는 할아버지 이마에 찍혔던 불도장이 아침의 햇살처럼 이글거리며 타오르고 있었다. 그 순간 웅보는 할아버지에게, 설사 목숨을 잃는 한이 있어도 비겁쟁이가 되지 않겠다고 약속하였다. 그는 할아버지와 약속을 하고 나자 다소 두려움이 사그라지면서 마음이 편안해지는 것 같았다.

유복이가 새끼내 웅보의 집에 가서 그가 영산포 헌병대에 붙잡혀 있다는 소식을 전한 것은 이틀 후였다. 그 이틀 동안 새끼내 사람들은 웅보가 짐작했던 대로 영산강변을 샅샅이 뒤져보기도 하고 구진포 배나무 주막으로 난초를 찾아가서 행방을 수소문해보기도 하였으나 허탕을 치고 돌아와 먼 산만 바라보고 있던 참이었다.

"우암이 큰아부지께서는 아무 일도 없구만요. 헌병들은 단지 우암이 아부님에 대해서 쬐끔 알아보고 싶은 것이 있는갑습디다. 그러니 걱증 마시고 사나흘 동안만 기달려보씨요잉. 음석도 잘 잡수시고 매도 안 맞았응께 담배씨만치도 걱증 마시고 느긋허게 기다리면 곧 돌아오실 거로구만요."

유복이는 그렇게 장 십장네 식구들을 안심시켰다. 그러나 그가 보기에 장 십장 형님은 그렇게 쉽사리 풀려날 것 같지가 않았다. 장 십장 형님은 날마다 한두 차례씩 물매질을 당하고 있는 것이었다. 그러면서도 몸가짐이 흐트러짐 없이 꿋꿋하게 이겨내고 있었다. 유복이가 보기에 이대로 내버려둔다면 장 십장 형님은 앞으로 며칠을 더 넘기지 못하고 숨을 거두게 될 것 같았다. 그날 아침 유복이가 주먹밥을 가지고 유치장 안으로 들어가 보았을 때도 그는 제대로 땅바닥에 일어나 앉지도 못하던 것이었다.

유복이로부터 남편 소식을 전해들은 쌀분이는 우암이를 끌어안고 훌쩍거렸다. 큰방에 누워 있던 웅보 어머니가 방문을 열고 내다보자 쌀분이는 얼른 몸을 돌려 눈물을 닦았다. 어머니에게 아들이 헌병대에 붙잡혀 있다는 것을 숨기고 싶었기 때문이다. 쌀분이는 어머니에게 아들이 목포에 다니러 갔다고 거짓말을 하고 있었다. 그러자 어머니는 다음날부터 애타게 웅보를 기다렸다. 그의 어머니는 웅보한테서 개동이의 소식을 듣고 싶었던 것이다.

유복이는 다시 한 번 장 십장 식구들을 위로하고 서둘러 발걸음을 돌렸다. 유복이가 돈들막을 내려오고 있을 때, 숨을 헐떡거리며 우암이가 뛰어왔다.

"큰어머님이 헌병대에 따라갔다 오라고 했응께 함꾸네 가드라고."

우암이가 유복이보다 서너 걸음 앞서 걸으며 말했다. 유복이는 걸음을 멈추었다.

"헌병대에는 뭣흐게?"

"큰아부지 얼굴이라도 보고 올라고."

"걱정 말고 그냥 돌아가 있으랑께. 큰아부지 걱정 말고 큰어머니 위안이나 잘 해드려. 나는 시방 헌병대로 가는 길이 아니로구먼."

유복이는 우암이를 냉정하게 뿌리쳤다. 그러자 우암이는 무르춤히 서서 씨그둥한 눈빛으로 유복이를 보았다.

"글타면 나 혼자서라도 큰아부지를 만나러 가야 쓰겠구만."

그러면서 우암이는 유복이를 씨식잖다는 표정으로 흘겨보았다.

"그러지 말고 집에 들어가 있으랑께잉. 내가 어디 좀 갔다가 낼이나 모레쯤에 다시 올텡께 그때 가드라고."

유복이는 우암이한테 툭박지게 내지르고 나서 돈단을 내려가 진포리 쪽으로 반달음을 쳤다.

유복이는 잡목의 가지와 풀잎들을 헤치고 허위허위 장 십장이 있는 개산으로 올라갔다. 산으로 높이 올라갈수록 영산강의 물줄기가 길게 한눈에 들어왔다. 긴 물줄기의 강은 마치 비단을 펼쳐놓은 것처럼 아름다웠다. 더욱이 가을의 윤기 나는 햇살 속에 깊게 굽이쳐 펼쳐진 강은 명주 베를 햇볕에 말리는 것처럼 눈이 부셨다. 유복이는 영산 강변에 살면서도 이렇게 긴 강의 물줄기를 한눈에 내려다본 것은 처음이다. 그동안 몇 번 개산에 올라와본 일은 있었지만 아무 생각 없이 건성으로 바라보았을 뿐이었다. 그리고 강은 무서운 것으로만 생각해왔다. 유복이는 영산강이 홍수로 범람하여 붉덩물이 온 들판을 휩쓸어버린 때를 여러 차례 구경해왔기 때문에, 강은 늘 두려운 존재였다. 그는 자라오면서 자신이 큰 붉덩물에 떠내려가는 꿈을 열 번도 더

꾸었다. 그런 꿈을 꾸고 난 날은 어쩐지 영산강 쪽에 나가고 싶지도 않았다. 강이 더 무서워진 것 때문이었다. 그런 영산강이 지금 그의 눈에는 햇볕 속에 널어놓은 명주 베처럼 아름답게 보인 것이다. 지금 껏 그에게 아무도 강의 아름다움에 대해서 이야기해주지 않았다. 입 암산 아래서부터 강을 따라 영산포까지 오게 되었다는 그의 아버지 도 강의 아름다움에 대해서는 한마디도 말해주지 않았다.

김유복은 영산강의 긴 물줄기를 오른쪽으로 비껴 내려다보면서 개산 봉우리로 추어 올라갔다. 장 십장이 이끄는 창의병의 둔영은 바 로 영산강이 나주에서부터 광탄의 넓은 물줄기를 이루면서 영산포로 휘어 들어오는 모양이 한눈에 내려다보이는 개산의 동쪽 산마루에 있었다. 이곳에 둔취하고 있으면 나주와 영산포 쪽의 정황이 발부리 아래로 확연히 내려다보여 일본 군사의 움직임에 용이하게 대처할 수가 있었다. 유복이는 개산으로 올라가면서 산꼭대기의 둔소에서 창의병들이 그가 올라오고 있음을 환히 내려다보고 있을 것이라 짐 작하고 얼핏얼핏 고개를 들어 상수리나무의 우듬지 위로 뾰조록이 모습을 내민 산정을 올려다보곤 하였다.

김유복이가 땀벌창이가 되어 둔소가 있는 산꼭대기 조금 못 미쳐 큰 바위둥걸 위에 올라가 잠시 숨을 돌리고 있는데, 그가 올라오는 것 을 내려다보고 있던 서거칠이가 한달음에 뛰어내려왔다.

"여그꺼정 올라오는 유복이 네 꼬락서니가 꼭 구더기 똥통 기어 올라오는 것맹키로 꼼질꼼질허드라."

서거칠이가 유복이의 옆에 와 서서 반가움을 표시하며 실실거렸다. 나이는 서거칠이가 유복이보다 한 살이 더 많았으나, 그들은 지금껏 서너 차례밖에 만나지 않았는데도 너냐 나냐 하는 찐덥진 친구가 되었다.

"영산강 경치가 하도 좋아서 싸묵싸묵 올라왔구먼. 산에서 내려다보니께 저르케도 부드럽고 조용헌 영산강인듸 홍수가 났다 허면 사나와지니……."

유복이는 참나무 가지들 사이로 강을 내려다보며 중얼거렸다.

"그러니께 저 강물 속에는 선녀같이로 이쁜 처자와 사자같이 무서운 야수가 함꾸네 살고 있다고 안흐다."

말을 하면서 서거칠이도 창랑정 아래로 휘움하게 굽어 도는 강줄기를 내려다보았다.

"강은 사람이라고 허드라."

서거칠이가 영산강을 내려다보면서 말했다.

"강이 사람이라고?"

"그려. 우리 장 십장님이 그러시드랑께. 장 십장님의 할아부지가 그랬었고, 장 십장님의 형님이 그러셨다등만."

서거칠이가 장 십장의 형님 이야기를 해서야 유복이는 아차 나 봐라 하고 자신이 개산으로 달려온 것을 깨우치며 서둘러 산정으로 올라갔다.

"우리 아부지도 그러시등만. 강이 있응께 사람이 있다고 말여. 영산강이 있응께 우리가 여그에 있드끼 말이여잉. 영산강이 여그에 없으면 우리도 여그 없었겄재."

앞서 올라가던 유복이가 서거칠을 돌아다보며 웃는 얼굴을 하고 말했다.

잠시 후 유복은 서거칠과 함께 장대불 십장이 둔영의 지휘소로 쓰고 있는 초막으로 들어섰다. 장 십장은 그때 초막에서 짝귀로부터 영산포 손칠만을 만나고 온 이야기를 듣고 있었다. 대불이는 얼마 전에 손칠만에게 기계를 구입해달라고 박 초시에게서 양만석의 몸값으로 받은 어음을 맡기고 온 일이 있었는데, 기계를 인도하기로 약조한 날이 가까워지자 그 전에 짝귀를 보내 차질이 없는가를 알아보고 오게 한 것이었다. 짝귀는 손칠만이가 사흘 후 자정 구진포나루에서 약조했던 기계를 인수하겠으니 차비를 하라 하더라고 장 십장에게 전하였다. 짝귀의 보고를 받은 대불이는 사흘 후 구진나루에서 손칠만으로부터 기계를 인수받을 계획을 짜고 있었다. 그렇듯 대불이는 손칠만을 의심하지 않고 있었다. 그는 그의 손으로 건네주었던 어음이 다시 박 초시의 손에 들어간 사실을 알 턱이 없었던 것이다.

유복이가 십장의 초막 안으로 들어서는 것을 본 대불이는 짝귀와 주고받던 이야기를 멈추고 다소 놀라는 얼굴로 서거칠과 김유복을 번갈아 쳐다보았다.

"유복이 아니냐? 무슨 일이냐?"

대불이는 김유복의 얼굴에서 그가 찾아온 일을 어림해보면서 물었다. 유복은 초막 안에 있는 사람들을 둘러보고 나서

"장 십장님 댁에 일이 생겼구만요."

하고 맥 빠진 목소리로 대답하였다.

"우리 집에 일이 생기다니. 뜬금없이 무신 소리냐? 혹여 우리 모친께서……?"

대불이가 짐작하기에 집안에 일이 생겼다면 모친의 병세가 위중해진 것이 아닌가 싶었다. 그는 웅보 형님이 설마 헌병대에 붙잡혀갔으리라고는 상상하지도 않았다.

"십장님의 모친께선 무탈허십니다요."

대불이는 유복이의 말에 일단 안심을 하면서 "글타면 무신 일이냐?" 하고 다그쳐 물었다.

"우암이 큰아부지께서……."

"우리 형님께서?"

"예. 그렇구만요."

"우리 형님께서 어찌 되셨느냐?"

대불이는 몸이 달아 재우쳐 물었다.

"우암이 큰아부님께서 영산포 헌병대에 붙잽혀오셨습니다요."

"뭣이라고 했냐? 그렇게 우리 형님께서 영산포 헌병대에 붙잽혀가셨다고? 무신 일로 붙잽혀가셨다냐? 누가 그러냐?"

대불이는 안색을 붉히며 한꺼번에 여러 가지 것을 물었다. 그러면서 그는 자리에서 일어섰다 앉았다 안절부절 못하였다.

"붙잽혀오신 지가 사흘째나 되는구면요. 지가 보았구면요. 그러고 우암이 큰아부님의 부탁을 받고 시방 새끼내 집에 기별을 해주고 오는 길이로구면요."

"그래, 뭣땜시 붙잽혀가셨다냐?"

묻고 있는 대불이의 목소리가 심하게 떨고 있었다.

"잘은 모르겠으나, 장 십장님이 어디에 있는지 대라고 욱대기는 것 같드만요. 참, 나주에서 양아무개라고 허는 일진회 사람이 와서 잡아온 것 같았습니다요. 거 멋이냐, 무라다 대장흐고 거 양 아무개흐고 주고받는 말을 귀동냥해서 들어봉께, 어음 어쩌고 허등그만이라우. 박 초시가 싸전에서 어음을 되돌려받았다고 허등가 그러든듸……."

대불이는 유복이의 말에 얼핏 짝귀를 바라보았다. 유복이의 입에서 어음 이야기가 나왔기 때문이다. 유복이의 말대로라면 손칠만이가 대불이한테서 기계의 구입대금으로 받은 어음을 박 초시에게 돌려주었다는 것인데, 그 말이 사실이라면 손칠만이가 딴 수작을 부리고 있음이 분명했다.

"성님이 갔을 때는 수상헌 기미가 안 보입듸?"

대불이가 불안한 눈빛으로 짝귀를 보며 물었다.

"기미라니? 내가 보기에는 암시랑토 않등만."

"아니어라우. 내 생각에는 암만해도 뭣이 껄쩍지근허구만이라우. 손칠만이 그놈이 내가 건네준 어음을 박 초시헌테 돌려줌시로, 나헌테서 받았다는 것을 죄 까발렸을지도 모르는구먼요. 그러자, 이 사실을 박 초시가 그의 사위 양만석헌테 말험시로 새끼내 우리 성님을 들먹인 것이 틀림없는 일이구만이라우."

대불이의 짐작은 적중했다. 그러나 그는 우선 헌병대에 붙들려간 형님이 걱정이었다.

"우리 성님 으쩌시더냐. 몸이 많이 상허셨지야?"

장 십장의 물음에 유복이는 잠시 생각을 굴려보았다. 장 십장님한 테는 사실대로 말을 해주어야 할 것 같았다.

"많이 상허셨구만이라우. 그래서 이르케 뛰어왔어라우. 이대로 냅 두면 앞으로 사흘을 더 못 버티실 거로구먼요. 그러니 우암이 큰아부 님을 언능 구해드려야 할 것잉만이라우."

대불이는 참담한 얼굴로 초막 안의 사람들을 둘러보았다. 유복이 의 말대로라면 웅보 형님의 신상이 위급지경에 있는 것이 분명한 듯 싶었다. 어떻게 해서든지 형님을 구하지 않으면 안 될 것이었다. 허 나, 그렇다고 해서 창의병을 몰고 영산포 헌병대로 쳐들어가 유치장 을 부수고 형님을 꺼내올 수는 없는 일이었다. 형님을 꺼내온다 해도 그 뒷일이 걱정인 것이었다. 형님까지도 창의병이 되게 하고 싶지는 않았기 때문이다. 새끼내 가족을 팽개칠 수가 없었던 것이다.

대불이는 영산포 헌병대 유치장에 갇힌 웅보 형님을 구출해낼 방 도를 요모조모로 굴려보았다. 제일 간단한 것은 한밤중에 창의병을 몰고 쳐들어가서 유치장을 부수는 일인 것이었다. 그렇지만 그렇게 하는 것은 웅보 형님을 구출하는 것이 아니라 더 곤궁에 빠뜨리는 결 과가 되고 말 것이 뻔한 일이라는 것을 잘 알고 있는 터였다.

"시방 헌병대에 양만석이라는 일진회 청년이 있다?"

골통이 뼈개지도록 생각을 하고 난 대불이가 유복을 향해 뚜벅 물 었다.

"야. 그 시건방지게 생긴 양아무개라는 일진회 놈은 낮에는 우암 이 큰아부님을 족대기고 밤에는 무라다 대장과 함꾸네 술타령을 홉

되다요."

그 같은 유복이의 말대로 시건방진 양만석의 모습이 대불이의 눈앞에 선하게 떠올랐다. 그리고 자기가 뿌린 핏줄로부터 욕된 곤욕을 당하고 있는 웅보 형님의 갈가리 찢겨진 마음도 훤히 들여다보이는 것 같았다.

"유복이 너 이 길로 나주 노루목에 좀 갔다 와야 쓰겄다. 아니다. 유복이는 헌병대로 곧 돌아가 봐야 헐텡께로 거칠이 네가 댕겨오그라."

대불이는 웅보 형을 살려낼 수 있는 방도를 생각해낸 것이었다. 노루목 양 진사 댁 마님 유 씨 부인의 도움을 청할 생각이었다. 그는 평소에 유 씨 부인이 웅보 형에 대해서 각별한 은혜를 베풀어왔음을 기억해냈다. 갑오년에 웅보 형님이 새끼내 마을사람들과 나주관아에 붙들려 갔을 때도 만석이 어머니인 유 씨 부인이 친정 사람들의 도움을 받아 방면시켜주었다고 했던 것이다. 생각해보니 그것은 유 씨 부인이 웅보 형님의 씨를 빌려 양만석을 얻게 되었기 때문이었을 것이었다. 이번에도 양만석이가 웅보 형님을 붙잡아다가 족대기고 있다는 사실을 유 씨 부인이 알게만 된다면 그대로 놔두지 않을 것이 분명했다.

"나주 노루목에는 뭣땜시 가라고 그러시요?"

서거칠이가 장 십장을 보며 물었다.

"지금부터 내 말을 잘 듣고 내가 시키는 대로 해사 쓴다잉."

대불이는 서거칠에게 다짐을 하고 나서 그가 나주 노루목 양 진사 댁 유 씨 부인을 만나서 어찌해야 할 것인가를 저저이 일러주었다. 서거칠은 대불이의 말을 들으면서 연신 고개를 끄덕거렸다.

"그러면 냉큼 떠나거라."

대불이는 서거칠을 재촉하였다. 서거칠은 그 길로 유복이와 함께 서둘러 산을 내려갈 차비를 하였다.

"그리고 참, 유복이는 앞으로 이틀이 더 지나도록 우리 성님이 풀려나지 못허시면 지체허지 말고 나헌테로 오거라. 자 그러면 어서들 떠나거라."

대불이의 말이 떨어지자 서거칠과 김유복이는 나란히 초막을 나섰다. 대불이도 초막을 나와 두 아이들이 쌍고라니처럼 앞서거니 뒤서거니 하면서 산을 내려가는 모습을 한참 동안이나 바라보고 서 있었다. 그는 제발 웅보 형님이 무사하기를 빌었다. 그는 영산강 쪽을 내려다보면서 자신도 모르게 할아버지를 마음속으로 간절하게 부르면서 도움을 청하였다.

서거칠과 유복이의 모습이 산자락 아래로 휘어 돌아서서야 대불이는 다시 초막 안으로 돌아와 짝귀와 함께 얼굴을 맞대고 손칠만에 대한 일을 논의하였다.

서거칠이가 나주 노루목 양 진사 댁 대문 앞에 당도한 것은 밤이 깊어서였다. 유복이와 함께 개산을 내려와서 유복이의 배웅을 받으며 강을 건너 나주까지는 한달음에 뛰어갈 수가 있었는데, 노루목에 이르는 동안 시간이 많이 지체되었고, 다시 노루목에서 이집 저집 기웃거리며 양 진사 댁을 찾다보니 을야(乙夜)가 지나버린 것이었다. 양 진사 댁 대문 앞에 당도한 서거칠은 대문을 두드려서 잠든 청지기 박 서방을 깨웠다.

"서방님 일로 마님을 뵈러 왔으니 냉큼 문 좀 열어주씨오."

청지기 박 서방이 대문을 따주자, 서거칠은 장 십장이 시킨 대로 다급한 목소리를 쥐어짜며 둘러댔다.

"우리 서방님한테 무신 일이 생겼느냐?"

청지기 박 서방이 어둠속에서 서거칠의 행색을 저울질하며 물었다.

"마님께 여쭙겠응께 어서 안채로 인도허씨오. 시각을 지체헐 일이 아니오."

청지기 박 서방은 잠이 덜 깬 혼몽한 정신으로 서방님한테 무슨 일이 있다는 말에 서거칠을 안채로 인도하여 다급하게 유 씨 부인을 깨웠다. 청지기 박 서방이 서너 차례 마님을 불러 대서야, 유 씨 부인이 끝례를 찾았고, 이내 안방에 불이 켜졌다. 그러고도 유 씨 부인이 방문을 연 것은 한참이 지나서였다.

"무신 일인데 이리도 소란인가?"

잠에 취한 유 씨 부인이 짜증스럽게 물었다.

"서방님한테 무신…… 일이 생긴 모양입니다요."

박 서방이 지싯거리며 말하자 유 씨 부인이 자리옷 바람으로 방문 밖 토마루로 뛰어나왔으며, 그 사이에 건넌방에 잠들어 있던 양만석의 새색시도 모습을 나타냈다.

"이 젊은이가 서방님 소식을 가져왔구먼요."

박 서방이 서거칠을 가리키며 말했다.

"무신 일이냐? 서방님께 무신 일이 생겼느냐?"

유 씨 부인이 서거칠을 향해 다급하게 물었다. 서거칠은 몸피가 야리야리한 자리옷 바람의 유 씨 부인을 어둠속으로 쳐다보았다.

"서방님께서는 시방 영산포 헌병대에 있구먼요. 헌병대에서 새끼내 사는 장웅보라는 사람을 붙잡아다 초주검을 맹글고 있어라우. 이대로 두었다가는 서방님이 사람을 죽이게 생겼당께요."

서거칠은 장 십장이 이른 대로 조심스럽게 말하였다.

"만석이가 장 서방을 잡아다가 초주검을?"

유 씨 부인은 우선 아들 신상에 변고가 없음에 마음을 놓기는 하였으나, 만석이가 장웅보를 잡아다두고 매질을 하여 생사람을 죽이고 있다는 말에 적이 놀랐다.

"서방님이 무슨 일로 장 서방을 잡아다가 잡도리를 한다더냐?"

"거야 모르는 일입지요. 헌데 마님, 잡도리 정도가 아니라, 장 서방이 곧 죽게 생겼다니께요. 이대로 두었다가는 영락없이 생목숨이 끊어지고 말 거로구먼요."

서거칠은 마치 자신이 장웅보의 참상을 보기라도 한 것처럼 다급하게 말하였다.

서거칠의 말을 들은 유 씨 부인은 잠시 생각에 잠긴 얼굴로 서 있다가 한숨을 삼켰다. 서거칠은 유 씨 부인의 한숨소리를 들을 수가 있었다.

"이 밤중에 나헌테 와서 새끼내 장 서방 일을 말하고 있는 너는 어디 사는 누구이냐?"

한참 후에 유 씨 부인이 나지막한 소리로 물었다.

"예, 소인 놈은 헌병대에서 고스까이로 있는 놈이로구먼요."

서거칠은 미리 장 십장이 일러준 대로 대답하였다.

"고스까이라니?"

유 씨 부인은 고스까이라는 말의 뜻을 몰라 되물었다.

"예, 심부럼허는 아이라는 말이로구먼요."

"그렇다면 나를 찾아가서 이 사실을 말허라고 이른 사람이 장 서 방이냐?"

"예. 장 서방이 소인 놈에게 간청을 해서⋯⋯."

서거칠은 말끝을 흐리며 유 씨 부인의 태도를 살폈다.

"박 서방은 날이 밝는 대로 강을 건너 영산포 헌병대에 가서 서방 님을 모셔오도록 하게나. 장 서방 이야기는 할 것 없고, 그냥 에미 몸 이 편찮다고 허게나."

유 씨 부인은 청지기 박 서방에게 그렇게 이르고 나서 서거칠에게 도 밤중에 강을 건너 먼 길을 달려온 것에 대해 치하의 말을 해주면서 하룻밤을 쉬고 박 서방과 함께 떠나가라고 하였다.

양만석은 그의 집 청지기 박 서방으로부터 모친이 위중하다는 기 별을 받자마자 서둘러 영산강을 건너 노루목으로 향했다. 편모슬하 의 외아들이란 거의 효자이게 마련이지만 양만석의 효심은 근동에 소문이 날 만큼 지극한지라, 박 서방의 전갈을 받자마자 조반도 먹지 않고 서둘러 강을 건넌 것이다. 그러나 그가 허위단심 집에 당도해보 니 병세가 위중하다는 그의 어머니는 마당에서 끝례와 함께 토란을 다듬고 있었다. 양만석은 어머니가 마당에 나와 있는 것을 보고 마음을 놓기는 하였으나, 걱정스러운 마음에 조반도 거르고 정신없이 뛰어왔던 일을 생각하니 트릿한 마음이 우럭우럭 뻗질러 올라, 무섭게 박 서방을 노려보았다.

"박 서방은 뭣땜시 바쁜 나를 골탕 멕인 겐가?"

양만석은 애먼 박 서방한테 화풀이를 하였다.

"에미가 시켰느니라. 냉큼 방으로 들어가자."

유 씨 부인은 마당으로 들어선 아들을 보자 버르르 성깔 돋은 눈빛을 툭툭 쏘아대며 말했다. 양만석은 여들없는 얼굴로 박 서방을 돌아보며 어깻죽지를 내리고 그의 어머니를 따라 안방으로 들어갔다.

"너 그간에 영산포에 가서 무신 못된 짓을 헌 게냐?"

먼저 안방에 들어가서 좌정한 유 씨 부인은 아들이 문턱을 넘어서기도 전에 서슬이 퍼런 눈빛으로 만석을 쏘아보며 다그치듯 물었다. 양만석은 어머니의 심기가 심상치 않음을 눈치 채고 섣불리 입을 열지 못하고 여싯여싯 망설였다.

"네놈이 새끼내 장 서방을 헌병대에 붙잡어다가 초주검을 맹글었다면서?"

유 씨 부인이 쥐어박을 듯한 목소리로 다그쳤다. 그제야 양만석은 그의 어머니가 칭병을 빌미로 청지기 박 서방을 시켜 그를 불러온 연유를 가늠할 수가 있었다.

"혼인 초야에 나를 붙잡어가서 몸값을 받어낸 놈이 알고 보니께 바로 그 장 서방의 동생 놈이었습니다요. 그것을 숨긴 장웅보라는 놈이 얼마나 괘씸헙니까요. 그런 놈은 혼구녕을 내줘야 허는구만요. 그리고 웅보 놈의 동생 놈도 기어코 잡아내고야 말 거구만요.”

양만석은 어머니를 보며 큰 소리로 말했다.

“네가 테메산에 붙들려갔을 때, 장 서방이 거기꺼정 간 것은 너를 살리려는 마음이었다는 것을 왜 모르느냐.”

“어머님은 아무것도 모르고 계셔요. 웅보 놈은 제 동생 놈을 만나러 온 것이었어요.”

양만석은 답답한 얼굴로 그의 어머니를 보았다. 유 씨 부인은 잠시 아들을 바라보고만 있었다. 웬만한 말로는 쇠고집의 아들 생각을 꺾을 수 없다는 것을 안 유 씨 부인은 잠시 생각을 쥐어짰다. 궐녀는 어떤 일이 있어도 웅보가 만석의 손에 죽게 되는 일은 없어야 한다고 결심한 터이라, 어떤 수단을 써서라도 아들의 마음을 돌려야만 하였다. 그렇다고 만석이가 웅보의 핏줄이라는 것을 눈치 채게 해서도 안 될 일이었던 것이다.

“장 서방은 네 생명의 은인이다. 그러니 너는 그 사람을 해쳐서는 안 된다.”

한동안 말없이 아들의 얼굴을 짯짯이 되작거려가며 살펴보고 있던 유 씨 부인이 은근한 목소리로 말했다.

“생명의 은인이라니, 그 사람이 어찌 내 생명의 은인이라는 것입니까?”

양만석은 어머니의 말을 믿지 못하겠다는 눈빛으로 따지듯 물었다. 유 씨 부인은 아들의 물음에 곧 대답을 못해주고 잠시 여섯여섯 망설였다. 어떤 연유로 하여 장 서방이 만석이한테 생명의 은인이 된다고 하는 데까지는 미처 생각이 추슬러지지 않았기 때문이었다.

"장 서방이 내 생명의 은인이 된다니, 무슨 말씀인가요?"

유 씨 부인이 대답을 못하고 미적거리자 양만석이 재우쳐 물었다.

"네가 떡애기 적의 일이다. 너를 데리고 강 건너 진포리 진외가 댁에 댕겨오다가 쪽배가 뒤집히고 말았느니라. 그때 너를 업고 따라갔던 장 서방의 죽은 누이 둥구미가 너를 업은 채로 영산강 물에 빠지고 말았단다. 둥구미뿐만 아니라 에미도 물에 빠지고 말았었재. 그때 장 서방 그 사람이 너와 이 에미를 건져서 목숨을 구해주었단다."

유 씨 부인은 우선 다급한 김에 이야기를 꾸며대고 말았다. 그러고 나서 지그시 눈을 감아버렸다. 어머니의 이야기를 들은 양만석은 오랫동안 말이 없이 묵연히 앉아 있었다. 어머니의 말대로라면 장웅보는 그에게 틀림없는 생명의 은인이 아닌가. 그에게 뿐만 아니라 그의 어머니에게도 생명의 은인이 분명한 것이었다.

"에미 말 알겠쟈. 그러니 냉큼 영산포로 가서 장 서방을 풀어주그라."

유 씨 부인은 목소리를 가다듬어 아들에게 진심으로 당부하였다.

"허나, 장 서방의 동생 놈은 기필코 내 손으로 잡어서 분풀이를 허고야 말 것이구만요."

"에미가 부탁허고 싶은 것은 인과응보를 생각허고 무슨 일이고 허라는 것뿐이다. 고운 일을 허면 고운 밥 묵는다고 안 허댜. 죄는 지은 대로 가고 덕은 닦은 대로 가는 법이다. 시상이 어수선헐수록에다가

척짓고 살면 안 된다."

유 씨 부인은 아들이 영산포 헌병대에 붙잡혀 있는 장 서방을 풀어줄 기미를 보이자 좋은 말로 타일렀다. 궐녀는 아들이 일본사람과 가까이 사귀는 것이 마뜩찮게 생각되어 여러 차례 타일러보았으나 일진회를 그만둘 것 같지가 않은지라 늘 걱정인 것이었다. 유 씨 부인은 만석이가 그리 된 것은 서울에 올라가서 신학문을 공부한 탓이라 생각되어, 친정오라비의 말만 믿고 아들을 서울로 보냈던 것이 후회막급이었으나, 이제는 엎질러진 물이나 진배없는 일인 것이었다. 만석은 묵연히 어머니의 말만 듣고 있었다.

"으쩔래. 이 길로 영산포에 가서 에미 말대로 장 서방을 풀어주겠쟈? 어쨌거나 장 서방은 우리 모자의 은인이 아니냐. 사람이 은혜를 모르면 짐생이나 조금도 다를 바가 없느니라."

"어머님 말씀대로 따르겠으니 걱정마서요. 요기 좀 허고 서둘러 영산포로 가겠구만요."

"그려, 되었다. 허면 밥상 들여올 테니 요기부텀 허그라."

유 씨 부인은 그렇게 말하고 정주간으로 나가 손수 밥상을 차려 들고 들어왔다. 궐녀는 아들이 밥을 먹는 동안 아무 말도 하지 않았다. 만석이도 시장했던 참이라 바쁘게 숟갈질만 하였다.

그날 저녁나절 해가 설핏하게 개산 꼭대기에 걸려 붉은 몸짓으로 버둥거릴 무렵에 웅보가 풀려났다. 헌병들에 붙잡혀온 지 나흘 만에 풀려난 것이다. 그는 가까스로 몸을 가누고 헌병대를 나와 새끼내로 걷다 말고 영산강 둑길로 접어드는 느티나무 모퉁이의 땅바닥에 짚불처럼 허물어지고 말았다. 그는 땅바닥에 앉아서 뉘엿뉘엇 석훈이 사위어가는 개산을 바라보았다.

치자빛깔에서 갈댓잎의 색깔로 사위어가는 해넘이 무렵의 하늘에 유 씨 부인의 모습이 떠올랐다. 웅보가 이렇듯 애틋한 마음으로 유 씨 부인의 모습을 떠올린 것은 처음 있는 일이다. 이전에는 울컥 유 씨 부인이 저절로 떠오르려고 하면 고개를 흔들어대면서 그 모습을 몰강스럽게 머릿속에서 지워버리곤 하였던 것인데, 이날만은 웅보 자신도 모르게 오랫동안 그 모습에 넋을 잃고 있었다.

그는 조금 전, 양만석이가 유치장 안으로 들어와 그를 풀어주면서 묻던 말을 다시 한 번 더 되작거려보았다. 양만석은 그에게 다짜고짜로 "장 서방이 나를 살려주었다는 곳이 어딘가?" 하고 밑도 끝도 없는 말을 묻던 것이었다. 웅보는 너즈러진 몰골로 양만석을 바라볼 뿐이었다. 양만석이 무엇을 묻고 있는 것인지 알 수가 없었기 때문이다. 그가 대답을 못하고 있자, 양만석은 웅보를 후벼보면서 "자네가 내 생명을 건져주었다는데 그때가 언제였는지 기억하고 있는가?" 하고 다시 물었다. 웅보는 대답 대신에 고개를 천천히 흔들었을 뿐이었다. 그러자 양만석이 "장 서방이 물에 빠진 나를 건져주었다면서?" 하고 다그쳤다. 웅보는 다시 고개를 가로저었다. 순간 양만석의 얼굴이 여러 가지로 변했다. 웅보는 혼몽해진 정신 속에서도 양만석의 얼굴색이 변하는 모습을 놓치지 않고 유심히 살필 수가 있었다.

"서방님, 소인 놈은 서방님을 구해준 일이 없구먼요. 그리고 소인 놈은 서방님이 언제 어디에서 물에 빠지셨는지를 모르고 있구먼요."

웅보는 양만석이가 어떤 연유로 자기에게 그 같은 일을 묻고 있는지 알 턱이 없는지라, 사실대로 대답할 수밖에 없었다. 양만석은 웅보의 말에 한동안 당혹한 표정을 지어 보였다. 그는 어머니가 자신에게 거짓말을 하였다는 것을 알게 된 것이었다. 그러나 그는 마음속으로 어머니가 그에게 거짓말을 해가면서 장 서방을 구하려고 하는 데에는 그만한 연유가 있으리라 헤아렸기 때문에 어머니에 대해서 털끝만큼도 서운한 마음을 품지 않았다.

"장 서방 자네는 우리 어머님 때문에 목숨을 건진 거네. 자네가 우리 모자에게 생명의 은인이 아니라, 우리 모친이 자네한테 생명의 은인일세."

양만석은 그렇게 말하고 나서 웅보를 풀어주던 것이다.

웅보는 무릎을 짚고 버둥거리며 일어섰다. 서편 하늘에 치자빛깔로 퍼졌던 석훈이 사라지고 검실검실 어둠이 강을 덮어오고 있었다. 그는 한동안 엉거주춤한 자세로 몸을 가누고 서서 어둠에 감추어져 가고 있는 영산강을 내려다보았다. 강물 흐르는 소리가 넘칠넘칠 바람에 실려 왔다. 그는 강심 바닥의 모래알 구르는 소리까지도 들을 수가 있을 것 같았다.

웅보는 영산강이 어둠에 덮인 후에야 비척거리며 물둑을 타고 걷기 시작했다. 여남은 걸음을 떼어 옮기는 데에 담배 한 대참이나 걸렸다. 두더지의 발톱에 찢긴 지렁이가 꿈틀거리듯 굼지럭거리는 걸음걸이로 한참을 걷고 있는데 유복이가 뛰어와 그를 부축해주었다. 그는 저녁을 먹는 시간을 틈타서 빠져나오느라 늦었다고 말하면서 미안해하였다.

"우암이 큰아부님을 빼내주신 분은 장 십장님이시랍니다요."

웅보를 부축하고 한참 걷다가 유복이가 뚜벅 입을 열었다.

"그기 무신 소린가?"

웅보는 걸음을 멈추고 어둠속으로 유복이를 보며 물었다.

"장 십장님께서 십장님의 수종사원 서거칠을 나주 양 진사 댁에 보내셨구먼요."

그러면서 유복이는 그가 개산에 있는 장 십장을 찾아가서 장 십장에게 웅보가 양만석에 의해 헌병대에 붙잡혀온 사실을 전한 것과, 장 십장이 이 말을 듣고 서거칠을 노루목에 보내 유 씨 부인을 만나 웅보를 도와달라고 청을 넣었던 일들을 모두 말하였다. 그제야 웅보는 양만석이가 그를 풀어주면서 했던 말을 다시 한 번 떠올리면서 유 씨 부인에 대한 고마운 마음을 바람에 띄워 보냈다. 그는 갑자기 목이 말라 견딜 수가 없었다. 영산강으로 뛰어 내려가 강물을 들이마시고 싶었다. 그는 너무 목이 말라 주저앉고 말았다. 두 손으로 땅을 짚고 앉아서 어둠속의 영산강을 굽어보았다. 지척을 분간할 수 없는 칠흑 같은 어둠속이었지만 영산강이 넘칠 거리며 흐르는 물굽이가 그의 눈앞에 확연한 모습으로 비쳐왔다. 그 넉넉하게 흐르는 영산강의 강물을 조갈증에 말라붙은 아픈 가슴으로 퍼 올려 온몸을 흥건하게 적시었다. 그리고 나서야 다시 걸을 수 있는 힘이 생겼다.

"자, 날 좀 붙잡어주소. 내가 이러고 있을 때가 아니구먼."

웅보는 그렇게 말하고 유복이의 부축을 받으며 다시 일어나 걷기 시작했다. 유복이는 알갱이를 옹근히 바수어버린 꽁깍짓동처럼 허수해진 웅보의 몸을 바특이 감아 안고 어둠을 털며 새끼내로 향했다.

이날 밤 대불이는 개산 둔영에서 웅보 형이 풀려나왔다는 소식을 유복을 통해서 들었다. 그는 당장에 그 길로 새끼내에 내려가서 형님을 만나고 싶었으나, 웅보 형님을 풀어준 대신에 대불이 자신을 붙잡기 위해 영산포 헌병들이 그의 집 주위를 감시하고 있다는 유복이의 말에 다시 주저앉고 말았다. 대불이는 웅보 형님이 곤욕을 당하게 된 것이 따지고 보면 손칠만이 때문이라는 생각이 들어, 부드득 이를 갈아붙였다.

장대불은 손칠만으로부터 기계를 인수받기로 약조한 날의 새벽이 되기 전에 전열을 가다듬고 함정에 빠져들지 않으려는 계획을 세웠다. 장대불의 부대는 어슴어슴 날이 어두워지자, 개산의 둔영으로부터 진포리 나루터로 내려가 쪽배로 여러 차례 왕래하여 강을 건넜다. 손칠만이가 기계를 가지고 나오겠다는 장소는 구진나루터 아래쪽에 있는 삼굿이었다. 장대불이 이끄는 창의병들은 구진포 난초네 주막 앞을 지나, 영포나루에서 내려오는 길목인 창랑리의 야트막한 산모퉁이로 향했다.

"성님은 잠시 집에 들어가 계시씨오."

구진포나루 주막 앞으로 지나면서 대불이가 방석코에게 넌지시 말했다.

"창의병이 되어 첨으로 임전을 허게 된 마당에, 여편네 엉덩이 판이나 토닥거리고 있으란 말인감? 싸움이 끝나면 우리 부대 전 대원들에게 탁배기 한잔씩 돌릴텡게 승전헐 생각이나 허셔.”

방석코는 불빛이 깜박거리는 주막을 건너다보았다.

대불이는 짝귀에게 부대를 지휘하라 이르고 그는 서거칠 등 세 명의 창의병과 함께 나루턱 아래쪽 삼굿으로 내려갔다.

“필시 손칠만이가 나타나기 전에 헌병 놈들이 강을 건너와서 구진나루 쪽의 길목을 지키게 될 것이오. 성님은 창랑마을 모퉁이에 미리진을 치고 있다가 헌병들이 나타나거든 일격에 덮치씨오. 나는 혹시칠만이가 약조를 지킬지도 모르니 삼굿에 가 있겠소. 만약에 손칠만이가 기계를 가지고 이쪽으로 오게 되면 그대로 보내주씨오.”

대불이는 삼굿으로 내려가기 전에 차지인 짝귀에게 당부하였다. 그는 짝귀와 헤어져 갈대밭을 더듬어, 삼의 껍질을 벗기기 위하여 삼을 찌는 장방형으로 된 구덩이가 있는 둔덕으로 올라갔다. 삼굿 주변에는 겨릅단들이 구덩이에서 파낸 자갈더미 위에 어슷하게 세워져 있었다.

“자, 저 겨릅단을 바닥에 깔고 잠시 눈을 좀 붙이자. 첫닭이 울자면 아직 멀었다.”

삼굿에 당도하자 대불이가 하늘의 별자리를 쳐다보며 서거칠에게 말했다. 대불이의 말이 떨어지자 서거칠과 다른 두 명의 창의병들은 겨릅단을 펀펀한 땅 위에 깔기 시작했다. 대불이는 땅바닥에 깔아놓은 겨릅 위에 벌렁 몸을 뉘었다. 조금만 몸을 움직여도 겨릅들이 빠득거리는 소리가 심하게 났다. 서거칠과 다른 창의병은 겨릅 위에 몸을 뉘자 이내 코를 골기 시작했다.

대불이는 잠을 청해보려고 하였으나 영산강물을 훑고 올라온 눅눅한 냉기를 실은 밤바람에 으슬으슬 몸이 떨려왔다. 그는 잠이 오지 않자 눈을 뜨고 똑바로 누워서 밤하늘에 뿌려진 별들을 쳐다보았다. 별들은 마치 한을 품은 채 죽은 종들의 부릅뜬 눈처럼 섬뜩하게 느껴졌다. 그 부릅뜬 눈과 같은 별들 중에는 죽은 그의 아버지와 아버지의 아버지, 그리고 할아버지의 할아버지 별도 반짝이는 눈으로 어둠의 세상을 내려다보며 원한 맺힌 목소리로 그를 꾸짖고 있는 듯싶었다. 대불이는 하늘의 별들 속에서 우암이 어미의 모습도 찾아내려고 했다. 우암이만을 그의 곁에 덩그렇게 팽개쳐두고, 바람보다 더 허전하게 그의 마음을 휘저어놓은 채 어디론가 사라져버린 우암이 어미를 생각할 때마다, 대불이는 울컥울컥 알 수 없는 서러움이 목구멍 가득히 뻗질러 올랐다. 그는 다시 별들 중에서 그가 제물포에서 등짐꾼 노릇을 할 때 사귀었던 친구들과 권대길네 식구들의 모습도 찾아냈다. 김귀돌, 천팔봉, 오태수 등 응신청의 친구들이며, 싸릿재주막의 권대길네 부부와 그들의 딸 순영은 그가 죽는 날까지 잊을 수가 없는 사람들이었다. 순영이는 하야시를 따라서 일본을 거쳐 미국으로 유학을 간다고 하였는데, 지금쯤은 땅덩이의 끝 코쟁이들만 모여 산다는 미국에서 꼬부랑말을 지껄이며 살고 있을 것이었다. 그리고 제물포 시절에 알게 된 기생 봉선이도 생각났다. 해토머리 무렵에 꼭 돌아오라면서 검정 두루마기와 옷 한 벌을 지어주었던 봉선이는 지금쯤 눈이 빠지게 그를 기다리다 지쳐서 두 눈이 물커졌을 지도 모른다. 그밖에도 그에게 쌀장사 밑천을 대주겠다던 제물포 빡보네 미곡전의 한대두 영감도 잊을 수 없는 사람이다.

대불이는 제물포 시절에 알게 된 사람들의 모습을 반짝이는 하늘의 별들 중에서 찾아보다가 얼쑹얼쑹 잠이 들고 말았다. 그가 막 잠속으로 빨려들기 시작했을 때, 하늘의 별들이 폭발하는 듯한 무서운 총소리를 듣고 벌떡 일어나 앉았다. 총소리가 큰 것으로 미루어 창의병들이 헌병대가 나타나자 집중사격 하는 화승총 소리가 분명했다.

화승총 소리가 한바탕 쿵쿵거리더니 이내 조용해졌다. 총소리는 다시 들려오지 않았다.

"싸움이 끝났구먼요. 우리 편이 승전을 했습니다요."

서거칠이가 어둠뿐인 창랑리 산모퉁이 쪽을 바라보며 말했다.

"승전했을 거라니, 그것을 어찌 아느냐?"

대불이가 서거칠에게 물었다.

"총소리를 들으면 알지라우잉. 원원이 화승총 소리가 더 많이 들리지 않든가요."

"신식총 소리도 들리지 않았느냐? 승전을 점치는 것은 아직 빠르지 않겠느냐?"

서거칠의 대답에 대불이가 되물었다. 서거칠은 입을 다물어버렸다. 장 십장의 말마따나 승전을 미리 점치는 것이 좋지 않다는 것을 순간적으로 깨달았기 때문이었다.

총소리가 멎은 후, 대불이는 초조한 마음으로 창랑리 쪽을 바라보고만 있었다. 손칠만은 나타나지 않았다. 어디선가 새벽닭이 길게 홰를 치는 소리가 들려왔다.

"첫닭소리가 맞쟈?"

대불이가 서거칠에게 물었다. 그는 얼핏 잠이 들었던 사이에 닭이 울었는지 가늠하지 못하였기 때문이다.

"첫닭소리가 맞는 것 같구만이라우."

서거칠은 자신 없이 말하고 어둠이 겹겹이 쌓인 창랑리 모퉁이를 바라보았다. 쏠쏠쏠 강물 흐르는 소리와, 물기가 빠지기 시작한 갈대가 바람을 부둥켜안고 요동을 치는 소리 외에는 조용했다. 너무 조용하여 숨소리를 죽였다. 두 번째의 닭이 자처울기 시작했다.

그러나 창랑마을 쪽에서 어둠을 찢는 듯한 총소리가 한바탕 요동을 친 지가 한참이나 지나도록 창의병이 구진나루로 돌아오는 기미가 없었다. 창의병들뿐만 아니라 기계를 가지고 오겠다고 약속한 바 있었던 손칠만도 모습을 나타내지 않았다. 새벽닭이 세 번째 홰를 치는 소리에 대불이는 왈칵 불안한 생각에 휘감겼다. 닭이 세 번째 홰를 쳤으니 머지않아서 곧 날이 밝아올 것이었다. 그런데도 차지 짝귀가 인솔하고 간 창의병이 돌아오지 않고 있으니 걱정이 아닐 수가 없었다.

"아까 분명히 화승총 소리가 더 많이 들렸쟈?"

대불이가 삼굿 위에 올라선 채 창랑마을 쪽 어두운 산모퉁이에서 눈길을 떼지 않으며 서거칠에게 물었다.

"이놈의 귀에는 화승총 소리만 들리는 것 같았구만이라우. 제가 냉큼 달음박질쳐서 댕겨올깝쇼? 총소리가 그친 뒤로 열 번은 더 왕래했겠는듸, 그림자도 안 뵈이니께 걱정이구만이라우."

서거칠이가 대불이의 의향을 떠봤다.

"아니다. 그냥 기다리자."

대불이는 그러면서 겨릅단 위에 앉았다. 오랫동안 서 있었더니 아랫도리가 뻣뻣해왔기 때문이다. 서거칠과 다른 창의병들도 따라 앉았다. 그때였다. 강 건너 멀리 영산포 쪽에서 큰 불길이 치솟는 것이 보였다. 불길은 마치 아침에 해가 떠오를 때처럼 동쪽 하늘을 온통 붉은 기운으로 덮고 있었다.

"영산포에 불이 났구만이라우. 아주 큰 불이로구만요."

서거칠이가 벌떡 일어서서 동쪽 하늘을 보며 다급하게 말했다.

"분명 영산포가 맞쟈?"

"강 건너 선창거리로구먼요."

대불이가 묻고 서거칠이가 대답했다. 그들은 삼굿 위에 올라서서 어둠의 하늘에 불길이 무섭게 솟아오르고 있는 강 건너를 바라보았다. 그들은 오랫동안 그렇게 불길만을 바라보고 서 있었다.

짝귀가 이끈 창의병들은 미명의 마지막 어둠이 끈끈하게 사위를 죄어올 무렵에야 구진나루 모퉁이 삼굿으로 돌아왔다. 그때까지도 강 건너에서는 불길이 하늘로 치솟고 있었다.

창의병들은 손칠만을 붙들고 왔다. 대불이는 처음에 붙잡혀온 사람이 손칠만인 줄은 몰랐다. 그는 우선 짝귀에게 웬일로 이렇게 늦었느냐고 다급하게 따져 물었다.

"창랑리 모퉁이에 둔을 치고 있응께 이놈이 헌병 놈들을 앞세우고 끄덕끄덕 오고 있등만. 그래서 놈들을 덮쳤구먼. 한바탕 교전을 허다가 놈들이 나주 쪽으로 줄행랑을 치기에 나루턱꺼정 쫓아갔구먼. 왜놈들은 강도 못 건너고 나주 쪽으로 도망가뿔고 이놈만 우리 손에 잽혔당께. 이놈헌테 기계가 어디 있냐고 물었등만, 기계가 없다기에 배에 태워서 강을 건너 싸전으로 몰려갔재. 그런듸 집안을 다 뒤져도 기계가 없지 않겄능가. 그래서 싸전에 불을 놓고 이놈을 끌고 왔구먼."

그제야 대불이는 강 건너 불길이 바로 손칠만이가 관리하고 있는 오까모도 왜싸전이 불타는 것임을 알았다. 그는 밧줄에 묶여 삼굿의 돌 자갈 위에 동댕이쳐진 손칠만을 거들떠보지도 않고 날이 밝기 전에 서둘러 강을 건너 진포리 쪽으로 가자고 대원들을 몰아세웠다.

창의병들이 여러 차례에 걸쳐 쪽배를 이용하여 강을 건넜을 때에는 희번하게 동이 터오기 시작했다. 그들은 진포리 마을 사람들이 들에 나오기 전에 서둘러 나루턱을 지나, 마을에서 두어 마장쯤 떨어진 상수리나무 숲속으로 기어들어갔다. 그들이 상수리나무 숲속에 들어왔을 때는 완연히 어둠이 걷히고 아침 안개가 스멀스멀 강으로부터 산자락을 타고 기어오르고 있었다. 아침 안개가 차갑게 느껴졌다.

"상헌 사람이 없어서 다행이로구먼요."

상수리나무 숲속에 들어와 잠시 쉬면서 대불이가 짝귀에게 말했다.

"아무 전과도 없어 미안허이."

짝귀가 십장인 대불이에게 사과의 말을 했으나 대불이는 아무 대꾸도 하지 않았다. 그는 손칠만으로부터 배신을 당한 것 때문에 마음이 자꾸만 꾸불거렸던 것이다. 아무리 마음을 다스려보려고 하였지만 울화통이 머리끝까지 치밀어 올라 당장 손칠만이를 죽이고 싶을 지경이었다. 그러나 그는 되도록이면 손칠만이를 보지 않으려고 하였다. 그는 안개가 두껍게 깔린 영산강의 둔치 쪽을 내려다보고 앉아 있었다.

　그들은 아침의 허물처럼 안개가 소리도 없이 걷히고 햇살이 상수리나무 가지 사이로 부챗살 모양으로 퍼지기 시작할 때에야 둔영이 있는 개산 쪽으로 올라갔다.

　"저 쌀장수 매국노를 어찌헐 건가?"

　상수리나무 숲을 지나 영산강이 발부리 아래로 내려다보이는 밋밋한 소나무 등성이를 추어 오르면서 짝귀가 대불이를 보며 뚜벅 물었다. 손칠만은 대불이보다 여남은 걸음 앞에 두 손을 뒤로 하여 묶인 채 끌려가고 있었다. 대불이는 손칠만의 뒤통수를 쏘아보면서 그를 처음 만났을 때를 떠올려보았다. 그가 손칠만을 처음 만난 것은 웅보 형님과 함께 종에서 풀려나서 영산강을 건너와 새끼내에 터를 잡을 무렵이었다. 그리고 대불이가 영산창에서 목대잡이로 있을 때 그들은 자주 어울려 지냈었다. 한 논다니를 가지고 둘이 한방에서 번갈아가며 품고 잤던 일도 한두 번이 아니었다. 그때마다 손칠만이는 대불이에게 "베갯동서도 동서는 동서니께 우리는 넘이 아닌겨" 하고 농말을 지껄이곤 하였다.

　손칠만과 장대불은 이러구러 이십 년 지기가 된 셈이다. 더구나 대불이의 형님인 웅보와 손칠만의 형님인 팔만이와의 관계도 서로 너냐 나냐 하는 처지가 아니던가. 대불이는 잡목들 가지 사이로 뻗질러 내려온 햇살의 눈부심 때문에 손으로 눈썹차양을 만들어 그보다 앞서 끌려가고 있는 손칠만의 뒷모습을 보았다. 그는 대불이에게 용서를 빌지 않았다. 대불이가 구진나루에서 진포리까지 오는 동안 한사 코 손칠만을 피했던 것과 같이 그도 또한 대불이를 피하고 있는 듯싶 었다.

"저 쌀장수 매국노를 어찌할 거냐니께?"

잠시 후에 짝귀가 다시 물었다. 손칠만을 살려 보낼 것 같으면 그 들의 둔영까지 데리고 갈 필요가 없다는 생각에서였다.

"성님 알어서 허쑈."

대불이는 둔퍅한 소리로 말했다.

"내 맘대로 허라니? 저 무미자(貿米者) 매국노는 장 십장의 오랜 친 구가 아닌가."

"이무 깨진 그릇이 되얏구먼요. 도깨비 사건 셈 쳐야지요."

"그렇다면 굳이 저 눔을 둔영꺼정 끌고 갈 것이 없네. 강물에라도 처박어뿔고 가야 쓰겄구먼."

"성님이 붙잡어왔응께 성님이 알어서 허씨오."

"뒷말 없기네잉."

"상관없당께라우."

"호랑이도 쏘아놓고 나면 불쌍하다고 안 허든가? 자네 맴이 안 좋 으면 그냥 살려 보내세."

짝귀는 손칠만이 때문에 대불이의 심사가 거무죽죽하게 뒤틀려 있음을 눈치 채고 넌지시 물어보았다. 대불이가 울컥한 마음에 손칠 만을 알어서 처치하라고는 말을 하면서도 속내는 그렇지 않으리라 헤아리고 있었기 때문이었다.

"자네 생각이 그렇다면 예서 저 눔을 처치허고 갈 테니깐 먼첨 올라가소. 저 눔을 살려줄 양이면 미리 말을 허고."

짝귀가 마지막으로 대불이의 의향을 물어보았으나 대불이는 여전히 "성님 알어서 허시랑께요" 라는 말만을 되풀이할 뿐이었다.

짝귀는 손칠만을 끌고 가던 창의병을 불러 세우고 대불이에게는 먼저 둔영으로 올라가라는 눈짓을 해 보였다. 대불이는 턱 끝을 쳐들고 하늘을 쳐다보며 손칠만의 옆을 지나쳐 등성이를 추어 올랐다. 그때 손칠만이가 대불이 쪽으로 내닫더니 그의 앞에 털썩 주저앉았다.

"살려주소. 내가 잘못했네. 대불이 한 번만 살려주어. 목숨만은 제발…… 목숨만 살려준다면 뭣이든지 허겠네. 진심이네. 옛정을 생각해서라도 나를 좀 살려주소잉."

손칠만은 대불이의 발부리 앞에 주저앉아서 고개를 주억거리며 비대발괄 빌었다. 짝귀는 몇 걸음 떨어진 곳에서 손칠만을 가소로운 눈빛으로 바라보았다. 대불이는 말이 없었다. 그의 얼굴에 차갑고도 쓴웃음이 얼핏 흘렀다.

"어이 대불이, 나 좀 살려주소. 나를 살려주면 열흘 안으로 자네가 원허는 대로 을매든지 기계를 갖다주겠네. 내 목숨을 걸고 약속허겠네. 참말로 나 좀 살려주소야. 이대로 죽으면 너무나 원통허구만. 자네도 알다시피, 옷을 벗어서 오까모도 신에 묻은 개똥을 닦어주고 이만치나 성공을 헌 내가 아닌가. 조금만 더 있으면, 나는 오까모도의 신임을 받고 싸전 주인이 될 것이네. 아니로구먼. 싸전 주인이 다 뭣이당가. 나 말이시 영산포 안에서는 기중 큰 부자가 될 것이로구먼.

그럴 자신이 있다네. 그러니 나를 살려주소. 한창 뻗어나가고 있는듸 여그서 죽게 되면 너무 억울허단마시."

그러면서 손칠만은 눈물을 보였다. 대불이는 목숨을 지탱하기 위해 버르적거리는 손칠만의 비굴한 태도에 토악질을 할 것만 같았다. 그는 그런 손칠만이 사람으로 여겨지는 것이 아니라 하찮은 벌레처럼 보였다. 그는 손칠만의 얼굴에 침을 뱉어주고 싶었다. 손칠만은 자신의 안락과 영달을 위해서라면 발바닥에 묻은 똥이라도 핥을 위인인 것이었다. 하물며 목숨을 부지하기 위해서는 무슨 짓을 못하겠는가 싶었다. 달면 삼키고 쓰면 뱉으며, 간에 붙고 염통에 붙어 일신의 안전과 이익만을 생각하는 그가 짐승의 시체에 붙어사는 송장벌레처럼 징그럽게 느껴졌다.

대불이는 한동안 갈고리눈을 하고 손칠만을 찍어 내려다보고 있었다. 아무리 돈만 있으면 귀신도 부릴 수 있다는 세상이라지만, 돈을 위해서는 원두한이 사촌을 모른다는 푼수로 친구 아니라 처자식이라도 팔아먹을 만큼 막돼먹은 그가 불쌍하게 여겨졌다. 대불이 그 자신도 돈을 벌기로만 작정한다면 제물포에 올라가서 한대두 영감의 도움으로 얼마든지 부자가 될 수 있을 것이었다. 그러나 그가 한대두 영감의 부탁을 뿌리치고 고향에 눌러 살기로 한 것은 무미자 매국노라는 말을 듣지 않기 위해서였다. 대불이는 무미지폐(貿米之弊)로 나라의 양곡이 고갈되어 굶어죽는 사람이 늘어난다는 말을 들은 후부터 쌀장수가 되겠다는 생각을 버린 것이다. 의병들이 일본인들을 상대로 하여 쌀을 파는 무미자를 토왜라고 규탄하는 것도 그때문이었다.

그 무렵 의병장들은 격문을 붙여 무미지폐를 통탄하고, "도대체 쌀장수들의 머리는 몇 개나 되길래 목숨을 걸고 쌀을 훔쳐 가는가, 앞으로 무미하여 적을 돕는 자는 토왜로 다스려 주(誅)한다"고 경고하고 있었다. 의병장들은 격문을 붙여 그 고장의 수확미를 타지방에 전출함을 막는 한편 일본인들에게 쌀을 매각하는 것을 엄금한다고 하였다. 그때문에 의병들은 일본상인들이 전대매입(前貸買入)을 위해 농민들에게 4푼 1리의 높은 고리대로 전대한 돈어치의 쌀을 받아가는 것을 철저하게 막고 있었던 것이다. 뒤늦게나마 이와 같은 사실을 알게 된 대불이는 제물포에 있을 때 한대두 영감네 미곡전에 끈을 대고 있는 미상들의 호위꾼 노릇을 한 것을 뼈가 저리도록 후회하였다.

　대불이는 손칠만을 되알지게 후벼보고 나서 턱 끝을 쳐들고 등성이를 향해 걸음을 재촉하였다. 그러자 손칠만이가 우는 소리로 살려달라고 외치면서 대불이의 뒤를 따라왔다. 그러나 대불이는 뒤도 돌아보지 않았다. 손칠만이를 끌고 왔던 창의병이 뒤쫓아 와서 그를 붙들고 짝귀가 앉아 있는 소나무 밑으로 내려갔다. 그때까지도 손칠만이는 대불이가 사라진 등성이에 대고 살려달라고 계속 울부짖었다. 그는 대불이의 모습이 보이지 않게 되자 이번에는 다시 짝귀 앞에 엎드려 애원하였다.

　"살려주씨오. 살려만 주신다면 내 재산 죄다 드리겠구만요. 나를 쥑이지 마씨오. 나를 살려만 주신다면 왜놈 헌병들 열 명을 잡어 오겠구먼요. 시키는 대로 다 하겠소."

　손칠만은 짝귀의 발부리 아래서 두 손이 묶인 채 마구 뒹굴면서 울부짖었다. 짝귀는 그런 손칠만을 멸시하는 눈으로 내려다보았다. 그는 한참을 그렇게 내려다보고 있다가 38식총을 들어 총구를 손칠만의 가슴팍에 들이댔다. 손칠만의 얼굴이 치자꽃처럼 흰빛으로 얇아졌다. 그리고 바들바들 떨었다.

"살려줍씨오. 제발 살려줍쇼. 살려만 주신다면 뭣이든지 하겠구면요."

손칠만은 한사코 총구를 밀어내며 숨넘어가는 목소리로 애원하였다.

"네놈 말을 어찌 믿는단 말이냐? 네놈은 친구를 배신한 놈이 아니더냐? 개꼬리 삼년 두어도 황모 안 되고 굽은 지팡이는 그림자꺼정 굽어보이는 이치대로, 네놈의 본성이 타고날 때부텀 그리 된 것이 어찌 개과헐 수가 있단 말이냐."

짝귀는 총부리를 바짝 들이대며 큰 소리로 꾸짖었다.

"아니구면요. 한 번만 기회를 주시면 앞으로는 꼭 창의병을 돕겠구면요. 그러니 살려줍씨오."

"창의병을 돕겠다고?"

"그렇습니다요. 살려만 줍씨오."

"무슨 수로 돕겠다는 게냐?"

"기계를 구입해오라 허시면 기계를 구입해올 것이고, 왜놈 헌병을 잡아오라 하시면 또 그것들을 잡아오겠구면요."

"네놈이 나를 속이려고 수작을 부리는구나."

"속이다니 천부당만부당하신 말씀입니다요."

"그렇다면 거번에 약조했던 기계를 앞으로 닷새 안으로 가져올 수 있겠느냐?"

"그러구말굽쇼. 아이구 고맙습니다요."

손칠만은 순식간에 얼굴빛이 달라지면서 꿇어앉은 채 몇 번이고 허리를 굽적거렸다.

"나헌테 고맙다는 말 말고 장 십장님헌테 고맙다고 허그라. 아까 장 십장이 나헌테 너를 살려 보내라고 귀띔을 해주었느니라. 너는 평생 장 십장의 은혜를 잊어서는 안 될 게야. 네놈이 은혜를 갚는 길은 새끼내에 있는 장 십장네 식구들을 잘 돌봐주는 것이니라."

짝귀는 목소리를 누그러뜨려 타이르듯 말하였다. 대불이가 손칠만을 살려 보내라고 귀띔을 했다는 말은 그가 꾸며댄 것이었다.

"어이구 참말로 고맙구먼요. 은혜를 갚구말굽쇼."

"또 한 번 우리를 배신했다가는 다음번엔 네놈뿐만 아니라 네놈의 처자식꺼정도 작살을 내고 말 것이니라."

짝귀는 엄히 이르고 나서 젊은 창의병에게 손칠만을 풀어주도록 하였다.

"냉큼 가거라. 그리고 닷새 안으로 네놈 집에 기계를 갖다놓그라. 네놈 집에 갖다놓으면 우리가 가서 가져올 것이니라."

풀린 몸이 된 손칠만은 허리가 휘어지도록 정신없이 거듭 허리를 굽신거리고 나서는 진포리 쪽을 향해 비척거리며 산을 뛰어 내려갔다. 그는 산을 뛰어 내려가면서 여러 차례 퍽퍽 쓰러지면서 뒹굴었다.

짝귀는 손칠만을 놓아주고 나서 천천히 등성이를 올라갔다. 잎이 빨갛게 변한 산거먕옻나무 위에서 개똥지빠귀새 한 마리가 푸드득 날아갔다. 짝귀는 손칠만을 살려 보내고 나서도 어쩐지 기분이 께적지근하였다. 그렇지만 그를 죽이지 않기를 잘했다는 생각이 들기는 하였다.

짝귀가 개산 꼭대기에 자리 잡은 창의병의 둔영에 당도했을 때는 해가 상투머리 위에 덩그러니 올라와 있었다. 대원들은 그제야 연기가 나지 않는 청미래덩굴나무의 마른 줄기와 죽은 싸리나무를 꺾어다가 아침밥을 짓고 있었다.

"단단히 일러서 살려줬네."

짝귀가 장 십장의 초막 안으로 들어서며 말하자, 침통한 얼굴로 턱을 받치고 앉아 있던 대불이가 악몽으로부터 깨어나기라도 하는 듯 눈빛에서 어두운 그림자를 밀어내며 고개를 쳐들었다. 그는 짝귀에게 알아서 처리하라 이르고도 마음이 짐짐하여 혼자 초막 안에 침울하게 들어앉아 있던 참이었다.

"성님도 참, 어쩌실려고 그놈을 살려서 보냈단 말이오. 영락없이 소경 죽이고 살인빚 갚게 생겼구려. 범을 놓아주었으니 장차 어쩌지요?"

대불이는 짝귀가 손칠만을 죽이지 않았다는 말에 적이나 침통했던 마음이 가벼워지기는 했으나, 한편으로는 장차 틀림없이 손칠만을 살려준 대가로 화를 자초하게 될 것을 짐작하고 그렇게 말했다.

"나허고 약조를 단단히 했단마시. 그러고 만약에 차후로 또 한 번만 우리를 배반할 시는 가차 없이 앙갚음을 허겠다고 오금을 단단히 박어놓았구먼."

"두고 보면 알 것이오 그놈이 필시 먼첨 앙갚음을 헐 것이로구먼요."

"개과천선허기루 나허고 약조를 단단히 했당께."

"허허, 성님도 참 그렇게도 사람을 볼 줄을 모르시오? 급허면 부처님 다리 끌어안는다고 허드끼, 목숨 건질려고 무신 말은 못허겠소. 앞에서 꼬리 치는 개가 발뒤꿈치 문다는 말도 못 들었소? 그놈은 집에 돌아감시로 우리헌테 앙갚음헐 궁리부텀 했을 것이오. 미곡전 쌀이 백여 가마니나 타져뿌렀다는듸 가만히 있었능가요?"

그러면서 대불이는 또 개산에서 다른 곳으로 둔영을 옮겨야겠다고 하였다. 짝귀는 대불이의 말을 듣고 보니 손칠만을 살려 보낸 것이 후회가 되기도 하였다. 그는 우럭우럭 걱정이 살아났다.

6

살려 보낸 손칠만이가 필시 앙갚음을 해올 것이라는 대불이의 말을 들은 짝귀는 그날 하루 종일 미친 개 쓰다듬어주다가 손을 물린 심사가 되어 있었다. 대불이 말마따나 만약에 그가 앙갚음을 해온다 치면 짝귀 그 자신에게 책임이 있는 것이었다. 그렇지만 설사 손칠만이가 부모 죽인 원수라 할지라도 같은 고향 사람을 차마 죽일 수는 없지 않겠는가 싶었다.

"앙갚음도 앙갚음이재만 칠만이 그놈이 내 얼굴을 봐뿌렀으니 이 일을 어쩔 것이여. 그놈을 못 쥑이겠으면 나헌테나 넘기지 않고잉. 그놈을 나헌테 넘겼더라면 인정사정 볼 것 없이 영산강 물귀신을 맹글

아부렀을 것인듸…… 그랬더라면 아무 걱정이 없었을 것잉만……."

짝귀가 손칠만을 살려주었다는 말에 가장 놀란 것은 방석코였다. 손칠만은 싸전이 불에 타는 경황 중에서도 치솟는 불길에 방석코를 알아보고 질급하게 놀라던 것이었다. 죽은 줄 알았던 방석코를 보았으니 놀라지 않을 수 없는 일이었으리라 싶었다.

"칠만이 그놈이 돌아가서 내가 살아 있드라고, 더군다나 창의병이 되얐드라고 떠들어델 것인듸 그 소리가 왜놈들 귀에 들어가게 된다 치면 우리 식솔들이 무사허겄는가잉?"

그러면서 방석코는 짝귀에게 대들었다. 짝귀로서는 할 말이 없었다. 대불이도 은근히 난초와 아이들이 걱정되었다.

손칠만을 살려 보낸 탓으로 방석코와 대불이로부터 추궁을 당한 짝귀는 다음날 날이 밝기를 기다렸다가 서둘러 산을 내려갔다. 그는 아무에게도 말하지 않고 개산을 내려와 영산포로 향했다. 손칠만을 만나서 딴 마음을 먹지 못하도록 단단히 오금을 박아두고 싶어서였다. 그는 만약 손칠만의 태도에 이상한 기미가 보이면 그의 목숨을 거두고 돌아올 생각으로 허리춤에 단도를 꽂고 떠났다. 싸전 가까이에 이르자 그때까지도 매캐한 냇내가 바람에 실려와 간밤의 불길을 상기시켜주었다. 손칠만은 인부들과 함께 불탄 집터를 치우고 있었다. 추수철이 되기 전에 다시 점포를 지을 요량인 듯싶었다. 짝귀는 불탄 자리에서 여남은 걸음 떨어진 소금전 모퉁이에 서서 손칠만을 지켜보고 있었다. 손칠만이가 짝귀를 발견하고 자지러지듯 놀란 것은 담배 한 대참쯤 지나서였다. 손칠만이가 짝귀를 보는 순간 짝귀는 허리춤에 꽂은 단검의 칼자루를 잡으며 여차하면 요절을 내고 도망칠 요량을 하였다. 불에 탄 집터를 치우고 있는 인부들이 대여섯 명쯤 되었으며, 그들은 모두 쇠스랑을 들고 있었으므로 손칠만이가 마음만 먹는다면 짝귀 하나 붙잡기란 그리 어려운 일이 아닐 것이라는 생각이 들었다.

두 사람의 눈이 마주치자 짝귀가 먼저 고개를 끄덕여 보였다. 그러자 손칠만도 어쩔 수 없이 고개를 무겁게 끄덕이더니 천천히 짝귀가 서 있는 소금전 모퉁이로 다가오고 있었다. 짝귀가 서 있는 소금전은 바로 손칠만의 형인 손팔만의 점포였다.

"다시 집을 지을 생각이우?"

짝귀가 여전히 허리춤에 손을 넣은 채 물었다.

"곧 미곡이 쏟아져 나올 시기라서요. 헌데 여기는……."

말을 하면서 짝귀를 보는 손칠만의 눈빛이 칼날처럼 날카롭고 싸늘했다. 짝귀의 발부리 아래서 눈물을 흘리며 살려달라고 비굴하게 애걸하던 그런 눈빛이 아니었다. 그 눈빛에서 짝귀는, 그는 믿을 만한 사람이 못된다고 하던 대불이의 말을 떠올렸다.

"그냥 지나가다 들러본 거요."

짝귀는 손칠만에게 존댓말을 하였다. 그는 잠시 주위를 경계하고 나서,

"기계는 틀림없겠지요?"

하고 조심스럽게 물었다.

"참, 내일 아침에 그 기계 때문에 목포를 댕겨와야 쓰겄는듸, 사람

을 하나 딸려 보낼 수가 있을지 모르겠네요?”

“사람을 딸려 보내라고요?”

짝귀는 손칠만의 말에 의아해하는 눈빛으로 되물었다.

“그랬으면 싶구먼요. 기계를 싣고 영산포까지 들어오기는 암만해도 위험할 것 같아서, 진포리나 구진포 나루에서 내려야 헐 것도 같고…… 또 뭣이냐…… 그 일을 확실허게 허자면…….”

손칠만은 짝귀의 눈치를 살피며 말끝을 얼버무렸다.

“한 사람이면 되겠소?”

“예, 아무나 한 사람이면…….”

“언제꺼정 오면 됩네까?”

“내일 아침 날이 새자마자 목포로 떠나는 미곡선이 있구먼요. 그러니께 날이 밝을 무렵쯤에 이리로 나오기만 허면 됩니다요.”

“그렇게 허지요. 내가 오던지…….”

짝귀는 그렇게 말하고 여전히 주위를 경계하며 객주거리 쪽으로 초초히 발걸음을 옮겼다. 그는 선창거리 모퉁이를 돌아가면서 몇 번이고 뒤를 돌아다보았다. 혹시 손칠만이가 그를 미행시킬지도 모른다는 생각 때문이었다. 그는 기왕에 손칠만을 만난 김에 그가 만분의 일이라도 딴 마음을 먹지 못하게 단단히 협박을 해두고 올 것을 그랬구나 하고 후회하였다.

짝귀가 객주거리를 지나고 있을 때 스무 남은 명쯤 되는 사람들이 활이며 화살, 창, 칼 등을 손에 들고 헌병대 쪽으로 몰려가고 있었다. 그들은 무기를 손에 들기는 하였으나 싸우러 가는 것 같지가 않았다.

"창을 들고 어디로 가는 게요?"

짝귀가 손잡이도 없는 긴 쇠창을 들고 가는 늙은이에게 물어보았다.

"창이나 칼 같은 것을 모두 압수한다는 소식도 못 들었수? 집에 이런 것들을 숨겨두고 있으면 적도 취급을 헌답니다요. 이 창은 내가 젊었던 시절에 불갑산에서 멧돼지를 잡았던 것인디…… 집에 두었다가는 비도 취급을 받을 것 아닝그라우."

수염이 긴 늙은이는 그러면서 가을햇살 속으로 창끝을 쳐들어 보이며 공허하게 웃었다.

짝귀는 일본이 의병전의 확산을 막기 위하여 '총포 및 화약 단속법'을 만들었다는 이야기를 들은 바 있었다. 이 단속법은 9월 23일 군부대신의 훈령에 따라 완전히 일본군 수비군사령관에 일임한 것으로 화약, 탄환, 총포류는 말할 것도 없으려니와 화살, 칼, 창, 갑옷까지도 압수 대상이 되었다.

당시 압수한 무기류의 폐기 방법을 보면 다음과 같다.

화약은 모두 소기하며 만일 소기할 수 없을 시는 물속에 투기하여 후일 건져서 건조시키더라도 사용할 수 없게 할 것.

탄환(완전한 탄피)은 전항에 준비하여 처리할 것.

총포류는 병기로서 사용하지 못하게 처치하기 위하여 변형, 절단 등 적당한 방법을 집행할 것. 단 미술품 또는 역사상 자료가 될 가치가 있는 것은 이를 군부에 송부할 것.

궁(弓), 시(矢), 도(刀), 창(槍)류는 소기할 것.

고대 갑주류는 군부에 송부할 것.

변형 또는 소기한 금속 본질은 신분이 확실한 자에게 매각할 것.

군아에서 아전에 모치(募置)한 것으로 포군이 사용한 병기도 역시 전항에 의하여 정리할 것.

등이었다. 뿐만 아니라 일본은 성벽처리위원회(城壁處理委員會)를 구성하여 지방의 읍성 등을 허물기까지 하였다.

짝귀는 개산으로 돌아오는 길에 새끼내 장 십장 집에 잠깐 들렀다. 헌병대에 붙들려가서 곤욕을 당하고 풀려난 장 십장의 형님 웅보를 얼핏 들여다보고 싶었기 때문이다. 그 무렵 웅보는 겨우 기동을 하여 뒷간 출입을 할 수 있을 정도로 기력을 되찾기 시작했다. 그가 유복이의 부축을 받고 집에 돌아올 때까지만 해도 식구들은 영락없이 죽는 줄로만 알았었는데, 똥물을 퍼마시고 취하여 이틀 동안 땀을 흘리고 누워 있다가, 사흘째 되는 날부터 일어나 토마루까지 내려올 수가 있게 되었다고 했다. 그가 헌병대에서 풀려나서 유복이의 부축을 받고 집에 돌아올 때는 마지막 배냇힘까지도 썼었는데, 집에 돌아와 마당에 엎어진 후로는 손발 하나 까딱 못하고 헛소리만 질러대더니, 똥물을 퍼마시고 나서부터 몸이 풀리기 시작한 것이었다.

"인제는 죽지 않겠구만이라우. 그러니 우암이 압씨헌테 그리 전해 주씨오."

웅보는 애써 핏기 없는 얼굴에 씁쓸한 웃음을 떠올리며 말했다. 짝귀는 그런 웅보를 말끄러미 바라보았다.

"목포에 버티고 있을 건디……암만해도 새끼내에 잘못 돌아온 것 같다는 생각이 드요."

잠시 후에 웅보가 짝귀를 보며 뚜벅 입을 열었다. 짝귀는 웅보의 그 말뜻을 짐작할 수가 없어 잠자코 있었다.

"아직은 고향에 돌아올 때가 아닌 것 같은디…… 너무 서둘렀던 것이 아닌가 허고 후회가 되는구만이라우. 이러다가는 우리 힘으로 새끼내를 지킬 수가 없을 것도 같고……."

웅보는 한숨을 무겁게 버무려가면서 푸념하듯 말했다. 그렇게 말한 웅보는 갑자기 노인처럼 약해져버린 듯싶었다. 웅보 자신도 마음속으로 내가 너무 약해졌구나 하고 생각하고 있었다. 이제는 고향을 지킬 힘도 없을 만큼 약해져버린 자신이 비굴하게 생각되어 싫었다.

"다른 친구들허고 함께 오는 건디…… 나 혼자 새끼내에 돌아오는 것이 아닌디…… 우암이 압씨가 뜬금없이 나타나갖고 고향으로 가자고 발싸심을 해쌓기에 서둘러 왔등만……."

웅보는 그러면서 갑오년에 함께 새끼내를 떠나 목포에서 등짐꾼 노릇을 했던 염주근이며 덕칠이 판쇠의 얼굴을 떠올렸다. 염주근과 덕칠이는 아직도 목포에서 나무장사를 하면서 눌러 살고 있고 판쇠는 여기저기 떠돌음 하는 각설이패가 된 후로는 소식이 끊긴 지 수년이 지났다.

"우암이 압씨헌테 행여 집에 들릴 생각은 말라고 이르씨오. 헌병들이 그 사람이 집에 오기만을 잔뜩 여수고 있응께 조심허라고 허씨오."

웅보는 그러면서 짝귀에게도 뒤를 조심하라고 이르면서 밤이 되거든 집을 나서라고 하였다. 그러나 짝귀는 더 이상 머무르지 않고 장 십장 집을 나섰다. 그는 집을 나오기 전에 잠시 장 십장 어머니에게 인사를 올렸다. 대불이 어머니는 여전히 와병 중으로 문밖출입을 못 한 채 누워 지내고 있었다. 짝귀 생각에 아무래도 겨울을 넘기기가 어려울 것 같았다.

새끼내 장 십장 집에서 점심 요기를 한 짝귀는 서둘러 개산 두리봉 으로 올라갔다. 장 십장에게 말도 없이 둔영을 떠나왔기 때문에 오랫 동안 지체할 수가 없었던 것이다. 그는 장 십장에게 손칠만을 만난 일 이며 새끼내에 들렀던 이야기를 해주었다. 그리고 손칠만이가 내일 목포로 떠날 때, 사람을 딸려주었으면 하더라는 말도 전하였다. 대불 이는 아무 말 없이 턱 끝을 만지작거리고만 있었다. 그는 마음이 무거 울 때는 턱 끝의 수염을 만지작거리는 버릇이 있었다. 짝귀로부터 웅 보 형의 이야기를 듣고 심기가 울적해진 것이었다. 짝귀는 대불이에 게 웅보 형이 새끼내에 돌아온 것을 후회하더라는 말은 하지 않았다.

"그래서 말인듸, 내일 내가 손칠만을 따라갔다 와야쓰겄구만."

짝귀가 대불이의 눈치를 살피며 조심스럽게 입을 열었다. 그러나 여전히 대불이는 턱 끝의 수염 한 가닥을 만지작거리고만 있었다.

"뭣땜시 사람을 딸려주라고 헙듸까?"

한참 후에야 대불이는 그가 손칠만을 만나고 온 것을 나무라기라 도 하는 듯 불컥거리는 말투로 물었다. 짝귀는 대불이의 타박하는 듯 한 말투에 기분이 약간 상했으나 내색을 하지 않았다.

"자기를 못 믿는 것 같으니께 일을 확실허게 흐고 싶다고 험시로……

거 뭣이냐, 그려, 진포리나 구진포에서 기계를 내려주고 싶다고……."

짝귀로서는 손칠만이가 무엇 때문에 사람을 딸려달라는 것인지 그 속셈을 파악할 수가 없었기에 애매하게 말끝을 흐렸다.

"따러가실 것 없는 것 같구만이라우. 자칫 잘못했다가는 되려 우리가 되걸리게 될지도 모르지라우. 그러니 따러갈 필요가 없어라우."

"딴 수작을 부리지는 않을 게여."

짝귀는 이번만은 손칠만을 믿고 싶었다. 아무리 여우같은 쓸개를 가진 손칠만이라고 하지만 그만큼 되알지게 닦달을 해놓았는데 설마 이번에도 배반하지는 않을 듯싶었던 것이다.

"내가 단도리를 잘했구먼. 오늘 만났을 때도 전혀 다른 기미를 눈치 채지 못했구먼. 그리고 참, 손칠만이 그 사람 오늘 아침에 자네 집에 쌀을 한 가마니씩이나 보내왔다고 허등만."

짝귀는 뒤늦게야 손칠만이가 새끼내 장 십장 집에 쌀을 보내왔더라는 웅보의 말을 생각해내고 다급하게 큰 소리로 이야기하였다.

"손칠만이가라우? 쌀을 한 가마니나 보냈다고라우?"

"그렇다니께. 내가 그 작자를 풀어줄 때, 장 십장 말을 했단마시. 너를 살려준 것은 장 십장이 나헌테 귀띔을 해주었기 때문이라고 했었구만. 그랬등만 그놈이 고마운 줄을 알았던 모양이여잉. 그런 것만 봐도……."

"그렇구먼요. 허면 한 번 더 믿어봅시다요. 그리고 손칠만은 지가 따라갔다 오겄구만이라우."

대불이와 짝귀의 이야기를 잠자코 듣고만 있던 서거칠이가 끼어

들었다.

"거칠이 자네가?"

짝귀가 애매한 눈으로 서거칠을 보면서 물었다.

"목포에 가서 찾아볼 사람이 있구먼요. 홀로 되신 즈이 이모님의 외동딸이 있는디, 선창거리 난장에서 들병장사를 헌다는 소식을 들은 지가 일 년도 더 넘었구만요. 그러니 지가 손칠만이라는 사람을 따라가게 해줍씨오."

서거칠의 부탁에 대불이는 너붓이 그를 바라보았다.

"오는 길에 모친도 뵙고 오그라."

대불이가 고개를 끄덕이며 말했다.

다음날 미명이 밝아오자 서거칠은 서둘러 이슬을 털고 산을 내려가 해가 떠오르기 전에 영산포 선창에 당도하여 불에 타버린 오까모도의 미곡전 터로 갔다. 아직은 해가 떠오르기 전이라서 그런지 손칠만의 모습은 보이지 않았다. 그는 그때까지도 냇내가 가시지 않은 미곡전 터 앞에서 손칠만이가 나타나기를 기다렸다. 어쩐지 손칠만이 대신에 일본 헌병이 나타나서 그 앞에 총을 들이댈 것만 같은 느낌이었다. 서거칠 또래의 떡심 좋아 보이는 젊은이가 여싯여싯 다가오더니 "손 주사 어른을 찾아왔는감?" 하고 건방지게 턱 끝을 되우쳐 들고 물어본 것은 해가 떠오르고도 한 뼘이나 기운 후였다. 서거칠이 도리우찌를 비뚜름하게 눌러 쓴 총각을 경계하며 그렇다고 고개를 끄덕거리자 그는 다른 말은 하지 않고 무턱대고 따라오라는 말만을 떠죽거리고는 선창 쪽으로 총총히 걸어갔다. 서거칠은 떡심 좋아 보이는 총각이 배가 여러 척 매여 있는 선창 쪽으로 가는 것을 보고서야 다소 마음을 놓고 그의 뒤를 따라갔다.

빈 가마니며 숯 등 허드레 하물을 싣고 있는 무곡선이 정박해 있는 선착장에 손칠만의 모습이 보였다. 싸전 터로 그를 데리러 왔던 떡심 좋아 보이는 총각이 손으로 서거칠을 가리키며 말을 전하자 손칠만이가 힐끔 그를 훔쳐보았다. 서거칠은 손칠만의 곁으로 다가가서 얼핏 목례로 알은 체를 하였다. 손칠만은 선착장에 나온 사람들과 떠들썩하게 이야기를 주고받으면서 힐금힐금 서거칠을 보았다.

무곡선이 영산포를 떠난 것은 해가 거의 정수리 위에 올라와 있을 무렵이었다. 무곡선은 손칠만이가 한 달 내 나주와 영암, 장흥 등지를 참빗질하듯 긁어서 어렵사리 모은 미곡을 실러 왔다가, 창의병들이 불을 놓아버린 바람에 빈 배로 돌아가는 길이었다. 무곡선은 겨우 허드레 하물과 목포로 가는 손님 몇 사람을 싣고 떠나게 된 것이었다.

서거칠은 뱃고물 쪽에 혼자 앉아 있었다. 그는 되도록이면 손칠만의 옆에 있고 싶지가 않았다. 손칠만은 이물 쪽에서 그의 일행들과 어울리고 있었다.

햇빛은 맑았으며 적당한 강바람에 배가 수면 위를 부드럽게 미끄러져갔다. 하류로 내려갈수록 강폭이 드넓어졌으며 바람도 점점 거칠어졌다. 서거칠은 배가 그의 고향에 가까워지자 괜히 마음이 덜컹거렸다. 갑자기 어머니가 보고 싶었다. 벌써 어머니 곁을 떠나온 지가 반년이 지나갔다. 서거칠의 나이 열다섯 살이 되자 그의 어머니는 한사코 아들을 멀리 떼어 보내려고 하였다. "네 나이도 열다섯이 되었웅께 인제는 사낸 겨. 사내는 엄씨 치마폭에서 멀리 떠나서 자작으로 앞길을 헤쳐나가는 겨. 그러니 엄씨 걱증은 말고 암듸라도 너 가고잪은 듸가 있거든 훨훨 떠나가서 살어. 목포가 개항이 되었다는듸, 그기로 가서 돈을 벌어서 한 번 잘 살어봐. 시방은 돈이면 양반도 산다는 시상잉께, 이 엄씨 호강히주고잪으면 돈을 벌어." 어머니는 그러면서 거칠이가 멀리 떠나기를 원했었다. 그러나 그는 홀어머니를 두고 멀리 떠날 수가 없어서 주막거리를 배회하며 술심부름을 하다가, 창의병이 회집한다는 소문을 듣고 영산포로 올라가는 소금배에 몸을 실었던 것이다. 서거칠의 생각에 어쩌면 지금쯤 그의 어머니는 아들이 떼돈을 벌어 와서 호강시켜줄 날을 기다리며 찬모살이의 고달픔을 잊고 사는 것인지도 몰랐다. 아마 그의 어머니는 아들이 창의병이 되었다고 하면 너무 낙망하여 기절을 할 것이었다.

배가 몽탄 가까이 이르자 서거칠은 낯익은 산과 강의 물굽이를 오래 바라보기 위하여 허리를 펴고 일어섰다. 그가 고향을 떠나왔을 때까지 십오 년간을 어머니 얼굴 들여다보듯 한 산이었다.

몽탄 가까이에 이르자 무곡선이 포구 쪽으로 이물의 방향을 바꾸었다. 서거칠은 무곡선이 돛을 내리는 것을 보고서야 몽탄에 정박하게 된다는 것을 알았다.

"배가 몽탄에 얼마간이나 정박을 하게 됩니까?"

서거칠이 포구 쪽을 바라보며, 돛을 내리고 있는 뱃사람한테 물었다.

"몽탄에서 미곡을 싣고 내일 아침에 떠날 걸세."

중년의 선원이 친절하게 대답해주었다. 서거칠은 무곡선이 몽탄에서 하룻밤을 머무르게 된다는 말을 듣는 순간 어머니의 얼굴이 가을하늘의 구름조각처럼 커다랗게 떠올랐다.

서거칠은 문득 그가 창의병이 되기 전까지 술꾼들의 외상 술값이나 받아주며 몽그작거리고 빌붙어 살아왔던 승달산 밑 삼거리에 있는 외대머리 주막이 생각났다. 지금도 그곳에는 들병장수로 돈푼깨나 벌어서 주막을 차렸다는 외대머리 월례가 땀내 풍기는 뜨내기 등짐장수들의 전대(錢帶)를 노리고 야리야리한 허리 휘저어대며 간드러진 웃음을 쥐어짜고 있을 것이었다. 그 외대머리 월례한테는 나이 마흔도 되기 전에 머리가 허옇게 된 백두의 서방이 있었는데, 그녀는 서방 보는 앞에서 사내들을 꼬드기는 것이 보통이어서, 사람들은 그 백두 서방을 고자라고들 하였다. 그 백두 서방의 마음씨가 옥양목처럼 고왔다. 이름이 서치보인데도 사람들은 그를 그냥 백두라고 불렀다. 서른일곱이 되도록 자식이 없는 그 백두 서치보는 성받이가 같다고 하여, 친동기처럼 찐덥지게 정을 쏟아 서거칠을 보살펴주었다. 백두 서치보는 서거칠에게 걸핏하면 함께 몽탄을 떠나 팔도강산을 한 바퀴 휘돌아다니자고 하였었다. 그의 소원은 팔도강산 여러 고을의 땅을 골고루 밟아보고 죽는 것이라고 하던 것이었다. 서거칠이가 외대머리 주막을 떠나오면서 애운한 정을 마음속에 접어둔 것은 그 백두 서치보 한 사람이었다.

서거칠은 또, 무곡선이 몽탄에서 하룻밤 머무르는 동안에 죽절고랑에서 죽은 박천식이라는 나이 많은 창의병의 집에 들러 그의 가족들을 만나야겠다고 생각하였다. 박천식은 숨이 넘어가기 전에 그의 총을 서거칠에게 넘겨주면서 부탁을 들어달라고 하던 것이었다. "내 기계를 자네가 가지게. 그 대신에 이 기계로 꼭 내 웬수를 갚아주소잉. 그리고…… 또…… 부탁이 있는듸…… 몽탄 큰골마을 우리 집에 가면 말이시…… 마누라흐고 자식이 넷이 있으꺼시시. 우리 집 식구들을 만나서 내가 죽지 않고 잘 있다고 좀 해주소. 우리 집 식구들은 내가 돈을 벌러 떠난 줄로 알고 있응께, 돈을 많이 벌어갖고 돌아간다고 좀 해주소. 그리고 후담에 후담에, 이 땅에서 왜놈덜이 죄 물러간 다음에 다시 한 번 우리 집에 들러서 말이시, 내가 아무정께 어디서 죽었다고 일러줌시롱, 내 뼉다구를 찾아가라고 전해주소." 박천식은 이렇듯 서거칠에게 마지막 당부를 한 후에 눈을 뜬 채 숨을 거두었던 것이다.

서거칠은 무곡선이 몽탄나루에 닿을 때까지 줄곧 박천식 창의병의 마지막 순간들을 떠올렸다. 그리고 그는 박천식의 부탁대로 두 번 그의 가족들을 만나주리라 스스로 다짐하였다. 그러나 그로서는 첫 번째로 박천식의 가족들을 만나는 것이 훨씬 어렵겠다고 생각하였다. 왜냐하면 그가 번연히 죽었는데도 살아 있다고 가족들에게 거짓 말하는 것이 싫었기 때문이다. 그러나 두 번째 그의 가족을 만나는 것은 그렇게 어려울 것 같지가 않았다. 그것은 박천식의 말마따나 왜놈들이 이 땅에서 물러난 후가 될 것이기 때문이었다. 그때쯤이면 당당하게 박천식의 가족들을 찾아가서 그의 죽음이 결코 헛되지 않았음을 자랑스럽게 말할 수가 있으리라 싶었던 것이다.

무곡선이 선창에 닿자 서거칠의 마음이 물너울처럼 거칠게 일렁이기 시작했다. 벌써부터 그의 머릿속에서 그가 만나봐야 할 사람들이 여러 가지 모습을 하고 부스럭거렸기 때문이다.

"내일 배가 어느 정께나 떠나게 되남유?"

서거칠은 영산포를 떠난 후 처음으로 손칠만에게 말을 걸었다.

서거칠이 팔짱을 끼고 서서 턱 끝을 쳐들어 당당하게 묻는 태도가 눈에 거슬렸음인지 손칠만은 잠시 떨떠름하게 설익은 개살구 씹은 표정을 지어 보이더니 "내일 아침 해가 뜨는 대로 떠날 걸세" 하고 애써 태연한 척하면서 억지웃음까지 날려 보냈다.

"그렇다면 나 집에 가서 우리 모친을 좀 만나보고 내일 아침에 오겠쉐다."

"아, 그려? 집이 이 근동인가?"

갑자기 손칠만의 표정이 구름 걷히듯 풀리면서 한껏 관심을 보이며 물었다.

"승달산 밑 월곡리 윤 생원 댁에 즈이 모친이 찬모로 기시는구만요."

서거칠도 손칠만을 향해 건듯 웃어 보이며 말했다.

"그렇다면 냉큼 댕겨오시게. 자네가 돌아오기 전에는 배가 떠나지 못허게 붙들고 있겠네."

손칠만은 서거칠에게 억지 친절을 보이면서 말했다. 서거칠은 그런 손칠만의 갑작스런 태도가 어쩐지 마음에 걸리었다. 그는 마음이 손바닥 뒤집듯 순식간에 표변하는 사람들을 싫어했다.

배에서 내린 서거칠은 서둘러 승달산 쪽을 향해 걸음을 옮겼다. 승달산은 높지도 얕지도 않게 언제나 그 자리에 그만한 덩치로 굶주린 새벽 호랑이의 모습으로 웅크리고 앉아 있었다. 승달산 서쪽 잘록한 산허리쯤에 가을날 저녁나절의 해가 대롱거리는 모습을 바라보면서 걷던 서거칠은 허출한 시장기를 느꼈다. 삼거리 외대머리 주막이 가까워질수록 탁배기 생각이 간절해지면서, 툽툽한 모주처럼 수더분한 백두 서치보 아저씨 모습이 눈앞에 어른거렸다. 그는 백두 아저씨에게만은 자신이 창의병이 되었다는 것을 알려줘야겠다고 마음먹었다. 어쩐지 그에게만은 무엇이든지 숨기고 싶은 생각이 없었다. 어떤 경우에도 암상을 부리거나 지분거리지 않고 한결같이 뜸숙한 그의 태도가 마음에 들었던 것이었다. 서거칠은 백두 서치보의 생각만을 떠올리면서 삼거리 주막에 당도하였다. 술청이라야 오동나무 그늘 밑에 놓인 널찍한 평상뿐인 삼거리 주막 안으로 성큼 들어서다 말고 서거칠은 너무 쓸쓸한 분위기에 잠시 지싯거렸다. 그때 개다리초가 안에서 백두 서치보가 작은 멱둥구미를 들고 나오다 말고 얼핏 서거칠과 눈이 마주쳤다. 햇살을 받은 그의 머리가 한결 희어 보였다.

"아니, 이눔이 거칠이 아녀?"

백두 아저씨는 소리를 지르며 우르르 사립짝 쪽으로 내달아오더니 손에 들고 있던 빈 둥구미로 서거칠의 머리를 마구 후려치는 것이었다. 서거칠은 피하지 않고 옹근히 둥구미에 머리를 맞았다. 조금도 아프지가 않았다.

"이눔아, 세상에 얀정머리 없는 눔아, 내가 네 눔을 얼매나 생각했는듸……"

백두 아저씨는 둥구미를 팽개치고 나서 울먹이는 목소리로 말했다.

"그런디, 왜 이리도 주막이 휘엉하다요?"

서거칠은 백두 아저씨의 손을 잡고 평상에 앉으며 주막 안을 휘휘 둘러보았다.

"목포에서 온 무미(貿米)꾼놈과 배가 맞아서 폴쎄 야행을 치고 말었구면. 초하룻날 묵어보면 열하룻날 또 묵으로 간다는 말대로 개 버릇 남 주겠는가? 그래도 여그 와서 무던히 참었어."

백두 아저씨는 서거칠을 향해 주막의 분위기처럼 허허롭게 웃어 보였다.

그러면서 백두 아저씨는 쌀장수와 도망친 외대머리 마누라에 대해서는 한사코 이야기를 피하고 서거칠이 그동안 살아온 이야기를 저저이 캐물었다.

"창의병이 되얐구만요."

"창의병이 뭣이다냐?"

백두 서치보는 창의병이 무엇인지조차 모르고 있었다.

"왜병들과 싸우는 창의병도 모로요?"

"아, 거 뭣이냐, 그렇다면 적도가 아니야?"

백두 서치보는 깜짝 놀라 서거칠을 경계하는 눈빛으로 휘저어보았다.

"아자씨도 참, 적도라는 것은 왜놈덜이 부르는 말이구만이라우. 우리는 도적떼가 아니어라우. 우리는 왜놈덜을 이 땅에서 몰아내자고 목숨을 걸고 싸우는 창의병이어요."

"밥은 누가 멕여주냐?"

"거야 묵을 것을 담당허는 호군장이 있구만이라우."

"굶기도 허냐?"

"굶고 어뜨케 총질을 험시롱 싸운다요."

"그려? 한 번도 안 굶었단 말이여? 그리고 총을 들고 싸운다고 했냐?"

"양식이 없어서 굶어본 적은 없었구만이라우. 그리고 총을 들고 싸우재 맨손으로 어뜨케 싸운다요? 내 총도 있구만이라우. 내 총은 삼팔신식총이어요."

"아이고 그러냐? 그렇다면 나도 좀 데려가그라. 굶지만 않는다면 뭣을 못하겄냐? 굶지만 않는담사 깨벗고 꼽사춤이라도 추겄다. 그러니 지발 나도 좀 데리고 가그라."

그러면서도 백두 서치보는 거칠의 손을 잡아 놓아주지 않으려고 하였다.

"창의병은 입 벌이를 허는 사람덜이 아니로구만요. 왜놈덜을 이 땅에서 몰아내려는 각오가 없으면 창의병이 될 수가 없당께요."

서거칠의 그 같은 말에 백두 서치보는 잠시 시무룩한 얼굴로 승달산을 바라보았다. 요즈막 그는 하루 한 끼 입에 풀칠을 하기조차 어려웠다. 외대머리 그의 마누라가 무미꾼과 눈이 맞아 야행을 친 후로는 끈 떨어진 망석중이처럼 살길이 막연해진 것이었다.

"지발 나 좀 데리꼬 가그라. 내가 워낙 바탕이 용해서 글재, 나도 성이 났다 험사 물불 안 가리는 사람이여. 무미꾼놈이 마누라쟁이를 꿰메차고 야행을 치던 날, 그눔 내 손에 잽히기만 했으면 뼉다귀도 못 추렀을 것이다. 나도 싸울 수가 있단 말이여."

백두 서치보는 서거칠이 보라는 듯 주먹을 불끈 쥐어 허공에 휘두르며 목소리를 높였다.

"그러면 여그 계시씨오. 낼 아침에 목포에 갔다가 올라감시로 아자씨 데리꼬 갈 것잉께라우."

서거칠은 승달산 마루에 댕그랗게 걸린 해를 보면서 일어섰다. 박천식의 가족들을 만나보려면 서둘러야 했기 때문이었다. 서거칠은 백두 서치보가 한사코 따라오겠다는 것을 억지로 떼어놓고 걸음을 재촉했다. 삼거리 주막에서 큰골까지는 가까운 거리였다. 승달산의 산자락을 안고 해지는 쪽으로 휘어 돌다보면 제방이 무너져 폐보가 된 지 오래인 작은 방죽이 나오는데, 이 방죽 길을 따라가다가 야트막한 둔덕을 넘으면 큰골마을이 도란도란 한곳에 엎뎌 있다.

서거칠은 마을 어귀에서 소를 뜯기고 있는 노인에게 박천식 집을 물었다. 그의 집은 마을 들머리에 있었다. 지난여름의 큰 비바람에 바자울이 어슷하게 쓸려 누운 마당 안쪽에 개다리움막 같은 초옥이 숨 넘어갈 때 박천식의 쓸쓸한 몰골처럼 엎뎌 있었다. 서거칠은 죽은 박천식을 다시 만나는 듯한 기분으로 조심스럽게 사립짝을 밀고 안으로 들어섰다. 마당에는 멍석이 깔려 있었고 멍석 위에는 자줏빛과 짙은 보라색의 동부며 썰어 말리는 호박, 아직은 푸른빛이 더 많은 고추가 촘촘히 널려 있었다.

그가 마당 가운데로 들어서면서 큼큼 헛기침을 토해내는 순간 마루 대신에 거적이 깔린 큰방 쪽에서 갑자기 지치고 목이 쉰 아기 울음소리가 쏟아져 나왔다. 서거칠은 헛기침을 연방 토해내면서, 창자를 비트는 듯 아기울음이 터져 나오고 있는 방 쪽으로 걸어갔다. 방문 고리가 밖으로 걸려 있었다. 비녀목 대신에 놋쇠 숟가락이 거꾸로 꽂혀 있었다. 서거칠이 숟가락을 뽑고 고리를 푼 다음 방문을 열어젖히고 들여다보았더니, 돌이 지났을까말까 싶은 아이는 방구석에 엎뎌 잠들어 있었고, 그보다 한 살쯤 나이가 더 들어 보이는 아이는 방문 옆에 발을 뻗고 앉은 채 자울자울 졸면서 훌쩍거렸다. 서거칠의 생각에 박천식의 부인이 나이가 어린 두 아이를 방에 가두어두고 들에 일을 하러 갔거니 싶었다. 그는 울고 있는 아이를 얼러보았다. 그러나 낯선 서거칠의 모습을 보더니 되레 놀라 겁을 먹고 자지러지게 울음을 쏟아냈다. 그 바람에 방구석에 엎드려 자고 있던 아이까지도 놀라 잠이 깨어 사금파리 깨지는 듯한 목소리로 울어대기 시작했다. 서거칠은 두 아이들을 달랠 수가 없다고 생각하고 다시 마당 가운데로 물러서서 고추며 동부를 널어놓은 멍석의 귀퉁이에 엉덩이를 붙이고 앉았다. 바자울을 부축하고 서 있는 지붕 높이의 감나무 우듬지 너머로 감빛과도 같은 저녁놀이 불그레하게 익어가고 있었다. 서거칠은 마치 어머니를 기다리는 마음으로 박천식의 부인이 들에서 돌아오기를 기다렸다. 처음엔 박천식의 얼굴이 확연하게 떠오르지 않아 죽은 그에게 미안한 생각을 품고 있었다. 그러다가 이상하게도 세월이 흐르면서부터 그가 메고 다니는 총을 보듯이 그의 얼굴로 뚜렷해졌던 것이다. 기실 그는 박천식으로부터 총을 받기 전까지는 그와 같이 이야기를 나눌 기회조차 별로 없었다. 그가 같은 고향 몽탄 사람이라는 것뿐 그의 가족들에 대해서도, 또 어떤 연유로 그가 창의병이 된 것도 모르고 있었다.

　서거칠은 마당 가운데 고추며 동부를 말리기 위해 깔아놓은 멍석에 앉아서 폐옥처럼 휘영한 집안을 둘러보았다. 구석마다 가난이 덕지덕지 눌어붙어 있어 보였다. 지붕을 보니 지난해에 개초(蓋草)를 얹지 못해 회색으로 삭아 있었고, 마당에는 닭 한 마리 보이지 않았다. 사립문 옆의 측간은 그나마 한쪽 지붕이 내려앉아 있었으며 측간 옆의 두엄자리에는 둥그렇게 두엄이 쌓였던 흔적만 보였다. 서거칠은 문득 죽은 박천식이 야속하게 생각되었다. 집안을 이 꼴로 만들어놓고 창의병이 된 그를 이해할 수가 없었다. 더욱이 그의 죽음에 분노를 느꼈다. 그는 박천식이가 무엇 때문에 창의병이 된 것인지 알고 싶어졌다. 집안 꼴을 보니 그의 죽음에 뿌질뿌질 화가 치밀어 올랐다.

　박천식의 처가 두 아이들을 데리고 머리에 깍짓단을 이고 집안으로 들어섰을 때는 접시감나무 우듬지에 걸려 있었던 노을빛이 사그라지기 시작해서였다. 연년생의 터울인 듯 고만고만한 네댓 살쯤 되어 보이는 두 아이들을 앞세우고 마당으로 들어선 박천식의 아내는 서거칠을 발견하자 걸음을 멈추었다.

　"저…… 지는 아이들 아부님의 기별을 갖고 왔구먼요."

　서거칠이가 멍석에서 일어서서 남편 없이 네 아이들을 꿰메차고 사느라고 말라비틀어진 대추처럼 쭈구렁이가 된 박천식의 아내를 쳐다보며 어렵게 입을 열었다. 그러자 박천식의 아내는 머리에 이고 있던 콩깍짓단을, 마당에 화풀이를 하듯 쿵 부리고 나서는 서거칠에게는 말 한마디 없이 방으로 들어가서 두 아이를 안고 나왔다. 두 아이들은 어머니를 보자 더욱 서럽게 울어댔다. 박천식의 아내는 서거칠에게 남편에 대해서 아무 말도 묻지 않았다.

"아이들 아부님께서는 무탈허게 잘 기시니 아무 걱정 마시라고 허시데요."

서거칠이가 다시 입을 열었으나 박천식의 아내는 여전히 남편의 소식에 대해서는 관심을 나타내 보이지 않았다. 서거칠은 그러는 그녀를 탓하고 싶은 생각이 담배씨만큼도 없었다. 그녀는 서거칠로부터 돌아서서 막내둥이에게 젖을 물리고 있었다.

"아이들 아부님께서는 꼭 돈을 벌어서 돌아오시겠다고……."

서거칠이가 옹색하게 다시 입을 열었을 때 박천식의 아내가 얼핏 고개를 돌려 그를 보았다. 그녀는 서거칠을 향해 한바탕 쏘아붙일 것만 같더니 이내 다시 고개를 돌려버렸다.

박천식의 집 사립문을 나오는 서거칠의 마음은 바윗덩어리에 눌린 듯 무겁고 답답하기만 하였다. 그는 되도록이면 그곳으로부터 빨리 달아나고 싶었다. 그의 심정은 달아난다고 하는 표현이 적절할 듯 싶었던 것이다. 그의 어머니가 찬모 노릇을 하며 목줄 지탱하고 사는 월곡리 윤 생원 댁의 대문 앞에 당도하는 순간까지도 그의 무겁고 답답한 마음은 조금도 풀리지가 않았다.

서거칠은 차마 윤 생원 댁의 대문 안으로 들어서지 못하고 담 모퉁이를 왔다갔다 배회하면서 밤이 더 깊어지기를 기다렸다. 그는 어머니를 만나기가 두려웠던 것이다. 남편의 기별을 듣고도 대꾸 한마디 없이 차돌처럼 냉갈령을 부린 박천식의 아내 모습이 자꾸만 그의 머릿속에서 꾸물거렸다. 그는 어머니에게 할 말을 생각해보았다. 창의 병이 되었다고 하면 필시 혼절을 할 터이라, 그 말만은 입 밖에 내뱉지 않으리라 마음을 다잡았다. 그러나 여태껏 어머니에게 단 한 번도 거짓말을 해본 적이 없는 그로서는 차마 어머니를 속일 수도 없을 것 같아서 마음이 미어지는 듯하였다. 그는 어머니가 아들 하나 잘되는 것을 바라고 뼈를 깎는 듯 온갖 고초를 군소리나 푸념 한 번 없이 감내하며 살아오고 있다는 것을 잘 알고 있는 터였다. 열일곱 살에, 늙은 홀어미 모시고 영산강에서 고기를 잡아 근근이 목줄 부지하고 살아가는 가난한 고기잡이꾼한테 시집이라고 갔다가, 첫아이 해산달에 큰 물살에 쪽배가 뒤집혀 남편을 잃고, 월곡리 조 참봉 댁에 젖어미로 들어간 지 반년도 못되어 돌림병에 걸려, 그나마 젖어미 자리에서 물리침을 당하여 생사를 헤매던 끝에 천우신조로 살아난 후 여태껏 윤생원 댁의 찬모로 살아오면서도, 한 번도 자신의 기구한 운명을 탓하지 않고, 박복한 자신에게 거칠이를 점지해주신 삼신께 감사한 마음을 보내며, 아들 하나 잘되기만을 빌어온 터였다.

서거칠은 날이 완연히 어두워지자 대문이 열리기를 여수고 있다가 바람처럼 슬그머니 집안으로 숨어들어 아직은 먹방인 채 불이 켜지지 않은 행랑채 그의 어머니가 혼자 기거하는 방으로 들어갔다. 그는 어머니의 땀에 절인 살 냄새가 배어 있는 깜깜한 방의 한가운데에 우두커니 서 있었다. 그도 철이 들 때까지는 어머니와 함께 그 방에서 기거하다가, 열네 살이 되면서부터 사랑방으로 옮겨 누룩뱀 같은 떠꺼머리총각들 틈바구니에서 시달림을 당하게 되었다.

서거칠이가 어머니를 윤 생원 댁에 홀로 남겨둔 채 승달산 밑 외대머리 주막으로 거처를 옮겨버린 것도 따지고 보면 밤마다 그 누룩뱀 같은 총각머슴들의 시달림에 지친 탓이었는지도 몰랐다. 더구나 그들은 입으로 그의 어머니를 다셔대면서 서거칠로 하여금 바지를 내려 엉덩이를 쳐들고 엎디게 하였던 것이다. 서거칠은 자신이 밤마다 그 총각머슴들한테 시달림을 당하는 것보다는 그들이 어머니를 다셔대는 것이 더 참을 수가 없었다. 그렇다고 이 일을 어머니에게 일러바칠 수도 없었다.

서거칠은 어둠속을 더듬어 횃대에 걸린 어머니의 헌옷을 들고 큼큼 냄새를 맡아보았다. 땀에 전 어머니의 살 냄새가 오이풀 냄새처럼 향기로웠다. 그는 어머니의 냄새는 들에 지천으로 돋아나고 초가을이면 여린 가지 끝에서 붉은 보랏빛으로 작은 꽃들이 여러 개 모여 피는 오이풀 냄새와 똑같다고 생각해왔다. 그때문에 그는 어머니 곁에서 떨어져 있는 동안 어머니가 보고 싶을 때면 오이풀을 뜯어서 코에 대고 냄새를 맡곤 하였다. 어머니 방 횃대에 걸어놓은 어머니의 헌옷에서도 영락없이 오이풀 냄새가 났다. 오이풀 냄새보다 더 향기롭게 느껴졌다. 아, 얼마나 그리워했던 냄새였던가. 그것은 그의 어머니 냄새이면서, 이 땅의 어디에서나 피어나는 오이풀 냄새인 동시에 고향의 땅 냄새였다. 그리고 그것은 그리운 사람들의 향기처럼 달콤했다.

서 거칠이가 한참 동안 어머니의 헌옷에서 오이풀과 같은 향기로운 냄새에 취해 있을 때 문밖에서 인기척이 들려왔다. 그는 어머니를 놀래게 해주고 싶어서 윗목 버들고리짝 옆에 몸을 웅크리고 앉았다.

이윽고 방문이 열리면서 어머니가 들돌을 들어 올리듯 무거운 몸으로 방문턱을 넘어와서는 방에 불을 켤 생각도 않고 그대로 방바닥에 비그르르 짚불 스러지듯 했다. 그러고는 서거칠이가 놀라게 해줄 겨를도 없이 코를 골며 잠에 떨어지고 말았다. 서거칠은 어머니가 깊은 잠에 떨어진 후에야 앉은걸음으로 어머니 곁으로 다가가, 너무 지쳐서 숨소리마저 고르지 못한 어머니의 냄새를 뼛속 깊숙이 들이마셨다. 그는 오랫동안 그렇게 어둠속에서 어머니의 고르지 못한 숨소리를 들으며 앉아 있었다. 밤이 깊도록 그렇게 앉아 있다가 조심스럽게 부시를 켜서 기름심지에 불을 댕겼다. 그는 담배를 피우지는 않았지만 창의병이 된 후부터는 몸에 부싯돌을 지니고 다녔다.

출렁거리는 기름불에 비쳐 보인 어머니의 얼굴은 전보다 훨씬 수척해진 듯싶었다. 머릿결이 늦가을의 참억새처럼 바스러지고, 광대뼈가 더 불거져 두 눈이 움푹 들어갔으며, 핏기 없는 입술은 터져서 딱지가 생겼고, 불거진 광대뼈에 비해 턱 끝이 뾰주리감처럼 날카로워졌다. 서거칠은 다시 어머니의 초라한 입성과 갈퀴처럼 앙상하게 거칠어진 손을 보았다. 어머니는 마흔 살이 되려면 아직 이 년이나 더 있어야 할 나이인데도 쉰 살쯤 된 초로 노파처럼 찌들어 보였다.

서거칠은 어머니를 깨우려다가 너무 곤하게 잠들어 있는 모습에 고리짝 위에서 베개를 내려 머리를 괴어주었다. 그때 그의 어머니가 퍼뜩 눈을 뜨고 서거칠을 올려다보더니 소스라치듯 놀라며 일어나 앉았다. 어머니는 서거칠을 마주보고도 한동안 입을 열지 못하였다.

"나로구만요, 어무니. 나, 거칠이여라우."

서거칠은 어머니의 까칠한 손을 잡았다.

"은제 왔냐?"

그의 어머니는 그제야 아들의 얼굴을 짯짯이 되작거려 뜯어보기 시작했다.

"조금 전에 왔구만이라우. 어머니가 곤허게 주무시기에 깨우지 않았어요."

"이런 지지리도 못난 놈. 왔으면 에미부텀 깨울 것이제."

그러면서 그의 어머니는 다시 아들의 얼굴이며 입성을 하나하나 찬찬히 되작거려 살펴보는 것이었다.

"어디서 뭣흐고 자뿌라져 있었간디 여태 기별이 없었댜?"

잠시 후에 그의 어머니가 가볍게 아들을 나무람 하였다.

"어무니 말대로 돈 벌로 나간 놈이 워디 그렇게 한가허남요? 그런디 아직도 돈을 벌지는 못했구만이라우. 포도시 입타작허느라고 ……."

서거칠은 말끝을 흐리며 어머니를 보았다.

"입타작했으면 되얐제. 몸 성히 입타작허기가 으디 그리 쉴헌 일이간디?"

"어무니, 쬐금만 더 고생을 허씨오잉. 곧 돈 많이 벌어 올텡께라우."

서거칠의 말에 그의 어머니는 오달진 웃음을 담뿍 피워 날리며 아들의 얼굴을 만지작거렸다. 서거칠은 그 환한 웃음에 어머니의 고달픈 삶이 촉촉이 녹아내리는 것을 느꼈다. 그는 언제까지나 어머니의 그런 모습을 간직하고 싶었다. 기실 그는 어머니가 그렇듯 환하게 웃어 보인 적은 별로 기억해낼 수가 없었다.

"에미는 네놈 덕에 호강흐고잪은 생각은 별로 없다. 그저 네 한 몸 잘있으면 그것으로 족한겨. 부모 맘은 다 그런겨."

"오래만 사셔요. 꼭 호강시켜 드리께라우."

"네놈 말만 들어도 오지다."

"굽은 나무 선산 지키고 버르대기가 효자 노릇 헌다고 안헙뎌. 서거칠이 시방은 요로코롬 보잘것이 없어도라우, 언젠가는 꼭 보란드끼 살 것이구만요."

"그려, 그려. 말은 참말로 청산유수로구만잉."

"어무니는 아들 말이 안 믿어지는감요?"

"믿고말고. 내가 누구 믿고 살간듸?"

"양지가 음지 되고 음지가 양지 된다고 안헙뎌. 인제 쬐끔만 참으면 우리헌테도 좋은 세상이 올 거로구먼요."

"그려, 그려. 에미가 멋이라고 허냐? 네놈 덕분에 존 시상 한 번 살아보고 죽을랑갑다 그려."

그들 모자는 밤이 깊도록 마주보고 앉아서 포실하게 이야기의 꽃을 피웠다. 서거칠이가 주로 이야기를 하였으며 그의 어머니는 듣기만 했다. 그는 되도록이면 어머니가 듣기에 좋은 말만을 하였다. 그날 하룻밤만이라도 어머니를 즐겁게 해주고 싶었기 때문이다. 가을밤 찬바람이 썰썰썰 감나무 이파리를 줴흔드는 소리뿐 사방이 고즈넉하게 숨을 죽인 한밤중, 불 꺼진 행랑채의 작은 골방에는 오래만에 도란거리는 말소리와 웃음소리가 가득하였다. 어쩌면 골방에 구들장이 깔린 이래 처음으로 웃음이 찐득하게 괴어 넘치고 있는 것인지도 몰랐다.

서거칠은 첫닭이 홰를 칠 때까지 홀어머니와 불 꺼진 방에 마주보고 모로 누워서 도란거리다가 어슴어슴 봉창이 밝아지자 서둘러 몽탄나루로 향했다. 그의 어머니는 동구 밖까지 따라 나오며 눈물바람을 하였다. 서거칠이도 촉촉이 시울이 젖었다. 그러나 그는 동구 밖 늙은 미루나무 앞에서 헤어질 때까지 어둠에 덮인 어머니의 얼굴을 들여다보면서 억지웃음을 웃어 보였다. 그는 어머니와 헤어져 혼자 대나무 모퉁이를 돌아오면서, 아직 어머니의 끈끈한 체온이 남아 있는 듯싶은 손바닥으로 눈언저리를 문질렀다.

서거칠은 승달산 밑 삼거리에 이르러 백두 서치보 아저씨를 만나 보려다가 그냥 논둑길을 가로질러 나루터를 향해 걸음을 재촉하였다. 그가 나루터에 당도했을 때는 희번하게 날이 밝았으나 아직 해는 떠오르지 않았다. 사람들이 보이지 않았다. 사람들뿐만 아니라 서거칠이가 손칠만과 함께 타고 왔던 무곡선도 보이지 않았다. 그는 까치발을 딛고 서서 강의 여기저기를 두루 굽어보았지만 그가 타고 왔던 무곡선은 눈에 띄지 않았다. 서거칠은 나루턱에 있는 주막으로 내려가서 전날 영산포에서 와서 하룻밤을 머문 무곡선이 어찌되었느냐고 물어보았다.

"미곡을 싣고 새벽에 떠났구만."

주막의 늙은 주모가 말해주었다. 그제야 서거칠은 손칠만이가 그를 떨구어놓고 간 것을 알았다.

서거칠은 그날 해질 무렵에야 목포에서 영산포로 가는 소금배를 탈 수가 있었다. 그는 목포까지 손칠만을 뒤따라가 볼까 하는 생각도 해보았으나, 넓은 목포 바닥에서 손칠만을 찾기가 쉽지 않으리라는 것을 헤아리고 영산포로 되짚어 돌아오기로 작정한 것이었다. 서거칠은 소금배를 얻어 타고 영산포로 돌아오면서, 무엇 때문에 손칠만이가 그를 무곡선에 태워 몽탄까지 왔다가 떨구어놓고 목포로 가버린 것인지, 그 연유를 곰곰 생각해보았으나 의문이 풀리지 않았다. 그는 마치 손칠만에게 놀림을 당한 기분이었다.

밤이 늦어서야 개산의 둔영에 돌아온 서거칠은 자초지종을 장 십장에게 이야기하였다. 장 십장은 서거칠의 이야기를 짐짐한 얼굴로 듣고만 있었는데, 짝귀는 버르르 성깔을 돋우면서 그답지 않게 큰 소리로 누구에게랄 것도 없이 마구 욕을 퍼부어댔다. 얼핏 들으면 손칠만에 대해서 욕을 하는 것 같기도 하였고, 어찌 들으면 서거칠을 호되게 나무람 하는 것 같기도 하였다.

"필시 손칠만이란 놈이 골탕을 멕일랴고 작정을 헌 거여."

서거칠의 보고와 짝귀의 욕지거리를 잠자코 듣고 있던 대불이가 중얼거렸다.

"골탕을 멕이다니?"

"그놈은 절대 기계를 가져오지 않을 게요."

짝귀가 묻고 대불이가 대답했다.

"그렇다면 뭣땜시 나헌테 사람을 하나 딸려 보내라고 했겄능가. 왜 나헌테 그런 말을 했으까."

"그것이사, 우선 눈썹에 붙은 불이나 끄고 보자는 임시방편으로다가 그랬겠지라우."

"임시방편으로? 눈썹의 불만 끄면 그만인가?"

"이제는 우리들 눈썹에 불을 붙일라고 허겠지라우."

"우리들 눈썹에 불을 붙인다고? 손칠만이가 말여?"

"손칠만이는 우리헌테 줄 기계를 가지러 목포에 간 것이 아니라, 오까모도를 만나 싸전이 불탄 경위를 설명허고, 영산포 헌병대로 하여금 우리들한테 보복을 허게끔 헐라고 간 것이오. 그러니 당장 우리들 눈썹에 불이 붙게 생겼지 않소."

"이런 즈거멈 사탱이에 남포를 틀 놈!"

"둔영을 옮기든가 여기서 헌병대에 맞아 싸우던가, 좌우당간에 둘 중에 하나를 택해야 쓰겄구만이라우."

대불이는 그러면서 둔영을 옮기기보다는 헌병대를 맞아 싸우는 편이 낫지 않겠느냐고 짝귀의 의사를 물었다. 짝귀도 둔영을 또 옮길 수는 없다고 하였다. 대불이는 개산의 둔영에서 헌병대를 맞아 싸우자면 기계와 탄약을 미리 충분하게 준비해두어야 할 것 같아서 창의병 몇 사람을 나상집 대장의 본영에 있는 군기출납장 김한봉에게 보내기로 하였다. 그 무렵 여러 창의대는 되도록이면 합전을 피하고 각 초대 규모의 분전으로 적과 싸웠기 때문에 군기와 군량 등은 각 초대별로 십장들의 책임 하에 조달하고 있는 형편이었다. 그러나 다행히 이초대는 김한봉이가 본대의 군기출납장을 맡고 있었는지라, 적잖은 지원을 받고 있는 터였다.

다음날 새벽에 짝귀는 창의병 세 명과 함께 본영이 자리 잡고 있는 다도로 향했다.

짝귀가 창의병 세 명과 함께 다도에 있는 본영으로 기계와 탄약을 지원받기 위해 떠나자, 장대불 십장은 엄폐물을 쌓고 방호소를 만드는 등 일본 헌병들을 맞아 싸울 준비를 하였다. 장 십장은 수시로 대원들을 점고하고 영산포에서 개산으로 통하는 여러 길목에 보초를 세워 적을 경계하는 한편 서거칠로 하여금 은밀히 김유복을 만나게 하여, 영산포 헌병대의 동정을 세심하게 살피라고 일렀다.

다도에 갔던 짝귀는 이틀 만에 관 속에 38소총 세 자루와 38소총 탄환 5백발 외에 화승총의 화약을 넣어서 지게에 지고 돌아왔다. 짝귀의 말로는 일본의 무기류 압수 이후, 화승총의 화약을 구하기가 매우 어려워졌다고 하였다.

장대불은 짝귀를 통해 가을에 들어 전라도의 여러 곳에서 창의병들이 일본군과 싸워 이겼다는 이야기를 들었다. 장성에서 창의한 기삼연부대는 의병 1백 명을 인솔하고 장성읍을 습격하였으며, 김 동신(金東臣)은 순창읍을, 고광순은 동복(同福)을 습격하는 등 9월에 들어서만 여섯 읍을 습격하고 순사분파소와 세무소, 일진회사무소, 일인상점, 군아 등을 파괴한 후, 왜노와 친일배들을 처단하였다고 하였다.

"바로 엊그저께는 기삼연 부대가 법성포와 고창읍을 습격하여 한바탕 분탕질을 쳤다등만."

"기삼연부대가 워디에 둔취하고 있었답듸껴?"

"영광 안산의 왕녀봉 협곡에 둔영이 있다고 허등만."

"모두 몇이나 된답디껴?"

"삼사백 된다던가…… 재미있는 것은 말이시, 기삼연부대에서는 아무 날 아무 정께에 무장읍과 영광읍을 기습할 터이니 그리 알라는 통문(通文) 두 통을 군아에 보낸 연후에, 무장 영광 두 고을의 일대에서 노골적으로 모군과 함께 군량 징발을 허고 있었다등만. 의병이 기습해온다는 풍설 속에 무장읍내의 일본인들은 배 세 척을 내어 물품들을 싣고 부녀자들을 승선케 하여 법성포로 피난을 하였다고 허데."

그러면서 짝귀는 다시에 있는 본진에 가서 들었던 이야기를 입담좋게 늘어놓았다. 짝귀의 이야기로 기삼연부대는 무장분파소를 습격한 후 기총 등 총 세 자루와 탄환 삼십 발을 노획하고 기물을 불살랐으며, 다음날에는 고창읍을 습격하여 일본 상인 두 명을 참살하였다는 것이었다.

"군기출납장 김한봉과 탐정장 김덕배는 잘있습디껴?"

대불이는 기삼연부대가 영광과 무장, 고창읍을 습격한 이야기를 다 듣고 나서 그들의 옛날 동지 안부를 물었다.

"김한봉이만 만나고 덕배는 못 만났구만. 한봉이 그 사람 문치걸이 이야기를 험시롱 또 땅이 꺼지게 한숨을 쉬어쌓등만. 기회를 봐서 남평 치걸이 집에 한 번 댕겨와야겄다고 흐기에, 치걸이 마누라 만나거든 낭군이 죽었다는 말은 허지 말라고 단단히 일렀구만."

대불이는 짝귀의 말에 잠시 눈을 감았다. 갑자기 문치걸의 얼굴이 떠올랐기 때문이다.

"이쪽 영산포 동태는 으쩐가?"

잠시 후에 짝귀가 물어서야 대불이는 눈을 떴다.

"어저께 손칠만이가 오까모도허고 목포에서 돌아왔답듸다."

"기계는? 손칠만이가 기계를 가져왔당가?"

짝귀가 다급하게 물었다. 그의 물음에 대불이의 입에서 아무런 대꾸도 없자, 짝귀는 서거칠을 보았다. 서거칠은 고개를 두어 번 흔들었을 뿐이었다.

"그 도적놈을 당장에……."

짝귀는 벌떡 일어나 앉았다. 그리고 나서는 가래침을 우려내어 그대로 꿀걱 삼켜버렸다.

"목포로 기계를 가질러 간 것이 아니라 오꼬모돈가 뭔가 허는 놈 데리꼬 왔구만."

"그리고 오늘 아침나절에는 반남 헌병분견소에서 열 명이 영산포 헌병대로 왔답듸다."

대불이는 잠시 전 서거칠이가 영산포에 내려갔다가 김유복을 만나 들었던 바를 말하였다. 그러면서 그는 짝귀에게 필시 영산포 헌병대에서 개산을 기습하기 위해 반남에 있는 헌병을 차출해왔을 것이라는 그의 생각을 말하였다.

"어쩌면 놈들은 영광이나 남평, 혹은 나주에 있는 일본군들까지도 동원해서 쳐들어올지도 모르겠구만요."

"그렇다면 이러고 있을 때가 아니로구먼. 본진에 구원을 청허든가, 아니면 근동에 있는 다른 창의병대에 도움을 청허세. 나주 금성산 뒤에 둔을 치고 있다는 박민수 부대나, 문평에 사람을 보내서 김태원 대장한테 도움을 청허세. 쌀장수를 허다가 의병을 모았다는 조정인도 있고, 나주 가까이에 둔취허고 있다는 전해산 대장헌테라도 도움을 청한다면 우리를 도와줄 것이 아닌가."

짝귀는 불안한 듯 걱정스러운 얼굴을 하고 말했다.

"이무 늦었구만요. 내 생각에는 오늘밤이나 새벽쯤이면 놈들이 기습을 해올 것 같소."

대불이는 그렇게 말하면서 하늘을 쳐다보았다. 하루의 해가 어느덧 산정에서 두어 뼘이나 서쪽으로 기울어져 있었다. 그는 서거칠에게 천좌근과 송기화를 불러오라고 일렀다. 서거칠이가 장 십장의 둔소를 나간 지 담배 한 대참도 안 되어 천좌근과 송기화가 모습을 나타냈다.

"암만해도 오늘밤이나 새벽에 놈들이 기습을 해올 것만 같소. 그러니 서둘러 대원들헌테 호군을 시킨 후에 영산포에서 올라오는 동쪽 기스락과 진포리 쪽에서 올라오는 서쪽 기스락에 매복을 허도록 허씨오. 해가 떠오를 시각에 염반(鹽飯)덩이를 보낼 테니, 낮이 되었다고 해서 그냥 돌아오지 말고 그대로들 있으씨오. 만약에 영산포 쪽에서 기습을 해온 적을 당해내지 못할 시에는 진포리 쪽으로 퇴각을 헐 것이고, 진포리 방향에서 기습을 해온 적을 맞아 승산이 없으면 영산포 쪽으로 퇴각을 헐 것잉께, 각기 퇴로를 뚫어놓도록 허씨오."

그러면서 대불이는 송기화에게는 그의 부하 열 명을 이끌고 동쪽 기스락을, 천좌근에게는 그의 대원들과 함께 서편 산록을 각각 지키게 하였다.

"만약에 적이 양쪽에서 기습을 해온다 치면 으쩔 건가?"

송기화가 대불이에게 물었다. 대불이도 물론 그것을 생각하지 않은 것은 아니었다.

"그렇다면 우리는 퇴각허지 않을 것이오. 이 산정에서 몰살헐 각오로 최후까지 싸우는 수밖에 없을 것이오."

대불이는 비장하게 말하였다. 그는 둔소 밖으로 나가서 천좌근이와 송기화가 대원들을 이끌고 매복할 장소에 대해서 더 자세히 설명을 하였다.

천좌근과 송기화가 대원들을 호군한 후에 각기 열 명씩의 창의병들을 이끌고 동쪽과 서쪽의 산록으로 떠나자 이내 하루의 마지막 해그림자가 영산강을 덮어오기 시작했다. 그날은 노을이 타지 않았다. 구름 한 조각 널려 있지 않은 해넘이 무렵의 하늘은 은회색의 억새꽃이 피어 바람에 너울거리는 널따란 강변처럼 보였다. 대불이는 둔소 밖 참나무 밑에 서서 은회색 빛깔의 하늘이 점점 두꺼워지는 모습을 쳐다보고 있었다. 해의 기운이 약해질수록 하늘은 산으로부터 가까워오고 있었다. 그때문에 그는 산정에서 밤을 맞게 되면서부터, 밤은 하늘이 땅으로 내려오는 시간이라고 생각하고 있었다. 마치 밤에 남정이 여자의 방으로 찾아들어가듯, 날이 어두워지면 하늘은 찬란한 별들로 화려하게 몸치장을 하고 은밀히 땅을 만나러 내려오는 것인지도 모른다는 생각을 한 것이다.

대불이가 은회색으로 두꺼워지기 시작하는 해넘이 무렵의 하늘을 쳐다보고 있을 때, 영산포에서 김유복이가 찾아왔다고 하였다. 그는 김유복이가 일부러 해가 기울기를 기다렸다가 개산의 둔영까지 찾아온 이유를 대충 어림할 수가 있었다. 대불이는 필시 영산포 헌병대가 기동을 한 것이라고 짐작하였다.

　장대불의 창의대는 팽팽하게 긴장된 분위기로 하루를 보냈다. 그날 중에 영산포 헌병대가 남평, 반남 등 근동의 헌병대 병력까지 동원하여 개산의 창의병 둔영을 기습해올 것으로 믿고 이에 방비를 하고 있었으나, 개산의 기스락에 왜놈 그림자 하나 얼씬거리지 않았다. 창의병들은 나뭇잎 바스락거리는 소리만 들려와도 바짝 마음을 조이며 사방을 살폈다. 그러나 하루의 해가 하늘 저쪽으로 모습을 감추고 어둠이 사위를 여러 겹으로 둘러싸며 좁혀왔을 때도 헌병대는 그들의 둔영을 기습해오지 않았다. 그러나 대불이는 동쪽과 서쪽의 산기스락에 매복시킨 천좌근과 송기화의 분대를 철수시키지 않고, 계속 둔취케 하였다. 그리고 대불이와 짝귀는 둔소 초막에서 밤을 밝혔다. 그는 짝귀의 청을 받아들여 초저녁에 얼핏 눈을 붙였다가, 자야가 못되어 깨어난 후에 꼬박 눈을 뜨고 마음을 졸이며 날이 밝기를 기다렸다.
　날이 밝아 영산강에 물안개가 자욱하게 피어오르고, 다시 해가 떠오르면서 얇은 비단 차일과도 같은 안개가 걷혀, 거대한 꿈틀거림으로 강의 모습이 한눈에 들어오기 시작할 때까지도 적의 기습은 없었다. 헌병대가 기습을 해올 것으로 믿고 방비를 하고 있었으나, 끝내 왜놈의 그림자조차 얼씬거리지 않자 창의병들은 오히려 초조해졌다.
　"거칠이가 산을 내려가서 동정을 한 번 살피고 오너라."

영산강에 물안개가 완연히 걷히고 햇살이 잡목들 잎 사이로 부챗살처럼 퍼지기 시작하자 장대불 십장은 그의 수종사원 서거칠을 산 아래로 내려 보냈다. 서거칠은 영산포로 내려가서 헌병대에 있는 김유복이부터 만나보았다.

"남평, 반남, 나주에서꺼정 왜군들이 몰려와 있는듸도 별다른 움직임은 없당께. 무라다 대장의 방에서 무신 모사를 꾸미고 있는 것 같은듸도 낌새를 못 채겠당께로잉."

김유복은 그러면서 답답함을 참지 못하겠다는 듯 한숨을 길게 토해내기까지 하였다.

"그렇다면 시방 헌병대 안에 있는 일군이 죄 합쳐서 몇 놈이나 될 것 같드냐?"

"쉰 명 남짓 되는 것 같여."

서거칠이가 묻고 김유복이 대답했다.

"나 말이여, 헌병대 그만둬뿔고 거칠이 성 맹키로 창의병들과 함께 있고 싶당께."

서거칠이가 김유복에게 그만 헌병대로 돌아가라고 이르자, 김유복이 불만스럽게 가래침을 우려내어 땅에 뱉으며 말했다. 그러면서 김유복은 버릇처럼 털메기를 신은 발끝으로 툭툭 땅을 차고만 있었다. 서거칠은 김유복의 손을 잡고 주막 모퉁이를 돌았다. 그들이 막 헌병대 앞 삼거리 모퉁이를 돌아섰을 때였다. 남창 쪽에서 선창거리 쪽으로 바쁘게 걸어오던 손칠만이가 서거칠과 김유복을 발견하고 우뚝 걸음을 멈추어 서서 그들 두 사람이 가까이 다가오는 모습을 기다리고 있었다. 서거칠은 한참 후에야 손칠만을 발견하고 소스라치듯 놀라 그 자리에 멈춰서고 말았다.

"네놈은 무라다 대장님의 고스까이가 아니냐?"

손칠만이 큰 비밀을 탐지해낸 듯 는질거리는 미소를 피우며 서거칠과 김유복 쪽으로 천천히 다가와서 말했다. 김유복도 손칠만을 발견하고 주춤거렸다.

손칠만은 서거칠에 대해서는 관심이 없다는 듯 거들떠보지도 않았다.

"두 사람은 전부터 아는 사인가?"

손칠만이 김유복과 서거칠을 번갈아 되작거리듯 살펴보고 나서 뚜벅 물었다. 이 같은 손칠만의 물음에 김유복은 선뜻 대답을 못하고 슬슬 서거칠의 눈치만을 살폈다.

"그러요. 우리는 전부텀 아는 사이라요."

서거칠이 젊은 혈기에 삐딱한 눈길로 손칠만을 쏘아대며 대답했다. 그는 전날 몽탄나루에 그를 남겨둔 채 미곡선을 목포로 띄워버린 데에 대해 홀맺힌 감정이 풀리지 않았기에 불컹거리는 말투로 대꾸할 수밖에 없었던 것이다. 서거칠의 그 말에 손칠만은 냉소를 머금어 날렸다. 서거칠은 손칠만에게 기계가 어찌되었느냐고 따져 물으려다가 참았다. 장 십장의 말마따나 처음부터 그가 창의대에 기계를 구입해줄 뜻이 없었다는 것을 이미 간파했기 때문이었다.

"장대불 대장에게 일간 한 번 만나게 될 것이라고 전해주소. 그러고 말이시 자네 이름이······."

그러면서 손칠만은 고개를 들어 헌병대의 정문을 바라보았다. 그가 소리를 쳐서 정문에 입초를 서고 있는 헌병을 부른다면 이내 뛰어와서 서거칠을 붙잡을 수 있을 것이었다. 그러나 손칠만은 다시 고개를 내리더니 서거칠을 보았다.

"서거칠이오."

서거칠은 거칠 것 없다는 투로 퉁명스럽게 내쏘았다. 그러자 손칠만은 예의 그 특유한 삵의 웃음을 피워 날리더니 고개만 끄덕거렸다.

"조심혀. 자네는 창의병이 아닌가. 대낮에 함부로 나돌아댕겼다가는 목숨이 온전허지 못헐 것잉게."

손칠만이 비웃는 듯한 표정으로 서거칠을 위아래로 저울질하듯 훑어보았다. 서거칠도 지지 않고 눈싸움을 하였다.

"장 대장헌테 내 말을 전허소잉."

손칠만은 의미 있는 그 말만을 남기고 헌병대와는 반대쪽인 선창거리를 향해 걸음을 옮겼다. 서거칠과 김유복은 한동안 손칠만의 뒷모습을 지켜보고 서 있었다.

"조심해야 쓰겠다. 손칠만이 그 사람을 조심허란 말이다."

서거칠은 김유복에게 당부하고 나서 그의 등을 떼밀었다. 그는 김유복이가 헌병대 정문 안으로 들어서는 것을 보고 나서야 몸을 돌려세웠다. 그는 그 길로 개산으로 돌아가려다가 잠시 선창거리를 살펴본 연후에 둑길을 탈 요량으로 객주거리 쪽으로 향했다. 그러다가 손칠만과 다시 마주치기라도 한다면 어쩌나 싶은 저어함도 있었으나, 그를 두려워해서는 안 된다는 오기스러운 생각 때문에 객주거리 안으로 들어선 것이었다.

　서거칠이가 선창거리 건어물전 앞에 이르렀을 때였다. 나루터 쪽에서 사람들이 떼 지어 몰려오고 있는 것이 보였다. 서거칠은 모르는 척 모퉁이를 돌아서려다가 아무래도 심상치 않은 듯한 느낌이 들어 잠시 걸음을 멈추어 섰다. 일본헌병들이 웬 여자를 포승을 지워 끌고 오는 것을 본 서거칠은 군중들을 헤치고 끌려가는 여자를 살펴보았다. 그 여자는 바로 구진나루 주막의 방석코 마누라인 난초였다. 서거칠은 난초를 보자 가슴이 철렁 내려앉았다.

　"아니, 저것은 난초가 아녀? 구진나루 난초가 맞는구만."

　영산포 선창거리 사람들은 난초의 얼굴을 알고 있는지라 저마다 한마디씩 혀끝에 말아 올렸다. 서거칠은 사람들의 어깨 너머로 난초가 포승줄에 묶여 끌려가는 모습을 놀란 얼굴로 넘겨보다 말고, 길 건너 때죽나무 주막의 처마 밑에 팔짱을 끼고 서서 삶의 웃음을 피우고 있는 손칠만을 발견하자, 온몸의 뼈마디가 흐무러지면서 피가 거꾸로 치솟는 듯한 기분을 느꼈다. 순간 짝귀 차지가 손칠만을 놓아주었다는 말에 그의 식솔들 걱정을 하던 방석코의 탄식 섞인 투덜거림이 뒷전에 맴돌았다. 서거칠은 방석코의 마누라 난초가 일본헌병들에게 붙들려 있는 것이 옹치 같은 그 손칠만 때문이라는 것을 알 수 있었다.

　서거칠은 오랫동안 그 자리에 서서 길 건너 손칠만을 쏘아보고 나서 헌병대 정문까지 난초를 따라갔다. 헌병대 정문께에 이르렀을 때는 손칠만의 모습이 보이지 않았다. 그는 난초가 끌려가는 것을 구경하려고 뒤따라온 선창거리 사람들이 모두 돌아가고, 헌병대 정문 앞이 휑하게 빌 때까지 우두커니 서 있다가 서둘러 나루터로 달려갔다. 주막에 남은 방석코의 두 아이들이 걱정되었기 때문이다.

"방석코라는 사람한테 그의 처가 붙잽혀갔다는 이야기를 전허게."

서거칠이가 구진포로 건너가기 위해 영산나루에서 배를 기다리고 있는데 어느 사이엔가 손칠만이 모습을 나타내 이죽이죽 웃으며 말했다. 손칠만은 서거칠에게 그 말 한마디만을 전달하기 위해 모습을 나타낸 듯, 이내 발걸음을 돌려 싸전머리 쪽으로 사라져버렸다. 서거칠은 손칠만의 뒷모습을 바라보면서 이를 악물었다.

서거칠이 영산강을 건너 바쁜 걸음으로 창랑리 산모퉁이를 돌았을 때, 구진포 쪽에서 연기가 자욱하게 대낮의 하늘을 뒤덮고 있는 것이 보였다. 서거칠은 초조한 마음으로 산자락 너머에서 퍼져 오르는 연기를 바라보면서 걸음을 재촉하였다.

불타고 있는 것은 난초네 주막이었다. 연기가 하늘로 피어오를 때 서거칠은 그렇게 짐작하고 걸음을 재촉했었는데, 아니나 다를까 그의 가슴대로 난초네 주막이 불에 타고 있는 것을 보자 다리에 힘이 쫙 빠졌다. 주막이 마을과 떨어진 탓도 있겠지만 불구경하는 사람도 몇 사람 안 되었다. 나루터 사공과 나룻배를 기다리고 있던 뜨내기 등짐 장사치 몇 사람이 우두커니 서서 불에 타고 있는 주막을 바라볼 뿐이었다. 이미 지붕이 내려앉아 불길도 숨을 죽인 후였으며, 연기만이 하늘로 치솟고 있었다. 불에 타고 있는 주막 앞 미루나무 밑에 방석코의 두 아이가 서로 부둥켜안고 지친 목소리로 울고 있는 것을 발견한 서거칠은 한동안 참담한 눈으로 그들 어린 남매를 바라보았다.

"어찌된 것입네까요?"

서거칠은 잠시 전에 난초를 붙들어간 헌병들의 소행임을 이미 알아차리고 있었으면서도 울고 있는 아이들을 달래고 있는 늙은 사공에게 물었다.

"쟈들 어미를 붙들어간 헌병들이 불을 놓아뿌렀다네."

늙은 사공이 서거칠의 행색을 훑어보며 찜부럭한 목소리로 대답해주었다.

"울지 마라. 내가 네 아부지헌테 데려다주마."

서거칠은 더 이상 구진나루에 지체할 이유가 없다고 헤아리고 방석코의 두 아이를 안아 일으켰다.

서거칠은 방석코의 두 아이들을 데리고 다시 강을 건너 새끼내로 향했다. 그가 두 아이들을 데리고 새끼내에 당도했을 때는 한낮이 훨씬 기울어 설핏하게 햇살이 사그라지기 시작했다. 서거칠이 새끼내 장 십장의 집으로 가기 위해 둑길에서 새끼냇물이 영산강 줄기에 합류하는 물목굽이로 접어들었을 때, 얼핏 보니 마을 앞 나무다리 아래쪽에 웅보 내외와 우암이의 모습이 보였다. 서거칠이 가까이 다가가 보았더니, 언젠가 창의병이 되겠다고 테메산까지 찾아왔었던 장 십장의 조카사위도 처가 식구들과 함께 있었다. 목포에서 고깃간을 하고 있다는 장 십장의 조카사위 피장이 황 서방은 테메산에서 열흘쯤 빌붙어 있다가, 장 십장의 떼밂을 당하다시피하여 다시 목포로 돌아갔었다. 장 십장네 식구들은 돌을 나르기도 하고 흙을 파기도 하였다. 얼마 전에 헌병대에 붙들려가서 초주검이 되어 나와 똥물을 퍼마시고 자리에서 일어난 웅보만이 작은 버드나무 아래 쪼그리고 앉아서 한껏 되살아난 목소리로 바삐 움직이는 식구들에게 이것저것 따져가며 일을 시켰다.

"아자씨, 시방 식구대로 나와서 뭣허싱게라우?"

서거칠이가 두 아이들의 손을 잡고 버드나무 밑으로 다가가며 물었다. 웅보는 말끄러미 난초의 두 아이들을 바라보고만 있었다.

"웬 애기들인가?"

한참 만에 웅보가 물었다. 그동안 피장이 황 서방이 우암이와 함께 흙짐을 지고 버드나무 앞을 지나가다가 서거칠과 함께 눈인사를 주고받았다. 서거칠은 새끼내의 야트막한 물속에 들어가서 삽으로 흙을 퍼 올리고 있는 우암이의 큰어머니에게 다가가서 인사를 하고 다시 버드나무 아래로 돌아왔다. 건듯 바람이 불어와 버드나무 잎들을 몸살 나도록 흔들어댔다.

"강 건너 구진포 주막 방석코 아저씨 집에 불이 났구만이라우. 영산포 헌병들이 불을 지르고 이것들 어메를 끌어갔당께요. 그래서 이 애기들을 잠시 아자씨 집에 맽겨놓을랴고……."

서거칠은 그렇게 말하면서 웅보의 눈치를 살폈다. 웅보가 아이들을 맡지 않겠다고 한다면 서거칠은 하는 수 없이 개산에 있는 아이들의 아버지한테 데리고 가야 할 판이었다.

"방석코가 창의병이 되았다등만 기언시 난초가 화를 당하는구만 그려. 그런디 사람 끌어갔으면 그만이제 왜 집에 불은 놓아?"

웅보는 난초의 두 아이들을 애잔한 눈으로 바라보더니 큰 소리로 그의 아내를 불렀다. 쌀분이는 흙 묻은 손을 씻고 버드나무가 서 있는 둔덕으로 올라왔다.

"이 아그덜이 난초네 자식들이라는듸 집에 데리꼬 가서 요기나 좀 시키소. 지 에미가 끌려가고 집이 불탄 경황 중에 끼닌들 때웠겠는가. 제 에미가 나올 때꺼정은 우리가 데리고 있어줘사 쓰겄구만."

웅보는 여전히 안쓰러운 눈길로 두 아이들을 보며 쌀분이에게 말했다.

"시상에 네 에미가 무신 죄가 있다고 끌어갔다냐."

쌀분이는 혀를 차며 난초의 아이들 손을 잡고 마을 쪽으로 몸을 돌려세웠다. 웅보와 서거칠은 쌀분이와 두 아이들이 마을 안길로 접어드는 두껍다리를 건널 때까지 말없이 그들의 모습을 바라보고 있었다.

"우암아, 느그 매형보고 숨 좀 돌리라고 허그라. 이 일이, 일이년에 끝날 것도 아닝께 싸묵싸묵 허자고 그래라."

쌀분이가 두껍다리를 건너 마을 안길로 모습을 감추자 웅보는 허리춤에서 곰방대를 꺼내 담배를 재어 불을 붙인 다음 큰 소리로 말했다.

"아자씨, 무신 일이시냥께라우."

서거칠이 웅보 옆에 앉으며 다시 물었다.

"보면 모르겠능가?"

"보아허니 물둑을 쌓을려고 그러시는 것 같구만이라우."

"땅을 맹글라네. 우리 같은 농투산이들이 헐 수 있는 것은 땅을 맹글고, 그 땅에 곡식을 키우는 일이 중허지 않겠능가? 나는 이 나라가 왜놈덜 시상이 된다 해도 곡식을 키울 수 있는 내 땅을 맹글라네. 오년, 아니 십년도 더 걸릴지 모르겠재만 살아 있는 날꺼정은 부지런히 내 땅을 맹글라네. 그러노라면 고향을 떠나갔던 사람덜도 하나둘 돌아오겠째잉. 그래야 고향 사람덜헌테 큰소리도 칠 것이 아닌감. 내 친구들이 고향에 돌아와 갖고, 그동안 뭣을 해놨냐고 물어보면 뭣이라고 대답을 헐 것잉가? 뭐니 뭐니 해도 남는 것은 땅뿐이라네. 우리 우암이 압씨한테도 내가 다시 땅을 맹그는 일을 시작했다고 허소. 생각해봉께 우암이 압씨허고 첨에 새끼내에 터를 잡고 우리덜 땅을 맹글 때가 좋았던 것 같구먼. 처음으로 내 땅을 가졌을 때의 그 오진 기분을 자네는 모를 것이시. 나 말이여, 헌병대 유치장에 있음시로 무신 생각 헌 줄 아는감? 다시 살아서 새끼내로 돌아간다면 말이시, 첨에 새끼내에 왔을 때 모양으로 내 땅을 맹글어야 쓰겄다고 결심을 했었구먼. 내 땅을 맹글어야겄다는 생각을 허니께 무서운 사람도 미운 사람도 말끔허게 없어지더란 말이시. 땅을 맹그는 순간만은, 흙을 만지는 순간만은 마음도 흙이 되는 모양이여."

그러면서 웅보는 잠시 고개를 들어 새끼냇다리 위쪽을 보면서, 그가 이십 년 전에 종에서 풀려나 대불이와 함께 이곳에 터를 잡고, 그의 친구들과 두렛일로 땅을 일구던 때를 떠올렸다. 비록 지금 그 땅은 모두 궁토가 되어 부르뫼 박 초시가 관리를 하고 있기는 하지만, 그는 여태껏 한 번도 그것이 남의 땅이거니 하는 생각을 하지는 않았다. 그것은 내 땅이므로 언젠가는 다시 찾겠거니 하고 마음을 공그리고 있는 것이었다. 한때는 목포에서 새끼내로 돌아온 것을 후회하기도 했으나 지금은 잠시나마 고향을 떠나 목포에 나가서 선창거리 등짐꾼 노릇을 했던 것이 오히려 후회스럽기까지 하였다. 차라리 새끼내에 그대로 버티고 살면서 땅이나 일구었더라면 고향 사람들과 이렇게 헤어져 살게 되지도 않았으려니 싶었다. 기실 그는 목포 선창거리에서 등짐꾼 노릇을 하면서, 일본 배가 이 땅의 쌀을 송두리째 실어가는 것을 보고 호비칼로 염통 긁어대는 듯한 아픔에, 몇 번인가 고함을 질러대면서 원통해하였지만, 차라리 그 분통함을 고향에 남아서 땅 일구는 일에 삭였더라면 지금쯤은 내 땅에 곡식이 그들먹하게 익어가는 것을 바라볼 수가 있었을 것이라는 생각이 들자, 모든 것이 부질없게 생각되었다.

"그래도 저놈헌테 물려줄 손바닥만헌 땅이라도 맹글어놔야 즈이 큰압씨가 이 땅에 살다가 갔다는 것이 말이 되지 않겠능가."

웅보는 잠시 쉬기 위해 손을 씻고 버드나무 둔덕을 올라오고 있는 우암이를 보며 말했다.

"우암이는 좋겄다. 큰아부님께서 너헌테 물려주실 땅을 맹그시니 말이여."

서거칠의 말에 우암이는 소처럼 피시시 웃을 따름이었다.

"우암이 너, 농사꾼이 되기 싫다고 했담서?"

"누가 그럽뎌?"

웅보의 물음에 우암이가 되물었다.

"너는 농사꾼이 되어야 쓴다. 그래야 느그 큰애비와 압씨가 힘들여 맹글어놓은 고향 새끼내를 지킬 수가 있을 것 아니냐? 시방 느그 압씨가 창의병이 된 것도 따지고 보면 고향을 지키자고 허는 일이단다. 느그 압씨도, 이 큰애비 모양으로 땅을 맹글고 있는 게여. 그렁께 꼭 농사꾼이 되야서 고향을 지키거라. 고향을 지키자면 농사꾼이라야 헌다. 그것도 내 땅을 가진 농사꾼이라야재. 이 큰애비 말 알아듣것냐?"

우암이는 여전히 버릇처럼 피시시 소리 없이 웃으며 고개를 끄덕였다.

"우암이 너허고 이 큰압씨허고는 아무 생각 말고 여그다가 물둑을 쌓아서 장차 네놈과 네 자식놈덜이 뿌리를 박고 살 수 있는 땅이나 맹글자. 이 나라가 몽땅 왜놈덜 것이 된다 헐지라도 우리가 맹근 새끼내 이 땅이야 즈그놈덜이 바다 저쪽으로 떼메고 갈라디야?"

웅보는 그러면서 곡식이 그들먹하게 익어가고 있는 새끼내다리 위쪽의 들판을 굽어보았다. 이십 년 전 그들이 피땀을 흥건히 부어 일구었던 그 땅을 비록 궁토로 빼앗기기는 하였지만, 그 땅이 아니었더라면 그는 다시 새끼내로 돌아올 생각을 하지 않았을 것이었다. 지금은 궁토가 되어버렸지만 아직 그 땅은 그들의 단단하고 포실한 꿈이었던 것이다.

둔영으로 돌아온 서거칠은 장 십장에게 영산포 헌병들이 구진포 주막에 불을 놓고 난초를 헌병대로 끌어간 사실을 말하였다. 장 십장은 서거칠의 말을 듣자 벌떡 일어났다가 천천히 다시 앉았다.

"지 눈으로 봤구만요. 난초가 끌려가는 것도, 구진포 주막이 옴씰허게 불에 탄 것도 봤구만이라우. 두 애기덜이 울고 있길래 방금 새끼내 장 십장님 댁에 데려다주고 오는 길이로구만요."

서거칠의 말에 장 십장은 한동안 말없이 초막의 천장만을 개맹이
가 풀린 눈으로 쳐다보고 있었다.

"방석코 성님헌테는 말허지 말거라. 방석코 성님이 이 사실을 알
았다가는 당장에 앞뒤 안 가리고 헌병대로 쳐들어갈 것잉께……"

"손칠만이 놈의 소행인 것 같습디다. 선창거리에서 그놈을 만났넌
디, 난초가 붙잽혀간 사실을 방석코 아저씨헌테 알리라고 험시로 칙
칙 살캥이 웃음을 웃습디다. 그럼시로 그놈이 장 십장님도 곧 만나게
될 것이라고 허드만요."

서거칠의 그 말에 장 십장은 다시 한 번 벌떡 일어났다가 앉았다.
그는 화가 날 때는 갑자기 일어났다가 힘없이 주저앉곤 하는 버릇이
있었다.

"짝귀 성님헌티도 말 안 해야 쓰겄구나."

장 십장이 한숨을 섞어 푸념처럼 말했다. 서거칠은 장 십장이 무엇
때문에 짝귀 차지한테 그 사실을 말해서는 안 된다고 당부하는지 그
연유를 헤아릴 수 있었다. 손칠만을 살려준 사람이 바로 짝귀 차지인
지라, 그가 손칠만의 이번 만행을 안다면 필시 가만있지 않을 것이기
때문이었다.

"유복이를 만났넌디, 헌병들이 한 쉰 명 남짓 집결해 있다고 허데
요. 그런듸도 다른 낌새는 보이지 않는다고 허드만요."

"필시 왜놈들은 우리를 끌어내릴 계책인 게로구나."

대불이는 생각이 거기에 미치자 새끼내 식구들이 걱정되었다. 창

의병을 둔영으로부터 끌어내기 위해서라면 그들의 가족을 미끼로 이용할 수도 있을 것이기 때문이었다.

대불이는 서거칠의 보고를 받고 나서 동쪽과 서쪽의 기스락에 매복해 있는 천좌근과 송기화의 분대를 다시 이초대의 본영으로 불러올렸다. 그는 매복을 풀고 나서 초대의 지휘자들을 십장의 초막으로 불러모았다. 그는 초대의 지휘자들에게 서거칠이가 영산포에 내려가서 김유복이를 만나고 온 정황에 대해서 설명하고, 장차 이를 어찌 대처했으면 좋을지 의견들을 물었다.

"왜놈덜이 기습을 해오지 않을 것 같으면 우리가 처내려갑시다."

송기화가 큰 소리로 말했다. 그는 문치걸이 자기 때문에 죽은 것을 알고부터는 사잣밥 싸가지고 다니는 사람처럼 생사를 따지지 않고 선불 맞은 멧돼지보다 더 성질 급하게 날뛰었다. 대불이는 그런 송기화한테 분대의 지휘를 맡기기가 늘 조마조마하였다.

"그것은 왜놈들이 바라는 바요. 그러니 우리 측에서 내려가는 것은 불가하오."

대불이는 송기화의 말에 자신의 생각을 알렸다.

"그렇다면 이냥 여기를 지키고 있읍시다. 우리가 내려가지 않으면 놈들이 올라올 것이 아니오? 근동의 헌병들이 영산포에 집결을 하였다 하나 그 수가 고작 쉰 명 남짓이라니 그리 두려울 것도 없지 않소."

짝귀였다. 그의 생각도 창의병들이 영산포읍으로 처내려갈 수는 없는 일이라고 여겨졌다. 장 십장의 말마따나 자칫 잘못했다가는 왜놈들의 호구(虎口)에 빠져들게 될지도 모를 일인 것이었다.

"당분간 기다려보는 것이 좋을 듯합니다. 근동의 헌병들이 영산포에 집결한 것이 우리를 공략허기 위한 것인지, 아니면 또 다른 계략이 있는 것인지 아직은 확연히 모르고 있지 않소. 잠시 기다리면서 적의 움직임을 살펴보고 있다가, 그때에 가서 대처를 하면 좋을 것 같습니다."

천좌근 역시 짝귀와 같은 의견을 말하였다.

"그렇다면 이렇게 합시다. 탐정조를 짜서 영산포 헌병대의 움직임을 살핌시로, 방호소를 더욱 튼튼히 구축하고 둔영을 지키기로 합시다."

대불이의 말에 모두들 찬동하였다. 송기화가 끝까지 나상집 대장에게 원병을 청하거나 아니면 인근의 다른 창의대에 연락하여 합전으로 영산포 헌병대를 치자고 주장하였으나, 당분간 사태를 관망하자는 의견들이 많아, 그대로 둔영을 지키기로 결정을 내린 것이었다.

다음날도 그 다음날도 영산포 헌병대의 움직임은 아무런 변화가 없었다. 그동안 서거칠과 몸이 날렵하고 눈치가 빠른 영암 덕진의 최대천이가 정탐꾼으로 영산포에 내려가 있으면서 동정을 살폈으며, 서거칠이가 하루에 한 차례씩 김유복을 만나고 있었다. 그때까지도 난초는 헌병대에서 풀려나지 않았다. 김유복의 말로는 그냥 유치장에 가두고 있을 뿐, 취조나 고문을 하지 않았다고 하였다. 김유복은 매일 저녁밥을 먹을 시각에 영산나루 위턱의 상수리나무 동산으로 나와서 서거칠을 만나곤 하였다. 그런데 서거칠이와 최대천이가 정탐꾼으로 영산포에 내려간 지 사흘째 되는 날 저녁, 김유복은 약속 장소인 상수리나무 동산에 나타나지 않았다. 해 그림자가 긴 꼬리를 감추고 영산강에 어둠이 안개처럼 깔리기 시작할 때까지 기다렸으나 김유복은 끝내 나타나지 않았다. 밤이 깊어 나루터의 뱃길이 끊기고 선창거리에 남폿불이 켜질 때까지 기다렸으나 끝내 김유복이가 나타나지 않자, 서거칠과 최대천은 그들이 임시 기식을 하고 있는 새끼내 장 십장네 집으로 돌아왔다. 그들은 한밤중에라도 김유복이 새끼내에 나타나게 될 것이라고 믿고 있었다. 그러나 다음날 날이 밝고 햇살이 퍼지기 시작할 때까지도 김유복은 소식이 없었다. 최대천이가 직접 헌병대로 찾아가보겠다고 하였으나 서거칠 쪽에서 말렸다. 하루만 더 기다려보았다가 헌병대로 찾아가보든가 아니면 김유복의 집으로 가보자고 하였다. 그러나 다음날 저녁때도 그는 나루턱 상수리나무 언덕에 나타나지 않았다.

"암만해도 유복이 신상에 일이 생긴 것 같구먼요."

서거칠은 문득 얼마 전 그가 헌병대 앞 주막 모퉁이에서 김유복을 만나고 있을 때 자빡 마주쳤던 손칠만의 는질맞은 얼굴이 떠올랐다. 그때 손칠만의 그 얼굴이 꾸지뽕가시처럼 마음에 걸렸다. 만에 하나라도 손칠만이가 김유복의 정체를 눈치채고 헌병대에 밀고를 하였다면 큰일이라 싶었다. 서거칠은 그 길로 부덕촌 김유복의 집으로 달려가서 그의 소식을 알아보았다. 그러나 김유복의 어머니 말로는 집에 발걸음을 끊은 지 나흘째나 된다고 하면서, 유복이를 만나거든 집에 와서 옷 갈아입으라는 말을 좀 전해달라고 부탁하던 것이었다.

서거칠과 최대천은 그날도 밤이 깊어서야 새끼내 장 십장네 집으로 돌아왔다. 장 십장네 식구들은 모두 잠들어 있었다. 그 즈음에도 장 십장네 식구들은 땅을 일구기 위해 물둑 막는 일에 매달려 있었다.

그날 새벽녘이었다. 새끼내 장 심장네 골방에서 서거칠과 최대천이가 포개어 잠을 자고 있는데 갑자기 개 짖는 소리가 어둠을 찢었다. 서거칠은 개 짖는 소리에 퍼뜩 잠에서 깨어 일어나 앉으며 코를 골고 있는 최대천을 깨웠다. 개 짖는 소리는 마을 어귀 쪽에서 들려왔다. 처음에는 한 마리가 사납게 짖어대는 것 같더니 차츰 두 마리 세 마리로 늘어 깊이 잠든 마을을 온통 쉬흔들어놓는 듯하였다.

"나가봅시다. 개 짖는 소리가 암만해도 이상허구만이라우."

서거칠이 다급하게 말하며 행전을 치고 나서 패랭이를 쓰고 골방 문을 열고 밖으로 나갔다. 그가 마당으로 나가자 건넌방 문이 삐긋이 열리면서 어둠속으로 웅보가 얼굴을 내밀었다. 그도 개 짖는 소리에 잠이 깬 듯싶었다.

"개들이 왜 저리 놀랜당가?"

웅보가 토마루로 내려서며 나지막하게 말하였다.

"클메 말이어라우. 암만해도 이상허네요."

"무신난리가 난 것이 분명하네. 개 짖는 소리를 들으면 알 수가 있어."

그러면서 웅보는 바자울 가까이 다가가서는 어둠에 묻힌 마을 어귀 아래쪽을 내려다보았다. 돈들막 쪽에서도 개 짖는 소리가 낭자하게 들려왔다. 그 사이에 최대천이도 털메기를 꿰고 마당으로 나와서 신들메를 조이고 있었다. 안방에서 와병중인 웅보 어머니의 밭은기침소리가 들렸다. 역시 개 짖는 소리에 잠이 깬 모양이었다. 기침소리는 한바탕 창자를 쥐어짜듯 거칠게 어둠을 갈퀴질해댔다. 웅보는 이내 어머니의 방으로 들어갔다. 웅보가 안방으로 들어가고 한참이나 지나서야 개 짖는 소리가 멎었다. 개 짖는 소리가 멎은 밤은 음산하게 가라앉았다. 무덤 속처럼 소름끼치도록 을씨년스럽고도 고즈넉한 밤은, 강물 소리와 함께 미명을 재촉하였다.

서거칠과 최대천이 개산 쪽에서 울린 총소리를 들은 것은 어슴어슴 날이 밝아올 무렵이었다. 그들은 그 총소리가 모두 38소총에서 한꺼번에 불을 뿜는 소리임을 헤아릴 수가 있었다. 그리고 그들의 둔영이 왜놈들로부터 기습을 당했다는 것을 알 수가 있었다. 그리고 새벽녘에 개들이 몸살 나도록 짖어댄 이유도 알 수가 있을 것 같았다.

"당했구먼요. 당허고 말았당께요."

서거칠은 38소총 소리가 짜글짜글 잿빛으로 밝아오는 하늘을 찢어대는 듯한 소리에 맥이 풀린 목소리로 울부짖었다.

"가보세. 둔영으로 가봐야 헐 것이 아닌가."

최대천이 서거칠을 재촉하였다.

"시방은 갈 필요가 없네. 기계도 없이 빈손으로 갔다가는 영락없이 죽고 말 게여."

총소리를 듣고 잠을 설친 눈으로 마당에 뛰어나온 웅보가 두 사람을 말렸다. 그래도 최대천은 가봐야 하다면서 소매를 걷어붙였다.

"시방은 안 되겠구만이라우. 기계도 없이 가서 맨주먹으로 싸우자는 것잉그라우?"

그러면서 서거칠은 마당에 퍼질러 앉아서는 개산 쪽 하늘을 쳐다보았다. 총소리는 더욱 드세어졌다. 어쩌다가 간헐적으로 화승총 소리도 들려오는 것으로 보아 공방전이 시작된 듯싶었다.

개산에 둔취하고 있던 장대불이 이끄는 창의대가 왜병들의 기습을 받은 것은 미명이 밝아올 무렵이었다. 방호소를 지키고 있던 창의병들이 새벽잠에 빠져 있을 때였다. 그들은 서거칠과 최대천이 정탐을 나가 있었기 때문에 다소 마음을 놓고 있었으며, 동쪽과 서쪽 산기슭에 매복해 있었던 창의대도 본진으로 철수한 후였다.

미명의 마지막 어둠이 벗겨지고 희번하게 동이 터올 무렵, 왜군 오십여 명은 일시에 38소총을 쏘아대며 둔영 외곽지의 방호소로 몰려들었다. 방호소에서 번을 서고 있던 창의병 여섯 명은 총 한 번 쏘아보지 못하고 잠에서 깨어나기도 전에 죽음을 당하고 말았다. 한편 초막에 잠들어 있던 나머지 창의병들은 방호소 쪽에서 총소리가 들려오자 허겁지겁 기계를 들고 밖으로 나갔으나, 그때는 이미 왜군들이 방호소를 넘어서 둔영의 본진 쪽으로 몰려오고 있었다. 어느덧 영산강이 굽이쳐오는 광나루 쪽 하늘에 부옇게 햇살이 퍼지고 있어 본진으로 몰려오는 왜군의 무리를 헤아릴 수가 있을 정도였다. 오십여 명의 왜군들은 창의대의 본진을 에워싸고 총을 쏘아대며 죄어왔다. 엉겁결에 기계를 들고 뛰쳐나온 창의병들 중에서 신식 총을 휴대한 대원들은 왜군들을 향해 총을 쏠 수가 있었지만, 화승총을 가진 창의병들은 탄약을 재기도 전에 적의 총탄에 맞아 쓰러지고 말았다. 더욱이 두 사람이 들고 다녀야 할 만큼 무거운 사정거리 1천보의 천보총을 가진 창의병은 총을 겨누어보지도 못하고 적의 탄환에 가슴을 꿰뚫렸다. 그 무렵 왜군들은 화승총쯤은 무서워하지도 않았다. 처음 왜군들은 화승총 소리가 어찌나 크던지 그 소리만 듣고도 달아나곤 하였었는데, 깨알만한 철환을 재고, 부싯돌로 불을 붙여 화약에 점화하기까지는 십이분이나 걸리며, 유효사정거리도 이십여 보 안팎이고, 급소를 맞지 않으면 생명에 지장이 없다는 것을 알고부터는 오히려 창검보다도 무섭게 여기지 않았던 것이다.

대불이도 짝귀와 함께 십장 초막에 잠들어 있다가 총소리를 듣고 잠에서 깨어 엉겁결에 기계를 들고 밖으로 뛰어나갔다. 그는 희뿌옇게 퍼지는 아침의 첫 햇살을 등지고 방호소로부터 본진을 향해 포위망을 죄어오고 있는 왜군들의 모습을 확연히 지켜볼 수가 있었다.

"물러서씨오. 뒤로 물러나씨오."

대불이는 대원들을 향해 소리쳤다. 총질을 하며 몰려오고 있는 왜군들과 맞싸울 수가 없음을 판단하였기 때문이다.

"이럴 수가…… 졸지에 이런 변을 당허다니."

짝귀는 총을 쏠 엄두도 못 내고 초막 앞 바위등걸 아래로 몸을 피하며 탄식을 삼켰다.

"어서…… 어서 대원들을 초막 뒤로 모이게 하씨오. 어서요."

대불이가 짝귀를 향해 다급하게 소리쳤다. 대불이의 지시대로 짝귀는 엉거주춤 일어서서 대원들을 불렀다. 그러나 그의 눈에 띄는 대원들의 수는 몇 명 되지 않았다.

"안 되겠네. 어서 우리들만이라도 여기서 빠져나가세."

짝귀가 초막으로 다가오고 있는 왜군들을 향해 총을 난사하며 대불이에게 소리쳤다.

"송기화는 어디 있소? 천좌근이를 불러보씨오."

대불이는 그곳을 빠져나갈 생각은 하지 않고 바위등걸에 몸을 의지한 채 계속 총질을 하면서 말했다. 그러나 그 판국에 송기화나 천좌근을 찾을 수는 없는 일이었다. 짝귀는 다만 사위를 둘러보며 목청껏 천좌근과 송기화의 이름을 외쳐 불렀을 뿐이었다. 그러나 대답 대신 총에 맞아 죽어가는 창의병들의 마지막 비명소리만이 그의 가슴에 꽂혀왔다.

"안 되겠네. 냉큼 빠져나가야 쓰겠네."

짝귀가 다시 대불이에게 소리쳤다. 그러나 대불이는 초막 쪽으로 다가오고 있는 왜군을 향해 총질을 계속하였다. 그가 쏜 총에 왜군 한 명이 정통으로 맞아 꼬꾸라졌다. 총알이 머리 위로 스쳤다. 그의 시야에 나타난 왜군의 수가 여남은 명은 됨직하였다. 대불이는 그들을 향해 미친 듯이 총을 쏘아댔다.

"뭣허고 있소."

대불이는 빠져나갈 궁리를 하느라 주위를 살피고 있는 짝귀를 향해 거칠게 쏘아붙였다. 그제야 짝귀도 초막으로 몰려오고 있는 왜군을 향해 총질을 하였다. 짝귀가 쏜 총에 왜군 한 명이 쓰러졌다. 그러나 워낙 중과부적이라 물밀듯이 몰려오고 있는 적들을 그들 두 사람의 화력으로는 당해낼 수가 없었다.

"냉큼 빠져나가잔마시. 이무 진영이 무너졌당께."

"송기화흐고 천좌근이는 워디 갔소. 그 사람덜을 불러주씨오."

대불이는 아까부터 천좌근과 송기화만을 찾았다.

"두 사람은 벌써 퇴진을 했네. 진영에 남은 것은 우리 둘뿐이여."

짝귀는 대불이에게 거짓말을 하였다. 그가 가늠하기에 마흔 명의 창의대원들 중에서 살아남은 대원은 열 명 안팎일 듯싶었다. 방어하는 총소리로 그것을 짐작할 수가 있었다. 이미 화승총 소리가 끊긴 지가 오래였다.

"왜 퇴진을 했당가요? 내가 퇴진허라는 명을 내리지도 않았는디 누구 맘대로 퇴진을 해요."

대불이가 짝귀를 향해 거칠게 퉁겨댔다.

"내가 명을 내렸네. 남은 대원이라도 살리려고 진포리 쪽으로 퇴각을 허라고 했어."

짝귀는 그러면서 어서 그곳을 빠져나가 대원들의 뒤를 따라가자고 하였다. 그러나 대불이는 초막으로 다가오는 적을 쏘아 넘어뜨리고 나서는 잠시 진영을 둘러보았다. 여기저기서 불길과 연기가 피어오르고 있었다. 진영의 초막들이 불타고 있는 것이었다. 대불이는 다시 총을 겨누고 방아쇠를 잡아당겼다. 그러나 탄환이 떨어져 총알은 나가지 않았다. 그제야 그는 잽싸게 초막 뒤쪽으로 몸을 숨겼다. 그는 짝귀의 뒤를 따라 초막 뒤쪽의 굴참나무 숲속으로 뛰었다. 그들을 추격하는 왜군들이 쏜 총알에 굴참나무 가지들이 우지끈뚝딱 부러졌다. 총알이 나는 소리가 귓전을 스칠 때마다 다리에 힘이 빠졌다. 그들은 굴참나무 숲을 빠져나가 아기다복소나무가 촘촘한 가파른 등성이 아래로 굴렀다. 총소리는 여전히 그들의 뒤통수를 겨누었고, 추격해오는 왜군들의 발짝 소리는 잠시도 멎지 않았다. 아기다복솔 등성이를 굴러 내려오자 작은 너덜경이 나왔다. 그들은 다시 작은 너덜경의 바위 사이를 뚫고 골짜기로 뛰었다. 그때까지 그들은 단 한 명의 창의대원도 만나지 못하였다.

"어디에 있단 말이오. 퇴진했다는 대원들은 어디에 있소?"

골짜기의 둔덕, 칡덩굴이며 으름덩굴이 어우러진 삼지닥나무 아래에 몸을 숨기고 잠시 숨을 돌리며 대불이가 물었다.

"아매 마을 쪽으로 들어간 모양이구만."

짝귀는 대불이의 시선을 피하며 궁색하게 대답했다. 짝귀는 개산의 둔영에서 진포리 뒷산 골짜기까지 내려오는 동안 한 명의 창의병도 발견하지 못하자 크게 낙심해 있던 참이었다.

"세상에 이르케도 허망허게 당허고 말다니."

대불이가 맥 빠진 얼굴로 덩싯하게 떠오른 아침 해를 묵연히 쳐다보며 탄식하였다. 순식간에 가뭇없이 흩어져버린 대원들의 얼굴이 하나씩 떠올랐다. 아직도 총소리는 굴참나무 숲 쪽에서 간간히 들려오고 있었다.

"대원들을 남겨둔 채 우리만 빠져나온 것이 아니오?"

대불이가 불현듯 의심하는 눈초리로 짝귀를 질러보며 물었다.

"자네도 봤지 않은감. 우리덜 말고 진영에 남아서 총질을 하던 대원이 있던가?"

짝귀의 말에 대불이는 고개를 무릎 아래로 처박으며 한숨을 쏟았다. 짝귀는 탄띠에서 탄환을 꺼내 탄창에 장전하고 있었다. 그는 진포리 쪽으로 가고 싶지가 않았다. 덤불 속에 그대로 몸을 숨기고 있다가, 왜군이 물러갈 때를 기다려, 다시 진영으로 올라가고 싶었다. 그는 대불이를 살리기 위해 진영을 빠져나오기는 했어도, 대원들의 생사가 걱정되었다. 살아남은 대원들을 수습하자면 개산 진영으로 다시 올라가봐야 할 것이라고 생각했다.

"자, 대원들이 있는 진포리 쪽으로 갑시다."

대불이가 천천히 무릎을 짚고 일어서며 말했다.

"여그서 쬐금만 더 숨어 있세. 그러다가 왜군들이 물러간 성싶으면 진영으로 올라가보세. 진영으로 올라가서 우리 쪽 피해를 점고해봐야 쓸 것이 아닌가. 죽은 대원들 시신도 수습해줘야재. 퇴진헌 대원들도 그리 돌아올 것일세."

짝귀의 그 말에 대불이는 다시 주저앉았다.

7

서거칠과 최대천은 한낮이 지나 개산에서 총소리가 잠잠해진 후, 왜군들이 승전의 노래를 부르며 산을 내려오는 것을 보았다. 그들은 새끼내에서 개산으로 올라가는 새끼내 물목굽이 위쪽 산전의 덤불 속에 숨어서 왜군들이 밭을 가로질러 영산강 쪽으로 내려오는 것을 지켜보았다. 왜군들은 생포한 창의병들을 앞세우고 산을 내려오고 있었는데, 열두 명이나 되는 생포당한 창의병들은 모두 두 손을 들어 머리를 감싸 안고 유령처럼 흐느적거렸다. 생포 창의병들 중에는 송기화의 모습도 보였다. 서거칠은 송기화가 왜군들에게 붙잡혀가는 것을 보자 주먹으로 맨땅을 치면서 이를 악물었다. 그는 개산 둔영에 가보지 않더라도 창의병이 얼마나 참담하게 패전을 했다는 것을 알 수 있었다. 마흔 명이 넘은 창의병들 중에서 열두 명이나 생포를 당했다면 목숨을 잃은 수가 그보다 많으리라는 것쯤은 짐작할 수 있었다.

"나 때문이로구만. 우리덜 땜시 둔영이 박살난 게로구먼요."

서거칠이 최대천을 향해 마음속으로 울부짖었다. 왜군들의 동태를 좀 더 주의 깊게 살폈던들 이런 참패는 당하지 않았으리라는 자책감 때문에, 서거칠은 괴로운 얼굴로 왜군들에게 붙잡혀가는 창의병들을 바라보았다. 총만 있다면 죽을 각오로 달려들어 한바탕 싸움질을 하고 싶었다.

"장 십장님은 어찌 되었을끄라우? 장 십장님 얼굴을 무신 낯바닥으로 볼끄라우?"

서거칠은 왜군들이 밭 언덕을 내려가는 것을 보면서 울부짖었다.

서거칠과 최대천은 왜군들이 물목굽이를 돌아설 무렵에야 덤불속에서 나와 개산의 둔영 쪽으로 뛰어올라갔다. 둔영 쪽에서는 검은 연기가 끝없이 피어오르고 있었다. 서거칠의 눈에 하늘로 올라가는 회색빛 연기가 마치 죽은 창의병들의 한 맺힌 넋처럼 보였다. 그는 마음속으로 장 십장을 외쳐 부르며 덤불을 헤치고 개산 정상을 향해 뛰어올라갔다. 온몸이 땀벌창이 되어 흠씬 젖고 청미래덩굴 가시에 살갗이 찢겨져 피가 발긋발긋 솟았다. 최대천은 서거칠보다 여남은 걸음이나 뒤로 처지고 있었다.

서거칠이 개산의 창의병 둔영에 당도해보니 초막들은 모두 불타버렸고 방호소에는 죽은 창의병의 시신들이 아무렇게나 처박혀 있었다.

"장 십장님, 십장니임!"

서거칠은 불에 탄 지가 이미 오래되어 엷은 회색빛 연기만 가느다랗게 피어오르고 있는 초막들과 방호소들을 찾아 뛰어다니면서 장 십장을 외쳐 불렀다. 그러나 살아 있는 사람의 목소리는 아무 곳에서도 들려오지 않았다. 서거칠은 참담한 모습으로 불타버린 장 십장의 초막 앞에 퍼질러 앉아서 넋을 잃고 하늘을 쳐다보았다. 최대천도 서거칠의 옆에 앉더니 한숨만 연신 토해냈다.

"시신들이나 수습해줍시다."

한참 후에야 서거칠이가 맥없이 일어서며 말하자 최대천이도 따라 일어섰다. 그들은 가까운 곳에서부터 시체들을 들어 한곳에 반듯하게 뉘었다. 그들이 개산에 올라와서 장 십장의 불타버린 초막 앞 편편한 풀 섶 위에 가지런히 뉘어놓은 시체가 모두 열넷이었다.

"다른 대원들은 어찌되었을끄라우? 십장님이나 짝귀 차지님이랑, 방석코 아자씨랑은 어쨌으끄라우잉."

둔영에 널려 있는 창의병들의 시체를 모두 한곳에 뉘어놓고 나서 서거칠이가 최대천을 향해 물었다. 최대천은 다시 시체 옆에 앉아서 넋을 잃은 얼굴로 영산강이 흘러들어오는 나주 쪽을 우두커니 바라보고만 있었다.

"아까 왜놈덜헌테 붙잽혀간 창의병이 열둘이고 죽은 사람이 열넷이면 남직이는 어디로 갔으끄라우?"

서거칠은 하늘을 쳐다보며 큰 소리로 물었다. 두 사람은 어찌해야 할 바를 모르고 하염없이 앉아 있기만 하였다. 이럴 때 만약 왜병이 다시 기습해온다 해도 도망을 치거나 맞싸울 기력마저 잃었다.

장대불과 짝귀가 다시 그곳에 나타난 것은 조금 후였다. 대불이가 나타나자 서거칠이 우르르 달려가서는 대불이의 무릎 아래 엎드리며 바짓가랑이를 움켜잡았다.

"십장님 이놈을 쥐여주십시오. 이놈이 게으름을 피운 탓에 이 지경이 되었구만요."

서거칠은 장 십장이 살아 있다는 것이 눈물겹도록 반가우면서도, 결국 자기 불찰로 창의대가 박살났다는 자책감 때문에 죽고만 싶었다. 그러나 서거칠과 함께 정탐꾼으로 영산포에 내려갔었던 최대천은 넋을 잃은 것인지 아니면 죄책감 때문인지 서거칠 옆에 우두커니 먼 산을 바라보고 서 있을 뿐이었다.

"거칠이 너는 살아 있었구나. 두 사람은 탈이 없었구나."

장대불은 그의 무릎 아래 엎드려 바짓가랑이를 움켜잡은 채 울먹이고 있는 서거칠과 두어 걸음 뒤에 우두커니 먼 산을 바라보고 서 있는 최대천을 향해 감격스러운 목소리로 말했다.

"이놈 탓이로구먼요. 그러니 이놈을 쥐여주십쇼."

서거칠이 한사코 장대불의 바짓가랑이를 붙잡고 늘어지며 울부짖는 듯한 목소리로 매달렸다. 그러자 대불이가 서거칠의 어깨를 붙안아 일으켰다.

"그래, 다른 대원은 보이지 않던가? 다른 대원을 못 봤어?"

잠자코 있던 짝귀가 다급하게 물었다. 짝귀가 그렇게 묻고 있을 때 대불이는 서거칠과 최대천이가 들어서 한곳에 뉘어놓은 죽은 창의병들의 시체 옆으로 다가서서 쪼그리고 앉더니 목이 멘 목소리로 나지막하게 속삭이듯 한 사람 한 사람 이름을 불렀다. 그는 앉은걸음으로 시체의 머리맡을 옮겨 다니면서 죽은 열네 명의 이름들을 모두 부르고 나서는 그 자리에서 다시 일어설 줄을 모르고 앉아 있었다. 그때 영산강 기슭 쪽에서 물새 한 마리가 개산 위로 높이 날아오르더니 해가 지는 쪽으로 사라졌다.

"송기화를 위시해서 열두 명이 왜군들헌테 생구로 잽혀갔당만. 서거칠이가 봤다여."

잠시 후에 짝귀가 대불이 옆에 와 쪼그리고 앉아 죽은 사람들의 얼굴을 둘러보며 말했다. 그 말에 대불이가 벌떡 일어섰다. 그러다가는 다시 맥이 풀려 주저앉고 말았다.

"열넷이 죽고 열두 명이 포로가 되다니……."

대불이는 신음하듯 울부짖었다.

얼마 후에 천좌근이가 일곱 명의 대원들과 함께 그곳에 모습을 나타냈고, 뒤이어 진포리 쪽으로부터 세 명이 불타버린 둔영의 초막으로 올라왔다. 그들은 살아남은 사람들을 보고도 서로 반가워할 줄을 몰랐다. 살아남은 대원들의 얼굴을 보고 환성을 지르려다가도 불타버린 십장 초막의 편편한 풀 섶 위에, 회색빛 가을 하늘을 향해 늘비하게 누워 있는 시체들을 발견하는 순간 표정이 흙덩이처럼 변했다. 살아서 본영으로 돌아온 대원들이 고작해야 열다섯 명에 불과하다는 것을 확인하고는 저마다 참담하게 고개를 떨어뜨렸다. 그리고 아무도 먼저 입을 열지 않았다.

살아서 돌아온 열다섯 명의 대원들은 해가 지기 전에 죽은 동료들의 시신을 땅에 묻었다. 그들은 해가 서편 하늘 끝으로 자오록하게 기우는 것을 보면서 구덩이를 파고 동지들을 묻기까지 아무 말도 하지 않았다. 어둠이 개산을 죽음처럼 음산하게 덮기 시작할 무렵, 열네 명 시체를 묻고 난 그들은 동지들이 묻힌 구덩이 옆에 힘없이 퍼질러 앉아서, 그들도 함께 죽기를 기다리는 사람과도 같이 어둠속에 묻혀갔다. 누구 하나 곰방대를 빨아대거나 기침을 토하는 대원이 없이, 죽은 사람들처럼 조용히 어둠과 함께 숨을 죽였다. 대원들은 장 십장의 눈치만 살피고 있었고 장 십장은 두 발로 땅을 딛고 일어설 기력마저 잃어버린 듯 완전히 탈진한 모습으로 침묵 속에 무겁고도 무기력하게 잠겨 있을 따름이었다.

장대불은 문득 이마에 불도장이 찍혔던 할아버지가 떠올랐다. 그가 할아버지 이마에 새겨진 불도장을 떠올릴 때는 어김없이 영산강의 울음소리를 들을 수가 있었다. 그리고 그 울음소리는 할아버지가 사지를 결박당한 채, 양 진사의 하인배들에게 이마에 불도장을 찍힐 때의 신음처럼 처절하게 들려왔다. 대불이는 이럴 때 어찌해야 좋을지 몰랐다. 대원들의 목숨을 열넷이나 잃고, 열두 명이 포로로 잡혀가게 된 것은 순전히 자신의 잘못이라고 생각한 것이었다. 그는 남은 대원들에게 다시 싸우자는 명령을 할 자격도 없다고 생각했다.

"짝귀 성님이 십장을 맡아주씨오. 나는 영광으로 기 대장을 찾어 갈라요."

대불이가 짝귀를 향해 다른 대원들에게 들리지 않게 말했다.

"무슨 소려? 내가 워치게 십장이 된당가? 그리고 왜 기삼연 대장을 찾어간다고 그랬능가?"

"나는 대원들을 지휘헐 능력이 없구만요. 그러니 성님이 십장을 맡어주시라는 거지요."

"그러면, 나 혼자 여기 남겨두고 자네만 기 대장을 찾어가겄다 이거여?"

"면목이 없어서 나 대장헌테는 차마 못 가겄구먼요."

"에끼 못된 사람! 대원들이 열넷씩이나 목숨이 절단 나고 열두 명이 생구로 잽혀가서 언제 죽게 될지도 모르는 판국에, 내 몰라라 허고 혼자만 살겄다고 기 대장헌테 찾어가겄다고? 생구로 붙잽혀간 대원들을 살릴 궁리를 해야재 이 사람아!"

짝귀가 화난 목소리로 대불이를 나무람 하였다. 짝귀의 그 말에 대불이는 차마 고개를 들 수가 없었다. 순간 그는 죽음을 생각했다. 많은 대원들이 목숨을 잃은 판국에 명색이 그들의 지휘자인 자신만이 살아남아 있다는 것이 부끄러웠다.

"그렇다면 성님, 죽을 각오가 되어 있소?"

대불이가 갑자기 벌떡 일어서며 큰 소리로 짝귀에게 물었다. 짝귀는 대불이가 무슨 뜻으로 그런 말을 묻고 있는 것인지 짐작할 수가 있었다.

"쪽을 각오가 되어 있냐고 물었능가?"

짝귀도 대불이를 따라 일어서며 되물었다.

"나는 죽는 것이 손톱만큼도 무섭지 않구먼이라우."

"우리가 언제 죽음을 두려워했었는가? 우리가 갑오년 이후로 여태껏 살아남은 연유는 죽는 것을 무서워헌 탓이 아니라 사는 것에 너무 연연헌 탓이 아니었는가? 사실 우리는 갑오년에 다른 도인들과 함께 죽었어야 했당께. 나 말이시, 죽은 대원들을 땅에 묻을 때 무신 생각을 했는지 아는가? 나도 그 친구들과 함께 묻히고 싶은 생각이었구만. 내가 그 친구들을 다시 살려낼 수가 없다면 나도 그 친구들과 같이 죽어야 헌다고 생각했구만. 우리가 땅에 묻은 저 친구들 말이시, 얼핏 보기에는 천덕꾸러기 목숨 같을지 모르재만 말이시, 누구 하나 귀헌 목숨 아닌 사람이 없단 말이랑께. 집에 가면 처자식 있고 부모형제 있는 귀허디 귀헌 목숨이여. 그런 귀헌 목숨들을 우리 손으로 땅에 묻었는디 워치크롬 우리만 살아 남어서 하늘을 쳐다보겠능가? 지난 갑오년 때도 죽은 도인들을 볼 때마다 그런 생각을 했었는디, 오늘 그 생각이 다시 났네."

"그렇다면 되얐소. 나도 성님과 생각이 같다오. 우리도 같이 죽읍시다. 죽음을 각오허면 무엇을 못허겠소."

대불이가 짝귀의 손을 잡아 흔들었다.

"내가 남은 대원들을 한데 모을 테니 자네가 한마디 허소. 시방 무엇보다 우리헌테 중요헌 것은 용기뿐이네. 살 수 있는 용기도, 죽을 수 있는 용기도 필요허다네."

짝귀는 그러면서 여기저기에 맥없이 퍼질러 앉아서, 죽은 사람처럼 아무런 움직임도 없이 어둠속에 묻혀버린 대원들에게로 갔다. 그리고 잠시 후에 짝귀의 말에 대원들은 천천히 일어서서 마치 유령처럼 흐느적거리며 대불이를 중심으로 둘러섰다.

"우리 이초대가 이렇게 모지락스럽게 박살이 난 것은 순전히 십장인 이 사람이 못난 탓이라 생각하오. 이 통분을 어찌 풀어야 헐지 사지가 떨릴 따름입니다. 허나 우리는 언제까지나 통분에 떨고 있을 수만은 없을 것 같소. 남은 우리는 오늘 무참히 죽어간 대원들의 원한을 풀고, 왜군들에 포로로 잽혀간 대원들을 구해내야겠소. 그러기 위해서는 죽을 각오를 하지 않으면 아니 될 것이오. 해서 영산포 헌병대를 기습헐 계획이오. 적은 아마 우리가 기습해올 것이라고는 미처 생각도 못허고 방심헌 채, 오늘의 승전 기쁨에 들떠 있을 게요. 죽기를 각오헌 사람만 나를 따르씨오. 그리고 나를 따르지 않을 대원은 각자가 알아서 하씨오. 집으로 돌아가고 싶으면 집으로 돌아가고, 나 대장 창의대 본진으로 돌아갈 사람은 또 그렇게 허씨오."

대불이가 비장한 목소리로 말하고 희뿌연 초승달의 달빛에 비쳐 보이는 대원들의 얼굴을 둘러보았다. 대원들은 잠시 묵연히 서 있기만 하였다.

"오늘밤은 시기가 좋지 않으니 다른 날을 택합시다요."

성질이 왈살스러운 것 같으면서도 매사에 신중한 천좌근이가 무겁게 가라앉은 목소리로 말했다.

"그렇구만요. 오늘은 인근에서 동원되어 온 헌병들이 아직 영산포에 남어 있을 것인듸, 그들이 각기 본대로 돌아가고 영산포 헌병대만 남게 되었을 때 기습을 허도록 헙시다요."

서거칠과 함께 염탐꾼 노릇을 하고 돌아왔던 최대천이가 천좌근의 말에 동조를 표했다.

살아남은 열다섯의 대원들 중에서 당장에 목숨을 걸고 영산포 헌병대를 기습하여 생포되어간 동지들을 구출해내자는 사람은 결국 장대불과 짝귀, 그리고 서거칠 등 세 명에 지나지 않았으며 나머지는 천좌근의 의견대로 기회를 보자는 쪽이었다. 하는 수 없이 대불이는 수가 많은 대원들의 의견을 좇아서, 영산포 헌병대의 왜군이 줄어들 때까지 기회를 관망하기로 작정하고 서거칠을 다시 영산포로 내려 보냈다. 그러나 서거칠은 이번 일의 자책감 때문에 선뜻 마음이 내키지 않아 시원스럽게 대답을 않고 미적거렸다.

"나흐고 함께 가세. 나도 얼핏 내려갔다와야 헐 일이 있네."

서거칠이가 산을 내려가기를 미적거리는 것 같자 짝귀가 나섰다. 대불이는 짝귀가 무엇 때문에 하산을 서두르는지 대충 가늠하고 있으면서도 모르는 척하였다.

"자, 냉큼 내려가 보세."

짝귀는 총을 불에 그슬린 작은 소나무의 가지에 걸어놓고, 그 대신 단도를 허리춤에 꽂고는 성큼성큼 어둠속으로 사라졌다. 서거칠도 이내 뒤를 따랐다. 짝귀와 서거칠은 어둠을 더듬으며 개산을 거의 내려와 새끼내로 휘어드는 산자락의 떡갈나무 둔덕에 이를 때까지 아무도 먼저 입을 열지 않았다.

"차지님께서는 손칠만이를 만나시려고 그러시지라우?"

떡갈나무 둔덕을 내려와 마을 들길로 접어들 무렵 서거칠은 짝귀의 마음속을 환히 들여다보고 있기라도 한 것처럼 뚜벅 물었다.

"자네는 유복이나 만나러 가게. 나는 따로 볼일이 좀 있응께!"

짝귀는 서거칠의 물음에 대해서는 대꾸를 하지 않고 말머리를 돌렸다. 그러나 서거칠은 이 밤에 김유복을 만나기가 그리 쉽지 않을 것 같아, 그날 밤은 새끼내 장 십장 집에서 자고 날이 밝기를 기다렸다가 부덕촌으로 유복이를 찾아갈 심산이었다.

"차지님 보실 일이 뭔지는 모르나 이놈도 따러가면 안될끄라우?"

서거칠은 짝귀의 속내를 꿰뚫어보면서도 모르는 척하고 그렇게 물었다. 그러나 짝귀는 대답이 없었다. 그는 혼자서 손칠만을 해치우고 싶었던 것이다.

"차지님은 손칠만이의 안집이 워디에 있는지도 잘 모르지 않남요? 그러니 지가 따러가얍지요. 지가 손칠만의 안집까지만 뫼셔다 드릴께라우."

"자네가 그놈 안집을 알어?"

"아다마다요. 왜싸전에 불이 난 후로는 그 양머리 첩과 임시로 여각에서 살고 있지라우."

서거칠의 말에 짝귀는 한동안 말이 없었다. 서거칠은 그것을 묵시의 승낙으로 받아들였다. 아니 그는 짝귀가 설사 그를 떨쳐버린다 해도 미행을 해서라도 뒤따라갈 생각이었던 것이다.

마을이 가까워지자 개 짖는 소리가 요란해졌다. 서거칠은 개 짖는 소리에 가슴이 덜컹거렸다. 지난 새벽의 일이 떠올랐기 때문이었다. 그리고 왜군들이 생포한 창의병들을 앞세우고 개산을 내려오던 모습이 악몽처럼 되살아났다. 순간 서거칠은 온몸에 찬물을 끼얹은 듯하면서 염통이 심하게 벌떡거렸다.

짝귀와 서거칠은 새끼내 마을로 들어서지 않고 물목굽이를 건너 물둑을 탔다. 서리가 내리려는지 강바람이 썰썰썰 몸속으로 파고들었다. 산을 내려올 때까지만 해도 하늘에 별이 총총히 돋아 있었는데, 그들이 영산강의 물둑을 타기 시작했을 때는 별빛도 보이지 않고 음산하게 가라앉은 하늘에서는 차가운 바람만이 드밀고 내려오는 듯싶었다.

그들이 선창거리에 당도했을 때는 밤이 깊어서였다. 선창거리는 불빛도 숨을 죽이고 고즈넉이 잠들어 있었다. 그들은 불타버린 오까모도 왜싸전 앞을 지났다. 다시 집을 짓느라 기둥을 세워놓고 있었다.

"이 집이오. 이 집 바깥채에 손칠만이가 그의 첩과 함께 임시로 살고 있답듸다."

서거칠이가 오까모도 왜싸전에서 이십여 보쯤 떨어진 선창거리 여각 앞에서 걸음을 멈추며 나지막하게 말했다. 짝귀는 말없이 여각 앞을 두어 번 왔다 갔다 하더니 다시 서거칠의 옆으로 다가와서는 "손칠만이 그놈 방이 어딘가?" 하고 다급하게 물었다. 그렇게 물으면서 짝귀의 손은 그의 허리춤에 꽂은 단도의 손잡이를 움켜잡았다.

"그자 목숨을 끊으실랑그라우?"

"어느 방인지 말허게."

"차지님께서 살려주셨지 않았남요. 한 번 살려준 사람은 다시 쥑이지 않는 벱이랍듸다요."

"좌우당간 어느 방인지만 말을 허랑께!"

"어느 방인 줄은 몰르겄구만이라우."

서거칠의 말에 짝귀는 잠시 망설이는 것 같더니 오른손으로 허리춤에 꽂은 단도의 자루를 움켜잡은 채 여각 안으로 들어섰다.

손칠만이가 그의 첩과 함께 임시로 기거하고 있는 여각은 영산포 안에서는 맨 처음으로 왜식의 붉은 양철지붕을 덮고, 봉창 대신에 유리창을 붙인 집이었다. 논다니, 얼짜들을 들여놓고 술과 함께 계집을 파는 객줏집이 생긴 것은 오래 전이었으나 순순히 잠만 잘 수 있는 왜식의 여각이 생긴 것은, 목포가 개항된 후로 영산포에 무곡선이 수시로 드나들고 무미꾼의 출입이 번다해지기 시작하면서부터였다. 장돌뱅이 등짐장수들이 쉬어가는 곳은 얼짜들의 자지러진 웃음소리와 와살스러운 사내들의 고함소리며 술꾼들의 행티 사나운 욕설이 그칠 새 없는 객줏집이 제격이었지만, 하이칼라에 넥타이 맨 사람들이나 돈이 많은 무미꾼들이며 왜싸전이나 농장 일로 자주 들랑거리는 일본사람들이야 퀴퀴한 객줏집에서 쉴 수가 없는지라, 영산포 선창거리에서도 영산장(榮山莊)이라는 간판을 붙인 왜식 여각이 생기게 된 것이었다. 그런데 이 영산장에서 하룻밤을 자고 아침 한 끼를 먹는 값이 자그마치 4원이나 되어 어지간한 부자가 아니면 출입을 못하였다.

짝귀는 여각 안으로 들어서서 잠시 주위를 살펴보았다. 여각의 본채 현관 입구엔 남폿불이 밝혀져 있을 뿐 사람의 그림자 하나 눈에 띄지 않았다. 그렇다고 손칠만의 이름을 외쳐 부르며 다짜고짜로 뛰어들어갈 수도 없는 일이라서, 그는 난감한 표정으로 현관 안을 기웃거리고만 있었다. 그때 현관 안쪽에서, 여각에서 손님들 심부름을 하는 사동이 물주전자를 들고 나오다 말고 짝귀를 발견하더니 멈칫거렸다. 짝귀는 대문 쪽으로 뒷걸음치며 사동을 향해 손짓을 하였다. 잠시 후에 사동은 물주전자를 손에 든 채 대문 쪽으로 나왔다.

"누구를 찾으시우?"

사동이 짝귀와 서거칠의 행색을 저울질하듯 되작거려 보며 퉁겨 댔다.

"나는 목포에서 오까모도 사장님 심부름을 온 사람인듸, 안에 왜 싸전 손 주사님 기신감?"

짝귀가 애써 점잔을 빼며 물었다.

"아, 그러시구만유, 손 주사님 기시는듸유. 들어오시지유."

그러면서 서거칠보다 두서너 살 아래로 보이는 사동이 짝귀에게 따라 들어오라는 시늉을 하였다.

"아닐세. 자네가 손 주사님헌테 목포에서 오까모도 사장님 심부름을 온 사람이 기다리고 있다고 좀 전해주소."

짝귀는 그답지 않게 느물스럽게 웃으면서 사동에게 부탁을 하였으며, 낯깔이 반질거려 보이는 사동은 안으로 들어가면서 큰 소리로 손 주사님을 거듭 외쳐 불러댔다. 짝귀와 서거칠은 여각의 방문이 열리고 사동이 큰 소리로, 짝귀가 이른 대로 말을 전하는 소리에 이어, 다급하게 왜나막신 끄는 소리를 들을 수가 있었다. 그들은 손칠만이가 밖으로 나오고 있다는 것을 의식하며 여각의 대문으로부터 어두컴컴한 돌담 쪽으로 서너 걸음 물러섰다. 그리고 잠시 후, 손칠만이가 왜

나막신 끄는 소리를 내며 여각의 외짝 판자문 밖으로 모습을 나타내는 순간 짝귀가 잽싸게 들려들며 칼끝을 손칠만의 옆구리에 바짝 들이댔다. 처음에 손칠만은 질겁하는 것 같더니 이내 태도가 달라졌다.

"그렇잖어두 잘 오셨구만요. 기계를 전해드릴라고 기다리고 있었는디……."

그러면서 손칠만은 어둠속에서 그의 독특한 삵의 웃음을 피워내는 것이었다.

짝귀는 손칠만의 옆구리에 들이댄 단도 손잡이에 힘을 주며 어둠이 두껍게 깔린 탱자나무 울타리께로 떼밀었다. 손칠만은 계속 삵의 웃음을 피우면서 저항하지 않고 짝귀가 이끄는 대로 천천히 움직였다.

"기계를…… 기계를 가져가셔야지요?"

손칠만은 탱자나무께로 떼밀려가면서도 천연덕스럽게 말하였다.

"기계? 기계가 워디 있간듸?"

짝귀가 퉁명스럽게 쥐어박는 듯한 목소리로 퉁겨댔다. 그제야 손칠만은 살았다는 듯 여유를 보이며 잠시 걸음을 멈추어 섰다.

"예, 예…… 시방 집을 짓고 있는 왜싸전 뒷마당에 묻어놨구만요."

"참말잉겨? 나를 쇡이려는 수작이 아녀?"

"쇡이다뇨. 기계를 구입 해다가 땅에 묻어놓은 지가 은젠듸요. 그날 창의병들이 우리 싸전에 불을 놓지만 안했어도 진작에 전해드렸을 꺼인듸……."

손칠만이가 다시 천천히 불타버린 왜싸전 쪽으로 발걸음을 옮기며 다급하게 말했다. 짝귀와 서거칠은 반신반의하면서도 손칠만을 따라 기둥이 세워진 왜싸전의 집터로 갔다. 손칠만은 집터로 들어서자 잠시 어둠속에서 사방을 둘러보며 그가 서 있는 위치를 가늠한 후에, 왜싸전이 불에 탈 때 검게 그을린 감나무 밑으로 어정어정 걸어가더니 쪼그리고 앉아 두 손으로 땅을 후벼 팠다. 짝귀와 서거칠은 반신반의하면서도 혹시나 하는 생각으로 손칠만이가 손으로 땅을 파는 모습을 내려다보고 서 있었다.

"여기 있구먼요. 이것을 열어보씨오."

엎드려 땅을 파던 손칠만이가 어둠속으로 고개를 들어 두 사람을 쳐다보며 약간 흥분된 목소리로 말했다. 서거칠은 손칠만을 제치고 땅속에서 길쭉한 나무궤짝을 들어냈다. 묵신하게 느껴오는 무게로 보아 손칠만의 말이 거짓이 아니라는 것을 짐작하였다. 서거칠이가 궤짝을 들어 내놓자 짝귀는 재빨리 단도를 궤짝의 틈서리에 찔러넣고 끙끙거리며 그것을 열려고 하였다. 그가 궤짝을 열기까지는 오랜 시간이 걸렸다. 서거칠은 짝귀가 궤짝을 여는 동안 손칠만이가 도망칠까 싶어 잠시도 그에 대한 경계를 소홀히 하지 않았다.

"기계가 맞지요? 손칠만이는 이런 사람이오. 약속은 지키는 사람이지요. 그 안에 신식 기계 다섯 자루에 탄환이 삼백 발이 들어 있쉐다."

짝귀가 궤짝의 문을 열자 손칠만이가 으스대는 목소리로 목울대를 빳빳하게 세우며 말했다. 짝귀는 완전히 궤짝을 열고 그 안에 들어 있는 기계와 탄환을 확인하였다. 그리고 기계 한 자루를 꺼내 실탄을 장전하였다.

"당초 약조가 열 자루였는듸 남직이 다섯 자루는 어디 있는가?"

짝귀는 탄환을 장전한 총구를 손칠만에게 들이대며 윽박질렀다.

"다섯 자루는 보름 후에 가져오겠구만요. 그것도 참말로 호랭이 눈썹 빼오드끼 했습니다. 그러니 보름만 더 참어주씨오."

짝귀는 그런 손칠만의 말은 들은 시늉도 하지 않고 서거칠에게 멜빵을 만들어오라고 일렀다. 잠시 후에 서거칠이가 집터 안을 뒤져 새끼줄을 가져와 기계가 든 궤짝에 멜빵을 만들었다.

"이것을 짊어져라."

짝귀가 손칠만에게 총부리를 들이대며 재촉했다.

"뭣이라고요? 이 궤짝을 나보고 짊어지고 가라고요?"

"그려. 이것을 지고 장 십장헌테 가서 용서를 빌어봐."

그러면서 짝귀는 총부리를 손칠만의 멱 두지에 들이대고 바짝 밀었다. 그러자 손칠만은 비척거리면서 기계와 탄환이 든 나무궤짝을 짊어지고 일어섰다.

"개산으로 올라가자."

짝귀가 기계 궤짝을 지고 일어선 손칠만을 가볍게 떼밀며 길을 재촉하였다. 서거칠이가 앞장을 서고 그 뒤로 손칠만이 기계가 든 나무 궤짝을 지고 따랐으며, 짝귀는 총부리를 손칠만의 뒤통수에 들이댄 채 영산강 물둑을 타고 어둠이 짙게 깔린 새끼내 쪽을 향해 걸음을 재촉하였다. 늦가을 차가운 밤의 강바람이 강물을 조리질하는 소리를 들으며 그들은 영산강의 강물이 흐르는 방향으로 걸었다. 기계 궤짝을 짊어진 손칠만은 궤짝의 무게에 힘이 달리는지 숨을 헉헉거리기도 하고 끙끙거리며 안간힘을 쓰기도 하였다.

"궤짝을 여기 내려놓아라."

그들이 새끼내 어귀 물목굽이의 갈대밭에 이르렀을 때, 짝귀가 손칠만에게 말하였다. 손칠만은 짝귀의 입에서 말이 떨어지기가 무섭게 궤짝을 땅에 부리고 벌렁 눕고 말았다. 그는 풀 섶 위에 벌렁 나자빠진 채 강바람에 파닥거리며 떨고 있는 서리 맞은 미루나무 잎들을 어둠속으로 올려다보면서 다시 살아날 궁리를 짜보았다. 그는 궤짝을 지고 개산의 창의병 둔영까지 가게 되면 다시 살아날 수 없으리라는 것을 알고 있었다. 그는 헌병대의 연합작전으로 개산의 창의대가 크게 패하여 살아남은 자가 몇 명 되지 않는다는 것을 헌병들에게서 들어 알고 있는 터였다. 그리고 이번에 영산포 헌병대의 합동작전은 창의병들이 오까모도의 왜싸전에 불을 놓은 것에 대한 보복이었다는 것도 알고 있었다. 오까모도는 손칠만으로부터 싸전과 곡식이 불에 타버렸다는 보고를 듣고, 그의 하수인이나 다를 바 없는 무라다 대장을 충동질하여 영산포 근동에 있는 창의대를 소탕하도록 한 것이었다. 창의대의 본거지가 개산이라는 것을 알려준 것도 물론 손칠만이었다.

"거칠이, 그놈을 미루나무에다가 묶으소."

짝귀가 총부리로 손칠만을 일으켜 세워 미루나무 쪽으로 밀어붙이며 말했다. 서거칠은 궤짝의 멜빵을 풀어 손칠만을 미루나무에 묶었다. 이상하게도 손칠만은 살려달라고 구차스럽게 목숨을 구걸하지 않았다. 언젠가 개산으로 끌려갔을 때, 데굴데굴 구르고 엎드려 큰절을 하면서 살려달라고 비대발괄 빌던 손칠만의 비굴한 모습이 아니었다.

"내가 묻는 대로 순순히 말하지 않으면 네놈이 준 이 탄환이 네놈의 대갈통을 빠개버리고 말 것이니께, 그리고 알고 사실대로 말을 허거라."

짝귀가 미루나무에 결박당해 있는 손칠만을 향해 말하면서 총부리를 미간에 들이댔다.

"내가 뭣을 잘못했다고 이러시오? 나머지 기계는 보름 후에 갖다 드리겠다고 허지 않었소."

손칠만은 미루나무에 묶인 채 당당하게 말했다.

"나는 이번에 왜병들이 우리 둔영을 기습헌 것이 네놈 때문이라는 것을 안다. 네놈이 우리 둔영을 왜놈덜한테 밀고헌 것이 아니냐?"

짝귀의 목소리가 칼날보다 더욱 날카롭고 섬뜩했다.

"아니오. 나는 밀고를 허지 않었소."

손칠만의 목소리가 다급했다. 그러면서 그는 그제야 자기가 밀고한 사실이 없다는 것을 완강히 주장하면서 살려달라고 애걸하기 시작했다. 손칠만은 짝귀로부터 개산의 창의병 둔영이 왜놈들의 기습을 당한 것이 그의 밀고 탓이라는 말을 듣자 어찌할 바를 모르고 둥개는 모습이 역력하였다.

"나는 절대 개산에 창의대의 둔영이 있다는 것을 밀고허지는 않었소이다. 다만…… 다만…… 죽은 줄로만 알고 있었던 구진나루 주막의 방석코가 살아 있더라는 말만 했을 뿐이외다. 그리고 목포에 가서 오까모도 사장님헌테, 신식 기계 열 정을 가져오지 않으면 싸전을 불질러버리겠다는 창의대의 협박을 받았다고 거짓말을 헌 것뿐이외다.
내 말을 믿어주씨오."

손칠만은 갑자기 다급해진 목소리로 두미없이 지껄여댔다. 서거
칠은 손칠만의 말을 듣고서야 난초가 헌병들에게 붙잡혀간 것이며,
구진나루 주막이 불에 타게 된 연유를 가늠할 수가 있었다.

"구진나루 주모는 그 후 어찌되었느냐?"

서거칠이가 손칠만의 머리끄덩이를 움켜잡아 흔들면서 사납게 물
었다.

"아직도 헌병대에 붙잡혀 있쉐다."

손칠만은 미적거림 없이 대답하였다.

"너 김유복이라는 무라다 대장의 고스까이를 알고 있겠지? 그 아
이는 어디 있는 게냐?"

"그…… 고스까이…… 헌병대……."

손칠만이가 말을 더듬거리자 서거칠의 주먹이 그의 면상을 후려
쳤다.

"헌병대 유치장에 있쉐다."

"네놈 짓이로구나. 네놈이 김유복이와 내가 만나고 있는 것을 보
고 밀고를 한 게 아니냐?"

손칠만은 대답을 하지 않았다.

"아니? 방석코 마누라가 유치장에 갇혀 있고, 김유복이가 붙잽혀
있다는 말은 또 뭔가?"

난초와 김유복의 일을 알 턱이 없는 짝귀가 서거칠과 손칠만의 주

고받는 이야기를 듣고 놀라며 물었다. 서거칠이가 난초와 유복이에 대한 그간의 이야기를 대충 말해주자 짝귀는 총부리로 손칠만의 이맛머리를 사정없이 찔렀다.

"네놈은 어채피 방석코헌테 뒈지게 생겼구나."

"아닙니다요. 죽은 줄 알았던 방석코가 살아 있드란 말만 했다니께요. 난초를 붙잡어간 것은 헌병들이었구만요."

"이자슥이 뒈질 마당에 뒤넘스럽게 지랄이여."

짝귀는 다시 손칠만의 불룩한 배를 총구로 쑤셔대며 욱대겼다.

"그러고, 개산에서 생포해간 창의병들은 시방 워디에 있느냐?"

짝귀가 총부리를 손칠만의 먹 줄띠에 들이대며 당장에 방아쇠를 잡아당길 것처럼 사납게 물었다.

"생포된 창의병들은 오늘밤에 광주로 이송된다고 헙디다."

"오늘밤에? 그렇다면 남평이나 반남 분견소에서 온 헌병들은 아직도 영산포에 있느냐?"

서거칠이가 궤짝에서 기계를 꺼내 탄환을 장전하여 손칠만을 겨냥하며 물었다.

"아직 영산포에 그대로들 있는 것 같습디다."

손칠만의 말에 짝귀와 서거칠은 동시에 한숨을 삼켰다.

짝귀와 서거칠은 그날 밤 안으로 생포당한 동지들이 광주로 이송된다는 것을 장 십장에게 빨리 알려야 한다고 생각하였다. 어쩌면 지금쯤 생포당한 창의병들이 이미 영산포를 떠난 것인지도 모른다는 생각이 들자 마음이 다급해졌다.

"오늘밤 언제쯤에, 생포된 창의병들을 광주로 이송한다고 하더냐?"

짝귀가 다급하게 손칠만에게 물었다.

"자세한 것은 모릅니다. 오늘 낮에 헌병한테서 들었으니께요."

그러면서 손칠만은 자기를 풀어주면 당장에 헌병대에 가서 생포당한 창의병들이 어찌하고 있으며 언제 광주로 이송될 것인지, 그리고 남평과 반남 분견소의 헌병들이 언제 영산포를 떠나게 될지를 알아보고 오겠다고 하였다. 그러나 짝귀도 서거칠이도 손칠만의 그 말을 믿지 않았다.

"나를 풀어주기만 헌다면 당장에 난초도 유복이고 빼내오겠습니다요. 제발 나를 믿어주씨오. 뭣이든지 부탁하씨오."

손칠만은 울먹이는 목소리로 애걸하였다.

"냉큼 둔영으로 올라가세."

짝귀는 나무궤짝에서 기계들을 꺼내 두 어깨에 메며 탄환은 서거칠로 하여금 가져가게 하였다.

"저놈은 어쩔 겝니까?"

서거칠이가 탄환 궤짝을 오른쪽 어깨에 들쳐 메며 물었다.

"먼첨 가소. 이놈은 내가 처치헐라네."

그러면서 짝귀는 총부리를 손칠만의 골통에 들이댔다. 서거칠은 손칠만의 죽음을 보고 싶지가 않았기 때문에 먼저 물목굽이를 휘어돌아 새끼냇다리 쪽으로 걸음을 재촉하였다. 그는 한참 동안 걸어도 총소리나 비명이 들려오지 않자 얼핏 걸음을 멈추고 뒤를 돌아다보았다. 물목굽이 쪽의 미루나무는 보이지 않았다. 물목굽이 쪽에서 총소리가 어둠을 찢은 것은 그로부터 한참 후의 일이었다. 그는 마음속으로 인정 많은 짝귀도 이번에는 끝내 손칠만을 죽이고 말았구나 하고 생각하며, 같은 핏줄의 조선사람이 조선사람을 죽일 수밖에 없는 비정함에 잠시 목울대가 뜨거워졌다. 그리고 그는 손칠만에게 얼마 전 그와 함께 목포행 무곡선에 탔을 때, 왜 자신을 몽탄에 떨구어둔 채 떠나버렸느냐고 물어보지 못했던 것을 아쉽게 생각했을 뿐이었다.

"껄쩍지근허게 생각헐 필요가 없구만이라우. 손칠만이 그놈 땜시 우리 창의병이 을매나 많이 죽었는그라우."

서거칠은 짝귀가 가까이 오기를 기다렸다가 말하였다. 짝귀는 아무 대꾸도 없이 서거칠을 지나쳐 어둠을 털고 걸음을 재촉하였다.

"이번에도 쥑이지 못했네."

한참이나 가서야 짝귀가 신음을 토해내듯 나지막한 목소리로 입을 열었는데, 그는 차마 손칠만을 죽일 수 없었다는 것을 부끄럽게 생각하고 있는 듯싶었다.

"또 살려주었다고라우? 그렇다면 나헌테 맽기재 그랬소. 내가 가서 당장에 쥑여뿔고 올랑만이라우."

그러면서 서거칠은 물목굽이 쪽으로 되짚어 뛰어 내려갈 기세였다.

"자네도 차마 쥑이지 못헐 것이시. 나, 그렇게 비굴하게 살고 싶어 하는 놈은 첨 봤네. 그놈은 벌거지 같은 놈이여. 그런 벌거지 놈을 어떻게 쥑이겠는가."

말을 하고 나서 짝귀는 어둠속에 침을 배앝았다.

"그렇다면 총은 왜 쐈소?"

"첨에 멱 줄을 겨냥했었는디 방아쇠를 잡아당겼을 때는 총구가 그놈의 오른쪽 다리 장딴지에꺼정 내려와 있드만. 그놈은 게우 오른쪽 다리를 총에 맞었을 뿐이여. 그러니 죽지는 않겠재!"

"참, 차지님도 원. 구렁이를 살무사로 맹글고 말었구만이라우잉. 그놈을 살무사로 맹글어놓고 말았으니 보통 일이 아니로구만요."

그러면서 서거칠은 다시 자기가 내려가서 손칠만을 죽이고 오겠다고 하였다. 그러나 짝귀가 서거칠의 팔을 잡고 놓아주지 않았다.

"자네 말로도 한 번 살려준 사람을 다시 쥑여서는 안된다고 허지 않았었남. 우리들이 말이시잉, 꼭 사람을 쥑이자고 총을 든 것은 아니지 않은감. 그리고 그놈은 같은 조선사람이고…… 나중에 그놈이 살무사가 된 뒤에도 얼매든지 다시 쥑일 수가 있다네. 그러니 제발 내말을 듣소. 나는 말이시 설사 쥑이지 않으면 내가 죽게 될지라도 사람 쥑이는 것을 쉽게 생각하고 싶지는 않다네. 나는 아무리 사람 목숨이 파리 목숨 같은 난리판 속에서라도 사람 쥑이는 것을 내가 죽는 일만큼이나 무서와험시로 싸울 것이네. 그땜시 거번에 손칠만이를 쥑이지 못했고 또 요번에도 그랬구만. 설사 그놈이 살무사가 되야갖고 나를 쥑인다 해도 헐 수 없는 일이여."

짝귀는 나지막한 목소리로 한숨을 토하듯 말하며 개산의 둔영을 향해 올라갔다.

짝귀와 서거칠이가 손칠만으로부터 받은 기계와 탄환을 메고, 그 때까지도 매캐한 낸내가 진동하는 개산의 불타버린 둔영에 당도해보니, 얼마 남지 않은 창의병들은 보초도 세우지 않고 겨우 서리를 막을 정도의 초막 하나를 짓고 들어앉아서 노루잠들을 자고 있었다. 만약 짝귀와 서거칠이가 왜병이었다면 이초대의 얼마 남지 않은 창의대마저 전멸을 당할 것이 분명했다. 다시 싸울 기력을 잃고 완전히 지쳐 있던 창의병들은 짝귀와 서거칠이가 끙끙거리고 메고 올라온 38소총과 탄환을 보고도 별로 반가워하는 눈치들이 아니었다. 다만 천좌근 한 사람만이 그의 탄띠에 탄환을 가득 채웠을 뿐이었다.

"십장님은 워디 가셨는기라우?"

창의대가 잠들어 있는 초막 안에 들어서서 관솔불을 피우고 한참이나 있어도 장 십장의 얼굴이 보이지 않자 서거칠이가 방석코를 향해 뚜벅 물었다.

"클씨, 모르겠구만."

방석코도 그제야 초막 안을 휘둘러보며 애매하게 말했다.

"누구 장 십장 워디 있는지 아는 사람 없소?"

짝귀도 이상하게 생각되어 대원들의 얼굴을 한 바퀴 쓸어보며 물었다. 그러나 장 십장의 행방에 대해서 아는 사람이 아무도 없었다.

"아니? 장 십장 행방을 아는 사람이 아무도 없단 말이우?"

짝귀는 초막 안에 너즈러지게 앉아 있는 대원들을 향해 나무람하였다.

"아까, 초막을 맹글 때 얼핏 봤는듸……."

최대천은 그러면서 장 십장을 못 본 지가 꽤 오래된 듯싶다고 하였다.

짝귀는 혹여 장 십장이 개산의 둔영으로부터 혼자서 멀리 떠나버리지나 않았는가 싶어 일시에 마음이 무거워졌다. 그는 서거칠과 영산포에 내려가기 전에 장 십장이 그에게 남은 대원들의 지휘를 맡아달라고 하면서 자신은 영광으로 기 대장을 찾아가겠노라고 한 말이 귓바퀴 언저리에서 맴돌았다. 그러나 짝귀는 설마 장 십장이 그를 떼어놓고 혼자서만 떠나갔으리라고는 믿고 싶지가 않은 것이었다. 짝귀가 장 십장과 한 몸뚱이가 되다시피 하여 생사고락을 같이해온 지도 갑오년 이후 십삼 년이나 된 터에 어떻게 칼로 나뭇가지 자르듯, 지나온 세월의 마디마디마다 옹이 박힌 두텁고도 찐득진 정을 그렇듯 쉽게 싹둑 잘라버릴 수는 없으리라 싶었다.

"거칠이, 장 십장을 찾아보세."

짝귀가 기계를 메고 일어서며 여태껏 장 십장이 어디에 있는지조차 모른 채 잠만 퍼 자고 있는 대원들을 원망스럽게 훑어보며 서거칠에게 말했다.

"나도 찾아봐야 쓰겠구만."

짝귀와 서거칠이가 일어서서 초막을 나가는데 방석코가 따라나섰다.

"방 서방은 여기 남아서 초막이나 잘 지키도록 허씨오. 보초도 안 세워놓고 잠만 자다니…… 그러다가 왜병들이 기습해오면 몰살당헐 게 아니오."

짝귀는 그러면서 방석코로 하여금 초막의 보초를 서게 하고 서거칠만을 데리고 잡목이 찜찜한 서쪽 등성이 어둠속으로 묻혀 들어갔다.

"십장님이 워디 가차운 데 기시는 것이 아닐끄라우?"

"가차운 데 있다면 우리가 온 것을 알았을 것이 아닌가."

"그렇다면 새끼내 집에 가셨을끄라우?"

"집에는 안 갔을 꺼이네."

"글타면 워디로 가셨을끄라우?"

서거칠은 그렇게 묻고 나서 짝귀의 대답이 없자 손나팔을 만들어 입에 대고 큰 소리로 "십장니임, 장 십장니임" 하고 어둠속을 둘러보며 불러보았다. 그러나 서리를 머금은 늦가을 밤의 강바람만이 휘휘휘 음산한 소리로 나뭇가지들을 흔들었을 뿐이었다. 서거칠은 여남은 번도 더 그렇게 어둠속을 둘러보며 장 십장을 불러보았다. 그는 둔영에서 서쪽으로 내려와 참나무 숲속을 더듬으면서도 계속 장 십장을 불러댔다. 잠들어 있던 산새들이 놀라 푸드득 어둠을 털고 날아갔다. 그들은 참나무 등성이를 더듬어 진포리 쪽으로 내려갔다.

"워디꺼정 가시는그라우?"

"암만 생각해도 둔영 근처에는 없는 것 같으이. 진포리 쪽 둔치께로 가봐사 쓰겄구만."

서거칠이가 묻고 짝귀가 대답했다.

"진포리 쪽 둔치에는 왜라우? 짚이는 것이라도 있간듸요?"

서거칠이가 기대를 갖고 물었으나 짝귀로서는 특별히 짚이는 바가 있는 것은 아니었다. 다만 장 십장이 영산포 쪽으로 내려간 것이 아니라는 것은 확실한 듯싶었으므로, 둔영을 내려갔다면 십중팔구는 진포리 나루터 쪽일 것이라는 막연한 생각을 해본 것이었다. 그러나 짝귀의 그와 같은 생각은 실로 막연한 것이 아닐 수 없었다.

"만약에 말이시…… 설사 그런 일은 없겄지만서도…… 만약에 장 십장이 우리를 남겨두고 혼자서 둔영을 떠나 멀리 가뿌렀다면 자네는 워쩔란가?"

참나무와 잡목 숲을 지나 비탈진 떡갈나무 등성이를 더듬어 내려오면서 짝귀가 뚜벅 물었다.

"그런 일은 없을 것이로구만요. 장 십장님이 우리만 두고 혼자서 워디로 가시겄능그라우? 장 십장님은 우리가 죽기 전에는 혼자 떠날 분이 아니로구만요."

"그래도 혹여 떠나뿌렀다면 워쩔터?"

"죽었다 깨어나도 그런 일은 없을 것이로구만요."

서거칠은 장 십장이 그들만 남겨둔 채 멀리 떠난다는 것은 상상할 수도 없는 일로 생각하고 있었다. 그는 되레 그 자신이 장 십장으로부터 내침을 당하지나 않을까 걱정인 것이었다.

그 무렵 대불이는 개산의 둔영으로부터 멀리 떨어진 영산강변 갈대밭 속에 앉아 어둠에 묻힌 채 가을밤의 차가운 강바람 소리에 귀를 기울이고 있었다. 그는 짝귀와 서거칠이 영산포로 내려가고 남은 대원들이 찬 서리를 가릴 초막을 짓고 있을 때, 아무에게도 말하지 않고 어둠을 더듬어 둔영에서 멀리 내려갔다. 그는 죽은 대원들의 이름과 얼굴들을 하나하나 떠올리며 하염없이 걷다보니 자기도 모르게 영산강변에 이르게 된 것이다. 그는 다시 둔영으로 돌아갈 생각도 하지 않고 강변 갈대밭 속에 앉았다. 그를 에워싸고 있는 갈대들이 마치 죽은 대원들의 모습처럼 경중거렸다. 그리고 그들은 자신을 에워싼 채 통곡하듯 몸을 흔들어대며 뭐라고 울부짖고 있는 듯하였다.

대불이는 어찌해야 좋을지 몰랐다. 그도 갈대가 되어 몸부림치며 울부짖고 싶어졌다. 그의 머릿속에는 살아 있는 사람들보다 죽은 사람들의 얼굴이 더욱 선명하게 떠올랐다. 이마에 불도장이 찍혔던 할아버지로부터, 물봉선꽃을 머리에 꽂은 채 영산강 물난리로 죽은 필순이며, 대풍창에 걸려 풀상투와 함께 모습을 감추어버린 우암이 어미, 갑오년 난리 때 함께 싸우다 죽은 동학도인들, 줄패장이었던 난초 아버지, 고향으로 가는 영산강의 무곡선 위에서 숨을 거두었다는 아버지, 갑오년 난리 때 함께 싸우다 헤어졌다가 십삼 년 만에 다시 만났던 문치걸이, 팔자땜을 하기 위해 비렁뱅이가 되었다가 물에 빠져 죽은 대감 댁의 건방진 도령, 한때 대불이가 상전으로 모셨던 노루목의 양 진사, 그리고 왜놈들과 싸우다가 죽은 그의 대원들의 얼굴이 살아 있는 사람들보다 더욱 선명하게 눈앞에 나타난 것이었다. 그 대신 살아 있는 사람들의 모습은 어둠속에서 움직이는 바람처럼 희미하기만 하였다. 그가 제물포에서 등짐꾼 노릇을 할 때 사귀었던 천하의 투전꾼 오태수며, 박치기 대장 천팔봉, 피장이 출신의 김귀돌이 등, 응신청 친구들과 싸리재 주막의 권대길네 부부와 미국으로 간 순영이며, 오랫동안 살을 섞고 살아왔고, 지금도 몸에서 그녀의 앵초꽃 같은 살 냄새가 짙게 배인 듯싶은 봉선이며, 빡보네 미곡전의 한대두 영감, 그리고 새끼내 가족들과 살아남은 대원들의 얼굴은 모두 희미하게 느껴졌다.

대불이는 비록 이 세상 사람은 아닐지라도 그의 머릿속에 선명하게 살아 있는 넋들과 이야기를 하고 싶었다. 장차 그가 어찌했으면 좋을지 죽은 사람들의 이야기를 듣고 싶었다. 그때문에 그는 죽은 사람들의 얼굴을 하나하나 다시 떠올려보았다. 할아버지, 어떻게 했으면 좋을까요. 일시에 많은 대원들을 잃었습니다요. 이제는 그들을 다시 만날 수가 없으니 어찌하면 좋습니까요. 할아버지라면 이럴 때 어찌하시겠는지요. 이 몸은 이제 남은 대원들을 지휘할 능력이 없는데 그들을 어찌하면 좋을지 말씀을 좀 해주세요. 대불이는 할아버지에게 간절한 마음으로 부탁을 하였다. 그리고 갑오년에 죽은 동학도들과, 조금 전 땅에 묻은 넋들에게도 자신이 이럴 때 어찌해야 좋을지를 물어보았다. 그는 자신의 죽음이 두려운 것이 아니었다. 자신의 잘못으로 그가 거느린 대원들이 또 목숨을 잃게 될 것이 소름끼치도록 무서웠던 것이다.

더 가까이 오거라. 영산강 안으로 들어오거라. 이마에 불도장이 찍혔던 할아버지의 넋이 그에게 이르고 있는 것 같았다. 대불이는 분명히 할아버지의 목소리를 들은 듯싶었다. 그는 고개를 들어 거대한 꿈틀거림으로 어둠속을 흐르는 영산강을 보았다. 어느새 달이 떠올라 수면을 희부옇게 남보라색의 수국꽃 빛깔로 비추고 있었다. 늦가을 깊은 밤의 남보랏빛 화사한 달빛에 흠씬 젖은 영산강을 바라보고 있는 대불이는 자신도 모르게 황홀경에 도취되고 말았다. 갑자기 대불이는 자신의 몸뚱이가 남보랏빛 달빛으로 변하면서, 강물이 되어 흐르는 듯한 신비로운 기분에 젖어들었다. 대불이는 달빛에 젖은 갈대를 헤치고 강물이 흐르는 쪽으로 걸어갔다. 강물이 발을 적시는 순간 그는 마치 죽은 할아버지와 아버지를 다시 만나는 듯한, 오싹하면서도 마음이 차츰 편안해지는 기분을 느꼈다. 그는 점점 더 물속으로 깊이 들어갔다. 처음에는 오싹한 차가움을 느꼈으나 차츰 그 차가움이 사그라지면서 자신이 강물로 변하는 것 같은 황홀함에 도취되었다. 그는 무릎 높이까지 걸어 들어가서 잠시 똑바로 서서 강물이 흘러내려오는 동쪽과, 강물이 굽이치며 흘러내려가는 서쪽을 보았다. 그리고 달빛이 바람에 실려 내려오는 회색빛의 야트막한 하늘을 쳐다보았다. 그는 이상하게도 강물이 흘러오는 곳과 흘러내려가는 서쪽을 번갈아 굽어보는 순간 사람의 삶과 죽음을 동시에 느꼈다. 강물이 흘러오는 쪽에서는 살아 있는 사람들의 모습을, 그리고 강물이 흘러가는 쪽에서는 죽은 사람들의 뒷모습을 볼 수가 있었다.

대불이는 한동안 무릎 높이의 강물 속에 서서 자신의 육신이 차츰 영산강 물속에 흥건히 녹아내리는 것 같은 황홀경에 도취되었다. 그리고 달빛에 비쳐 보이는 영산강의 물굽이에서 마치 사람이 이 세상에 태어났다가 또 다른 모습으로 바뀌어가는 삶과 죽음의 길고도 짧은 여정을 한눈으로 보는 듯하였다.

사람은 죽어서 없어지는 것이 아니란다. 너는 사람이 죽으면 그 육신이 흙빛으로 변하는 것을 보지 못했느냐. 사람은 죽어서 흙과 물로 되돌아가는 것이란다. 이 할애비는 죽어서 영산강의 강물이 되었단다. 네 할애비뿐만 아니라, 이 할애비의 할아버님도 영산강의 강물이 되셨느니라. 우리는 모두 영산강에서 다시 만나고 있단다. 양반들한테 시달림을 당해왔던 종들 중에서 대부분이 하늘의 별이 되어서 밤하늘에 반짝이거나, 영산강의 강물이 되어 언제까지나 살아서 흐르고 있단다. 그러니 너도 이 할애비가 살아 있는 영산강 강물이 되어야 하느니라.

대불이는 바람에 실려 오는 할아버지의 목소리를 들었다. 그 이야기는 웅보 형님에게서도 여러 번 들었었다. 그는 어렸을 때 웅보 형님한테서, 양반들은 죽어서 굼벵이나 구렁이가 되고 종들은 죽어서 밤하늘의 별이 된다는 이야기를 들었던 것이다. 웅보 형님은 그 이야기를 할아버지한테서 들었다고 하였다. 그러면서 웅보 형님은 할아버지는 죽어서 영산강물이나 밤하늘의 별이 된다고 믿고 있기 때문에 죽는 것을 두려워하지 않고, 몇 번이고 도망을 친 것이라고 했었다.

대불이는 남보라색의 달빛이 깔린 강물을 굽어보면서 할아버지의 이야기를 다시 떠올렸다. 그 순간 할아버지의 목소리가 들려오는 듯하였다. 강바람에 실려 온 할아버지의 목소리는 이상하게도 강물 속에서 아우성으로 솟구쳐 올라오는 것처럼 들려왔다.

대불아, 너는 어차피 죽어서 영산강 강물이 될 사람이니 죽는 것을 두려워하지 말거라. 훗날에 영산강 강물이 될 사람은 죽는 것을 두려워하지 않아야 하느니라. 영산강 강물이 되면 언제까지나 죽지 않고 살아서 흐르기 때문이니라. 그러니 너는 네 일신만을 위해서 살려고 하지 말고, 영산강의 강물이 되고자 하는 이 할애비나 네 애비, 그리고 너와 같은 사람들을 위해서 죽는 길을 택하거라.

영산강의 강심 쪽, 깊은 물속에서 들려오는 듯한 할아버지의 목소리는 너무 뚜렷하고 명쾌하여, 마치 할아버지의 옆에서 직접 이야기를 듣는 듯하였다. 순간 대불이는 그가 장차 어떻게 살아야 하고 당장 어떻게 행동해야 할지 생각이 분명해진 듯싶었다. 그는 천천히 강변으로 걸어 나와 다시 갈대밭에 앉았다. 그는 갈대밭에 앉아서 영산강을 남보랏빛으로 물들였던 달빛이 사그라지고, 한동안 미명의 어둠 속에 덮였다가 다시 새벽의 회색빛으로 밝아오는 모습을 지켜보고 있었다. 그는 영산강에 새벽 물안개가 스멀스멀 피어오르기 시작해서야 갈대밭에서 일어서서 개산의 둔영을 향해 이슬을 털고 올라갔다.

"아니, 이 사람아, 워디 갔다 이제사 오는거?"

대불이가 둔영으로 올라가 임시로 지은 초막 안으로 들어서자 초막 입구에서 총을 안은 채 꾸벅꾸벅 졸고 있던 방석코가 눈을 번쩍 뜨고 일어섰다. 방석코는 대불이의 옷이 이슬에 젖어 있는 것을 발견하고 약간 의아해하였다. 다른 대원들도 눈을 비비고 일어나 앉으며 대불이에게 어디에 갔었느냐고 한마디씩 물었다. 대불이는 잠을 못 잤기 때문에 철쭉 빛깔로 충혈된 눈을 들어 초막 안의 대원들을 둘러보았다.

"차지와 서거칠은 아직 돌아오지 않았는가요?"

대불이가 초막의 풀 섶 위에 앉으며 방석코에게 물었다.

"장 십장을 찾으러 나갔구만. 간밤에 진포리 쪽에 갔다가 올라와서는 새벽에 다시 새끼내로 내려갔어."

"새끼내는 왜 내려갔다요?"

"장 십장 찾으로 갔당께. 그나저나 워디 갔다 왔어?"

"누구 좀 만나고 왔구만요."

"누구를 만나?"

"돌아가신 우리 조부님을 뵙고 왔어라우."

"뭬여? 돌아가신 조부님을 만났다고? 이마에 불도장 찍혔다는 조부님 말이여?"

그러면서 방석코는 어처구니가 없다는 듯 바람 빠지는 소리를 내며 공허하게 웃었다.

"짝귀 차지가 손칠만이한테서 기계 다섯 자루흐고 실탄을 가져왔드구만요."

대불이와 방석코의 이야기를 듣고 있던 천좌근이가 그간에 짝귀와 서거칠이가 영산포에 갔다 왔던 이야기를 대충 장 십장에게 보고를 하였다. 대불이는 포로로 붙들려간 대원들이 광주로 이송된 것같다는 말에 크게 놀랐다. 그는 당장 그날 밤에라도 영산포 헌병분대를 기습하여 생포당한 대원들을 구명할 계획이었던 것이다. 대불이는 앉았다가 다시 일어서며 한숨을 쏟았다.

"확실히 이송되었답디까?"

"자세한건 모르겠구만요. 손칠만이한테서 들었다고 했습니다요."

대불이가 묻고 천좌근이가 대답하였다.

대불이를 찾으러 새끼내로 내려갔던 짝귀와 서거칠이가 다시 개산 둔영으로 올라온 것은 아침 해가 덩그렇게 떠오르면서 늦가을의 툭툭 쏘는 듯한 가시 돋친 햇살이 나뭇가지들 사이로 부챗살처럼 쫙 퍼지기 시작할 무렵이었다. 그런데 짝귀와 서거칠은 대원들이 처음 보는 낯선 두 명의 중년 사내와 함께 나타났다. 그 두 사람은 대불이와 짝귀가 다시 새끼내로 돌아오기 전, 제물포 응신청에서 빈대처럼 붙어살면서 등짐꾼 노릇을 할 때 사귀었던 박치기 천팔봉과 투전꾼 오태수였다.

대불이는 천팔봉과 오태수를 발견하고 한동안 귀신에 홀린 사람처럼 뭉근한 눈으로 바라보고만 있었다. 그는 제물포 친구들이 그를 찾아올 줄은 꿈에도 생각하지 못했던 것이다.

"대불이 성님, 우리가 안 뵈이우? 박치기로 받어야 내가 뉘긴지 알아보겠수?"

박치기 천팔봉이가 패랭이를 대불이 쪽으로 들이대는 시늉을 해 보이며 큰 소리로 말했다.

"성님, 나 오태수외다. 투전꾼 오태수를 잊었쉐까?"

오태수도 오른손을 대불이 코앞에 대고 투전의 끗발을 죄는 흉내를 내며 걸쭉한 목소리로 투정을 부리듯 말하였다.

"자네들이 여기꺼정 워쩐 일인가? 귀돌이는?"

대불이는 떨떠름한 얼굴로 천팔봉과 오태수를 번갈아 보며 물었다. 그가 뜨악한 얼굴로 그들을 대한 것은 결코 그들이 반갑지 않아서라기보다는 예기치 않은 출현에 놀랐기 때문이다.

"이틀 전에 새끼내 대불이 성님 집에 왔쉐다. 그런데 오늘 새벽에 짝귀 성님이 우리를 데리러 오기라도 헌 것 모양 우리 앞에 떠억 현신을 하지 않았겠수?"

천팔봉이가 그답지 않게 벙싯거리며 떠들어댔다.

"귀돌이는 목포에 와 있당만."

짝귀가 대불이에게 대신 말해주었다.

"대불이 성님이 반가워서 뒤로 뻥 넘어질 사람도 와 있쉐다."

오태수가 싱글거리며 대불이를 놀려대는 말투로 퉁겨댔다. 오태수의 그 말에 천팔봉이와 짝귀도 애매하게 웃음을 날렸다.

"그래도 짐작이 안 가우? 오매불망 대불이성님만을 눈이 물캐지두룩 애타게 기다리고 또 기다리다가 천릿길을 엎어지며 되짚어지며 달려온 사람이 뉘긴 줄 여태 짐작이 안 가우?"

오태수가 겨릅단처럼 작은 몸집을 좌우로 흔들어대며 다시 놀려댔다. 대불이는 오태수가 말하고 있는 사람이 누구라는 것을 이미 짐작하고 있었다. 필시 봉선이가 찾아온 것이리라. 대불이는 순간 대원들 보기에 민망하여 초막 밖으로 나갔다. 그러자 오태수와 천팔봉, 그리고 짝귀도 대불이를 뒤따라 나왔다. 늦가을 아침 햇살이 유난히 눈부시게 느껴졌다. 대불이는 문득 간밤에 영산강을 휘덮었던 남보랏빛의 달빛을 떠올렸다. 그리고 그 자신의 몸뚱이가 강물로 녹아내리는 듯한 신비로움에 젖었던 기억을 돌이켜보았다. 제물포 응신청 시절의 등짐꾼 친구들을 다시 만나게 된 대불이는 눈부신 늦가을의 햇살에서 문득 간밤의 남보랏빛 달빛을 느꼈다.

"참말로 반갑구만. 자네들이 찾아올 줄은 몰랐네."

대불이는 천팔봉과 오태수를 한꺼번에 껴안았다.

뜻밖에 천팔봉과 오태수를 만난 대불이와 짝귀는 창의대가 임시로 만든 군막으로부터 이십여 보쯤 떨어진 큰 소나무 밑에 둘러앉아서 다시 한 번 손들을 마주잡고 흔들어대며 반가움을 나누었다.

"두 분 성님들이 제물포를 떠난 뒤 꿩 귀먹은 소식이더니, 결국은 적도가 되었구려?"

천팔봉이 적도라는 말에 힘을 주어 비아냥거리듯 퉁겨댔다. 대불이와 짝귀는 천팔봉이가 악의 없이 그렇게 말하고 있다는 것을 알고 있는지라 뜨악하게 웃어 보였을 따름이었다.

"나는 두 성님들이 이리 될 줄 짐작했었다우. 연전에 진고개 상엿도가에 빈대 붙어 살면서도 날마다 만민공동환가 뭔가에 홀려서 나돌아댕기셨잖우. 나는 그때부텀 성님들이 이리 될 줄을 알고 은근히 걱정을 했었다우. 성님들은 언제나 남산골 샌님 역적 바라듯 비뚤어진 눈으로 세상을 보고 사는 분들이라서……."

오태수도 한마디 하였다.

"자네들도 여전허구먼."

대불이는 두 사람의 초라한 입성을 가늠해보며 말했다. 그의 짐작에 오태수는 또 투전판에 끼어들었다가 그동안 응신청 등짐꾼 노릇하여 애면글면 여축해놓은 돈 옴씰하게 털어 바쳤을 것 같고, 천팔봉은 싸움판에 엉겨 붙었다가 사람을 작살내고 도망쳐왔을지도 모를 일이었다.

"우리들 신세는 열고 보나 닫고 보나 매한가지웨다."

대불이는 오태수가 한 말을 어림할 수가 있었다. 그 말은 대불이의 짐작대로 살아가는 형편이 옹색함을 말하는 것이었다.

"헌듸, 귀돌이흐고 봉선이도 함꾸네 왔담서?"

한동안 잠자코 있던 짝귀가 천팔봉과 오태수의 얼굴을 들여다보며 물었다.

"우리 두 사람이 귀돌이 성님을 꼬셨지우. 성님들도 귀돌이 성님이 제물포 선창거리에서 잡화점을 내고 있는 복덩어리 과부를 덜컥 물었다는 것을 아시지요."

"아다마다. 귀돌이와 고향이 같은 서귀포 여자람서?"

짝귀가 천팔봉의 물음에 고개를 끄덕거리며 되물었다.

"우리가 귀돌이 성님을 꾀어서 복덩어리 과부와 같이 목포로 내려가 살라고 했습죠. 그 과부 전 남편이 제물포 바닥에 번연히 눈뜨고 사는 마당에 두 사람이 한 덩어리가 된다는 것도 껄쩍지근헌 일이고, 그러니 잡화점을 목포로 옮겨서 맘 툭 끌러놓고 살라고 했더니, 우리 말에 솔깃하여 함께 목포로 내려왔다우."

"그렇다면 귀돌이는 그 복덩어리 과부와 같이 목포에 와 있는가?"

"그렇구만요. 잡화점을 낼만 한 점포를 물색해놓은 연후에 엄과부는 먼첨 제물포로 올라가고 귀돌이는 이쪽으루 오기로 했지요."

대불이가 묻고 오태수가 대답했다.

"그렇다면……?"

대불이는 봉선이에 대해서 묻고 있었다. 그러나 천팔봉이와 오태수는 처음에 대불이가 묻고 있는 속내를 눈치 채지 못하고 서로의 얼굴만 번갈아 볼 뿐이었다. 그러자 짝귀가 두 사람을 향해서 가볍게 눈을 흘기며 "봉선이 이약 좀 해줘" 하고 퉁겨댔다.

"아이고 나 봐라. 망건 쓰고 소세헌다더니, 순서가 바뀌었구려. 응당 봉선이 소식부텀 전해드려야 했을 것을 말이우."

오태수가 대불이를 향해 고개를 주억거리며 능갈쳤다. 짝귀는 오태수의 늠실늠실 눙치는 태도를 보고 빙긋이 미소를 머금어 날렸다.

"우리가 제물포를 떠나온 것은 봉선이 때문이었다우. 봉선이가 하도 성화를 대는 바람에 어쩔 수가 없었지요. 오죽이나 성님이 보고 싶었으면 콩밭에 서슬 치듯 성화랴 싶어서 내친 김에 귀돌이 성님을 꾀었답니다. 하긴 우리 두 사람두 두 성님들을 만나보구 싶기두 하고, 또 우리 둘 다 제물포 바닥에 눌러 있을 수도 없구 해서……."

오태수는 말끝을 흐리고 나서 대불이와 짝귀의 눈치를 살폈다.

"봉선이는 시방 새끼내 자네 집에 와 있다네."

짝귀가 오태수의 다음 말이 이어지기 전에 뚜벅 봉선이의 이야기를 꺼내놓고 말았다.

"우리 집에? 어쩌자고 우리 집에……."

"한사코 우리를 따라오겠다는 것을 포도시 떼어놓고 왔네."

"성님이 제물포를 떠날 때, 길어도 한 달 안에 돌아오겠다고 찰떡같이 약조를 했다면서유?"

천팔봉이가 짝귀의 말을 받아 따지듯 불컥거리는 목소리로 물었다.

"참말로 뒤엉박 차고 바람 잡고, 나막신 신고 대동미 실은 관선 쫓아가는 격이로구면 그랴. 그런다고 우리 집꺼정 찾아오면 워쩌자는 것이여."

대불이는 울컥 퇴박심이 일어 자기도 모르게 큰 소리로 내질러버리고 말았다. 낯선 여자를 맞은 식구들이 놀랄 것을 생각하니 걱정이 되었던 것이다.

"참, 짝귀 성님 이모님 댁은 평안허신가?"

대불이가 말머리를 돌리기 위해 권대길네의 안부를 물었다. 기실 그는 권대길네의 안부도 안부려니와 순영이의 소식도 궁금하였기에 돌려 물었던 것이다.

"순영이가 일본으로 떠나간 후에 우리 이모님이 몸져눕게 되었다는구먼."

대불이의 물음에 짝귀가 대신 대답하였다.

"미국으로 안 갔남요?"

대불이는 순영이가 하야시를 따라서 일본을 거쳐 미국으로 간 것으로 알고 있던 터이라, 아직 일본에 있는지 미국으로 떠난 것인지를 알고 싶었다.

"달포 전에 일본서 편지가 왔었당만."

짝귀가 개맹이 풀린 목소리로 말하면서 얼핏 대불이의 옆얼굴을 훔쳐보았다.

대불이는 천팔봉과 오태수에게서 빡보네 싸전의 한대두 영감네 소식도 얼추 들었다. 천팔봉의 말로는 한대두 영감은 권대길의 아우 권만길의 미상(米商) 호위꾼들한테 칼을 맞아 죽었다는 것이었다. 한대두 영감이 죽은 날은 바로 두 달 전인 팔월 스무이렛날, 덕수궁에서 순종황제의 즉위식이 거행되던 날 밤이었다고 하였다.

"한 영감이 죽기 달포 전이었다우. 그러니께 그날이 덕수궁 중화전에서 일본이 강압적으로 고종임금님의 양위식을 하던 날, 권만길네 미상 호위꾼들과 한대두영감네 미상의 호위꾼들 사이에 대판 싸움이 벌어졌던 게 화근이 되었지유."

대불이는 한대두 영감이 죽었다는 비보를 듣자 마음이 울적해졌다. 한대두 영감도 대불이가 돌아오기를 학수고대하고 있었을 것이 분명했다. 어쩌면 한 영감은 마지막 눈을 감는 순간까지도 대불이를 기다렸는지도 모를 일이었다.

천팔봉과 오태수는 대불이와 짝귀가 떠나온 후로 변한 제물포의 모습이며 응신청 사람들의 이야기, 그리고 그들이 처음 와본 목포에 대해서 한참 동안 입심 좋게 떠벌려댔다.

"실은 말이우, 우리가 현익호를 타고 목포에 내린 것은 보름 전쯤 되었답니다요. 보름 동안 목포에 머물게 된 것은 이 천팔봉이가 그 월선이 고년을 찾느라 몽그작거린 탓이라우."

오태수가 천팔봉의 눈치를 살피며 그들이 새끼내에 늦게 당도하게 된 이유를 말하였다.

"그래, 그 월선이라는 여자는 찾았는가?"

짝귀가 천팔봉을 흘겨보며 물었다.

"내 그년을 찾기만 허면 가랭이를 찢어서 홀태질을 하려고 했는데 뒈졌는지 살았는지 목포 바닥을 이 잡듯 뒤졌으나 허탕만 쳤지요. 된장 신 것은 일 년 원수요 사내 퇴박 놓고 줄행랑친 계집은 천 년 원수라더니, 내 그년을 찾기 전에는 한이 풀리지 않겠쉐다."

천팔봉이 퉤퉤거리고 침을 뱉으며 투정을 부리듯 말하였다.

"내 원 참, 팔봉이 심사는 알다가도 모르겠다니깐요. 갈퀴덩굴 모양으로 껄끄럽기만 한 그 월선이의 으디가 좋아서 팔봉이가 저리도 오매불망하는지를 모르겠어요. 아주까릿대에 개똥참외 달리듯 계집

들이 수시로 줄렁줄렁 따르는데도 한사코 그 월선이 년 타령이니 원."

그러면서 오태수는 밉지 않게 천팔봉을 향해 눈을 흘겼다.

"그것은 봉선이가 대불이 성님 못 잊어 불원천리 멀다 않고 찾아온 이치나 매한가진거. 옷은 새옷이 좋고 정은 옛정이 찐덥지다고 안 허든감?"

짝귀가 대불이를 보며 농말을 하였다.

"내하고는 정반대로구만유. 내는 술은 초물에 취하고 사람은 훗물에 취하는 격으로 나중에 사귄 계집의 새맛이 좋드구만……."

오태수였다. 대불이나 팔봉이, 귀돌이 등에 비해 짝귀처럼 염복도 없으려니와 엽색을 좋아하지 않는 그가 그런 말을 하자 모두들 소리 없이 웃음을 깨물었다.

오랜만에 만난 그들은 소나무 밑에 둘러앉아서 해 그림자 기우는 것도 잊고 켜켜이 쌓인 회포를 홍건하게 풀었다. 그들은 점심때가 훨씬 지나서야 서거칠이가 가져다준 소금물에 적신 염반덩이와 찬물로 배를 채우고 나서 다시 이야기를 계속하였다.

"대불이 성님은 그만 내려가서 봉선이를 만나보시우. 아매 성님 기다리느라 귓속에 멍이 들고 두 눈이 다 물커졌겠수. 어서 내려가서 회포를 푸시우."

천팔봉이가 대불이를 향해 턱짓을 하며 산을 내려가라는 시능을 해보였다.

"날이 저물면 내려가서 만나보게. 여자 가슴에 한 묻어두는 사내치고 큰일 허는 놈 없다네!"

짝귀도 진심으로 말하였다. 그는 일부러 대불이에게 서거칠과 함께 영산포에 내려갔다 온 이야기를 하지 않았다. 포로로 붙잡혀간 창의병들이 어차피 광주로 압송이 되었을지도 모르는 판국에 장 십장한테 말을 해봤자 마음만 어지러울 뿐, 별수가 없으리라 생각되었기 때문이었다. 대불이도 오랜만에 만난 제물포에서 온 친구들 때문에 짝귀가 영산포에 내려갔다 온 일을 잊고 있는 듯 아무 말도 묻지 않았다. 그러나 대불이는 이미 방석코로부터 영산포의 사정을 들어 알고 있었다.

"팔봉이, 태수, 자네들 봉선이 데리꼬 당장에 목포로 가소."

한동안 깊은 생각에 잠긴 듯하던 대불이가 매정한 목소리로 말했다.

"뭬유? 당장에 목포로 가라구유? 그 말이 진정이우?"

무슨 말이든지 굽어 생각할 줄 모르고 곧이곧대로만 받아들이는 천팔봉이가 왈칵 화를 내며 따지듯 되물었다.

"자네들이 보다시피 짝귀 성님과 내 처지가 이런디 어치크롬 자네들을 붙잡을 수가 있겠는가. 자네들이 싫어서가 아니고 우리 처지가 처지인 만큼……."

대불이는 궁색하게 변명을 하면서 말끝을 얼버무렸다.

"그렇다고 당장에 가라니…… 너무하신 거유."

오태수도 대불이의 말에 심사가 뒤틀렸는지 찜부럭한 얼굴로 눈을 흘겼다.

"그러면 자네들헌테 같이 있자고 헌다 치면 우리허고 같이 있겠는가? 자네들 말대로 우리는 적도일세. 적도라는 말이 뭰가? 도둑이라는 말일세. 왜병들헌테 붙잽히면 목숨을 내놓아야만 헌다네. 그런디 어치크롬 우리랑 같이 있자고 허겠는가.”

대불이가 한숨까지 섞어가며 부드러운 말로 사정을 저저이 이야기해서야 천팔봉은 자신이 옥생각하였음을 알아차리고 어색하게 씩 웃어 보이며 “성님들이 적도라면 우리도 적도가 아니겠수? 그러니 성님들과 같이 있어도 무방하겠쒜다” 라고 말하였다. 천팔봉의 그 말에 대불이와 짝귀는 물론 오태수까지도 깜짝 놀랐다. 오태수로서는 대불이와 같은 창의병이 되고 싶은 생각이 전혀 없었던 것이다.

“아니? 뭬라고?”

오태수가 천팔봉을 되작거려 보며 놀란 얼굴로 되물었다.

“사실 우리 두 사람은 다시 제물포로 돌아갈 수 없는 처지라우. 태수는 노름빚이 대추나무 연 걸리듯 해 있구, 내는 사람을 작살냈쒜다. 그러니 당분간 두 성님들과 같이 있어두 무방허지 않겠수? 성님들이 멕여야 주시겠지유 머. 싸움에는 나도 도가 튼 놈이니 싸우라하면 왜놈이구 때국놈이구 가리지 않구스리 싸우겠쒜다.”

천팔봉이가 피식거리며 말하였다. 대불이와 짝귀도 천팔봉이의 그 같은 말에 어이없는 얼굴로 마주보았다.

“나는 다시 진고개 상엿도가로 가서 염장이나 되겠수다.”

오태수는 그러고 나서 벌떡 일어섰다. 대불이는 그런 오태수를 보면서 고개를 끄덕거렸다. 잘 생각했다는 표시였다.

“태수는 그러면 염쟁이나 되소. 나는 두 성님들과 같이 적도나 될라네.”

천팔봉은 그의 말대로 대불이와 같이 창의병이 될 결심을 한 듯싶었다. 대불이는 그런 결심을 한 천팔봉을 억지로 쫓아 보낼 생각은 없었다. 그는 언제든지 가고 싶다면 놓아주고 남아 있고 싶다면 내치지 않을 생각이었다. 대불이는 오태수만은 그들과 같은 창의병이 될 수 없는 사람이라는 것을 잘 알고 있는 터였기에 그에게 남아 있으라는 말을 하지 않기로 하였다. 그는 어쩔 수 없는 노름꾼이었기 때문에 어차피 대의니 명분이니 하는 따위는 어울리지가 않는 것이었다.

"태수 자네 봉선이도 데리꼬 가소."

대불이가 간청하는 목소리로 말하였다.

"참말로 안 만나볼 생각이우?"

천팔봉이가 애운한 눈빛으로 대불이를 보며 물었다.

"시방 내 처지가 계집 생각허게 생겼는가? 내 처지에 계집이라니…… 도야지 발에 편자 붙이는 격이 아닌가. 나, 봉선이 만날 생각 개털만치도 없응께 그리 알고 자네가 좀 데리꼬 가소. 봉선이도 목포에 남고 싶다면 말이시, 유달정을 찾아가서 안주인헌테 내 말을 허라고 전허소. 유달정 안주인이 고향 사람이라 내 말을 허면 머물러 있게 해줄 것이시."

대불이의 그 말에 천팔봉, 오태수는 물론 짝귀까지도 봉선이를 보내더라도 한 번 만나주는 것이 좋을 것이라고 여러 말로 타일러보기도 하고 통사정도 해보았으나, 대불이는 끝내 생각을 고쳐먹지 않았다. 그는 봉선이의 애잔한 마음과 처지를 모르는 바 아니었다. 애오라지 그를 만나보기 위해서 불원천리 찾아온 궐녀를 그대로 돌려보낸다는 것은 두 사람 사이의 정분을 말하기 전에 사람의 도리가 아닌 것이었다. 그는 처음에 궐녀를 돌려보내더라도 얼굴이나 한 번 보고 따뜻한 말이라도 한마디 던져주어, 원망을 사지 않도록 다독거려볼까도 싶었으나, 생각을 바꾸고 말았다. 아무리 잔정이 없는 대불이 자신이라고 하지만 서로 얼굴을 맞대고 살 냄새를 맡게 되고 보면 모지락스러운 말로 떼치어 보내기가 어려울 것 같았기 때문이었다. 기실 대불이 자신도 봉선이를 만나고 싶은 마음이 없는 것은 아니었다. 그러나 지금으로서는 궐녀를 만날 입장이 아닌 것이었다. 많은 창의병의 목숨을 잃고 모두 절통해 있는 처지에 계집을 만날 수는 없다고 생각하였다. 봉선이를 마주보는 순간에 죽은 대원들의 얼굴이 눈에 밟힐 것이 뻔했기 때문이었다.

"그러면 나는 영산포에 내려가서 하룻밤 쉬고 내일 목포로 나가겠수."

해가 기울어 산 그림자가 영산강을 내려덮기 시작하자 오태수가 말했다.

"새끼내 우리 집에 들러서 봉선이 데리꼬 가는 것 잊지 말소잉."

대불이가 다시 한 번 간청하듯 말하였다.

"봉선이를 내가 가져두 되우?"

"요령만 있음사 을매든지 자네 여자로 맹글어도 좋구먼. 그러니 봉선이를 데리꼬만 가주소. 뒷날 내 여자 내놓으라고 허지 않을 텐게."

대불이는 그렇게 말하면서 씁쓸하게 소태껍질 씹는 표정을 지어 보였다.

"알겠쉐다. 후일 나를 찾으시려거든 진고개 상엿도가로 오시면 될 거외다."

오태수는 그러면서 차마 몸을 돌려세우기가 아쉬운지 한동안 대불이와 짝귀, 천팔봉의 얼굴을 번갈아보며 둘러보았다.

"나, 가우."

오태수는 고개를 들어 하늘을 쳐다본 채 초초히 산을 내려갔다. 대불이는 잠시 오태수의 뒷모습을 바라보고 서 있다가 누구에게랄 것도 없이 "얼핏 댕겨와야 쓰겠구만" 하는 말을 남기고는 오태수의 뒤를 밟았다. 대불이는 오태수 몰래 뒤를 밟아 내려가서 먼발치로라도 봉선이의 모습을 한 번 보고 싶었던 것이다. 새끼내 마을 뒤쪽 찔레나무 둔덕에 이른 대불이는 덤불 속에 몸을 숨기고 서서 발부리 아래로 그의 집을 내려다보았다. 해는 어느덧 서산으로 기울고 산 그림자가 우줄거리며 마을을 덮고 있었다.

오태수가 봉선이와 함께 모습을 나타낸 것은 조금 후였다. 오태수가 앞을 서고 봉선이가 뒤를 따랐다. 대불이는 집 뒤 둔덕에 몸을 숨긴 채 봉선이가 맥이 풀린 모습으로 새끼내를 떠나는 것을 내려다보고 있었다. 궐녀는 오태수를 따라 새끼내다리를 건너고 물목굽이를 휘돌아 영산포 쪽으로 무겁게 발걸음을 떼어 옮기면서 몇 번이고 어둠에 묻혀가는 산과 들판을 둘러보았다. 그러다가는 아예 걸음을 멈추고 서서 넋을 잃고 개산을 바라보는 것이었다. 그때마다 오태수가 돌아서서 잡아끌다시피 하여 다시 걷게 하였다.

대불이는 봉선이의 모습이 어둠에 자오록이 묻혀가는 것을 끝까지 바라보고 있었다. 그는 봉선이의 모습이 보이지 않게 될 때까지 그대로 찔레나무 덤불 속에 서서 허전하고도 삽삽한 마음을 달래느라 고개를 쳐들어 물억새꽃 빛깔로 변하는 하늘을 쳐다보았다. 그는 순간 또 하나의 죽음을 생각하였다. 그는 헤어지는 것은 곧 죽음과도 같은 것이라고 생각하고 있었다. 어쩌면 다시 만날 수 없는 헤어짐은 죽음보다 더 고통스러운 것인지도 몰랐다. 대풍창에 걸려 풀상투를 따라서 어디론가 자취를 감추어버린 우암이 어미를 생각할 때마다 그런 마음이 들었다.

대불이는 어둠이 영산강을 겹겹으로 뒤덮은 후에야 무겁게 짓눌린 마음으로 둔영을 향해 몸을 움직였다. 봉선이가 새끼내를 떠나면서 얼마나 자신을 원망했을까 하는 것을 생각하니 발걸음이 떨어지지가 않았다. 순간 그는 어깨에 메고 있는 총을 벗어 던져버리고 봉선이와 함께 목포로 나가서 등짐꾼 노릇이나 하면서 이러구러 한세상 살았으면 좋겠다는 생각이 들었다. 어찌 생각하면 그가 제물포 응신청에서 등짐꾼 노릇하면서 살았던 때가 마음이 편했던 것 같았다. 그는 총을 멘 후부터 무엇엔가 옴칠 수도 없을 만큼 심신을 한꺼번에 단단히 결박당한 기분이었던 것이다. 총은 그에게 자유를 준 것이 아니라 되레 무서운 속박을 강요하였다.

8

대불이가 이끄는 이초대가 개산에서 적의 기습을 받고 크게 패하여 많은 피해를 입고 다시 싸울 기력마저 잃고 있을 즈음, 전라도 각처의 다른 의병장들은 눈부신 전과를 올리고 있었다. 그 무렵 개산을 기습하여 대불이의 창의대에 회생불능의 타격을 주었던 영산포 헌병 분대장 무라다 특무조장은 소좌로 승진하여 본국으로 돌아갔으며, 대신 오오하라 도시시로(大原壽四郎) 특무조장이 새 분대장으로 부임하였다. 오오하라는 개산에 창의병 잔당이 둔취하고 있다는 정보를 탐지하고 기습을 준비하고 있었다. 장 십장은 이 같은 기미를 알고 남은 대원들을 이끌고 테메산으로 둔영을 옮겼다. 그가 이끄는 대원이라야 짝귀와 방석코, 서거칠, 천팔봉, 김유복 등 다섯에 지나지 않았다. 남은 대원들은 천좌근을 따라서 나상집 창의대장이 이끄는 본진으로 합류하여 들어가 버린 것이었다.

대불이가 테메산으로 둔영을 옮겨 토굴을 파고 배고픔과 추위에 떨며 겨울 동안 칩복(蟄伏)하고 엎드려 있을 즈음에도 전라도의 여러 곳에서는 많은 의병들이 싸움을 그치지 않았다. 의병장들 중에서도 기삼연은 영광에서, 고광순은 지리산에서, 김태원은 함평과 담양에서, 심남일은 나주에서 수시로 주재소를 기습하고 일본인들에 많은 피해를 주었다.

영광의 안산 왕녀봉 협곡에 둔취하고 있던 삼백여 명의 기삼연부대는 그해 겨울인 12월 7일에 영광 법성포를 기습하여 순사주재소를 불태우고 일본인이 경영하는 잡화점 네 곳과 약종상점, 도기상점, 과자점 등을 소각하였다. 기삼연부대가 법성포를 기습하였을 때, 모든 읍민들이 거리에 나와서 쌍수를 흔들며 환영해주었을 뿐만 아니라 앞을 다투어 먹을 것을 제공하였다. 또한 기삼연부대 쉰 명은 그달 23일에도 영광읍 삼십 리 밖인 불갑산(佛甲山) 기슭에서 우편배달 차의 경호경찰관 일행을 습격하였다. 그들은 도주하는 일경을 추격하여 영광읍 밖까지 와서 매복하고 있다가 급보에 접한 일경이 출동하기를 기다려 일제사격을 가해 많은 피해를 입혔다. 기삼연부대는 또 이듬해인 1월에도 담양 장성 함평에서 전과를 올렸으며, 광주 마지(馬池)에서 일본인이 경영하는 사꾸마(佐久間) 농장을 습격하여 농장 건물들을 완전히 불태워버렸다. 이날 일본인 세 명이 창의병의 총에 맞아 죽었다.

고광순부대는 지리산을 중심으로 일본군의 포위망을 뚫고 근동의 주재소를 기습하고 출동하는 일본군을 맞아 싸워 기세를 올렸다. 그러나 고광순은 그해 겨울에 연곡사(燕谷寺) 골짜기에서 일본군을 맞아 싸우다가 전사하고 말았다. 이때 구례에 살고 있던 매천(梅泉) 황현(黃玹)이 마을사람들을 데리고 관을 마련하여 연곡사 골짜기로 올라가 일본군의 흉탄에 숨져 있는 의병들의 시신을 거두어 장사지내주었다.

나주 근동에서는 또 이름이 알려진 의병장들 외에도 많은 사람들이 소규모의 창의대를 이루어 일본과 맞싸웠다. 1907년 12월 28일에 함평군 장교(長橋) 태생인 박처인(朴處仁)은 그의 다섯 형제 외에 마흔 명의 부하들과 함께 소고룡면(召古龍面)에 잠복해 있다가 영산포 헌병

분대 오오하라 도시시로 특무조장이 이끄는 마흔다섯 명의 일본군을 맞아 싸워 피해를 주었고, 같은 달 29일에는 소속조차 알 수 없는 창의병 세 명이 영광군 황량면(黃良面) 삼산동(三山洞) 주막에서 영광분파소 조성인(趙聖仁) 순검을 포박하고 38소총 1정과 탄환 28발을 빼앗았다.

이밖에도 담양과 순천에서는 일진회 회원들이 창의병한테 붙잡혀 죽음을 당했고, 지리산 부근과 장성의 백양산(白羊山) 일대, 그리고 영광 법성포와 함평, 화순, 담양, 광주 등지에서도 이삼십 명, 때로는 열 명 미만으로 구성된 창의병들이 일본인들에 대한 저항을 그치지 않았다.

이렇듯 곳곳에서 의병들의 저항이 격렬해지자 일본은 조선에서 군경을 증강하고 전술을 바꾸면서 무력탄압을 가중시키는 한편 의병 활동을 뿌리 뽑기 위해서 살광(殺光, 몰살), 소광(燒光, 전소), 탈광(奪光, 남김 없는 약탈) 등 이른바 삼광정책(三光政策)을 자행하기에 이르렀으며, 1907년 9월 조선주둔군 사령관 하세가와 요시미찌(馬谷川好道)는 고시문을 발표하여 의병토벌을 독려하였다.

비도(匪徒)로서 귀순하는 자에게는 일체 그 죄를 묻지 아니하고, 이를 잡거나 혹은 그 소재를 밀고하는 자에게는 반드시 중상(重賞)을 준다. 만약 완고하여 깨닫지 못하거나, 혹은 비도에 참가하거나, 혹은 이들을 은피(隱避)시키거나, 혹은 흉기를 은닉하는 자에 이르러서는 엄벌에 처하여 추호의 여유도 없게 할 뿐만 아니라, 그 책임을 현범(現犯)의 촌락에 지워 부락 전체를 엄중하게 처치할 것을 효유(曉諭)한다.

그러나 이들 폭도들은 이 복장이 양민과 다르지 않을 뿐만 아니라, 시불리(時不利)하면 무기를 버리고 양민으로 분장하여 우리의 예봉을 피하는 수단을 채택하며, 그리고 특히 사건(군대해산) 발생 초기에는 지방민이 또한 그들 폭도에 동정하고 이를 비호하는 경향이 있었으므로, 토벌대는 이상의 고시에 의거하여 그 책임을 현범의 촌읍에 돌려 주류(誅戮)을 가하고 또는 전촌(全村)을 소이(燒夷)하는 등의 조치를 실행하여 충청북도 제천 지방 같은 곳은 거의 대부분 초토화하기에 이르렀다.

하세가와의 고시문이 발표된 후부터 일본군은 본격적으로 의병의 토벌작전에 들어갔다. 그 한 달 후인 1907년 10월 13일부터 17일까지 일본군은 목포, 성주, 영동, 대전, 공주, 군산, 광주 등지의 각 수비대에서 일개 소대 규모의 병력을 차출하여 전라북도 의병 대토벌작전을 실시하였다. 그러나 의병들은 일본군의 이 같은 정보를 미리 입수하여 피했기 때문에 일본군의 토벌작전은 성과를 거두지 못하였다. 일본군은 그해 12월 17일부터 다시 보병 14연대 일부와 김천, 영동, 대전 수비대에서 차출된 병력으로 전라북도 무주군 일대에서 의병 토벌작전을 개시하였으나 역시 큰 성과를 거두지 못하였다.

하세가와 사령관의 "그 책임을 현범의 촌락에 지워 부락 전체를 엄중하게 처치"하라는 고시문의 내용대로 잔인하고도 철저하게 토벌작전이 시작된 것은 이듬해인 1908년 봄부터였다. 2월 초순, 일본군 남부수비관구는 보병 14연대장 기꾸찌(菊池) 대좌로 하여금 기삼연부대 토벌대를 만들게 하여 전남북 일대를 포위하여 의병 섬멸작전을 폈다. 기삼연부대는 이봉수(나주, 25명), 오감찰(함평, 20명), 심수택(남평, 10명), 기삼도(장성, 20명), 이국빈(장성, 25명), 김태수(무장, 10명), 김유성(장성, 10명), 이남규(나주, 15명), 강판열(광주, 25명) 등 본진 외에도 여러 의병장들이 소규모의 의병들을 거느리고 전라도 도처에서 항쟁하고 있었다. 기꾸찌 대좌가 이끄는 14연대 1중대와 합천, 함양, 남원, 구례, 임실, 하동, 진주, 순창, 장성, 고창, 영광, 고부, 광주, 전주, 나주 등지의 각 수비대에서 차출된 토벌대는 기삼연부대의 본거지인 내장산과 백양산, 추월산 등을 포위하였다.

일본군은 또 때를 맞추어 특설순사대(特設巡査隊)를 조직하여 토벌작전에 이용하였다. 1908년 2월, 지방에서 조선군 출신을 모집하여 3개 특설순사대를 편성한 일본군은 경상북도에 제1순사대 51명, 전라남도에 제2순사대 51명, 함경남도에 제3순사대 51명을 각각 배치하였다. 결국 기삼연은 1908년 2월 2일 전라북도 순창군 복흥에서 이들 제3특설순사대에 의해 체포되어 총살을 당하고 말았으며, 기삼연의 뒤를 이어 총대장이 된 김용구는 기꾸찌 대좌의 백양산 토벌작전 때 장성에서 전사하였고, 김준·김율 형제도 이어 체포되어 사살당하고 말았다.

특설순사대를 앞세운 기꾸찌 대좌의 의병토벌대는 한 달 동안 전라도 의병 섬멸포위작전에서 기삼연부대에 적지 않은 피해를 주었다. 이 섬멸작전에서 일본군에게 철저하게 이용을 당한 것은 한인의 특설순사대였다. 특설순사대의 임무는 의병의 정찰과 '귀순자 초치'

및 '폭도 토벌'에 있었고 일본군대의 지휘감독을 받았으며, 대원은 현역 또는 해산 군인으로, 각 순사대마다 일본경찰 5명을 섞어 그 행동을 감시 통제하였다. 전라남도에 배치된 제2순사대는 1908년 초에 전주에서 두 차례에 걸쳐 모집한 조선군 출신들로 구식 소총을 지급받았다. 처음에 광주에서도 모집을 해보았으나 지원자 중에 의병들과 내통하는 자가 여러 명 있어 해산시키고 말았다.

이즈음에 일본은 종래의 1개 사단, 1개 여단 기병파견대(4개 중대)와, 2천여 명의 헌병 이외에 1908년 초에 제23연대 및 제27연대를 증파하였다. 또한 일진회원을 비롯한 각 지방의 불량분자 4천여 명을 헌병보조원이라는 명목으로 모집하여 일본헌병의 앞잡이 노릇을 하게 하였다. 이들 헌병보조원들은 7원에서 14원의 봉급을 받고 일본헌병의 앞잡이가 되어 겉으로는 조선사람이지만 속으로는 일본사람 노릇을 하면서 개인적인 원한이나 이해관계 되는 것이 있으면 아무라도 의병이라 뒤집어씌워 닥치는 대로 재산을 빼앗거나 죽였으니, 이 때문에 횡액에 걸린 사람이 많았다.

일본은 헌병보조원 외에도 일진회원, 보부상까지 동원하여 이들을 변장대(變裝隊)로 혹은 밀탐꾼으로 이용하였다. 탐정에는 보통탐정, 고등탐정, 전문탐정, 임시탐정, 상비탐정, 장발탐정, 단발탐정, 아동탐정, 여인탐정 등이 있어 의병이나 조선사람들의 동정을 살피게 하였을 뿐만 아니라, 마을마다 소위 자위단(自衛團)을 조직하여 의병과 주민들의 연계를 끊으려고 하였다. 더욱이 의병을 보고도 고발하지 않은 사람은 불고지죄(不告知罪)라는 명목으로 처형하는 악법까지

제정하여 의병이 발을 붙일 수가 없게 만들었다.

강원도에서는 의병을 생포하여 열탕에다 삶아 죽이고 의병장의 부인을 잡아와서 음문에 숯불을 넣어 태워 죽였다고 하였다. 또 도회지의 개를 모두 잡아 죽이고 마을의 닭을 박멸하여 13도 강산에 개와 닭의 소리가 끊길 정도였다.

이 같은 혹독한 탄압 속에서도 의병전쟁은 계속되었다. 이 무렵 전라남도 의병 지휘자는 이석용(李錫庸), 이대국(李大局), 문태서(文泰瑞) 외에 전해산(全海山), 조경환(曺京煥), 기삼도(奇三度), 양진여(梁鎭汝), 심남일(沈南一), 안계홍(安桂洪), 이덕삼(李德三), 추기엽(秋祺燁) 등으로 1908년 가을에서부터 그해가 저물 무렵까지 용맹을 떨쳤다. 9월에는 안계홍부대가 광양에서 일본어선을 습격하여 일본어부 3명을 사살했고, 사흘 후에는 역시 광양에서 일본육군 측량대를 습격하여 측량기를 불태웠으며, 며칠 후에는 같은 안계홍부대가 함평에서 일본인 2명을, 그리고 며칠 후에는 능주와 영산포에서 일본헌병 2명과 일본상인 1명을 사살하였다.

안계홍부대는 또 시월에도 나주, 보성, 구례, 순천 등지에서 일본 기병대와 수비대를 습격하였으며, 양진여부대도 장흥에서 일본인 4명을 사살하고 우체부를 기습하였다. 이해 가을부터 연말까지 4개월 동안에 전라남도 안에서는 24건의 의병 습격사건이 있었다.

다음해인 1909년에 들어서면서부터 전라남도의 의병전쟁은 더욱 활발해졌다. 1월부터 4월까지 4개월 동안 의병의 습격사건은 1백회를 초과하였다. 목포 일본인 상공회의소는 이 같은 전라남도의 의병

위협에 대처하여 통감부에 그 진압책을 호소하기에 이르렀다. 일본인 상공회의소는 "……전남 각지에 폭도가 횡행하여 인민은 기거에 불안하고 1리의 행정도 안전을 기할 수 없음은 각지가 같은 형편인지라, 전남 개발상 지극히 유감스러운 일이 아닐 수 없었다. 하물며 당로자(當路者)에 있어서는 이미 폭도가 진정된 듯 생각하고 있음은 요컨대 현재 전남 1백만 일한인(日韓人)이 폭도의 독수(毒手)에 도탄의 곤고를 당하고 있다는 참상을 모르기 때문이었다. 차제에 크게 여론을 환기하여 진상을 호소하고 단연한 조치를 당로(當路)에 요구하고 있을 뿐 아니라 그 초집 이유에서도 앞서 한일협약이 정립(訂立)된 이후 의병이 각지에 횡행하기 무려 2개년에 이르도록 아직 그 진압을 보지 못하고 있었다. 특히 당 전남의 경우에 있어서는 험악의 도가 오히려 이전보다 배가되어 인민은 밤낮으로 안도하지 못하고 재물을 빼앗기고 생명을 잃어 그 피해가 수백 건에 이르고 있으나 호소할 길도 없거니와 구제를 받을 곳도 없었다. 이로 인하여 교통은 두절되고 농사는 위미하고 상업은 떨치지 못하여 직접 간접의 손해가 막대하다" 라고 하고 있었다.

일본은 이런 상황에서는 "조선의 안녕 질서 회복은 몽상조차 할 수 없는 실정" 이라고 실토하고 있었다. 전남경찰 당국은 그 무렵의 전남 의병활동에 대하여 다음과 같이 지적하였다.

전남부도는 광활 수십 리의 옥야(沃野)를 두고 지세(地勢)는 바다에 빈(濱)하여 양항(良港) 또한 적지 아니하여 선박교통의 편(便)이 있음에도 불구하고 비교적 몽매하여 발전적 기운을 보이지 않음은 웬 일인가. 다름 아닌 폭도의 세력이 창궐하여 지방산업의 발달을 저해하고 정령(政令)의 보급을 방지하여 각지를 황폐시킨 때문이었다. 전라남도는 타도에 비하여 적세(賊勢)가 창궐하고 수괴(首魁)가 각지에 할거하여 그 세력이 강대한 자는 수백 명의 부하를 가져 항상 사방을 횡행하고 심지어는 백주에 집단하여 행동하며 양민을 납거(拉去)하여 강제로 그 도류(徒類)에 따르게 하며 혹은 무고하게 잔살(殘殺)하며 혹은 부자를 위갈(威喝)하여 전곡을 강청하며 이에 불응자는 살해하고 혹은 부녀를 간하는 등 수행(獸行) 아님이 없었다. 또 재류일인(在留日人)을 급습하여 심지어는 소수의 수비 근무병, 또는 호위병을 요격(要擊)하여 병기 혹은 하물(荷物)을 표탈(剽奪)하는 등 그 세위(勢威)가 매우 폭려(暴戾)한 바 있었다.

이상과 같은 지적대로 의병들의 활동이 활발하여 이 무렵 일본인들이 육지면(陸地綿)의 재배를 위해 지도 출장을 나가는 경우에는 총을 지니고 망원경을 어깨에 두르는 등 완전무장을 하였다. 또 일인들의 지방 나들이 경우에는 수비병이나 경찰을 호위로 데리고 다녀야만 했고, 타지에서 잠을 잘 때에는 마을의 이장 등 유력자의 집을 택하였으며, 그나마도 총을 베개 맡에 놓고 신을 신은 채 밖을 경계하면서 선잠을 자야만 했다. 이처럼 일본인들은 조선땅 안에서 극도로 행동의 제한을 받게 되었을 뿐만 아니라, 생명의 위협마저도 느꼈던 것이다. 전남지방에서의 의병활동은 내륙에서만 번다스러웠던 것이 아니었다. 1909년 들어서부터 의병은 전남의 연안과 섬 지방에서도 그 활동이 크게 눈에 띄기 시작하였다. 무안, 목포, 해남, 진도, 완도, 광양, 실산 등 일대를 무대로 활약한 해상의병들은 전라도 연안에서 판을 친 일본어선에 적지 않은 타격을 주었다. 1908년 12월 24일 의병들 27명은 배 두 척에 나누어 타고 노화도(盧花島)해협에서 일본인 잡화상을 습격하였으며, 1909년 1월 4일에는 진도에서 이필상(李弼相)이 이끄는 의병들이 진도읍을 습격하는가 하면, 이틀 후에는 완도 의병 50명이 목포에 거류하는 일본상인이 배를 타고 온 것을 알고 습격하였고, 다음날에는 완도 의병 15명이 목포에 거류하는 일본인 어부들이 고기잡이를 하는 것을 발견하고 이를 습격하여 일본인 3명을 납치하였으며, 그로부터 이틀 후에는 또 무안에서 의병 14명이 사냥 나온 일본인 두 명을 붙잡는 등 연안 도서지방 의병들의 일본인들에 대한 습격이 날마다 일어나고 있었다. 해상의병들은 일본 어선과 상인들을 습격하였을 뿐만 아니라 일본인의 근거지인 목포항 부근에 침투하여 목포의 일인거류지 우물에 독약을 넣어 그들을 몰살할 계획까지 세웠다. 해상의병들은 또 일본인들이 지키는 등대를 습격하여 일본인 선박의 출입까지도 방해하였다.

일본은 결국 1909년 9월 1일을 기하여, 보병 2개 연대와 해군수뢰정대 및 현지의 헌병대와 경찰력을 총동원하여 두 달 동안에 걸친 전라남도의 의병을 섬멸하기 위한 이른바 남한 대토벌 작전을 벌였다. 이 작전의 범위는 전라남도 일대와 전라북도 남부 및 경상남도 동부지역에 해당되었다. 일본군은 이 지역에 임시파견대 2개 연대와 지역내의 모든 헌병, 경찰을 투입하여 보름 동안에 전라남도의 외곽지역인 전라북도의 장화도, 부안, 태인, 갈담, 남원으로부터 경상남도 동부지역의 하동, 고포를 연결하는 포위망을 만들고, 다시 전라남도 중간을 서북에서 동남으로 분단하는 법성포, 영광, 삼거리, 서창, 능주, 보성, 서동, 소록도, 각석도, 황제도를 연결하는 선과, 외곽으로부터의 포위망 사이의 지역을 온통 휘저어서 한데 섞은 다음에 소탕하기로 했다. 두 번째는 역시 15일 동안에 전라남도 서남단의 반도부에 포위망을 압축시켜 섬멸하고, 마지막 10월 1일부터 10일 동안에는 전남의 여러 섬 지방의 의병을 완전 소탕할 계획이었다. 이 작전은 또 경비부대와 행동부대로 나누어 경비부대는 포위망을 투망 식으로 압축하는가 하면 행동부대는 포위망 안에서 하루의 직경행동을 1리 이내로 한정시켜 촌락의 남자 명부에 있는 20세부터 60세까지 남자를 한 사람 한 사람씩 조사하고 각 가옥을 임검하였다. 또한 경비부대는 포위망을 압축해가면서 수색, 신문, 검거를 되풀이하고, 행동부대는 의병과 똑같은 조선옷과 화승총을 휴대한 병장부대를 각 마을에 풀어 의병을 색출해내도록 하였다. 각 의병토벌대는 일본군과 헌병, 경찰 외에 밀정, 변장대, 헌병보조원, 일진회원 등으로 이루어졌다. 영산포 헌병분대의 토벌대는 해남, 영암, 광양 일대의 37관구 내 토벌대 하사 4명, 상등병 8명에 보조원과 밀정이 24명이나 되었고, 장성, 곡성, 능주 일대의 38관구 내 토벌대는 하사 4명, 상등병 8명, 보조원 및 밀정 23명으로, 그리고 영광, 나주 일대의 39관구 내 토벌대는 하사 3명, 상등병 8명, 보조원 20명으로 편성되었다.

또한 해안선 일대에는 해군수뢰정대가 배치되어 육지에서 밀려나오는 의병을 포착하는 대로 살육하였다.

이와 같이 사방을 그물 치듯 해놓고 빗질하듯 촌락을 샅샅이 수색하고 집집마다 뒤져서 조금이라도 혐의가 있으면 죽였으므로, 길에는 걸어 다니는 사람이 없었으며, 의병들은 몸을 감출 수가 없게 되었다. 이 때문에 많은 의병들은 살아남기 위하여 자수를 하였다. 일본군은 자수한 의병에게는 귀순표를 주어 생업에 종사하도록 하였는데, 많은 의병들이 귀순표를 얻어서 고향에 돌아와 농사를 지었다.

두 달 동안의 이 남한 대토벌 작전에서 심남일, 강무경, 안계홍, 임창모 등 1백 3명의 의병장과 4천 1백 38명의 의병이 체포되거나 살육을 당하였다. 체포된 의병들은 머리를 박박 깎아서 의병을 소탕하기 위한 여러 작전도로의 개설공사에 강제로 투입하였다. 광주를 기점으로 담양, 순창, 순천을 거쳐 경상남도 진주로 연결되는 신작로는 이때 일본군들이 의병을 토벌하기 위해 체포되거나 자수한 의병들을 강제로 노역시켜 건설한 것이었다.

웅보는 그날도 해질 무렵까지 새끼내 물목굽이에서 우암이와 함께 뼈가 휘도록 물둑을 쌓았다. 목포에서 고향으로 돌아온 후 이년 동안 개미 금탑 모으듯, 귀먹은 중 마 캐듯, 뼛속에 땀방울 고이게 돌을 옮겨다가 물둑을 쌓아올렸던 것이, 지난여름 큰물에 옴씰하게 할큄질 당하여 도로아미타불이 되어버렸는데도 끝내 포기하지 않고 다시 밑돌부터 놓기 시작한 것이었다. 이제 나이가 들 만큼 들어 머리가 커진 우암이가 모래로 방천 하듯 다시 물둑 쌓는 일을 시작하는 큰아버지에 대해서 마뜩찮은 마음으로 잔뜩 뒤틀려 있는 것을 알면서도 모르는 척 웅보는 바보처럼 물목굽이에 돌과 흙을 처박았다. 이제 그는 세상이 어찌 돌아가든 상관하지 않고 물둑 쌓는 일에만 열심이었다.

그날도 여느 때와 마찬가지로 날이 저물어서야 물둑 쌓는 일을 마치고 휘적휘적 집으로 돌아온 웅보는 밥숟갈을 놓자마자 짚불 스러지듯 하더니 이내 코를 골며 잠에 떨어졌다. 그는 안방에서 수 년째 해수병으로 골골거리는 어머니의 밭은기침 소리를 어슴어슴 들으면서, 영산강 물 속처럼 깊은 잠에 빠져들었다.

"이봐요. 일어나보씨오. 불이 났구만이라우."

웅보는 그의 아내가 흔들어 깨워서야 얼핏 눈을 떴다. 잠에 취한 그는 누운 채로 얼핏 방문 쪽을 보았다. 이 년째 대호지를 바르지 못하여 문살이 부러지고 문구멍이 숭숭 뚫려 있는 방문에 번개 치듯 불빛이 비꼈다. 웅보는 그제야 황급히 일어나 방문을 훨쩍 열어젖혔다. 영산포 쪽에서 어두운 밤하늘로 무섭게 불길이 솟아오르고 있었다. 불길은 새끼내에서 가까운 히가시야마 농장에서 치솟고 있는 것이 분명했다. 웅보는 또 창의병들이 일본인 농장을 습격한 것이라고 짐작하였다. 요즈막 웅보는 아우 대불이의 소식이 끊긴 지가 오래되어 걱정인데다가, 의병 토벌내가 갈퀴질해대듯 마을을 샅샅이 뒤지고 걸핏하면 의병으로 몰아 생사람을 잡아 죽이는 생지옥 속 같은 판국에서도 의병들의 일본인 상점과 농장기습이 잇따라, 고두리에 놀란 새처럼 마음이 초조했다. 어쩌면 그가 가을 들어 부쩍 더 물둑 쌓는 일에 매달려 있는 것은 잠시라도 그 초초한 마음을 달래기 위한 것인지도 모를 일이었다.

"히가시야마 농장이로구만요."

어느 사이엔가 우암이도 잠에서 깨어 마당으로 뛰어나와 걱정스러운 눈길로 불길을 바라보면서 말했다. 그도 아버지를 생각하고 있는 것이 분명했다. 이젠 어글어글한 얼굴에 떠꺼머리가 된 그는 어디서 총소리만 들려도 퍼뜩퍼뜩 아버지의 얼굴이 떠오르면서 마음이 죄어왔다. 그리고 목숨을 걸고 창의병이 된 아버지에 대해서 울컥울컥 시답지 않다는 생각이 들었다. 그는 내년 여름이면 다시 큰물에 떠내려가 버릴 물둑을 한사코 다시 쌓고 있는 큰아버지나, 뒤웅박 차고 바람 잡는 푼수로 목숨 내놓고 창의병이 되어 쫓기면서 사는 아버지나 똑같이 메밀떡 굿에 쌍장고 치는 사람과 다를 바가 없다고 생각하고 있었다.

"그만 들어가서 자거라."

웅보는 우암이에게 말하고 하늘의 별을 쳐다보았다. 별이 쏠려 있는 것을 보니 미명이 다 된 듯싶었다. 그때 불길이 치솟는 히가시야마 농장 쪽에서 호적소리가 길게 울리더니 총소리가 어둠을 찢었다. 호적소리가 울린 것으로 보아 토벌대가 출현했음이 분명했다.

웅보는 방으로 들어가려다가 총소리가 미명의 어둠을 찢자 다시 몸을 돌려세워 불길이 솟아오르고 있는 히가시야마 농장 쪽을 바라보았다. 치솟는 불길과 함께 총소리도 한결 다발적으로 거칠어졌다. 우암이도 방으로 들어갈 생각은 않고 바자울 쪽으로 다가가서 치솟는 불길로 하여 희끔하게 비쳐오는 새끼내 물목굽이 갈대밭을 내려다보았다. 웅보는 그런 우암이 마음을 읽을 수가 있었다. 그는 우암이도 제 아비 걱정을 하고 있는 것이라고 생각하였다.

"아매 토벌대가 농장을 습격한 의병들을 추격허는 모양이지라우?"

물목굽이 갈대밭 쪽을 내려다보고 서 있던 우암이가 걱정스러운 목소리로 물었다.

"클씨 말이다. 총알이 새끼내 쪽으로 날라오쟈?"

웅보도 우암이 옆에 와 서며 별똥별이 기다랗게 꼬리를 늘이며 떨어지는 것처럼 날아오는 총알을 발견하고 말했다. 그는 총알이 새끼내 쪽으로 날아오는 것으로 보아 농장을 습격한 창의병들이 개산으로 쫓기고 있다는 것을 알 수가 있었다. 그리고 쫓기고 있는 창의병들이 대불이의 부대일지 모른다는 불안한 생각이 머릿속을 휘저었다.

웅보와 우암이는 오랫동안 그렇게 바자울 옆에 서서 치솟는 불길과 날아오는 총알 구경을 하고 있었다. 누구도 먼저 들어가자는 말을 하지 않았다. 웅보를 깨웠던 쌀분이도 훨쩍 열어젖힌 방문 밖으로 얼굴을 뾰곰히 내어민 채 치솟는 불길로 하늘이 붉게 타는 것을 바라보고 있었다. 밤새도록 기침에 시달리다가 새벽 무렵에야 가까스로 잠이 드는가 싶었던 웅보 어머니도 요란한 총소리에 잠이 깼는지 다시 창자를 쥐어짜는 듯한 기침을 토해냈다. 웅보 어머니는 총소리가 들려오는 밤에는 기침이 더욱 심해지곤 하는 것이었다. 웅보는 어머니의 자지러지는 듯한 새벽 기침소리를 들으면서 총알이 새끼내 앞 물목굽이께까지 불티처럼 날아오고 있는 것을 놀란 얼굴로 바라보았다.

"큰아부지, 총알이 새끼내로 날아오는구만이라우."

우암이가 겁에 질린 목소리로 다급하게 말하였다. 총소리가 차츰 가까워지는 듯싶었다. 총알이 사뭇 그들의 지붕 위까지 날아왔다. 미명의 마지막 두꺼운 어둠이 허물을 벗고 서서히 새벽이 밝아오고 있었다. 물목굽이 갈대밭이 차츰 육안에 드러나기 시작했다. 웅보와 우암이는 물목굽이 건너 영산강 둑 위에 굼실굼실 사람들이 움직이고 있는 모습을 동시에 보았다. 총소리는 그곳에서 날아왔다. 그리고 총을 쏘아대며 새끼내 쪽으로 몰려오고 있는 그 검은 무리들이 토벌대라는 것을 알 수가 있었다.

"안 되겠다. 토벌대들이 새끼내로 몰려오고 있구나. 우암이 너 냉큼 난초네 애기들 데리꼬 뒷산으로 피허그라."

웅보가 다급하게 이르고 나서 큰방으로 뛰어 들어가 그때까지도 기침을 토해내고 있는 어머니를 들처업었다. 그는 어머니를 업고 토마루를 내려서면서 그의 아내에게 뒷산으로 몸을 피하라고 소리쳤다.

"토벌대다. 토벌대가 온당께."

마을에서 누구인가 숨넘어가는 소리로 외쳤다. 그들은 토벌대가 마을에 들이닥치면 집을 불태우고 함부로 사람을 죽이거나 잡아간다는 것을 잘 알고 있었다. 이미 토벌대가 새끼냇다리를 건너 마을 안으로 휘어들고 있었다. 개들이 한꺼번에 낭자하게 짖어댔다. 토벌대는 짖고 있는 개들을 향해 총을 쏘았다. 마을 사람들은 개가 총에 맞아 낑낑거리며 죽어가는 소리들을 들을 수가 있었다.

새끼냇다리 건너 마을 초입의 봉구네 집에서 연기와 함께 불길이 치솟았다. 토벌대가 새끼내 첫들머리 집부터 불을 지르고 있는 것이었다.

"우암이 뭣허냐. 냉큼 뒷산으로 난초네 애기들 데리꼬 피허랑께."

웅보가 다시 다급하게 소리쳤다. 그때 우암이가 뒷방에서 난초네 두 아이들의 손을 잡고 난초와 함께 마당으로 나오고 있었다. 난초는 구진나루 주막이 불타버린 후로 쭈욱 웅보네 집에 살고 있었다. 그녀는 헌병대에 끌려가서 한 달 남짓 붙잡혀 있다가 풀려난 후로 마치 넋 빠진 사람처럼 이상해져 주막을 다시 낼 생각도 않고 웅보네 집에 그냥 눌러앉고 만 것이었다. 우암이가 난초와 두 아이들을 데리고 오동나무 쪽으로 올라간 후, 웅보는 그의 아내 쌀분이를 재촉하여 사립문 밖으로 뛰어나갔다. 토벌대가 총을 쏘아대며 돈단 위로 올라오고 있었다. 총알이 웅보의 머리 위로 휘파람새 울음소리를 내며 날아갔다. 그는 뒤를 돌아볼 여유도 없이 어머니를 업고 산으로 올라갔다. 등에 업힌 그의 어머니는 더욱 거칠게 기침을 쏟았다. 우암이는 난초네 식구들과 함께 이미 산전을 가로질러 빛깔이 바랜 떡갈나무숲 속으로 들어서고 있었고, 쌀분이는 자꾸 뒤를 돌아보고 남편을 향해 손짓을 하면서 산전의 콩밭 모퉁이를 휘어 돌았다. 웅보는 총알이 머리 위로 나는 소리에 목을 어깻죽지 사이로 박고 뛰다가 산전 모퉁이에 이르러서야 얼핏 뒤를 돌아다보았다. 마을이 온통 연기와 불길에 휩싸여 있었다. 총소리와 비명과 불길이 치솟는 소리로 범벅이 된 마을을 내려다보고 있던 웅보는 두 다리가 말뚝처럼 땅에 박혀버린 듯 다시 움직일 수가 없었다. 그때 그는 그의 집에도 불길이 치솟는 것을 보았다. 그리고 토벌대 두서너 명이 불에 타고 있는 그의 집 뒤 오동나무 께로 올라오며 웅보를 향해 총을 쏘아대는 것도 보았다. 그는 다시 걸음을 재촉하였다.

산전을 지나 떡갈나무 수풀 안으로 들어섰다. 등에 업힌 어머니의 기침소리가 들리지 않았다. 그보다 앞서 산으로 올라간 식구들이 보이지 않았다. 그는 한참을 정신없이 뛰다가 등성이 쪽에서 그의 아내가 바위등걸에 몸을 숨긴 채 얼굴만 내놓고 손짓을 하고 있는 것을 발견했다. 그때까지도 총알은 휘파람새 울음소리를 내며 계속 날아와 우지끈 뚝딱 나뭇가지들을 부러뜨렸다. 그는 아내가 그를 기다리고 있는 작은 바위등걸까지 기어가다시피 하여, 어머니를 업은 채 구절초며 미역취, 마타리 등이 어우러진 풀 섶 위에 엎어지고 말았다. 아내 쌀분이가 바위등걸 뒤에서 뛰쳐나와 풀 섶 위에 나동그라진 어머니를 안아 일으키다 말고 입을 달싹거리기는 하면서도 말을 못한 채, 땀과 땟국에 전 어머니의 무명 적삼 등받이에 흥건하게 젖어 있는 피를 손으로 닦아내고 있었다.

"어머니⋯⋯."

한참 후에야 쌀분이는 경악과 슬픔을 한꺼번에 터뜨리면서 울부짖듯 소리쳤다. 그제야 웅보도 몸을 일으켜 총에 맞아 피를 흘리는 어머니를 붙안았다. 이미 어머니의 숨이 끊어진 후였다.

"어머니⋯⋯."

웅보는 숨을 거둔 어머니를 안은 채 구절초 꽃잎을 우두둑 한 움큼 쥐어뜯으면서 울부짖었다. 어느덧 아침 해가 덩싯덩싯 떠오르고 있었다. 가을날 아침 첫 햇살에 비친, 어머니의 무명적삼을 적신 피가 철쭉꽃보다 더 붉었다.

계속 총알이 머리 위로 날아와 나뭇가지를 부러뜨리고 바위에서 퉁겼지만 웅보는 더 이상 움직일 생각을 않고 어머니의 시신을 안고 앉아서 통분한 마음을 달래지 못해 애꿎은 구절초 꽃잎만을 쥐어뜯고 있었다. 다행히 토벌대는 그곳까지 올라오지 않았다. 웅보는 잠시 후에 어머니의 시신을 구절초 풀 섶 위에 반듯하게 뉘고 나서 눈을 감겨드렸다. 명주실 같은 햇살이 어머니의 시신을 감싸주었다. 웅보는 가뭄 때의 논바닥처럼 쩍쩍 벌어진 어머니의 발뒤꿈치를 내려다보았다. 오랫동안 병석에서 앓아온 탓으로 때가 새까맣게 눌어붙은 어머니의 조그마한 발에도 비단실 같은 햇살이 담뿍 머물러 있었다. 웅보는 문득 자신이 어렸을 때 보았던 어머니의 희고 아름다웠던 발을 떠올렸다. 열두 살 때였던 것 같았다. 웅보는 어머니와 함께 안방마님의 심부름으로 마님의 친정인 강 건너 진포리에 간 적이 있었다. 노루목에서 진포리까지는 하룻길이 넉넉하였기 때문에 한 켤레의 털메기로 다녀오자면 짚신에 자주 물을 적셔 신어야만 했다. 모숨이 굵은 짚신에 물을 적시면 오랫동안 신을 수가 있었기 때문이다. 웅보와 어머니는 광나루에서 나룻배를 기다리면서 영산강 물에 털메기를 담그고 앉아 있었다. 어머니는 털메기를 강물에 흠씬 적신 후에 벗어서 강변의 자갈밭에 놓고 물기가 빠지기를 기다렸다. 어머니는 강변의 작은 둔덕에 걸터앉아서 맑은 강물에 맨발을 담그고 있었는데, 물속에서 비쳐 보인 어머니의 작고 흰 발이 그렇게 고와 보일 수가 없었다. 그

때도 어머니는 디딜방아질을 많이 하였기 때문에 발바닥에 옹이가 박히고 여러 차례 동상에 걸려 푸르딩딩하게 상흔이 남아 있었으며, 여름이면 발샅이 물커져 언제나 땡감 조각을 끼고서야 가려움을 견뎌내곤 하던 것이었으나, 웅보는 영산강 물속에 꽃잎처럼 잠겨 있는 어머니의 그 발이 그렇게 고와 보일 수가 없었다. 그때 웅보는 어머니가 이 세상에서 가장 고운 여자라고 생각하고 있었다. 웅보는 삼베잠방이를 무릎 위로 걷어 올리고 강물 속으로 뛰어들어 어머니의 자그맣고 고운 발을 조심스럽게 씻어주었다.

그때 어머니는 오월의 햇살처럼 환하게 웃으면서 "에미 발이 너무 험상궂쟈? 여름이면 진무르고 시한이면 얼어터져싸서 멧도야지 발맹키로 험상시러울 것이다" 라고 말했었다. 웅보는 그때 어머니의 그 같은 말에 격렬하게 고개를 가로저으면서 "아녀라우. 엄니 발은 달걀맹키로 이쁘구만이라우" 하고 큰 소리로 말했다. 정말 그는 어머니의 발이 흰 달걀처럼 곱고 매끄럽다고 생각하고 있었다. 그는 차마 어머니의 그 발이 상할세라 조심스레 문지르면서 칼칼히 씻어주었다. 그는 어머니의 발에 입을 맞추고 싶은 것을 참아내느라 마음을 다독거렸다.

토벌대의 총에 맞아 숨진 어머니의 새까맣게 때가 낀 지금의 발은 그때보다 오히려 더 눈물겹도록 곱고 아름답게 느껴졌다. 평생 당목버선 한 번 신어보지 못하고 털메기 감발로 쉰아홉 해를 굳은 남의 땅만을 밟아온 어머니는 끝내 자식의 등에 업혀 남의 나라 사람들한테 죄도 없이 쫓기다가 남의 나라 사람의 총에 맞아 삶을 마감 짓고 만

것이었다. 웅보는 눈물 대신 통탄의 한숨만이 쏟아져 나왔다. 울음을 터뜨린 것은 쌀분이였다. 그녀는 총소리가 멎고 토벌대가 마을을 떠난 후, 우암이가 난초네 식구들과 함께 웅보 내외가 어머니의 시신을 뉘어놓은 바위등걸로 내려왔을 때에야 어머니를 외쳐 부르며 통곡하기 시작하였다. 잠시 후, 통곡소리는 새끼내 마을 여기저기서 한꺼번에 터져 나오고 있었다. 웅보는 어머니의 시신을 업고 산을 내려와서, 불에 탄 지붕이 내려앉아 연기만이 뭉떵뭉떵 피어오르는 집안으로 들어서서 마당 한가운데에 우두커니 서 있었다.

"아이고 워쩔끄나. 시상에 이럴 수가……."

웅보를 뒤따라 집안으로 들어서던 쌀분이는 집이 옴씰하게 불타버린 것을 보자 우르르 불더미 가까이로 내달으며 발을 동동 굴렀다. 쌀분이는 잠시 어머니의 죽음을 망각한 듯 불타버린 집의 불더미만을 애잔하고 안타까운 눈으로 들여다보며 울부짖다가 그 자리에 픽 신하게 두 발을 뻗대고 앉아서 방고래 터지는 듯한 한숨만을 몰아쉬었다. 그러다가 그녀는 벌떡 일어나서는 타다 남은 작대기를 집어 들고 불더미를 헤집으며 불타버린 집 안으로 뛰어들려고 하였다.

"아이고 우리 이불. 우리 어머니 죽음 옷을 으쩔까……."

쌀분이는 큰 소리로 울부짖으며 불더미 속으로 뛰어들려고 하였으며, 이것을 본 우암이와 난초가 달려들어 두 팔을 붙들었다.

웅보는 어머니의 시신을 바자울 옆에 뉘었다. 쌀분이는 다시 어머니의 시신을 붙들고 통곡하기 시작했으며, 웅보는 연기가 자욱한 하늘을 쳐다보았다. 마을의 여기저기에서도 통곡하는 소리가 연기로 뒤덮인 대낮의 하늘을 쥐혼들었다. 새끼내 사람들은 당장 자기네 각자에게 불어 닥친 참담한 사정들 때문에 아무도 이웃을 들여다보고 위로해줄 수가 없었다. 그것은 웅보도 마찬가지였다. 그는 집이 옴씰하게 불에 타 당장 의지할 곳이 없어진 것이나 덮을 이불이며 옷가지, 구저분한 살림들을 잃어버린 것보다, 어머니의 죽음이 더 큰 아픔이었으며, 똑같이 불행을 당한 마을사람들을 대하기가 토벌대를 만나는 일보다 더 두려운 것이었다. 마을사람들은 토벌대가 새끼내를 이렇듯 무참하게 요절을 내버린 것은 대불이 탓이라고 여길 것이 뻔했기 때문이다. 웅보는 마을에서 도망치고 싶은 마음이 간절했다.

웅보는 어머니의 시신 옆에 쪼그리고 앉아서 하루를 보냈다. 쌀분이는 해가 저물어 어둠이 마당에 가득 고일 때까지도 어머니의 시신 옆에 퍼질러 앉아서 훌쩍거리고 있었고, 우암이는 타다 남은 기둥이며 나무토막을 모아 불을 피우고는 할머니의 관 대신에 쓸 대발을 엮고 있었다. 철없는 난초네 두 아이들도 대발을 엮고 있는 소바우 옆에서 볏짚으로 덮어놓은 할머니의 시신을 겁에 질린 눈으로 흘끔거리면서 어른들의 눈치를 살피느라 입을 봉하고 있다가, 어머니의 무릎을 하나씩 나누어 베고 이내 잠이 들었다. 웅보 내외와 우암이, 난초 등은 마당에 바자목처럼 앉아서 꼬박 뜬눈으로 밤을 밝히며 웅보 어머니의 시신을 지켰다.

"연장을 챙기그라."

희번하게 동이 터오자 웅보는 우암이가 엮어놓은 대발로 어머니의 시신을 말며 말했다.

웅보는 우암이와 함께 어머니를 오동나무 밑에 아버지와 나란히 묻고 있었다. 그는 어머니만큼은 칠성판 깔고 관 속에 모시려고 하였는데, 할아버지도 그랬었고 아버지도 그랬던 것처럼 대발에 뚤뚤 말아 묻게 된 것이 마음 아팠다. 그는 노루목 양 진사네 비자로 있을 때, 눈을 수북이 맞고 할아버지를 묻으면서 그의 아버지에게 "후담에 아버지는 꼭 옻칠을 한 관에 모실 것이로구만요" 하고 장담을 했던 것이 생각났다. 어쩌면 아버지는 그때 훗날 자신이 칠성판 깔린 관 속에 묻히게 될지도 모른다는 다행스러움보다는 당신의 아버지를 대발에 말아 묻게 된 것을 아들 앞에서 부끄럽게 생각하고 있었는지도 몰랐다. 웅보의 말에 아버지는 쌉쌀한 얼굴로 눈이 술술 무너져 내리는 금성산 봉우리를 쳐다보며 "종놈이 칠성판 깔린 관 속에 묻히는 것은 개똥에 비단자루와 다를 바가 없는겨. 그저 종놈은 대발이 제격인겨" 했을 뿐이었다.

웅보와 우암이가 봉분을 만들고 있는데 난데없이 헌병보조원들이 새끼내에 들이닥쳤다. 그들은 웅보와 우암이를 붙잡아 손을 묶었다.

"잽혀가는 것은 괜찮은듸 우리 어머니 무덤에 뗏장이라도 덮게 해주씨오."

웅보는 안면이 있는 선창거리 출신의 보조원한테 매달리며 통사정을 해보았으나, 선창거리에서 한때 노름꾼 건달로 소문난 그는 웅보의 말을 들은 체도 하지 않았다. 웅보는 다른 보조원에게 우암이만이라도 놓아달라고 다시 사정을 해보았으나 역시 엉덩이만 걷어차이고 말았다.

웅보와 우암이가 헌병보조원들에 붙잡혀가는 것을 알게 된 쌀분이가 물목굽이까지 따라 나오며 울부짖다가 지쳐서 풀 섶 위에 쓰러지고 말았다. 웅보는 뒤를 돌아보지 않았다. 어쩌면 다시 돌아오지 못하게 될지도 모른다는 불길한 예감이 그의 마음을 휘어 감았다. 웅보와 우암이는 영산포 초입 네거리에서 끔찍한 광경을 목격했다. 그들을 끌고 가던 보조원들이 한동안 발을 멈추고 서서 웅보와 우암이에게 그것을 똑똑히 봐두라고 윽박지르기까지 하였던 것이다. 네거리 논 모퉁이에 사람의 머리가 긴 장대에 매달려 있었다. 우암이는 그것을 보자 구역질부터 쏟아냈다. 웅보는 두 사람의 머리가 짝귀와 방석코라는 것을 알았다.

"히가시야마 농장을 습격한 적도들이다. 네놈들도 저렇게 될 테니 잘 봐둬."

선창거리 출신 헌병보조원이 웅보의 엉덩이를 걷어차며 윽박질렀다. 웅보는 한참 동안이나 부드럽고 화사한 가을 햇살을 담뿍 받고 긴 장대 끝에 매달려 있는 짝귀와 방석코의 머리를 쳐다보았다. 높은 장대 끝에 매달아놓은 짝귀와 방석코의 머리를 오랫동안 서서 쳐다보고 난 웅보는 어지럼증을 느꼈다. 그는 헌병보조원들에 끌려 영산포 헌병대까지 가는 동안 짝귀와 방석코의 장대에 매달려 있는 얼굴이 자꾸만 눈에 밟혀왔다. 우암이는 헌병대에 이르기까지 계속 토악질을 해대고 있었는데 그때마다 선창거리 건달 출신의 보조원으로부터 엉덩이를 걷어차이곤 하였다.

영산포 헌병대에는 많은 사람들이 붙잡혀와 있었다. 귀순해온 창의병들도 여러 명 눈에 띄었다. 귀순해온 창의병들은 머리를 깎인 채 유치장 밖의 오동나무 밑에 모여 있었다. 그들은 귀순표를 받아서 고향에 돌아가 농사를 짓게 되거나, 아니면 신작로를 내는 부역에 동원될 것이었다. 대부분의 귀순해온 창의병들은 귀순표를 받아 고향에 돌아가기를 원하였다. 귀순해온 창의병들이 쪼그리고 앉아 있는 유치장 모퉁이 건너편의 창고 안에는 붙들려온 창의병 가족들이 갇혀 있었다. 일본헌병들은 보조원들을 앞세워 창의병의 가족들을 붙잡아 가두고 창의병이 어디에 숨어 있는지 대라고 족대겼다. 웅보와 우암이도 창의병의 다른 가족들과 함께 이 창고에 갇히게 되었다. 웅보가 얼핏 헤아리기에 붙잡혀온 창의병 가족들이 서른 명 남짓 되어 보였는데, 그들은 대부분 창의병의 부모들인 듯 나이가 지긋하였다.

영산포 헌병대에 붙잡혀온 창의병 가족 중에는 몽탄에서 온 서거칠의 어머니와 부덕촌 김유복의 어머니도 끼여 있었으나 웅보는 그녀들을 알 턱이 없었다. 그리고 영산포 헌병대의 유치장 안에는 히가시야마 농장 습격 때 붙잡힌 김유복이 갇혀 있었다. 헌병들은 김유복을 고문하여 장 십장이 이끄는 창의대의 둔영이 어디에 있는지를 캐내려고 하였다. 그러나 김유복이 순순히 자복을 하지 않자, 헌병들은 김유복의 어머니를 붙잡아다가 족대기려고 한 것이다. 김유복은 당초 헌병대에서 무라다 특무조장의 고스까이로 있으면서 창의대의 정탐꾼 노릇을 해왔었는데, 손칠만의 고자질로 오랫동안 유치장에 갇혀 있다가 탈출하여, 장 십장과 행동을 같이 해오다가 다시 붙잡히고 만 것이었다.

김유복은 취조실로 끌려갔다. 그는 헌병대에 붙잡혀온 후 벌써 세 번째나 취조실로 끌려가 고문을 당했다. 김유복은 헌병대에 끌려온 후 물 한 모금 마시지 않은데다가 두 차례나 거꾸로 매달아 놓고 심하게 때려 실신시키는 등 심한 고문을 당했기 때문에 앉아 있을 기력도 없었다. 취조실에는 책상과 의자가 놓여 있고 헌병보조원 두 명이 책상 옆과 문 쪽에 서 있었다. 김유복이 의자에서 몇 번이고 마룻바닥으로 굴러 넘어지려는 것을 책상 옆에 서 있는 보조원이 등덜미를 잡아당겨 가까스로 균형을 유지할 수가 있었다. 잠시 후에 권총을 비뚜름히 찬 일본헌병이 상반신을 젖히고 턱 끝을 쳐든 채 취조실 안으로 들어와 김유복의 앞에 앉았다.

　"키시마라노 아지또와 도꼬까?"

　김유복의 앞에 앉은 일본헌병이 빠른 말로 물었다.

　"네놈들 본거지가 어디냐고 묻고 계신다."

　김유복의 등 뒤에 서 있던 보조원이 윽박지르는 말투로 통역을 하였다. 김유복은 이 말을 수십 번을 들어왔다. 그러나 그는 고개를 가로저을 뿐이었다.

　"장대불이또 유 야쓰와 도꼬니 오르노까?(장대불이라는 놈 어디에 있느냐)"

　김유복의 취조를 맡아온 헌병이 다시 묻고 보조원이 통역을 하였다.

　"모릅니다. 모르는 일이오. 나는 아무것도 모른다고 말했지 않소."

　김유복은 고개를 처들고 그의 앞에 앉아 있는 헌병을 뚫어지게 꼬나보며 당당한 목소리로 말했다. 그는 대답을 할 때는 언제나 고개를 빳빳하게 세웠다.

"안 되겠다. 이놈은 독종이다. 비행기를 태워줘라."

일본헌병이 소리치자 취조실 안에 있던 두 명의 보조원이 김유복에게 달려들더니 뒤쪽 목덜미에 실팍한 막대기를 가로지르고 팔을 묶어서 발끝이 닿지 않게 매단 후에 밧줄을 늦췄다 당겼다 하면서 주전자로 얼굴에 물을 부어댔다. 김유복은 이내 기절하고 말았다. 얼마 후 다시 정신을 수습했을 때 그는 취조실의 눅눅한 마룻바닥에 온몸이 흥건하게 물에 젖은 채 반듯하게 누워 있었다.

"안 되겠다. 저놈의 에미를 끌고 오너라."

김유복이 가까스로 정신을 수습하였을 때 취조하던 헌병이 보조원들에게 소리쳤다. 김유복은 그제야 그의 어머니가 붙잡혀왔음을 짐작하고 버르적거리며 일어나 앉았다.

"우리 엄니는 아무것도 모르오. 우리 엄니는 내가 창의병이라는 것도 모르오. 우리 엄니는 풀어주씨오. 엄니는 아무 죄도 없소."

김유복은 힘을 다하여 울부짖듯 말하였다.

"네놈 에미는 물론 아무것도 모르겠지. 그렇지만 네놈의 입에서 장대불이라는 놈이 어디에 있다는 말이 나오게 하자면 네 에미가 필요하단 말이야."

헌병은 자신의 두루뭉술한 턱 끝을 만지작거리면서 는질맞게 웃고 있었다. 그때 보조원이 김유복의 어머니를 끌고 들어와서 취조실 마룻바닥에 내동댕이쳤다. 마룻바닥에 엎어진 김유복의 어머니는 한참 후에야 겁에 질리고 두려움에 떠는 얼굴로 고개를 들고 취조실 안을 둘러보더니 유복이를 취조하던 헌병을 향해 두 손을 싹싹 빌며 앉은 걸음으로 다가가다가 얼핏 아들을 발견하고는 우르르 달려들어 끌어안았다.

"유복아, 네놈이 여그는 워쩐 일이냐? 네놈이 무신 죄를 졌다고 여그 잽혀왔냐? 아이고 나으리, 이놈은 아무 죄도 없구만이라우. 내 새끼한테 죄가 있다면 에미 애비 가난해서 배곯은 죄빼기는 잘못이 없구만이라우. 가난해서 너무집살이(남의집살이)헌 죄빽이랑께요."

김유복의 어머니는 헌병 앞으로 기어가 무릎을 꿇고 앉아서는 비대발괄 빌며 사정을 하였다. 김유복은 목메인 목소리로 어머니를 외쳐 부르며 어머니의 무명 치맛자락을 잡았다. 이때 보조원들이 달려들어 모자를 떼어 놓았다. 김유복은 보조원에게 팔을 붙잡혀 취조실의 구석으로 질질 끌려가면서도 "내 엄니는 죄가 없소. 어서 울 엄니를 풀어주씨오. 어찌 당신네들은 죄도 없는 약한 백성을 마구 잡아들여 못살게 허는 게요" 하고 소리쳤다.

이 무렵 장대불 십장은 마지막 남은 그의 대원들 천팔봉, 서거칠 등과 함께 어둠에 덮인 영산강을 건너고 있었다. 그들이 히가시야마 농장을 기습할 때까지만 해도 짝귀와 방석코, 김유복 등 여섯 명이었었는데, 짝귀와 방석코는 긴급 출동한 헌병대의 총격에 부상을 당해 미처 도망을 치지 못하였고, 김유복은 생포당하고 말았기 때문에 겨우 세 사람만 살아남아, 영산포에 숨어 있다가 야음을 틈타서 영산강을 건너게 된 것이었다. 그들은 새로 집을 지은 오까모도 왜싸전, 손칠만의 안방에 숨어 있었다. 영산포 안통을 버선코 까뒤집듯이 샅샅이 뒤지고 있는 판에, 그들이 안전하게 숨을 수 있는 곳이 왜싸전이라는 것을 간파한 대불이는 천팔봉, 서거칠과 함께 왜싸전의 안채로 넘어 들어가서 손칠만의 첩과 그 첩이 낳은 갓난아기를 인질로 삼아 이틀 낮과 하룻밤을 숨어 있을 수가 있었다. 대불이 등으로부터 싸전 출입을 허용 받은 손칠만으로서는 얼마든지 헌병대에 그들 세 명을 밀고할 수가 있었으나, 첩과 한창 배냇짓을 하고 있는 어린 자식의 생명이 위태로울 것 같아 한시를 참으면 백날이 편하다는 생각으로 몸과 마음을 한꺼번에 대불이한테 붙잡힌 채 견뎌낼 수밖에 없었다.

대불이는 오까모도 왜싸전 안채에 있으면서 손칠만을 통해 짝귀와 방석코가 참형을 당하고 머리를 헌병대 앞 네거리 모퉁이에 매달아 놓았다는 것과, 어린 김유복이 헌병대에 붙잡혔다는 것을 알게 되었다. 대불이는 짝귀와 방석코의 머리를 장대에 매달아놓았다는 말을 듣는 순간 자신의 염통에 삼지창이 꽂히는 듯한 아픔과, 그의 아버지가 이 세상 사람이 아니라는 이야기를 들었을 때처럼 몸과 마음을 가늠할 수 없을 만큼의 큰 슬픔을 느꼈다. 대불이는 두 사람의 죽음을 알게 된 순간 벽 쪽으로 돌아서서 한동안 고개를 돌리지 않았다. 천팔봉도 짝귀의 죽음에 치를 떨며 울부짖었다. 천팔봉은 그러면서 당장에 짝귀의 시신이라도 거두어 수습을 하겠다고 나섰으나 대불이가 가까스로 말렸다. 대불이는 그의 어머니가 헌병대의 총에 맞아 세상을 떴다는 것은 물론 웅보 형님과 아들 우암이가 헌병대에 붙잡혀왔다는 것도 모르고 있었다. 서거칠 역시 그의 어머니에 대한 소식을 알 턱이 없었다.

대불이는 이때 이미 영산포를 떠날 결심을 하였다. 천팔봉은 목포
나 아니면 제물포로 가자고 하였으나, 대불이의 생각은 그렇게 멀리
떠나고 싶지는 않았다. 그는 일본이 남한 대토벌 작전이라는 이름으
로 전라도 안을 갈퀴질해대듯 샅샅이 긁어대는 의병 토벌 기간 동안
만 잠시 깊은 산으로 피신해 있다가 잠잠해지면 다시 돌아올 요량을
하고 있었다.

달도 뜨지 않은 깜깜한 밤에, 쪽배에 몸을 실은 대불이와 천팔봉,
서거칠은 어둠에 묻힌 영산포를 바라보며 한동안 말이 없었다. 그들
은 저마다 헌병들 총에 맞아 죽어 장대에 매달린 짝귀와 방석코를 생
각하고 있었다. 대불이의 마음은 찢어지는 듯하였다. 천팔봉의 말대
로 두 사람의 시신을 잘 수습하여 주고 올 것을 그랬구나 하고 후회하
기도 하였다.

"칠만이 자네한테 부탁이 있네."

대불이가 노를 젓고 있는 손칠만에게 말을 걸었다. 그들은 손칠만
으로 하여금 쪽배를 구해오도록 하여 그를 인질로 잡아 강을 건너고
있는 것이었다. 손칠만을 그대로 두고 그들 세 사람만 쪽배를 타고 강
을 건넜다가는 강을 건너기도 전에 헌병들이 그들을 덮치게 될 것이
뻔한지라, 손칠만으로 하여금 노를 젓게 한 것이었다.

"내 목숨만 살려주소. 그런다면 어떤 부탁이라도 다 들어주겠네."

손칠만은 언제나 그랬던 것처럼 처음부터 목숨을 살려달라는 말
만을 여러 차례 되풀이하였다.

"자네를 살려 보내줄 테니 말이시, 우리 짝귀 성님과 방석코 성님 시신을 좀 수습해주소."

대불이는 손칠만을 믿지 않고 있으면서도 너무 답답한 마음에 그렇게 부탁을 하였다.

"살려만 주소. 내 기필코 두 사람의 시신을 수습하여 양지쪽에 꽁 꽁 묻어주겠네."

손칠만은 그러면서 잠시 노 젓는 것을 쉬고 대불이 앞에 무릎을 꿇고 손을 비벼댔다. 살아남기 위한 그의 비굴한 처신은 여전했다.

"잔소리 말고 어서 노나 저어."

이를 지켜보던 서거칠이가 강물 위에 침을 배앝으며 손칠만을 향해 소리쳤다. 그러자 손칠만은 다시 노를 젓기 시작했다.

"성님, 강을 건너지 말고 이대로 배를 저어서 목포로 갑시다."

쪽배가 어둠에 묻힌 강심에 이르렀을 때 천팔봉이 불컹거리는 목소리로 다시 욱대기듯 말하였다. 그러나 대불이는 천팔봉의 말에 대꾸를 하지 않았다. 그는 아직 어디로 가야 할지 목적지를 정하지 못하고 있었다. 그는 그저 영산강을 건너 전라북도 쪽으로 올라가볼 생각을 하고 있을 따름이었다. 남도지방은 대토벌작전으로 의병장들이 거의 죽음을 당하거나 붙잡히고 말았으나, 전라북도 쪽에는 아직도 정읍의 임병찬(林炳瓚), 흥덕(興德)의 정재호(鄭在鎬), 고부의 유순종(柳順宗), 부안의 고제만(高濟萬), 임피(臨陂)의 전경인(田耕寅) 등이 많은 의병들을 이끌고 왜병에 맞서 싸우고 있었다. 그 가운데서도 태인 출신의 임병찬은 아우 임병대(林炳大), 장남 임응철(林應喆) 등과 함께 많은 의병들을 거느리고 왜병에 저항하고 있었다. 대불이는 그러나 임병찬이 병마동첨절제사(兵馬同僉節制使)로 있을 때 동학의 김개남과 김덕명을 검거했다는 이유 때문에, 그의 휘하로 들어가는 것을 마뜩찮게 여기고 있는 터였다.

"십장님, 우리가 오늘밤에 이 강을 건너면 언제 다시 건너오게 될 끄라우?"

한동안 잠자코 있던 서거칠이가 비감에 젖은 목소리로 물었다.

"돌아오고 말고. 우리는 꼭 다시 돌아오고야 말 것이다. 우리들의 싸움은 아직 끝나지 않았으니께. 왜놈들이 이 땅에서 물러가기 전에는 우리들 싸움은 끝나지 않을 것잉께. 왜놈들을 이 땅에서 비로 싹 쓸어내드끼 몰아내기 전에는 이 땅의 모든 사람들이 계속해서 싸울 것잉께. 강에서, 산에서, 들판에서, 골짜기에서 계속 싸울 것잉께. 이 땅의 사람들이 싸우다가 다 죽으면 이 땅의 돌멩이들도 나무와 풀들까지도 모두 나서서 끝까지 싸울 것이여. 우리는 기언시 다시 돌아오고야 말 것이다. 다시 싸우러 오고야 말 것이다. 싸우다가 이 땅에 피 흘리고 죽기 위해서라도 다시 돌아와야 헌다."

대불이는 어둠속에서 두 손을 불끈 쥐고 눈을 부라려 강 건너 영산포를 바라보며 비장한 목소리로 스스로에게 다짐을 하듯 말하였다. 서거칠과 천팔봉은 한동안 말이 없었다. 어둠에 덮인 영산강을 훑어대는 차가운 강바람만이 대불이의 마음처럼 거칠게 으르렁거렸을 뿐이었다.

타오르는 강... 제6부 끝